SOMNAMBULE

DAN CHAON

SOMNAMBULE

roman

Traduit de l'américain
par Hélène Fournier

TERRES D'AMÉRIQUE

ALBIN MICHEL

« Terres d'Amérique »

Collection dirigée par Francis Geffard

Retrouvez toute l'actualité de Terres d'Amérique et de ses auteurs sur Facebook (Terres. Amerique) et Instagram (terres_amérique).

Édition originale américaine parue sous le titre :
SLEEPWALK
Publiée par Henry Holt & Company, New York, États-Unis.

À Philip

« Ce que tu cherches te cherche aussi. »

Rumi

1

La Nébuleuse brumeuse

Will Bear,

William Baird,

Bill Behr,

Willard Baier,

Liam Bahr,

Billy Bayer,

Wilder Barr,

Bear Williams,

Willie Bare Jr,

Wilton Bairn,

Blair Willingham,

Barry Billingsly,

Bjorn Williamsen,

Уильям Аю,

သညး◌◌် ခံပါလိမ့်မယ်

Trois fois

La première fois que ça arrive, on est en octobre, et je traverse l'Utah dans mon camping-car avec ce jeune Philippin qui s'appelle Liandro. On se passe et repasse un joint au-dessus de la tête de Flip, le chien, qui dort entre nous, mais on ne parle pas vraiment. Liandro est vexé car il a les chevilles menottées.

J'étais passé le prendre au Chef Cheng, un restaurant chinois d'Elko, Nevada, et je lui avais expliqué que je faisais ça dans les règles de l'art, que je n'avais rien contre lui personnellement. Je lui avais demandé de s'asseoir sur le siège passager, de retirer ses chaussures et ses chaussettes, et je lui avais passé les menottes.

« Mec, avait-il dit en pliant les orteils. C'est franchement inutile.

– Je sais bien. »

Enfin. Il devrait s'estimer heureux d'avoir les mains libres, mais il n'est pas le moins du monde reconnaissant. L'air hautain, il tient délicatement le petit bout de joint entre le pouce et l'index, et tire longuement et lentement dessus. Puis il avance les lèvres, libère une volute de fumée, et regarde par la vitre comme si je n'étais pas là.

J'espère qu'il admire la vue. On traverse le désert de sel de Bonneville, autant dire que c'est comme s'il avait les yeux fixés sur un écran vide. Je tends la main et il me repasse le joint sans même jeter un coup d'œil dans ma direction. De minuscules gouttes de pluie scintillantes glissent sur les parties du pare-brise que les essuie-glaces ne peuvent pas atteindre, et je vois devant moi un grain de grésil devenir flocon de neige. Il tombe et se transforme tout à coup en duvet ultra-léger. Et maintenant il vole, comme s'il venait de lui pousser des ailes.

« On dirait qu'il commence à neiger, dis-je. Sans doute à cause de ce typhon dans la région de Seattle.

– Hum », fait Liandro, et il n'est pas plus intéressé par un quinquagénaire blanc qui parle météo que n'importe qui.

Au même moment, un des téléphones intraçables que je conserve dans un seau de plage en plastique, à côté du levier de vitesse, s'allume. Il est sur vibreur, et il se met à trembloter, à clignoter et à se cogner contre les autres.

Je fouille dans le seau et ratisse le fond. Je le récupère puis soulève le clapet. « Allô.

– Bonjour ! » C'est une voix guillerette de jeune femme. « Puis-je parler à Will Bear ? »

Je baisse la vitre et balance le téléphone par la fenêtre. Dans le rétroviseur extérieur, je le vois s'écraser par terre, et des éclats de plastique et de métal rebondissent comme des billes. Liandro regarde par-dessus son épaule avec mélancolie. « Mais pourquoi t'as fait ça, mec ?

– Personne n'est censé me contacter sur ce téléphone. » Il souffle sur le mégot mais le joint s'est éteint. « Quel gâchis. Tu aurais pu me le donner. J'ai pas de portable. »

La deuxième fois que ça arrive, un léger frémissement d'inquiétude m'envahit. J'ai neuf téléphones dans ce seau, et ils sont tous censés être anonymes. Y aurait-il une faille quelque part ? À moins que ce ne soit un appel automatisé. Personne n'y échappe. Je plonge ma main dans le seau et farfouille à la recherche de celui qui vibre comme la queue d'un serpent à sonnette et je l'empoigne.

« Allô !? » Ma parole, c'est la même voix féminine !

« Bonjour, dit-elle en parlant vite. Mr Baird, vous ne me connaissez pas mais ne raccrochez pas ! J'ai des informations importantes à vous communiquer ! »

Ce qui est super inquiétant. Je jette cet autre téléphone par la fenêtre, et Liandro me regarde du coin de l'œil.

« Un problème, Boss ? »

La troisième fois que ça arrive, on est arrêtés sur le bord de la route. La visibilité est nulle, le vent souffle sur les flocons givrés qui volent à l'horizontale comme des parasites sur un écran, et soudain un téléphone qui se trouve en haut du tas se met à trembler et à bousculer les autres. Liandro ne réagit pas. Il est subjugué par la tempête de neige, par le joint tout juste roulé dont il tire de petites bouffées. Je me dis qu'il suffit que j'attende. Comme ces téléphones ne renvoient pas à une messagerie, je vais laisser sonner, encore et encore. Trois minutes ? Cinq minutes ? Dix minutes ? Même si ce foutu machin bourdonne pendant une heure, je m'en fiche.

Mais un autre se met à vibrer, puis un autre, et bientôt tous les huit – Bill Behr, Bear Williams, Barry Billingsly, Wilder Barr, Blair Willingham, Liam Bahr, et même Willie Bare Jr – les noms et identités qui constituent la Nébuleuse brumeuse –, tous stridulent et remuent dans le seau comme des cigales qui se retrouveraient sur le dos, et j'en saisis un avec rage.

« Qui est à l'appareil ? »

Les règles de l'art

Plus tard, Liandro, le chien et moi nous retrouvons à l'arrière du camping-car.

Je l'ai acheté il y a quelques années, il a été fait sur mesure et je dois dire que c'est un vaisseau robuste. Je l'ai baptisé, comme on baptise un bateau, l'*Étoile du Berger*, et il est équipé de trois couchettes, de nombreux espaces de rangement et d'une kitchenette plutôt correcte. Dehors, la tempête fait rage, mais à l'intérieur on est bien au chaud.

Liandro est assis dans le petit coin-repas, et il est en train de se gratter les chevilles quand j'apporte deux bols de macaronis au fromage. Je lui en tends un et pose l'autre par terre pour Flip.

« Super. Je mange la même chose qu'un clébard.

– On est tous égaux ici, dis-je en m'éloignant vers la cuisinière pour me servir. On est en démocratie.

– C'est pas ça, la démocratie », rétorque-t-il, et je passe mon doigt sur la louche avant de le lécher. Je n'ai pas envie de discuter politique.

« Tout juste », dis-je. Je m'installe en face de lui et commence à manger ; mais, sa cuillère à la main, Liandro me dévisage d'un œil critique sans bouger.

« C'est quoi ces nattes, Fifi Brindacier ? »

Je ne dis rien, je me contente de poser sur lui un regard charitable. Je me tresse les cheveux depuis l'adolescence, alors je suis immunisé contre les commentaires désobligeants. Je suis un homme plutôt grand – un mètre quatre-vingt-huit –, large d'épaules, barbu, à la peau pâle, et donc je peux évoluer dans le monde sans craindre les menaces. Si l'envie vous prend de vous moquer de ma coiffure, ne vous gênez pas.

« Tu veux jouer à un jeu de société ? je demande à Liandro. Monopoly, Stratego, Risk, Trivial Pursuit, Scrabble, Touché Coulé…

– Tu aurais un jeu de cartes ?

– Oui.

– Tu connais la Bataille corse ?

– Oui. » Il se peut que la rapidité avec laquelle je sors le paquet d'un tiroir l'impressionne. « Écoute, petit, je sais jouer à tous les jeux imaginables. »

Je suis doué pour mélanger les cartes et Liandro a droit à une petite démonstration ; je les effeuille d'un geste ample, je les fais glisser entre mes doigts en effectuant rapidement une coupe Sybil, puis j'étire le paquet en accordéon entre mes mains, telle une chute d'eau. Dans une autre vie, j'étais magicien, tricheur professionnel.

« Hum », fait Liandro en jetant un coup d'œil autour de lui. Je me suis donné beaucoup de mal pour aménager l'intérieur : j'ai remplacé les anciens lambris et placards par du vieux bois authentique, j'ai mis de jolies couettes et des draps haut de gamme d'un grège pâle sur chaque lit, et d'adorables figurines mexicaines, histoire de mettre un peu de couleur et de fantaisie. Bar bien garni avec bouteilles et verres étincelants. Rien à voir avec certains trous à rats dans lesquels j'ai dû vivre.

« Il y a quoi là-dedans ? demande Liandro en désignant du menton le long coffre Browning encastré sous ma couchette, tout au fond du camping-car.

– Rien pour toi.

– Des armes ?

– Tu veux jouer quelques *cents* ? je lui demande, et il me jette un regard noir.

– Et si on jouait ma liberté ?

– Pff ! » J'arrête de battre les cartes. Il est vraiment exaspérant. « Jeune homme, je ne te retiens pas prisonnier. Je suis juste ton chauffeur. Tu peux partir quand tu veux. Il te suffit d'ouvrir la porte.

– Sauf que j'ai des menottes aux chevilles.

– Ces menottes m'appartiennent. Elles coûtent cher, c'est du matériel de qualité, donc pas question que tu les embarques. Si tu veux t'en aller, je te les retirerai et tu pourras poursuivre ton petit bonhomme de chemin.

– Il y a une tempête de neige.

– Alors reste. Mais dans ce cas-là, tu les gardes. Règlement intérieur. Écoute, je me suis déjà fait attaquer. J'ai dû me servir de mon Taser sur des agresseurs. Et repousser un abruti avec une louche !

– Hum, fait Liandro sans une once d'empathie.

– Ce sont les règles de l'art. » Je me mets à distribuer les cartes, les laissant prendre gracieusement leur envol.

C'est alors qu'un des téléphones recommence à sonner. Celui qui se trouve dans le placard près de la cuisinière, au milieu des spatules, des pinces et des fouets, et Liandro et moi nous tournons vers le meuble qui émet un vrombissement étouffé.

« C'est un scandale », dis-je.

C'est un scandale : ça ferait une bonne épitaphe.

Dans le Pire des Cas

J'éprouve un certain déplaisir quand je me sépare de Liandro. Il est en proie à une vive émotion, et je me rends compte que je n'aurais sans doute pas dû le laisser consommer autant d'herbe. Il est trop tard maintenant : je le regarde du coin de l'œil fumer une bonne partie de son troisième blunt, les mains prises de tremblements.

« On est bientôt arrivés à destination, lui dis-je. Bear Lake. Regarde là-haut », mais il ne lève pas les yeux, et il ne perd sans doute pas grand-chose. Avec le temps qu'il fait, le paysage n'est pas particulièrement beau – juste une ligne de glace bleue sous un voile de brouillard, les collines enneigées se mêlant aux cumulus denses et blancs, le tout formant un ensemble marbré et abstrait. Comment deviner qu'on a devant soi une magnifique étendue d'eau de deux cent quatre-vingts kilomètres carrés ?

« Hum », fait Liandro, et c'est à peu près tout ce que j'ai réussi à tirer de lui au cours des dernières heures.

« On est à quinze, vingt minutes de Rendezvous Beach, c'est là que je te remettrai à ton bienfaiteur.

– Rendezvous Beach, murmure-t-il avec dédain. Mon Dieu ! C'est un véritable cauchemar. »

On roule en silence sur la Highway 30 le long d'un pré sombre, où paît un troupeau de vaches Black Angus au dos saupoudré de neige. La tempête s'est calmée, mais un épais brouillard stagne au ras du sol.

« Écoute, je dis au bout d'un moment. Tu n'as pas à être un larbin jusqu'à la fin de tes jours. Il te suffit juste de rembourser cette dette. Tu es débrouillard. Tu y arriveras.

– Ça alors ! rétorque-t-il en me lançant un regard noir. Merci !

– J'essaie de te remonter le moral.

– Va te faire foutre. » On s'engage sur Rendezvous Beach Road et on pénètre dans Bear Lake State Park. « Si tu savais comme je déteste ton énorme bide », me dit Liandro. Et il se met à pleurer. Sur le parking, j'aperçois un pick-up rouge dont le moteur tourne, plaque d'immatriculation de l'Utah, MT1-L47R – c'est le bienfaiteur, parfait, et le vieux monsieur blanc, qui est au volant, lève un doigt pour nous saluer.

Après coup, je ne peux pas m'empêcher d'avoir quelques scrupules. Ce n'est pas la pire livraison que j'aie faite, ni la plus perturbante, mais elle m'oblige à remettre en question les rapports que j'entretiens avec la marchandise. Bon nombre de chauffeurs se contentent d'administrer un sédatif, ce qui n'est sans doute pas une mauvaise idée. Je balaie le cadran de la radio jusqu'à tomber sur une station qui passe de la musique des années soixante, Connie Francis chante « Where the Boys Are », et Flip me jette un coup d'œil sceptique. Je n'arrête pas de penser aux pleurs de Liandro, semblables à ceux des gamins du primaire, ce halètement honteux, à moitié étouffé. Les larmes qui coulent par le nez.

« Beurk », je m'entends dire, et j'essaie de me recentrer en faisant un exercice de respiration 4-7-8, les yeux fixés sur la plaque d'immatriculation du SUV qui me précède. LA VIE EN MAJESTÉ, tel est le slogan qui figure sur les véhicules immatriculés dans l'Utah. J'expire en chuintant pendant huit secondes puis j'attrape mon téléphone Willie Bare et j'appelle l'Ami Monte à Provo.

« Monte, la livraison est faite.

– Bien, Mr Bare. » Il a la voix râpeuse d'un vieux cow-boy plein de sagesse, et je l'imagine avec une élégante crinière blanche et ces rides caractéristiques d'un visage tanné par le vent, même si, bien évidemment, je ne l'ai jamais rencontré. « Le client a confirmé. Votre compte sera très bientôt crédité.

– Merci infiniment », dis-je, et j'expire, 1-2-3-4. Sur certaines plaques de l'Utah, on peut aussi lire : LES PLUS BELLES NEIGES AU MONDE. Sur d'autres : L'ENDROIT QU'IL VOUS FAUT.

« Écoutez-moi, Monte. On a toujours cet ami à Straub, Wyoming ?

– Très certainement. L'Ami Riordan. Il travaille au Walmart de vingt-deux heures à sept heures du matin, du samedi au mercredi. »

Plutôt que de prendre l'autoroute, on reste sur la Highway 30. On traverse les plaines de l'ouest du Wyoming, à peine une maison en vue, et je reprends mon exercice de respiration tout en pensant aux frissons de Liandro quand j'ai garé l'*Étoile du Berger* et que le vieil homme blanc tout maigre est sorti de son camion, un sinistre sourire aux lèvres. L'eau du lac réfléchissait une lumière d'un bleu vif.

« Ce n'est pas de ma faute si ce gamin est allé se frotter aux mauvaises personnes », j'explique à Flip. Il me fixe attentivement – l'air de dire « de qui je me moque » – et il se roule sur le côté, de manière à ce que le chauffage lui souffle sur la nuque.

J'aperçois alors un grand panneau publicitaire pour Little America – non loin de la frontière – et je me dis, allez, pourquoi ne pas m'arrêter de bonne heure, nous trouver une chambre et prendre une bonne douche.

J'ai toujours eu un faible pour Little America. C'est une aire de repos rétro avec une station-service, un motel de cent quarante chambres et un espace où on peut manger et acheter des babioles. Dans les années 1890, dit la légende, son fondateur, un jeune berger qui gardait ses moutons, s'était perdu dans une grosse tempête de neige et avait été obligé de camper là. Petit, j'avais lu cette histoire sur la plaque commémorative qui se trouve dans le hall du motel, elle avait frappé mon imagination, et aujourd'hui encore je peux en citer des passages entiers de mémoire. Tremblant de froid, le jeune berger « rêva d'un bon feu, de nourriture et de couvertures en laine. Il se dit que ce serait une bénédiction si une bonne âme construisait un refuge dans ce lieu désolé ».

Honnêtement, j'ignore pourquoi cet endroit me séduisait. C'était probablement dû aux panneaux publicitaires – il y en avait tout le long de la Lincoln Highway et de l'Interstate 80, ils représentaient un pingouin de dessin animé, une nageoire tendue et accueillante, et plus les panneaux défilaient, plus on considérait Little America comme un repère important, un lieu génial, et peut-être même magique.

Ma mère et moi y avons séjourné sans doute cinq ou six fois quand j'étais petit – parfois seulement quelques jours ou quelques semaines, parfois un mois ou plus – et aujourd'hui j'y pense avec une pointe de nostalgie. Devant le motel, il y a la mascotte de la compagnie pétrolière Sainclair, un brontosaure vert en ciment de la taille d'un cheval, sur lequel les enfants sont autorisés à monter. J'étais toujours le roi de cet animal, je le chevauchais comme un beau diable et, bien sûr, je n'étais pas le seul à vouloir grimper dessus. C'est ainsi que j'ai rencontré des gamins du New Jersey, de Chicago et de Houston, des gamins qui allaient en vacances à Yellowstone ou à Flaming Gorge, des gamins qui fuyaient avec leur mère un père qui voulait les tuer, des gamins qui cherchaient à convertir tout le monde à Jésus, des gamins qui guettaient un animal ou une petite créature qu'ils pourraient torturer. J'ai même rencontré une fillette japonaise ; comme elle n'avait aucune notion d'anglais, je lui ai parlé dans ma langue et elle m'a répondu dans la sienne, et je me souviens de cette conversation comme étant l'une des plus agréables que j'aie jamais eues.

Alors que je me laisse porter par ces souvenirs, un truc se met à tomber du ciel. Cette fois, ce n'est ni du grésil ni de la neige mais un truc que je n'ai jamais vu – des flocons sombres faits d'une drôle de substance tombent comme des feuilles d'arbres et barbouillent mon pare-brise quand les balais des essuie-glaces passent dessus. Je peux m'en débarrasser avec le lave-glace mais, à ce rythme-là, je me demande si j'en aurai suffisamment pour parcourir les trente kilomètres qui me séparent de Little America. Certains conducteurs se sont déjà arrêtés sur le bas-côté, et je dépasse un fourgon aménagé avec, fixés au toit, les cartons contenant les affaires de toute la famille. Ceux-ci semblent avoir été exposés à des conditions météorologiques extrêmes et sont maculés de taches suggérant qu'ils ont été survolés par des nuées d'oiseaux.

Je ne sais pas trop ce qui tombe du ciel. Peut-être des détritus emportés par le typhon en provenance du Nord-Ouest, au large de la côte, ou encore de la cendre en provenance du mont Silverthrone au Canada. J'imagine qu'on va s'adapter et ajuster nos attentes en conséquence. C'est vrai que le monde n'est pas en super forme, mais j'ai lu qu'il avait connu pire – en 536 quand des éruptions volcaniques catastrophiques avaient provoqué un âge glaciaire, une famine dévastatrice, etc. Ça avait sans doute été plus grave en 1349, et peut-être encore plus grave en 1520 – mais on sent tous que des jours encore plus sombres sont à venir.

Ça va être le moment pour l'humanité de rendre des comptes, j'en suis sûr, et pourtant même chez ceux d'entre nous qui acceptent l'inéluctabilité de la mortalité massive chez l'homme, il reste un espoir prudent ; on attend de voir comment l'Armageddon va se dérouler, guettant tout ce qui pourrait faire qu'il tourne à notre avantage. Même dans le pire des cas, il y a des chances qu'au moins certains des nôtres se battent suffisamment longtemps pour devenir des créatures capables de s'adapter à tout nouvel environnement. Je ne suis pas un spécialiste de la biologie de l'évolution, mais j'ai foi en la ténacité de notre espèce.

Je baisse la tête et continue de conduire, penché sur le volant pour voir le mieux possible à travers la traînée de vase translucide laissée par les essuie-glaces. Je ne dois pas dépasser les quinze kilomètres à l'heure, mais je suis bien déterminé à arriver à destination.

Le monde est petit

Le chien et moi entrons dans le Walmart situé à la périphérie de Straub, Wyoming – l'immense supermarché ouvert 24 h/24 – mais à cette heure-là, il est quasiment vide. Deux heures et demie du matin. Les ongles de Flip claquent sur le sol carrelé alors qu'il marche tranquillement derrière moi.

C'est un chien très musclé, ce Flip, il a la carrure d'un lutteur – un pitbull d'environ vingt-sept kilos, avec les taches noires et blanches d'une vache Holstein et les yeux bleu glacier d'un malamute. On en avait fait un chien de combat avant que je vienne le secourir, et il a encore des cicatrices et des plombs de chasse logés sous la peau mais, de façon générale, il est plutôt gentil. Il souffre d'un trouble de stress post-traumatique persistant : il n'aime ni les motos ni les uniformes, il déteste les feux d'artifice et l'odeur de la tequila et a une peur bleue du tonnerre, des ceintures et des moulins à vent de jardin. Dieu sait ce qu'il a enduré.

Il n'est pas du genre à se laisser tenir en laisse, mais il me suit avec fidélité et détermination, et j'ai rarement dû le rappeler au pied. Une cliente nous jette un regard en coin quand on traverse le rayon maquillage. Elle s'immobilise, un pot de pommade dans la main, et ne nous lâche pas des yeux alors qu'on se dirige vers le fond du magasin.

On s'arrête devant le rayon aquariophilie. Il y a des aquariums rectangulaires du sol au plafond, qui contiennent des créatures toutes plus intéressantes les unes que les autres : guppys et scalaires, tétras néons et cypriniformes, barbus cerise et rasboras arlequins. Des poissons ventouses, tachetés comme des léopards, se collent à la paroi. Des plécos, comme on les appelle.

Flip s'assied et je croise les mains dans le dos. Dans un des aquariums, un coffre de pirate s'ouvre et se ferme, laissant échapper des bulles que les poissons esquivent. Je caresse le large crâne de troglodyte de Flip pendant que les poissons glissent le long de la paroi sans jamais savoir qu'ils vivent dans un cube.

Le monde est petit, se disent-ils.

Puis un employé franchit furtivement une porte coulissante. Je lève les yeux vers lui tandis qu'il s'approche. C'est un homme blanc de grande taille, costaud, âgé d'une petite quarantaine d'années, qui a des cheveux en broussaille prématurément gris, une barbe peu fournie, et un visage étonnamment bienveillant. Il porte le tablier bleu vif du magasin, et un badge nominatif épinglé sur le cœur – *Riordan*, est-il indiqué – et en dessous les mots *Que puis-je faire pour VOUS ?* sont joyeusement imprimés en relief avec une certaine élégance.

« Mr Bayer ? » Il regarde Flip d'un air réprobateur mais sans s'attarder.

– Oui, Bill Bayer. »

Nous nous serrons la main. « De quoi avez-vous besoin ? me demande-t-il.

– Je voudrais huit à douze téléphones jetables. Une planche de buvards de LSD-25, 100 microgrammes. Et une caisse de ces minuscules bouteilles de vodka qu'on sert dans les avions. Je crois qu'on appelle ça des mignonnettes. De la marque Tito si possible, c'est ma préférée. »

Il penche la tête, l'air pensif. « Eh bien, les portables sont disponibles tout de suite. Le reste risque de prendre… quarante-cinq minutes. Vous pouvez patienter ?

– Bien sûr. Aucun problème. »

La détermination inflexible de l'être humain

Plongez un buvard imprégné de 100 microgrammes d'acide dans une mignonnette de vodka de 150 millilitres, secouez-la et conservez-la environ quarante-huit heures dans un endroit sombre et frais jusqu'à ce qu'il se dissolve.

J'aime prendre ce qu'on appelle une microdose tous les deux ou trois jours. Juste quelques gouttes à l'aide d'une pipette, peut-être un cinquième d'une cuillère à café. C'est une expérience infra-perceptuelle : vous en remarquez à peine les effets au quotidien, mais ça vous aide vraiment à faire ressortir ce qu'il y a de merveilleux à être vivant, et à oublier un instant ce qu'il y a d'horrible. Voilà une technique de survie très appréciable. Quel délice de pouvoir momentanément se foutre de tout !

J'ouvre les yeux, il est peut-être dix heures du matin. Ça ne me ferait pas de mal de dormir plus longtemps, mais le chien bâille et s'étire à côté de moi, puis il secoue la tête et fait claquer ses oreilles, flip, flap, pour s'assurer que je suis bien réveillé.

Je glisse un pied hors des couvertures pour évaluer la température. Nul doute qu'il fait frisquet, mais Flip, qui a déjà sauté du lit, exécute une petite danse devant la porte en arborant ce large sourire de pitbull, langue pendante, et il se faufile devant moi avant même que j'aie fini de tourner la poignée.

Le camping-car est toujours garé tout au bout du parking du Walmart, parking grand comme plusieurs terrains de football mais quasiment vide. L'air sérieux, Flip cherche sans se presser un endroit stratégique qu'il pourrait humecter de son urine, tandis que je m'assieds sur le marchepied, un petit pétard roulé fin à la main, et passe en revue ma pile de plaques d'immatriculation jusqu'à ce que j'en trouve une du Colorado qui n'ait pas expiré. Le Colorado n'est qu'à une quinzaine de minutes d'ici, plus au sud, et je sais par expérience que là-bas la police n'apprécie pas vraiment les véhicules venant d'autres États.

Flip finit par trouver un endroit, près du grillage, où déposer ses selles matinales, puis il revient vers moi en trottant, content et prêt à prendre son petit-déjeuner. Quand vous voyagez autant que nous, il est bon d'avoir une routine. Flip mange quatre œufs crus accompagnés de pain grillé, et je m'installe confortablement, ma cafetière à piston à portée de main, pour faire les mots croisés ou le Sudoku du journal acheté la veille à la sortie du Walmart.

Dans le *Straub Star-Herald*, les mots croisés sont sur la même page que la chronique « Opinion », ce qui, à mon avis, est mauvais signe. Elle titre : « Un autre tremblement de terre, un autre ouragan : preuve non pas de la fin des temps mais de la détermination inflexible de l'être humain ! »

« C'est tout à fait ça », dis-je, et je plie le journal afin de me concentrer sur les mots croisés.

1 Horizontal. « Très drôle ». Six lettres.

Je lèche la pointe de mon stylo.

H	A	H	A	H	A

… épitaphe possible ?

Ensuite je lave la gamelle de Flip et je me prépare un smoothie revitalisant. Dans ce domaine, j'aime être audacieux ; et donc aujourd'hui, ce sera une carotte, du curcuma, une gousse d'ail, des tranches de mangues congelées, une demi-banane, du jus de pomme et un shot de whisky. Mixez à fond et avalez d'un trait ! Dans une autre vie, j'aurais un food-truck à Los Angeles que je baptiserais « Les smoothies audacieux », et ma devise serait : « Voyez jusqu'où je peux aller ! »

Il doit être onze heures, il est temps de partir. J'allume un des téléphones neufs et appelle Harry Longbeck.

« Bonjour, Harry. C'est Bear Williams. Je voulais voir si vous aviez quelque chose pour moi. »

C'est le cas. Du transport de marchandise mais il faut descendre jusqu'au Texas, au nord d'Abilene. Je demande si on me remboursera l'essence et les frais journaliers, Henry pense que oui, donc c'est d'accord, j'ajoute qu'apparemment il faut compter douze heures de route sur l'Interstate 25, il me répond que l'idéal serait de ne pas dépasser les huit heures, je dis que je vais faire de mon mieux.

Dans ces moments-là, je regrette de ne pas avoir de radio satellite mais, en même temps, ce n'est pas une bonne idée pour quelqu'un comme moi de se connecter à un transpondeur qui peut suivre, depuis l'espace, mes moindres mouvements et potentiellement transmettre ces informations au gouvernement ou à des tiers. Je dois me tenir à carreau, l'un de mes principaux arguments de vente étant que je n'existe pas officiellement. Je n'ai ni adresse, ni numéro de sécurité sociale, ni indice de solvabilité, je n'ai jamais eu d'adresse e-mail, de page Facebook ou de téléphone connecté au Wi-Fi. Je suis un jeton de Scrabble blanc et, de nos jours, ça ne court pas les rues.

Amnésiage

Légèrement vide, légèrement perdu, légèrement réjoui : je retiens ce ressenti dans ma poitrine comme un accord suspendu. Je roule à plus de cent quarante kilomètres à l'heure.

Nous quittons l'Interstate 70 et rejoignons l'US 287. Il paraît que les tornades sillonnent cette portion de route mais je n'en vois aucune. À Campo, Colorado, on s'arrête pour uriner et acheter des bâtonnets de viande séchée, mettre de l'essence, avant d'observer les alentours depuis le parking gravillonné de l'aire de repos. Apparemment Campo ne compte pas plus de cent âmes, et Dieu seul sait ce qu'elles y font. C'est une terre plate couverte d'une herbe gris-jaune à perte de vue, avec des clôtures en fil de fer barbelé et des pylônes électriques ; ce à quoi l'amnésie ressemblerait si elle était un paysage. Je déballe un bâtonnet de viande, croque dedans et en donne un morceau à Flip qui le mâche songeusement.

Il faut s'interroger sur les colons des Grandes Plaines. Ces Blancs qui, jadis, ont tué les Indiens et revendiqué cette terre sans jamais en démordre ; qui ont abandonné à leurs enfants et petits-enfants ce legs de poussière. Un ensemble de baraques en bois avec, à l'arrière, des jardins envahis d'amarantes, de carcasses d'autos, de balançoires abandonnées, d'arbres assoiffés et rabougris. Le génocide en valait-il la peine ?

Voilà ce que je me dis et puis je me ressaisis. J'exagère un peu quand même. Le service client de l'aire de repos de

Campo est excellent. Il y a, à la caisse, une adolescente au visage rond, très polie, et qui sourit gentiment à mes compliments. Un manager chauve, accablé de soucis, est penché sur son ordinateur portable. Qui suis-je, après tout, pour prendre ces gens de haut, même s'ils sont les descendants d'assassins ?

Tout compte fait, nous sommes tous, assurément, des descendants d'assassins, vous ne croyez pas ? Sinon, nous ne serions sans doute pas là.

Kickin Chickin

Une fois arrivé au nord d'Abilene, Texas, je me gare derrière la station-service, comme on me l'a demandé. C'est un vieux poste d'essence Texaco situé en plein désert, avec une minuscule maison en stuc, deux pompes et le logo de la marque, énorme, fixé en haut d'un mât.

On a mis un peu moins de neuf heures pour arriver, ce qui tient du miracle, n'empêche qu'on est légèrement en retard. La porte métallique s'ouvre bruyamment et la silhouette d'une femme, les poings sur les hanches, apparaît.

Je descends laborieusement de la cabine de l'*Étoile du Berger* et lève la main. « B'jour », je lance, mais elle regarde déjà par-dessus son épaule et débite d'un ton furieux une suite de mots – en quoi ? On dirait du russe.

« Здравствуйте ! je lui dis. Прошу прощения за опоздание.

– Va te faire foutre, connard. Je t'interdis de me parler avec ton russe de merde. Je suis ukrainienne, putain, et je parle anglais aussi bien que toi, alors ton russe, tu peux te le mettre où je pense. T'es en retard, bordel ! »

Elle apparaît clairement sous l'éclairage de sécurité installé au-dessus de la porte et de la benne à ordures, elle est brune, a la quarantaine, peut-être, et une grimace de mépris tellement crispée que ça doit lui faire mal. Je m'incline légèrement pour m'excuser.

« La circulation », j'explique, et j'essaie de trouver un compliment à lui faire, mais elle a déjà détourné les yeux. Elle hurle quelque chose, sans doute en ukrainien, et puis un gamin mexicain, petit et large d'épaules, arrive dare-dare en portant un carton sur lequel on peut lire *Kickin Chickin*.

À l'intérieur repose un minuscule nourrisson blanc, moelleusement installé sur des couvertures.

« Il est censé dormir huit heures, m'explique la femme. On nous avait dit que tu arriverais beaucoup plus tôt !

– Oui. » Le gamin me tend le carton. « Retard indépendant de ma volonté.

– Pas de bol ! Maintenant il te reste à peine six heures avant qu'il se réveille. Après, à toi de te débrouiller. »

Je suis un peu décontenancé. La pauvre petite chose a littéralement la taille d'un poulet rôti. « Il a quel âge ? »

Elle agite vaguement la main.

« C'est un garçon ?

– Comment veux-tu que je sache ? Tu le découvriras quand il se réveillera et qu'il faudra que tu lui changes sa putain de couche. »

L'ami des bébés

Voilà donc le bébé – le nouveau-né –, je dirais qu'il doit avoir grosso modo trois semaines, et je l'installe sous le siège passager. Il ne se réveille pas. L'idéal aurait été qu'on me donne un siège auto et, vu l'heure, les magasins où je pourrais en trouver un sont fermés. On aurait pu aussi me donner des biberons de lait mais personne ne me propose rien et on s'en va.

Tout devrait bien se passer. Même si le marmot se réveille, on se débrouillera : j'ai de la crème liquide en dosettes individuelles que je peux réchauffer. Diluer dans un peu d'eau et mettre dans une pipette.

J'ai toujours eu un faible pour les bébés, et je crois qu'ils le sentent car ils sont très calmes en ma présence. Disons que je suis doué pour ça, ils me considèrent naturellement comme leur ami. C'est la même chose avec les chiens. Vous n'imaginez pas le nombre de fois où, après que je suis entré par effraction chez des gens, leur chien s'est approché de moi en agitant la queue et sans émettre un seul aboiement.

Il s'agit sans doute d'une adoption clandestine. C'est très courant de nos jours, et ce n'est que justice que la mère reçoive une récompense en échange du mal qu'elle s'est donné. J'aime à penser que je vais confier ce petit bonhomme à une personne qui le vendra à un couple riche et sympathique qui l'élèvera comme son propre fils. Une star de cinéma et son gentil mari stérile, ou un couple gay en chemise à manches courtes qui espère fonder une famille à Minneapolis. Je les imagine traverser la roseraie de Lyndale Park, un bambin entre eux deux, puis passer devant sa grande et jolie fontaine ornée de chérubins et le laisser tremper ses orteils dans l'eau.

Notre petit bonhomme aura peut-être une vie sympa finalement, voilà ce que je pense, et je n'imagine pas vraiment qu'il puisse se retrouver dans un laboratoire de recherches d'un État voyou, ou dans les mains d'une secte qui l'offrirait en sacrifice à un dieu obscur, ou encore sur le billot d'une clique spécialisée dans le trafic d'organes pour être découpé et conservé dans des bocaux remplis d'une solution saline. Honnêtement, je ne pense pas que ce genre de choses arrive très souvent. Ça fait partie de l'hystérie attisée par les médias.

Comme il commence à grésiller, je mets les essuie-glaces et le dégivreur en marche. Notre petit bonhomme est toujours profondément endormi dans son carton, et le fait d'être à même le sol est parfait pour lui. La vitesse des roues sur l'asphalte le soumet à des vibrations et il adore. Le rythme doit lui rappeler le ventre de sa mère. Le visage tout chiffonné, il dort à poings fermés, et le chien, qui somnole sur le siège passager, le regarde avec un air que je qualifierais de chagrin. Il dilate ses narines puis me lance un coup d'œil furtif sans bouger la tête, qu'il a posée sur ses pattes.

« Ne me regarde pas comme ça », je lui dis.

Il y a un grand parc d'éoliennes devant nous, sur la gauche, et on dirait que trois d'entre elles ont pris feu, malgré le grésil. Les pales continuent à tourner sans problème, mais la nacelle brûle et c'est vraiment impressionnant. Les éoliennes font cent mètres de haut, et leur couronne de flammes ondule comme de longs cheveux au vent. La fumée s'enroule autour des pales et s'élève en formant une hélice. Cela m'évoque cette danse traditionnelle chinoise exécutée avec des rubans de soie.

« Elles ont dû être frappées par la foudre », je dis à Flip, mais il ne lève pas la tête. La présence du bébé continue à le contrarier.

Notre petit bonhomme

Après avoir traversé la frontière de la Louisiane, je sniffe un petit truc pour me calmer, mais sans abuser. Il est aussi dangereux d'être trop éveillé que trop fatigué. Le but c'est d'être légèrement hors de son corps, comme si on se suivait et qu'on surveillait de près ce qui se passe.

Au bord de la route, des panneaux vantent la ferme pédagogique exotique du parc de loisirs Gators and Friends et, l'espace d'un instant, je me dis que si nous avions plus de temps, j'aurais bien fait une halte. J'aurais sorti notre petit bonhomme de son carton, je l'aurais emmené faire une promenade et voir les lamas, les singes, les cochons vietnamiens, tous les animaux exotiques qu'il est possible de caresser là-bas. Il ne s'en souviendrait pas, bien évidemment, mais ça aurait pu lui plaire. J'imagine sa menotte tendue cherchant à toucher le doux pelage d'une bête.

Perdu dans ma rêverie, je jette par hasard un coup d'œil au nouveau-né.

Je ne suis pas un spécialiste du sommeil des nourrissons, mais j'ai l'impression qu'il est anormalement immobile. Il est couché sur le dos, et sa petite tête chauve a une teinte bleutée. La rigidité de ses membres m'inquiète. Je me sens oppressé.

« Hé ! » je lance suffisamment fort pour que Flip se réveille en sursaut, mais l'enfant ne bouge pas. « Hé ! » je répète, encore plus fort.

Rien. Je n'arrive pas à voir s'il respire, mon regard passe continuellement de la route au bébé, et puis je commence à être pris de panique, et l'une des amphétamines que j'ai sniffées, Adderall, Mydayis ou autre, commence à me faire tourner la tête en une danse mélancolique et discordante. Les minuscules menottes sont raidies, on dirait des racines d'arbres noueuses, tendues vers le haut.

Nous approchons de la sortie qui dessert Flournoy. Il doit y avoir un hôpital dans cette ville, mais aller aux urgences avec un nouveau-né sur lequel je ne possède aucun titre de propriété n'est pas une bonne idée. Et me voilà, bien malgré moi, en train de réfléchir à la façon dont je pourrais me débarrasser du corps.

J'ai eu ma part de cadavres au fil des années, mais je n'ai jamais eu à m'occuper d'un bébé mort. Je me vois ramenant son petit corps à la ferme pédagogique. Les alligators se chargeraient certainement de lui, mais suis-je ce genre de personne ?

« Flip ! Bon sang ! Réveille-le ! » Flip lève la tête, les babines retroussées, et braque sur moi un regard sombre. Il remue la queue pour signifier sa perplexité.

D'un grand geste de la main, je lui indique l'enfant. « Allez ! Réveille-le ! »

Je ne sais pas très bien ce qui se passe dans la tête de Flip, mais je peux vous assurer que c'est un être d'une grande intelligence, et il a prouvé par le passé qu'il était doué de pouvoirs qui dépassaient ceux d'un simple chien. Il ne comprend pas tout ce que je lui dis, mais il comprend plus de choses qu'on ne croit.

« Réveille-le ! » j'insiste. Et soudain, sous l'effet des amphétamines, mes mots se transforment en chant d'oiseau, et je m'entends répéter : « Réveille-le-réveille-le-réveille-le ! »

Le pauvre Flip me fixe du regard, l'air désapprobateur, mais il suit mon doigt et pointe son museau vers notre petit bonhomme. Il le renifle et, au bout d'un moment, lui lèche la bouche avec une infinie délicatesse.

Les petites mains se contractent brusquement et battent l'air comme des ailes. La minuscule bouche s'ouvre en grand – on dirait un chat qui bâille – et pousse un gémissement.

C'est bon. Il va bien. Merci au Père céleste que je n'apprécie pas autant d'habitude. Notre petit bonhomme est vivant !

Période merdique en vue

Au nord de Vicksburg, Mississippi, il y a une aire de repos correcte en bordure de la Highway 61 où je peux me garer, recharger les batteries et dormir un peu. C'est le Red Hot Truck Stop, et j'aime cet endroit car on n'y est jamais jugé. Peu importe que mon pitbull me suive dans les allées du magasin quand je cherche des barres chocolatées, peu importe que je porte un jogging, des tongs et un bonnet à pompon des Vancouver Grizzlies, les gens s'en fichent. Une jeune femme qui me vend du poisson-chat frit et des beignets d'oignon me souhaite une bonne journée.

« La fin des temps approche, ajoute-t-elle, et je hoche la tête en souriant.

– Effectivement. »

Je ne me sens pas bien. Depuis que j'ai remis le bébé à son destinataire, je me dégoûte. Je ne pense pas m'être bien occupé de lui, et je n'arrive pas à oublier son minuscule visage tout plissé de vieille femme et son air réprobateur. Je l'ai confié, sur le parking d'un hôpital, à une matrone au sourire méprisant définitivement figé par le Botox, et coiffée comme le sont toutes les femmes conservatrices appartenant à une mouvance conspirationniste. Dès qu'elle a posé les yeux sur moi, j'ai cru qu'elle allait demander à parler à mon patron, puis elle a regardé notre petit bonhomme avec un air dubitatif, comme s'il n'avait pas exactement la couleur exigée, et j'ai eu un serrement de cœur en imaginant la vie qui attendait cet enfant, et une partie de moi a voulu le lui arracher des mains. Mais je me suis comporté comme le lamentable larbin que je semblais être. La matrone a calé le nourrisson au creux de son bras et s'est éloignée à fond de train en direction d'un SUV qui attendait, et bien que cette livraison ait ressemblé à la centaine d'autres que j'ai pu faire au cours des années, il y avait longtemps que je ne m'étais pas senti aussi déprimé.

Je suis assis à la table du camping-car. Après avoir avalé le poisson-chat et les beignets, j'écrase, agacé, les miettes de friture avec l'index et je le lèche. Il y a des choses dont je ne suis pas fier, mais je suis loin d'avoir les mains aussi sales que certains citoyens de ce pays. J'ai des principes, et ça me fait regretter de n'avoir rien dit à cette femme bégueule et méprisante. Il n'y a rien de pire qu'un marchand de bébés.

Une pluie froide tambourine sur le toit, alors j'allume les radiateurs. Je devrais sans doute dormir à l'heure qu'il est – j'ai dû conduire seize ou dix-sept heures d'affilée – mais je préfère picorer des miettes, les yeux fixés sur le parking. Vus sous un certain angle, on pourrait croire que les semi-remorques ont un visage. Un regard stupide – bovin – mais tristement patient. Les animaux et les machines ont parfois l'air plus humain que les gens.

J'espère que je n'ai pas remis le mioche à des sales types. J'aimerais croire que ça va aller pour lui, qu'il va être adopté par de gentils parents. Et qu'il sera heureux, et je sors même le jeu de tarot pour essayer de m'en convaincre.

Je ne dirais pas que j'y crois à cent pour cent, mais je sais lire les cartes. J'ai connu une certaine Mrs Wetz, une voyante professionnelle qui habitait à Margate, Floride, elle avait quatre-vingts ans et sa maison servait de cache à des mafieux, d'où les liasses de billets partout chez elle, et je devais passer la voir de temps en temps pour m'assurer que tout allait bien. Elle habitait une de ces résidences pour seniors à moitié abandonnées, où beaucoup de maisons tombaient carrément en ruine, et la sienne était la seule de la rue à être occupée. La pauvre, elle s'ennuyait à mourir.

Je tondais sa pelouse et taillais ses cornouillers. Ensuite on s'installait sur sa petite véranda protégée par une moustiquaire, où on buvait du thé dans des tasses en porcelaine, et elle me tirait les cartes et en parlait comme si c'étaient des poupées avec chacune sa propre personnalité. Grâce à elle, j'apprécie l'art du tarot et je sais jouer au mah-jong.

Je prends mon vieux jeu Rider-Waite et je bats les cartes un bon moment. Les radiateurs bourdonnent et dégagent cette odeur bien particulière de laine chaude et de métal. Une fois calmé, je ne tire que trois cartes, uniquement comme support de méditation.

Huit de Coupe. Six de Pentacle, à l'envers. Le Pendu.

Je gratte une minuscule tache de ketchup séché. À première vue, ça ne s'annonce pas très bien.

Mais avant même que je puisse commencer à réfléchir au message du tarot, un des téléphones de l'Ami Riordan se met à vibrer. Je lève les yeux vers le tiroir qui lui sert de cercueil.

Bzzz. Bzzzz. Bzzzzzzz. Comme un hanneton coincé dans une bouteille. Je replace lentement les trois cartes indésirables dans le jeu, l'une après l'autre. Je me qualifierais d'extrêmement perplexe.

Ma parole ! Un autre portable se met à vibrer quelque part, et celui qui se trouve dans la poche de mon pantalon aussi, et je suis tellement surpris que je bondis de mon siège et frappe ma cuisse comme si j'étais en train de me faire piquer par une bestiole.

La gravité de la situation m'apparaît enfin.

Visiblement, quelqu'un sait où je suis. Visiblement, quelqu'un est capable de localiser mes téléphones intraçables, ce qui veut dire que mon intimité est sérieusement compromise. Quelqu'un est prêt à tout pour attirer mon attention, alors après un instant d'hésitation je sors le portable de ma poche et ouvre le clapet.

« Allô ? » Je perçois un sifflement lointain, des murmures électroniques. Et puis une voix de jeune femme : « Vous êtes Davis Dowty ? »

Davis Dowty est un très, très vieux pseudonyme. La situation est pire que ce que je croyais.

« Je vous en supplie, ne raccrochez pas, dit-elle. Je ne vous veux aucun mal. »

2

Père biologique

« Eh bien… il se peut que vous soyez mon père biologique. »

Je suis encore sur le parking du Red Hot Truck Stop, assis dans la partie habitation de l'*Étoile du Berger* et, le téléphone collé au visage, je sens mon esprit se transformer en une ribambelle d'esprits. Je crois qu'on appelle ça la *dissociation*. Malgré tout, je reste très concentré. J'ai conscience de flotter hors de mon corps, légèrement au-dessus, sur la gauche, et je m'entends parler.

« Tout est possible, j'imagine ! » dis-je, et je me vois prendre le stylo dont je me sers pour les mots croisés et une serviette en papier, et ma main écrit : *bonne communication pas de parasites*, et j'ajoute : « Mais qu'est-ce qui te fait croire que je suis ton père, ma puce ? »

Apparemment, elle est troublée. Je reconnais que ce *ma puce* est maladroit et un brin violent, mais j'aimerais pouvoir me dire qu'il y a là quelque chose de paternel et rien de flippant, de menaçant ou de condescendant. En tout cas, elle est un peu déstabilisée.

« Eh bien… je sais que tout ça est très embarrassant. Ça l'est pour moi aussi. Peut-être que pour commencer je pourrais vous dire tout ce que je sais ? »

Ma main écrit en attaché à l'encre bleue : *voix féminine – environ 18-25 ans avec qqch d'enfantin – léger zézaiement – friture vocale.*

« Au fait, je m'appelle Cammie. Dire que je ne me suis même pas présentée ! Je suis désolée, je pensais être mieux préparée que ça. »

Actrice ? CIA ou lobby privé ?

Elle a réussi, d'une façon ou d'une autre, à avoir accès à l'un des pseudonymes que j'utilisais au tout début. Mes poils se hérissent et restent dressés quand je l'entends mentionner le nom du centre de fertilité d'Evanston, Illinois, où *Davis Dowty* avait proposé ses services.

C'est vrai : jeune, j'avais vendu beaucoup de sperme, ignorant à l'époque combien il était important de préserver son intimité. Je pensais rester dans l'anonymat avec mon pseudo, et comme j'étais plutôt doué en matière de masturbation, j'avais trouvé un moyen de truander le système et de gagner ma vie en allant de clinique en clinique. Il n'est pas totalement invraisemblable qu'un enfant ait pu voir le jour.

Mais comment a-t-elle fait le lien entre ces centres de fertilité et la Nébuleuse brumeuse, comment a-t-elle dégotté mes différents numéros de portable qui ne sont enregistrés auprès d'aucun opérateur, qui sont censés être anonymes et intraçables, y compris mon téléphone chinois dont je ne me suis pas servi depuis dix-huit mois ? Comment a-t-elle deviné qu'il s'agissait d'une seule et même personne ?

Elle ne me fournit pas d'explications.

C'était sans doute une erreur d'engager la conversation avec elle. J'aurais dû jeter les portables en attendant de trouver une solution pour disparaître à nouveau des radars, mais je pensais qu'il était plus intelligent de découvrir à quoi j'avais affaire exactement. Je n'en suis plus si sûr.

Cammie est une hackeuse, voilà ma conviction, sans doute une travailleuse indépendante qui m'utilise pour attraper un plus gros poisson au sein du réseau d'associés pour lequel je travaille. Nombre d'institutions publiques et privées aimeraient mettre la main sur moi – à commencer par des *medtechs* qui auraient pu avoir accès à mes vieux dossiers médicaux et à mon ADN juste pour me faire chanter. Mais j'ai aussi des ennemis chez les raéliens, Los Ántrax et les suprémacistes blancs, sans compter que certains membres du Front de Libération du Kekistan ont essayé de me localiser et que je suis quasiment sûr de figurer sur la liste noire de Gudang Garam. Et puis cet Adnan, qui sert d'intermédiaire pour le Hezbollah, aimerait sans doute m'éliminer. Je pourrais créer un tableau Excel avec tous ceux qui me veulent du mal. Bref, tout cela pourrait être un vaste complot conçu par une machine de Goldberg et dont je ne perçois pas encore tous les rouages.

Affirmer être ma fille, c'est quand même jouer un drôle de jeu. Je dois reconnaître qu'une petite part de moi aimerait croire que j'ai un enfant quelque part qui cherche désespérément à me retrouver. À moitié séduit par cette idée, je me sens comme défaillir. J'aimerais savoir, par exemple, comment est Cammie physiquement, si nous nous ressemblons. Si c'est ma fille, tient-elle de moi ?

Je l'imagine avec des nattes et peut-être une touche de teinture rose ou turquoise à la pointe des cheveux. Elle a des taches de rousseur, ne se maquille pas et fait sans doute partie de ces jeunes femmes qui aiment les vêtements vintage aux motifs fantaisistes. Elle a des yeux verts avec des paillettes d'or, des yeux intenses qui réfléchissent la lueur bleue de son écran d'ordinateur. Son appartement est plongé dans le noir, il y a juste une petite guirlande de Noël lumineuse au-dessus de son lit. Où est-elle ? À Brooklyn ? Non. À Portland ? Ann Arbor ?

Peut-être qu'elle se trouve dans un bureau en sous-sol de Quantico, vêtue d'une jupe fourreau et de chaussures confortables, les cheveux courts, la coupe sévère, et elle tripote des boutons tout en enregistrant ma voix.

« Je suis désolée si je vous ai fait peur et si je donne l'impression de vous harceler, dit-elle. J'aurais aimé trouver un meilleur moyen de vous contacter.

– En tout cas, tu as fait un super boulot. Ça n'a pas dû être facile de me localiser.

– Non, répond-elle d'une petite voix circonspecte dans laquelle je perçois presque une pointe de regret. Je sais que vous vous demandez comment j'ai fait. Vous êtes manifestement un homme très secret, ça doit vous inquiéter d'avoir été… piraté.

– Je reconnais que ça me préoccupe un peu.

– Bien sûr, c'est normal. » Je suis surtout impressionné par l'équilibre qu'elle parvient à trouver entre gêne et aplomb. C'est une tactique désarmante. « Vous craignez sans doute que je travaille pour le compte de quelqu'un ou que j'essaie de vous faire chanter, de vous embobiner ou de vous escroquer. Je comprends, vous savez.

– Le problème de la confiance se pose malheureusement. » Flip attend près de la porte du camping-car, je me lève pour le laisser sortir, m'assieds sur le marchepied et m'allume un pétard, le portable collé à l'oreille. Flip arpente le parking pensivement, en quête d'un emplacement idéal où répandre son urine.

« En vérité, il me semble plus vraisemblable que tu travailles pour le compte d'un tiers ou que tu essaies de me pigeonner plutôt que tu sois ma fille et que tu aies, en matière de hacking, les compétences de quelqu'un qui travaillerait pour un service de renseignement. »

J'essaie de faire en sorte que la conversation reste légère et enjouée, je ne veux pas avoir l'air parano ou paniqué. J'imagine un tireur isolé à l'autre bout du parking, un tueur à gages en tenue de camouflage accroupi sur le toit d'un semi-remorque. Je sens presque la lumière rouge de son viseur laser sur mon front.

« Eh bien, j'imagine que, pour commencer, je dois vous

prouver que j'existe. » Il y a dans sa voix flûtée un tel sérieux que je me demande si elle n'est pas dérangée. Les poils de ma nuque se hérissent.

« Tout à fait », je réponds en détachant soigneusement chaque lettre, comme si je remplissais une grille de mots croisés. Je devrais essayer de la faire parler, je devrais essayer de lui faire lâcher quelques informations pour parvenir à savoir qui elle est, d'où elle appelle, quels peuvent être ses objectifs. Et ce qui la rendrait vulnérable.

« Je… Je pense que cela m'aiderait de mieux comprendre comment tu as réussi à me retrouver, dis-je timidement. Si je savais comment tu t'y est prise, ça me rassurerait peut-être. »

Je souris avec optimisme et sérieux à l'écran de mon portable même si je ne pense pas qu'elle puisse me voir, et Flip revient de sa patrouille sur le parking en remuant la queue.

« J'entends bien, me répond la fille avec compassion. Et je suis persuadée qu'un jour viendra où je pourrai tout vous expliquer. Une fois qu'on se connaîtra mieux. Mais pour le moment je vais y aller mollo.

– Parce que tu ne me fais pas non plus confiance.

– Exactement, dit-elle avec regret.

– Voilà une bien belle manière de faire connaissance. Si on ne peut pas être honnêtes, à quoi bon ?

– On pourrait peut-être commencer par une simple conversation ? Comme deux inconnus assis côte à côte dans un avion ?

– Ça, ça s'appelle un jeu de rôle. » Après avoir fait le tour de l'*Étoile du Berger*, Flip vient s'asseoir à côté de moi. Il me renifle la main et je lui gratte l'oreille. « Après toutes les recherches que tu as faites sur moi, tu dois commencer à me connaître. Qu'est-ce que tu cherches ?

– Je veux… je veux juste créer un lien entre nous. Je veux apprendre à vous connaître. Nous ne sommes pas très différents, vous savez – moi aussi je vis dans la clandestinité.

C'est l'une des raisons qui m'ont décidée à vous contacter. Si vous aviez été un proviseur de lycée, par exemple, ou le propriétaire d'une franchise d'ailes de poulet, ça ne m'aurait sans doute pas intéressée.

– Qu'est-ce qui t'intéresse exactement ?

– Je crois que nous pourrions nous entraider.

– Je n'ai pas besoin d'aide.

– Si, bien sûr que si », rétorque-t-elle. Et elle raccroche.

L'Encyclopédie illustrée du règne animal

Je me rappelle la clinique à laquelle Cammie a fait allusion – celle où elle avait été concoctée, ou quel que soit le terme que vous choisirez. « Conçue » ne me semble pas adéquat.

Ça faisait longtemps que je n'avais pas pensé à cette période de ma vie, mais à peine Cammie m'a-t-elle raccroché au nez qu'elle me revient à l'esprit. Allongé sur ma couchette de l'*Étoile du Berger*, je m'imagine au premier étage d'une vieille demeure victorienne qui en comptait deux et qui avait été transformée en pension de famille. Je revois ma chambre avec son radiateur rouillé et le petit lit sur lequel je me prélassais à toute heure du jour. Le plâtre des murs, verruqueux et blanchi à la chaux, contre lequel je collais mon visage, les taches d'humidité au plafond qui m'évoquaient des visages ou des silhouettes.

L'arrangement n'était pas tout à fait légal, me semble-t-il – il n'y avait ni contrat ni bail, juste une femme âgée qui avait décidé de louer des chambres chez elle. Elle s'appelait Mrs Dowty, et elle vivait seule au rez-de-chaussée avec son perroquet. Elle était veuve et son fils, Davis, venait de se suicider.

Peu de temps après mon arrivée, j'avais réussi à récupérer le numéro de sécurité sociale de Davis Dowty, puis obtenu assez rapidement un permis de conduire et un passeport à son nom. Je payais Mrs Dowty tous les mois, d'avance et en liquide, pour une chambre meublée avec salle de bain à partager et utilisation limitée de la cuisine. C'était à Evanston, Illinois, il y a trente ans. Peu après ma première évasion.

J'entendais une femme marcher à l'étage du dessus. Son parquet – mon plafond – soupirait quand elle allait et venait, on aurait dit qu'elle avançait sur des plaques de glace flottante. Je ne connaissais pas son nom mais je pensais beaucoup à elle. Elle marchait au-dessus de mon lit à toute heure de la nuit et parfois, par la bouche de chauffage, je l'entendais écouter de la musique à la radio ou lire une histoire à son fils d'une voix trébuchante, étrangement mélodieuse. « Bonsoir, lune », disait-elle souvent.

Comme la plupart des locataires de Mrs Dowty étaient dans une situation plutôt précaire, je me figurais que cette femme et son enfant fuyaient un mari violent ; ou que le père avait connu une fin tragique, un cancer par exemple, et qu'elle se retrouvait avec des frais médicaux qu'elle ne pouvait pas payer ; ou encore – et c'était le plus probable – qu'elle était mère célibataire, avec des ressources limitées, et que c'était le mieux qu'elle pouvait faire.

Pendant un temps, j'ai rêvé que je tenais un bébé dans mes bras. Il était enveloppé dans une couverture d'hôpital bleue, on ne voyait que son visage rond, et je le sentais se tortiller sous le lange quand je caressais sa joue en disant : « Chut, chut », et puis je me réveillais et le parquet craquait au-dessus de ma tête et j'imaginais – je croyais voir – le contour des pieds nus de ma voisine.

D'une certaine manière, ce rêve était en partie le sien, une graine que son agitation avait plantée dans mon esprit endormi. Et c'était peut-être aussi en partie de sa faute si j'avais décidé, en dépit du bon sens, de commencer à proposer mes services à des centres de fertilité. Était-ce à cause d'elle, de ce rêve, ou simplement parce que j'étais seul au monde

– sans emploi, dealant parfois de la drogue pour joindre les deux bouts, mais restant le plus souvent allongé sur mon lit, en sous-vêtements, avec une bière sur le ventre qui tiédissait ? Sans doute une combinaison des trois, l'impression d'être séparé du reste des Terriens par une paroi invisible, comme un poisson dans un aquarium.

C'était idiot de vendre son sperme, mais on est idiot à vingt ans, et j'y associais peut-être un espoir magique – comme lorsqu'on achète un billet de loterie ou qu'on jette une pièce dans une fontaine.

Mais il est vrai aussi que je cherchais constamment à me remplir les poches, que j'étais toujours à l'affût d'une arnaque ou d'une magouille, et quand un pote en première année de médecine m'a dit que je pouvais me faire cinquante dollars rien qu'en donnant mon sperme, j'ai sauté sur l'occasion. On l'appelait Patches. On traînait ensemble dans un bar situé à quelques centaines de mètres de la maison de Mrs Dowty, et il me révélait toutes sortes de secrets médicaux.

Il donnait le sien une ou deux fois par semaine, ça lui faisait de l'argent de poche, et il m'avait dit quel numéro appeler. « Pas sûr qu'ils t'acceptent. Ils vont mesurer ton QI, te faire passer une visite médicale et un test génétique. En fait, ils t'infligent une véritable épreuve. »

Il avait souri. Il était sur le point de m'acheter de l'herbe – à l'époque c'était illégal. Je lui faisais goûter le produit dans une ruelle derrière le bar, où on se tenait appuyés contre un mur près d'une benne à ordures à l'odeur aigre, nous passant et repassant une petite pipe en cuivre. Il devait se dire, j'en suis certain, que je n'avais pas le pedigree recherché, il lançait juste l'idée pour se la raconter, lui l'étudiant blond qui faisait médecine à l'université Northwestern, qui croyait en la méritocratie, qui croyait mériter sa place dans le monde.

Une véritable épreuve, ha ha.

Je m'étais donc rendu sur place, on m'avait remis un dossier de candidature, et j'avais passé plusieurs matinées à remplir le questionnaire tout en mangeant du porridge dans la cuisine de Mrs Dowty, avec le perroquet sur son perchoir qui déployait ses ailes et lissait ses nouvelles plumes. J'inventais mensonge sur mensonge, tout en faisant en sorte que mon écriture ait l'air érudite et poétique.

Par la fenêtre, j'observais ma voisine et son fils qui devait avoir à peu près quatre ans, un petit garçon mince avec des yeux enfoncés et la tête d'un oisillon. Ils vaquaient à leurs occupations dans le jardin à l'abandon situé derrière la maison ; je regardais l'enfant construire quelque chose avec de la boue et des brindilles dans un coin près de la clôture ; ou bien lire un des volumes de *L'Encyclopédie illustrée du règne animal.* Sur la couverture étaient dessinés un serpent, un zèbre, un pingouin et un scarabée, tous de la même taille.

La femme fumait tranquillement une cigarette. Un jour, les cheveux secs et raides aplatis à l'arrière pendant la nuit, elle a fait glisser rêveusement ses doigts le long de sa plante de pied nue. Elle a recraché la fumée, et j'ai écrit que je me définissais comme un homme qui méritait d'avoir un bébé, et le perroquet de Mrs Dowty a lancé : « Bonjour ! Tu t'appelles comment ? » d'une voix aiguë et insipide, avant de mordre férocement dans une noix.

L'appel du centre de fertilité a quand même été une surprise. Je me suis senti extrêmement gêné face à l'infirmière. Elle devait avoir à peu près mon âge – une jolie jeune fille timide dont la coiffure me donnait à penser qu'elle avait eu une enfance malheureuse. Elle n'arrivait pas à me regarder droit dans les yeux. Elle s'est contentée de me donner d'autres formulaires à remplir sur une planchette à pince avec un stylo accroché au bout d'une chaînette à boules en métal. Ce que j'ai fait. Puis elle m'a entraîné dans un couloir qui sentait l'hôpital, laissant dans son sillage un long silence jusqu'à ce que nous nous arrêtions devant une petite pièce. Elle m'a alors remis un tube à essai avec bouchon à vis, elle s'est raclé la gorge en se balançant d'un pied sur l'autre – elle portait de grosses chaussures blanches – et elle a ouvert la porte en précisant qu'il y avait des magazines au cas où j'en aurais besoin.

J'ai aperçu une pile de vieux numéros de *Penthouse* et de *Hustler* sur une étagère près des WC et j'ai hoché la tête. Que dire ? L'infirmière s'efforçait d'être professionnelle mais je voyais bien qu'elle était intérieurement mortifiée, et quand j'ai esquissé un sourire ironique, elle s'est de nouveau raclé la gorge et s'est éloignée précipitamment. La pauvre.

Le plus étrange, c'est que c'est à elle que j'ai fini par penser, et non pas aux filles des magazines pornos avec leur peau bronzée, leur silhouette irréelle et leur visage sans expression. Et quand je lui ai rendu le tube à essai, j'avais l'estomac noué. Son regard était triste et horrifié, comme si elle savait. Par la suite, il m'est arrivé de me dire que tout bébé qui naîtrait de ce don de sperme serait autant le sien que le mien.

Mais jamais je n'ai envisagé cela comme une possibilité. J'aimais juste en rêver, parfois. Dans une autre vie, me disais-je, il existerait peut-être une personne dont la mâchoire ou les doigts auraient une certaine forme, une personne qui sourirait d'une certaine façon quand elle serait triste, qui pourrait même finir par développer certains états émotionnels, une mélancolie larmoyante, et se sentir légèrement vide, légèrement perdue, légèrement réjouie – à cause de moi.

Quelques semaines avant mon premier don, j'avais trouvé par hasard un carton de livres. En vue de son ramassage par les éboueurs, il avait été déposé sur le trottoir, devant une grande et vieille maison qui ressemblait à la nôtre, sauf qu'elle n'avait pas été divisée en appartements. Je ne voyais pas ce que l'on pouvait reprocher à ces livres – une vieille encyclopédie en plusieurs volumes, incomplète mais belle, illustrée de magnifiques photos. Elle ne semblait même pas avoir été lue ! J'ai jeté un coup d'œil autour de moi pour m'assurer que personne ne me regardait, et j'ai emporté le carton dans ma chambre.

Ce soir-là, après le dîner, je suis monté au second étage et j'ai frappé à la porte. « Voilà ce que j'ai trouvé », ai-je dit à ma voisine en lui montrant les livres et en esquissant un sourire comme une personne normale et sympa. « Je vous ai entendu lire des histoires à votre fils et je me suis dit que cela pourrait lui plaire. »

J'avais répété ce speech plusieurs fois, mais à peine ai-je prononcé ces mots que je les ai regrettés. Ça laissait penser que je l'épiais, et je l'ai vue plisser les yeux. Quand elle s'est penchée pour jeter un coup d'œil aux livres, elle a froncé le nez. Je savais qu'ils sentaient un peu l'humidité.

« Mon fils est un peu jeune pour s'intéresser à une encyclopédie », m'a-t-elle répondu, et j'ai fait passer mon poids d'une jambe sur l'autre. Le carton était lourd.

« Tout juste. Mais il y a de belles photos à l'intérieur. »

Elle m'a regardé et ses yeux ont tranché. J'ai deviné qu'elle avait repéré une particularité chez moi qu'elle ne pourrait jamais aimer ni même supporter. Je ne savais pas très bien ce que c'était, mais je pouvais la sentir dans l'air environnant. Une odeur.

« Si vous voulez me les laisser, c'est d'accord. Mais il les abîmera. Il coloriera les pages. Vous pourriez les vendre. » Elle posa une main sur ses cheveux. « Vous n'avez pas d'enfants.

– Non. » J'ai souri, perplexe, car elle ne semblait pas vouloir prendre le carton. Je l'ai calé contre ma hanche. « Non, pas vraiment. » Et puis j'ai réalisé que c'était bizarre comme réponse. « Du moins, pas à ma connaissance, j'ai ajouté, avant de me rendre compte que ça ne faisait qu'empirer les choses.

– Oh. » Elle a eu un rire bref. « Vous êtes ce genre d'homme, hein ? » Elle m'a brièvement regardé avec un air…

badin ? sarcastique ? Un air familier mais pas très amical. J'ai rougi et posé le carton par terre.

« Non, non, j'ai rétorqué. Non, c'est… c'est compliqué.

– J'imagine. » J'ai eu droit au même coup d'œil, et je l'ai regardée penser – un ensemble complexe de trucs illisibles traversaient son esprit. Elle a ouvert un peu plus la porte et j'ai aperçu le garçonnet assis en tailleur devant la télévision, le visage artificiellement éclairé, qui faisait trotter un éléphant en plastique sur la moquette. Ça aurait été super qu'il se tourne vers moi, mais non.

« Eh bien, a dit la femme. Merci. »

À l'époque, avant de devenir la Nébuleuse brumeuse, j'étais un fugitif – j'avais été arrêté à tort, emprisonné, puis enfermé dans un hôpital psychiatrique. Je serais incapable de vous dire quelles accusations avaient été portées contre moi mais je les avais trouvées ridicules, je l'avais dit, et très vite un policier avait plaqué sa rotule au niveau de mes reins et m'avait menotté, et à partir du moment où l'on m'avait perçu comme récalcitrant et rebelle, tout espoir était perdu. Comme j'avais continué à protester, je m'étais retrouvé dans le service psychiatrique du Hopewood Memorial Hospital où l'on m'avait bourré de Thorazine et laissé aller à la dérive.

Je ne sais pas comment je me suis échappé. Il ne me reste que quelques flashes : je me revois traverser tant bien que mal un fossé d'irrigation où poussaient des roseaux, uniquement vêtu d'un pantalon de pyjama, le crâne rasé et avec une cinquantaine de kilos en trop, engraissé que j'étais par les antipsychotiques et le manque d'exercice ; je me revois étaler de la vase vert foncé sur mes cheveux, mon visage et mon corps ; je me revois tenter de me laver dans les WC d'une station-service et voler un bleu de travail dans le garage.

Quand je m'étais installé dans la maison d'Evanston, le petit garçon faisait des cauchemars. Il se réveillait en hurlant et, bien sûr, ça me réveillait. J'avais l'impression qu'il criait : « À l'aide ! À l'aide ! » Puis je finissais par entendre les bruits de pas de sa mère. « Chut, murmurait-elle sans doute. Tout va bien. » Et elle se mettait à chanter.

Je ne sais pas pourquoi l'entendre chanter me touchait autant, mais je me rappelle que ça me faisait frissonner. Je pensais à ma mère que j'avais tuée de mes propres mains ; je pensais aux policiers qui continuaient à me traquer dans un autre État ; et il n'y avait aucun ami dans ma vie, juste des inconnus, et je me recroquevillais un peu plus en murmurant : « Chut, chut, ce n'est rien, ne t'inquiète pas, mon petit, tout ira bien. »

Mais une forte bouffée de solitude montait en moi – ce désir ardent d'avoir une famille qu'un dieu cruel a certainement fait naître en nous.

C'est bien parti

J'émerge, la tête embrumée, et je reste un moment les yeux fermés, en faisant comme si la conversation téléphonique de la veille n'avait pas eu lieu. Puis Flip pose sa truffe froide et humide sur mon pied et je me glisse hors du lit. Il n'est pas tout à fait six heures du matin et peu de gens sont réveillés. Le ciel est gris-bleu, les camions-remorques sont alignés et sommeillent, l'air sévère. Il va falloir que j'appelle Experanza.

J'attrape mes sandales pendant que Flip attend, à côté de sa gamelle, que je prépare des œufs sur le plat pour notre petit-déjeuner. Alors, quand il me voit sortir du camping-car, il a un regard incrédule et scandalisé, comme si j'étais un traître, mais je ne peux pas appeler Experanza avec un de ces portables infectés, et donc je traverse péniblement le grand parking en direction du coin de mauvaises herbes où se trouve l'une des dernières cabines téléphoniques du pays. « Zut de zut ! » je marmonne. Un homme, que je ne vois pas, braille au loin, on dirait un cri de désespoir causé par une peine de cœur, et je referme la porte pliante de la cabine pour m'isoler du bruit. Je nettoie le combiné du vieux bigophone crade avec mon T-shirt avant de l'approcher de mon visage, et je compose le numéro sur le clavier.

Quand j'étais petit, et que nous séjournions à Little America, la mère d'Experanza et la mienne étaient meilleures amies.

Elles aimaient s'enfermer seules dans la chambre pour boire de la tequila dans de minuscules verres en plastique. « Allez jouer », nous disaient-elles, alors nous courions dans les couloirs et nous arrêtions devant les distributeurs automatiques en nous demandant quelle confiserie nous aurions envie de voler. Nous allions marcher dans les champs avoisinants où nous aimions observer les chiens de prairie, ou bien nous flânions dans la boutique du motel en nous prenant pour des détectives privés, et nous chapardions des jouets et des bonbons. D'une certaine façon, nous étions meilleurs amis, comme nos mères, de façon ponctuelle.

Plus tard, j'ai cru comprendre qu'elles appartenaient à un collectif anarchiste qui était plus ou moins une secte, mais qu'elles avaient aussi des liens avec la pègre et avec des organisations terroristes, et que leur mission consistait en partie à créer une génération d'individus invisibles aux yeux du gouvernement. Experanza et moi étions censés appartenir à une nouvelle classe de citoyens. Notre venue au monde n'avait pas été déclarée – pas d'acte de naissance, pas de médecin, aucune preuve de notre existence. En fait, à l'âge de dix-sept ans, ma mère avait simulé sa propre mort si bien qu'elle n'était même pas censée être en vie le jour où je suis né. C'est le plus beau cadeau qu'elle m'ait fait.

Des années plus tard, Experanza et moi nous sommes retrouvés dans le cadre professionnel – tous deux travaillant pour le même patron bien qu'à des postes différents, au sein de Value Standard Enterprises, un prestataire de services. Mais là, il s'agit d'un coup de fil personnel.

Experanza m'écoute en silence. J'en suis arrivé au point où je ne supporte pas d'être attaché par un cordon à un bigophone et, mal à l'aise, je me tortille dans la cabine vitrée. Je suis sur les nerfs, en état d'alerte, j'observe le parking où les gens commencent à bouger, mais aussi les bosquets dans mon dos ainsi que l'entrée et la sortie du supermarché.

Quand j'arrive à la fin de mon histoire, Experanza émet un son qui traduit sa déception. « Tu aurais dû m'appeler hier soir.

– Je ne voulais pas te réveiller. Et puis j'essayais de comprendre la situation.

– Et moi, c'est toi que j'essaie de comprendre. Qu'est-ce qui t'a pris ?

– Je ne sais pas. J'avais vingt ans. Je me sentais seul.

– Pff. » Je jette un coup d'œil par-dessus mon épaule en direction des bosquets. J'ai l'impression d'être visible de partout.

« Il y a moyen de la localiser ? je demande.

– Vous êtes restés en ligne combien de temps ?

– Une dizaine de minutes.

– Mon Dieu !

– Je suis foutu », dis-je, et Experanza émet encore ce son qui traduit sa déception.

« Ça c'est sûr. Tu es définitivement foutu.

– Elle m'a dit qu'elle voulait apprendre à me connaître, dis-je tristement. Elle pense qu'on peut s'entraider.

– Ce quelque chose d'enfantin dans sa voix m'incite à croire qu'il s'agit d'un robot.

– Non, non. En fait, je pense qu'elle est très vulnérable. Ça fait partie des trucs qui me font flipper.

– Tant pis pour elle. Ne me contacte plus par téléphone. Et remonte vers le nord le plus vite possible.

– Je fais quoi si elle tente de me rappeler ?

– À ta place, j'essaierais de gagner sa confiance, de la localiser et ensuite j'irais la tuer.

– D'accord. À très vite. »

Je retourne péniblement dans mon camping-car, je prépare des œufs brouillés, je fais cuire de la viande de porc hachée pour Flip, je me verse une tasse de café, et me voilà de nouveau déprimé. J'avale ma microdose de LSD avec un shot de nectar d'agave dans lequel j'ai mélangé de la poudre de cordyceps. *Qu'est-ce qui t'a pris de faire un don de sperme ?* m'a demandé Experanza, et je grimace – pas uniquement parce qu'elle a raison, pas uniquement parce que j'ai le sentiment d'être un gogo, mais aussi parce que c'était un petit secret que je chérissais et nourrissais dans mes moments d'intimité. L'idée d'être père me rendait heureux, et il m'arrivait, quand je croisais un enfant, de m'attarder sur un détail de sa personne et je me demandais à quoi ressemblerait un gosse dont je serais le père. Je me surprenais à rêver que cette jeune personne était mon enfant.

La fille aux cheveux auburn à l'arrêt de bus à Vancouver avec sa valise écossaise, je m'étais imaginé qu'elle avait fugué et j'avais glissé un billet de cent dollars dans la poche de son manteau ; le jeune employé tatoué de la station-service située à la périphérie de Davenport, Iowa, à peu près ma taille, ma couleur de peau, il m'avait souri comme s'il me reconnaissait, et je lui avais dit : « Suis mon conseil, ne va pas au centre commercial ce week-end. »

L'adolescente qui avait traversé le pont de Saragosse, ses talons hauts dans la main, avec cet air sinistre qui me semblait familier – un air de famille.

Le mercenaire que j'avais étouffé à Bobo-Dioulasso, un gamin qui n'avait sans doute pas plus de vingt ans, il m'avait tiré les cheveux et griffé le visage, et nos mains avaient la même taille, la même couleur, nos ongles la même forme. Je crois qu'il était néerlandais, n'empêche.

Ces intuitions, ces fantômes, m'ont poursuivi au fil des ans et j'ai passé beaucoup de temps à me dire *et si, et si, et si.*

Après avoir bu mon café et fait les mots mêlés du journal, je me dirige vers les douches avec ma trousse de toilette et une serviette jetée par-dessus mon épaule, le gravier crissant sous mes sandales en plastique. Le Red Hot n'a pas les sanitaires les plus propres, mais c'est l'un des endroits où il y a le moins de caméras de surveillance, c'est un bon compromis.

Je pense à Cammie et, honnêtement, il n'existe pas de scénario crédible dans lequel elle ne serait pas corrompue d'une façon ou d'une autre. *Tu es définitivement foutu*, a dit Experanza, et c'est sans doute ce qui va se passer – mes identités secrètes fragilisées, mon invisibilité mise à mal, irrécupérable. Qu'est-ce qui serait le pire : que Cammie soit un robot et m'ait embobiné jusqu'à me faire croire qu'elle est humaine, ou qu'elle soit bel et bien ma fille, qu'elle continue à me duper et finisse sans doute par m'abattre ?

À l'intérieur, derrière les rayons de trucs à grignoter et de produits essentiels, un couloir mène aux sanitaires, et au moment où je m'y engage d'un pas nonchalant, j'aperçois un jeune junkie, tremblant et squelettique, avachi contre un Pac Man hors service, qui me regarde acheter un ticket d'accès aux douches – un garçon au physique plutôt ingrat, avec une courtepointe Looney Toons en polyester posée sur les épaules, de l'eye-liner, et guère plus. Il ne porte pas de T-shirt et ses jambes nues et poilues dépassent du couvre-pieds dans lequel il s'est enveloppé. Il ne porte pas non plus de chaussettes, et ses Air Jordan sont vieilles et crasseuses.

« Monsieur ? Vous pouvez me donner un dollar ? Je veux m'acheter quelque chose à manger.

– Je n'ai pas de monnaie », je réponds, ce qui est la vérité. Dans une autre vie, je l'emmènerais dans mon camping-car, je le nourrirais et le soignerais, on deviendrait potes, et je lui apprendrais la façon de faire de la Nébuleuse brumeuse.

Mais dans cette vie, il n'est pas mon fils. Je ne retrouve pas cette lueur familiale dans ses yeux hagards et chassieux, son nez crochu coule, mais comme il fait peine à voir – il n'en a sans doute plus pour très longtemps – je lui file une carte American Express que j'avais fourrée dans la poche de mon short.

« C'est une carte volée. Ne l'utilise qu'une seule fois. »

Il y a une serviette humide et de l'eau stagnante sur le sol de la salle d'eau numéro cinq, une touffe de cheveux pareille à une algue juste à côté du drain, mais ça sent le propre. On n'a pas lésiné sur l'eau de Javel. C'est une petite pièce carrelée avec des WC, un lavabo et une cabine de douche sans rideau, et comme la porte semble bien verrouillée, je me dévêts.

J'essaie de réfléchir attentivement à ce que cherche Cammie. En tournant le robinet, je passe en revue les différents boulots que j'ai faits cette année. Pression correcte, eau bien chaude. Je renverse ma tête en arrière et le jet me masse le visage. *Je veux apprendre à vous connaître*, m'a-t-elle dit, et je me demande quelle quantité d'informations elle a déjà recueillie.

Je n'arrive pas de me dire que je l'ai déjà vue, que ça fait longtemps qu'elle m'observe.

Était-elle une cliente du Walmart dans le Wyoming ? Me suivait-elle sur la route quand je trimballais Liandro, jouait-elle dans le casino de Primm, Nevada, qui s'appelle, je crois, le Whiskey Pete, et où on peut voir les vêtements que Bonnie et Clyde portaient le jour où ils ont été abattus ?

Est-ce qu'elle essayait déjà de me localiser avant ?

Après ma douche, je déambule, songeur, dans le rayon confiserie, et je prends un sachet de M&M's noix de cajou, des friandises au chocolat et au beurre de cacahuète, un Cherry Mash et un GooGoo Cluster. Le présentoir à journaux où devrait se trouver le *Clarion-Ledger* est vide, exception faite d'un exemplaire d'une brochure photocopiée qui promet, pour un dollar, de vous aider à choisir le numéro de loterie gagnant. Il y a le dessin d'une femme enturbannée qui lit dans une boule de cristal, et à l'intérieur de cette boule de cristal, il y a la tête de Jésus. « C'est bien parti ! » dit ce dernier, alors je m'empare de la brochure et j'examine les listes de chiffres tout en m'interrogeant sur les derniers mots de Cammie. Sur le fait que nous pourrions « nous entraider ».

Mais c'est une réplique d'amateur ! Impossible qu'elle travaille pour la NSA ou la CIA. À moins qu'elle ait dit ça pour me provoquer.

Essayez de vous représenter une personne suffisamment désespérée pour traquer un inconnu dans l'espoir que leur éventuelle correspondance génétique les rapproche, et que l'inconnu dise : *Oui ! Que puis-je faire pour vous, mademoiselle ?*

Cette femme, ma prétendue fille, doit être cinglée – elle a peut-être un regard fixe et effrayant, de longs cheveux blond vénitien, elle porte une chemise de nuit démodée, vit dans le sous-sol de la maison de ses parents adoptifs, passe tout son temps devant l'ordinateur, elle n'arrête pas de faire des recherches, elle se languit, mais elle est complètement démente, elle a la rage et la voix douce de ces gentilles infirmières devenues criminelles dont on parle dans les journaux, celles qui vous sourient aimablement tout en vous injectant une dose mortelle de morphine si vous les contrariez.

« Vous n'avez pas de monnaie ? me demande le caissier en enregistrant mes articles.

– Non. Pas actuellement. »

J'aligne tous mes téléphones sur la table et je réfléchis. J'ai un logiciel pour effacer les données qu'ils contiennent, et un compacteur capable de les réduire à la taille d'un dé. Et alors ? Qu'est-ce qui empêchera Cammie de me localiser une troisième fois ?

Mieux vaut les conserver.

Je les remets dans leur seau en plastique, Flip et moi grimpons dans la cabine de l'*Étoile du Berger* et nous voilà partis en direction du nord, de Tupelo, il est bientôt neuf heures, on est dimanche, et on va emprunter des petites routes. Il se met à pleuvoir, « The End of the World » de Skeeter Davis passe à la radio, et si c'était un film, ce serait la scène où le héros est soudain pris d'inquiétude à l'idée que les choses finissent mal, et il y aurait un gros plan sur son profil, avec les poteaux téléphoniques qui tremblotent au loin.

Je me demande comment va le bébé. Je repense au visage de notre petit bonhomme lorsque, pendant un bref laps de temps, il s'est arrêté de pleurer : ses yeux s'écarquillent, ses petites mains s'ouvrent et se raidissent, comme s'il avait une révélation – et puis il plisse à nouveau sa frimousse empreinte de tristesse et se remet à hurler.

Sperme de choix

Elle rappelle dans l'après-midi. Je me trouve au nord-est de Nashville, circulation ralentie en raison de la pluie et, du coin de l'œil, j'aperçois l'écran s'allumer dans le seau, alors j'empoigne le portable avant qu'il sonne.

« Cammie.

– Passons un accord. Je vous dis un truc si vous, vous m'en dites un.

– Ça me va. » Je ne quitte pas des yeux la route détrempée, alors que les autos ralentissent et commencent à s'agglutiner, et je pense au conseil d'Experanza : *Gagne sa confiance. Localise-la.* J'appuie sur le bouton pour lancer l'enregistrement de notre discussion. « Dis-moi ce que tu veux savoir.

– Je ne… » Sa voix éraillée grésille quand elle sort du haut-parleur. « Je voulais juste… je voulais vous dire que je viens en paix ! Je ne cherche absolument pas à vous brusquer.

– Je croyais que tu voulais passer un accord.

– Commençons pas discuter comme deux êtres humains. Vous voyez ce que je veux dire ? Une conversation normale pour apprendre à se connaître.

– D'ac. » Les essuie-glaces marquent la mesure et je réfléchis. « Vas-y la première ? Parle-moi un peu de toi. Tu en sais certainement bien plus sur moi que moi sur toi. »

Elle prétend s'appeler Camilla Randolph Willacy, ce dont je doute – à mon avis c'est un mensonge, mais je le note, je griffonne sur un petit cahier à spirale coincé entre ma paume et le volant. Elle me dit qu'elle a vingt-deux ans, qu'elle vient de réussir sa licence à Oberlin College, dans l'Ohio. Elle a grandi à Lake Forest, Illinois : sa mère adoptive est artiste, son père avocat, et elle est fille unique. Je transcris tout mais je m'impatiente un peu. On dirait une fiche que la NSA vous fait remplir quand vous essayez de vous mettre dans la peau d'un nouveau personnage.

« Je suis déjà allé à Lake Forest », je lui dis, et c'est vrai. C'est une ville chic de la banlieue nord de Chicago et, il y a environ deux ans, j'ai livré un colis là-bas. Je ne me souviens pas précisément des détails, mais je me rappelle le manoir, l'allée pavée bien lisse, la fontaine et l'étang à carpes avec une statue qui représentait peut-être une déesse grecque. Je ne sais pas très bien ce que contenait le paquet, mais il avait la forme et le poids d'une tête humaine.

« Ça devait être sympa de grandir là.

– Pas vraiment.

– Ton père est spécialisé dans un domaine particulier ?

– Non. Maintenant, c'est à vous de répondre à une question. Je viens de vous fournir un *bouquet* d'informations, donc…

– OK. C'est du donnant-donnant. Que veux-tu savoir ?

– Est-ce qu'il vous est arrivé de penser à moi ? » Il y a dans sa voix un brin de timidité, d'espoir, d'envie peut-être, qui m'interloque.

« Qu'est-ce que tu veux dire ?

– Ce n'est pas grave si la réponse est non, précise-t-elle aussitôt. Vous n'étiez qu'un donneur, je ne m'attends pas à ce que vous ayez des sentiments. Vous ne saviez même pas si on avait utilisé votre échantillon, j'imagine.

– Exact. » J'hésite. « Ce qui est sûr, c'est que je me suis interrogé.

– Comment ça ?

– Ben, je me suis demandé si mon sperme avait été sélectionné. »

Je me sens rougir. La conversation prend un tour étonnamment intime. C'est peut-être juste le fait de prononcer le mot *sperme*. Le fait que Cammie puisse m'imaginer en train de me masturber dans une boîte de Pétri puis de sérieusement m'interroger sur l'existence d'un « enfant ». Beurk.

Mais je sais par ailleurs que pour gagner la confiance de quelqu'un, il faut s'attendre à ressentir de l'inconfort. Il faut s'exposer un peu. Et être honnête à au moins soixante-dix pour cent au début.

On ne fait plus que du trente à l'heure. Il y a environ cinq centimètres d'eau stagnante sur la route – une inondation en vue, j'imagine. « Est-ce qu'ils choisissent les reproducteurs dans un catalogue ?

– Les reproducteurs, répète Cammie.

– Ne le prends pas mal. »

Elle expire doucement par le nez. « Je ne le prends pas mal. Vous avez raison. Ils choisissent le sperme et l'ovule dans un catalogue. Je ne sais pas si vous vous en souvenez mais vous avez rempli un très long questionnaire.

– Je n'ai aucune idée de ce que j'ai bien pu écrire.

– Aucune importance. C'était en grande partie faux.

– Oui. Sans doute. » On ne roule désormais que par à-coups. Il y a des véhicules à perte de vue devant moi. Des gouttes de pluie qui ressemblent à des têtards progressent sur le pare-brise, jusqu'à ce que les balais des essuie-glaces les repoussent.

« Ça me fait plaisir de savoir qu'au moins vous avez pensé à moi. Je n'en étais pas sûre. Ce n'est pas comme si vous aviez mis une fille enceinte et qu'elle avait confié son enfant à l'adoption.

– Effectivement.

– Je suis un peu moins réelle que ça, non ? Et vous aussi. Vous êtes davantage un ingrédient », déclare-t-elle, et je remarque que sa voix se tend. « Il n'existe même pas vraiment de mot pour qualifier notre relation. On ne peut pas utiliser les mots “père” et “fille”, si ?

– Ça dépend. Tu ne cherches pas à récupérer des arriérés de pension alimentaire, j’espère ? »

Silence. Ce trait d’esprit méritait au moins un gloussement.

« En fait, je voulais savoir ce que vous ressentiez par rapport à moi. Est-ce que je suis une personne moins importante à vos yeux que si vous aviez couché avec une fille qui aurait eu un bébé ?

– Disons que je me sens moins concerné. »

Dans le rétroviseur, la route est totalement bloquée, et la file d’autos s’étire jusqu’à l’horizon. Je me demande si je ne vais pas essayer d’emprunter la berme herbeuse, en allumant peut-être mes feux de détresse, pour dépasser les véhicules à l’arrêt et rejoindre tant bien que mal la prochaine sortie, mais la voie est trop étroite et dangereusement proche d’une pente raide.

Le moteur tourne au ralenti. « Tu m’as dit que tu voulais quelque chose.

– Non, je vous ai dit que je pensais que nous pourrions *peut-être* nous entraider.

– C’est-à-dire ? Tu te demandes si je peux t’aider ? Ou tu te demandes si tu peux m’aider ?

– Les deux. »

Je coupe le contact, l’*Étoile du Berger* soupire puis se tait. À quoi bon dépenser de l’énergie.

« Écoute, Cammie. Tu m’as démasqué. Mais je suis quasiment sûr que ce n’est pas moi que tu recherches. Si c’est important pour toi de mettre en scène cette histoire de fille dont j’ignorais l’existence, allons-y. Si c’est ce que tu veux, je jouerai le jeu. Mais soyons réalistes. Je dois te payer combien pour que tu laisses tomber ? Je suis tout à fait ouvert à la négociation.

– C’est vraiment gentil », me dit-elle, et juste avant qu’elle raccroche, j’entends son rire pour la première fois.

Ça me fait flipper : elle a exactement le même rire éclatant et mystérieux que ma mère.

Oubliette

Je suis encore bloqué dans les bouchons quand elle rappelle une heure plus tard. J'ai parcouru trois kilomètres, coincé entre deux semi-remorques qui me bouchent la vue à droite et à gauche. Je lève les yeux vers le ciel comme si j'étais dans un trou, et les nuages font tomber encore plus de pluie.

« Cammie. » J'ai beaucoup pensé à son rire – et je suis pratiquement sûr que la ressemblance avec celui de ma mère est un tour que me joue mon imagination. Mais cela ne veut pas dire que ça me laisse insensible. Nos émotions primaires sont inhérentes aux parties les plus anciennes de notre cerveau, elles font partie de notre corps, c'est ce que j'aurais dû dire à Experanza. Seul un idiot pense qu'il n'est pas manipulable.

« Désolée. Il fallait que je règle un truc.

– Eh bien, j'espère que tu es parvenue à une solution heureuse. » Je jette un coup d'œil à l'horloge – 14:55 –, puis lance l'enregistrement. Cammie soupire.

« Vous avez l'air triste.

– J'ai une tendance naturelle à la mélancolie. En outre, je suis un assez gros fumeur.

– Je suis désolée que toute cette histoire vous fasse flipper.

– Mais pas suffisamment désolée pour accepter une indemnité forfaitaire et passer ton chemin ?

– Vous rigolez ou quoi ? »

Je ne dis rien – j'offre à Cammie une plage de silence sur

laquelle se projeter. Dans le coupé Genesis noir derrière moi, un homme pique une crise, tape comme un malade sur son volant et crie après la personne avec qui il échange via son oreillette.

« Je veux juste avoir des conversations profondes avec vous. Considérez-moi comme une présence fantomatique bienveillante. Comme votre fille imaginaire.

– Je n'aime pas cette expression. Ça laisse entendre que je t'ai inventée. Que j'ai un problème.

– Allez, posez-moi une question. »

Je devrais essayer de provoquer chez elle des réactions émotionnelles, je le sais pertinemment. On en apprend souvent davantage de son interlocuteur en écoutant la musique de ses intonations plutôt que ses mots. Et oui, j'aimerais analyser à nouveau ce rire, si possible.

« Dis-moi comment tu es physiquement.

– C'est plutôt délicat, non ? » Cammie hésite. « Eh bien. J'ai vos yeux. »

Ce qui – beurk.

« Beurk.

– Que voulez-vous que je vous dise ? C'est impossible de décrire ses propres traits.

– Non, sérieusement, comment tu es physiquement ? Est-ce qu'il y a une actrice à qui tu ressembles, par exemple ?

– Pas vraiment. Je crois que je vous ressemble beaucoup, si vous étiez une femme de vingt-deux ans et de cinquante-deux kilos. »

Je baisse ma vitre et allume une cigarette. « Pour quelqu'un qui veut avoir une conversation profonde, tu es sacrément évasive.

– Je n'ai simplement pas envie de parler de mon physique. C'est tellement superficiel.

– Tout juste. Je ne peux qu'approuver. Mais tu dis que tu sais à quoi je ressemble. Tu dis que tu as mes yeux. Donc ça doit être important pour toi, non ?

– Oui.

– Eh bien, pour moi aussi c'est important. Tu remarqueras que je ne t'ai pas demandé comment tu savais quelle tête j'avais – quelle capture vidéo, quelle photo d'identité judiciaire ou autre, tu es en train de regarder – car je me suis déjà résigné à ce que tu ne me fournisses pas cette information. Mais je ne ressemble sans doute pas à ce que tu crois. Mes yeux ont peut-être changé de couleur. Comment sais-tu que ton info est exacte ?

– Vous avez dit "Beurk".

– Oui, à cause de ta façon de dire "J'ai vos yeux". Comme si tu avais mes globes oculaires dans le creux de tes mains ! "Beurk" parce que ça me révulse ! Tu ne m'as d'ailleurs pas dit de quelle couleur ils étaient. J'ai l'impression que tu essaies de me berner.

– Waouh. Qu'est-ce que je dois faire pour gagner votre confiance ?

– Ça ferait une belle épitaphe.

– Vous êtes vraiment bizarre.

– Je croyais que tu voulais que ce soit donnant-donnant. Comme tu prétends savoir à quoi je ressemble, je te demande à quoi tu ressembles. Quelle est la couleur naturelle de tes cheveux ?

– Blond. » Ce qui est un soulagement – ma mère était rousse.

« Eh bien, tu ne tiens pas ça de moi ! Gros nez ou petit nez ?

– C'est un nez. De taille normale.

– Est-ce que tu ressembles à Little Peggy March ? »

Cammie reste silencieuse, le temps, j'imagine, de taper le nom dans un moteur de recherche. Où se trouve-t-elle en cet instant précis ? Que fait-elle ? Est-elle avec quelqu'un ? Je m'efforce d'imaginer la scène, sans succès.

« Non, je ne ressemble pas à Little Peggy March.

– Alors réponds à ma question. Parce que tu n'es pas

une fille imaginaire, si ? Tu es une vraie personne avec des cheveux, de la peau, etc. On peut au moins se mettre d'accord là-dessus.

– OK. Très bien. Pour faire court, je suis blonde mais je me suis fait teindre les cheveux, ils sont plutôt acajou maintenant ; j'ai une peau blanche et pâle, avec des taches de rousseur ; mon nez est légèrement retroussé : à l'école, les enfants disaient que j'avais un nez en trompette. J'ai un visage rond. Je mesure un mètre soixante et, comme je l'ai dit, je pèse cinquante-deux kilos. Je suis une fille blanche lambda. »

Zut alors ! Tout ce qu'elle me dit me rappelle ma mère, et je dois serrer très fort le volant pour éviter qu'un collage de souvenirs indésirables ne m'obstrue le cerveau.

« Bref. Où est ta mère biologique ? On pourrait penser que ce serait elle que tu chercherais en premier, avant le père.

– La donneuse d'ovule ? » dit Cammie. Un peu platement, un peu mesquinement. Peut-être un aperçu de qui elle est vraiment ? « Elle est morte. Et ne dites pas “biologique”. Il n'y a rien de biologique dans tout ça.

– Morte ? Oh.

– Oui. C'est triste. Elle s'est suicidée il y a une vingtaine d'années. Elle s'est pendue dans un appartement de Baltimore. En tout cas, c'est la version officielle. »

J'ignore pourquoi j'éprouve un pincement au cœur alors que je n'ai jamais eu le moindre contact avec cette femme si ce n'est qu'on a mélangé nos fluides dans un laboratoire. Mais je suis plus touché que je ne le croyais. Cette pauvre femme et moi avons eu un enfant ensemble, et voilà qu'elle est morte. Nous avons eu un *enfant*, et je n'ai jamais eu l'occasion de la rencontrer. *Dans une autre vie*, me dis-je, mais je me retiens.

« Waouh ! C'est horrible. Je suis désolé.

– Pour une personne dans ma situation, c'est difficile de parler de “mère”. J'ai bien été conçue avec l'ovule de Rosalie, mais on m'a implantée et j'ai germé dans le ventre d'une femme au Tibet, une certaine Poso Pemba, qui est morte elle aussi. Elle aussi se serait suicidée. Et puis il y a Marsha, ma mère adoptive – celle qui figure sur ce qu'on appelle un acte de naissance… »

Je perçois indéniablement une pointe de haine quand elle prononce le prénom de sa mère, et cela force mon attention. J'entrevois quelque chose de dur et de glacial, bien loin de la Cammie nerveuse et folâtre qui bafouillait et se troublait au début ; bien loin de celle qui dit vouloir avoir une conversation normale avec moi, comme deux inconnus assis côte à côte dans un avion. Peut-être que je suis enclin à faire des rapprochements là où il n'y en a pas, mais cela me hérisse le poil. Cet éclat de haine dans sa voix, comme son rire, me rappelle tellement ma mère.

« J'imagine que tu ne t'entends pas bien avec eux – avec tes parents adoptifs ?

– Je les déteste. Je les considère comme mes ennemis mortels.

– Ah. OK. » Je me penche en avant. Si Cammie est effectivement une jeune fille riche pleine de ressentiment, ça peut expliquer certaines choses, surtout si elle a des problèmes de santé mentale. Je me demande si elle fait partie de ces gens qui s'arrachent compulsivement les cheveux.

« Tes ennemis mortels. Waouh.

– J'espère réussir à les faire emprisonner.

– C'est pour ça que tu as besoin de mon aide ?

– Pas nécessairement. C'est un projet personnel. »

La pluie ne se calme pas. Les deux semi-remorques, le Genesis et moi sommes toujours dans la même configuration, avec un camion à plateau devant nous, et on se croirait dans un de ces cachots où on jetait les gens au Moyen Âge, une oubliette, et où la seule issue existante était une grille en hauteur.

« Vous trouvez que je dramatise ? Eh bien non. Ils sont vraiment méchants.

– Tout juste. » Je mets mon clignotant pour tenter de m'insérer sur l'autre voie. Il faut que je prenne la prochaine sortie sinon je vais rester coincé ici toute la nuit.

« Serait-il possible que tu commences à perdre un peu la raison ?

– Quoi ? » réagit Cammie, et sa voix se durcit – un peu de son timbre d'enfant de neuf ans disparaît. « Je vous demande pardon ? » Ce que répliquerait sans doute une Marsha vexée.

« Je ne cherche pas à t'injurier, ma puce. Je te pose juste la question parce que… j'ai perdu la raison quand j'avais à peu près ton âge. C'est peut-être héréditaire.

– Qu'est-ce que vous racontez ? » Je remarque qu'elle a l'air sincèrement prise de court. « Vous avez… une maladie mentale ?

– Plus maintenant. J'ai été fou pendant un certain temps. Mais ça m'a passé. Je me suis enfui. »

Plus loin, un gros robot longe d'un pas lourd la route et les files interminables d'autos à l'arrêt. Il fait à peu près neuf mètres de haut, il a la tête ronde et les oreilles pointues d'un chat de dessin animé, un large sourire et des yeux globuleux. Les bras et les jambes hydrauliques se meuvent en imitant les mouvements d'une personne qui ferait du ski de randonnée, et il brandit une pancarte comme un manifestant : FAITES-LE CE SOIR ! N'ATTENDEZ PAS UN ARMAGEDDON ! Je ne comprends pas très bien ce qu'il essaie de promouvoir. C'est peut-être un renégat en cavale, difficile à savoir.

« Un robot géant est en train de passer à côté de moi.

– Oh. Je déteste ces trucs-là. Ils sont tellement vulgaires !

– Oui. » Il avance par à-coups et diffuse de la dance music pleine d'entrain ; il me semble que les paroles sont en coréen. « Je ne sais pas. Je trouvais l'idée plutôt maligne au début mais ils sont devenus incontrôlables. Il faudrait mieux les régler.

– Il pleut toujours là où vous êtes ? On dirait qu'il y a eu une inondation dans le coin. »

Bien évidemment, cette remarque est un peu glaçante mais j'essaie de rester calme. Je retiens ma respiration en comptant jusqu'à trois. « Tu me pistes, Cammie ? je lui demande d'un ton réprobateur.

– Juste de temps en temps. Ne vous inquiétez pas, je ne sais pas exactement où vous vous trouvez. La dernière fois que j'ai vérifié, vous borniez quelque part au nord-est de Nashville, et il y a une violente tempête un peu plus loin.

– Au nord-est de Nashville. Ce serait un nom sympa pour un parfum pour homme. »

De nouveau, elle rit. Et ce rire lui vient naturellement, c'est celui de ma mère – et je ressens autant de chaleur que de terreur, ça me plaît de la faire rire et, en même temps, je sens une ombre dans mon dos, et Cammie raccroche sans ajouter un mot. Une fois de plus, nous avons échangé pendant un peu moins de quinze minutes.

R.I.P. en paix

Il est presque minuit lorsque j'arrive sur le terrain de camping. Il y a un petit emplacement dans la Daniel Boone National Forest où j'aime m'installer quand je me trouve dans les parages, un endroit reculé sur les bords de la Red Bird River avec une table de pique-nique et un branchement électrique 30/50 ampères, et même un foyer au cas où je voudrais me faire griller des saucisses. Ça fait des années que le camping est fermé, mais j'ai passé un accord avec le propriétaire. J'ai la clé de la grille à bétail qu'il utilise pour en interdire l'accès, et il laisse cet emplacement à ma disposition.

D'ordinaire, je me réjouis de passer du temps dans la nature : de respirer ce doux air des Appalaches, d'écouter les grenouilles, les insectes, le bruissement des feuilles d'automne et de m'endormir en entendant le gargouillis de la rivière – c'est sympa, non ? Mais je suis trop secoué pour me détendre.

Maintenant que je sais que Cammie me suit à la trace, l'envie me prend de nouveau de bazarder les portables. Mais tenter de me cacher ne résoudra pas le problème. *Gagne sa confiance, localise-la.*

Je me trouve dans une zone qui n'est pas couverte par les antennes-relais, c'est déjà ça. Je n'ai donc pas à m'inquiéter pour l'instant. Pourquoi Cammie me dit-elle qu'elle sait où je suis ? Elle est plutôt habile dans sa façon de révéler les choses. Ce n'est pas simplement le fait qu'elle soit capable de me localiser mais aussi qu'elle ait abattu si tôt un atout maître. Quelle autre information encore plus importante tait-elle – au sujet de mon passé ? Au sujet de ceux pour qui j'ai travaillé ou d'actes que j'ai commis ? Elle en sait peut-être plus sur moi que moi-même.

Et bien sûr, il y a ce satané rire. L'*Étoile du Berger* traverse lentement un dédale de chemins de terre et s'engage dans un tunnel d'arbres de plus en plus étroit. Penser à ce rire me noue l'estomac, même des heures plus tard. Ça fait plus de trente ans que je n'ai pas entendu la voix de ma mère, mais quand Cammie a ri, j'ai bien cru que ma mère sortait du téléphone et me mordillait le visage.

Je me rappelle que, lorsque j'étais petit, elle se planquait puis bondissait hors de sa cachette pour me faire peur. Avec un rire pur et réjoui quand je criais.

Je me revois aussi en train de regarder la télé, assis par terre dans une chambre de motel, et soudain j'entendais ce même rire. « Arrête, tu me fais rougir », disait-elle à quelqu'un.

C'était un rire tellement engageant que vous souriiez même quand il vous était destiné et qu'il était moqueur. Le rire d'une personne qui mord dans une pomme. Avec un tintement de xylophone, une lueur de complicité, une douce caresse qui vous faisaient croire qu'elle vous aimait, malgré tous vos défauts. Un rire pour lequel on était prêt à faire le clown, un rire qu'on buvait jusqu'à la dernière goutte comme la peau boit la lumière du soleil.

Je fais marche arrière pour garer l'*Étoile du Berger* dans notre emplacement situé au-dessus de la berge, puis je sors de la cabine pour brancher les différentes prises tandis que Flip marque le périmètre de notre territoire. La pluie s'est arrêtée, remplacée par un brouillard morose.

Disons que Cammie est effectivement ma fille – si tant est

que ce mot convienne. Même si c'est vrai, quels dette ou devoir de loyauté ai-je envers elle ?

La question se pose.

Et si elle était aussi semblable à ma mère qu'elle paraît l'être ? On fait quoi ? J'ai des picotements au niveau de la nuque, comme lorsqu'une personne nous voit sans qu'on la voie.

Assis à la table de pique-nique, je réfléchis à tout ça en buvant une bière et en grignotant le GooGoo Cluster, et puis Flip se met à aboyer.

Comme il n'est pas du genre à aboyer pour rien, je vais chercher le Beretta et une petite torche dans la boîte à gants du camping-car. J'espère que ce ne sont pas des cochons sauvages. Un jour, dans l'Arkansas, dans le Crater of Diamonds State Park, Flip et moi avons été réveillés un matin par une meute de trente à cinquante de ces bêtes qui encerclaient l'*Étoile du Berger* – poilus, dotés de défenses, et l'air renfrogné – la plupart pesant facilement quatre-vingt-dix kilos. Pas simple de les faire fuir.

Par malheur, je ne porte qu'un short de bain et des claquettes pour traverser le bois obscur en direction des aboiements. Je tiens l'arme dans la main droite et la rivière coule du même côté. Il y a un clair de lune donc je n'allume pas encore la torche. J'aperçois vaguement un chemin tracé au milieu des fourrés qui s'agitent, des buissons et du trille chatoyant des grillons, et j'avance lentement et prudemment pour ne pas trébucher sur une racine ou une branche, et les arbres chargés d'ombre sont aux aguets quand je passe. Flip aboie de nouveau d'un ton grave. Un avertissement.

J'arrive alors devant un autre emplacement avec table de pique-nique, mais il n'y a pas d'auto et l'endroit semble inoccupé. Le corps en alerte, Flip se tient sur le sol nu et jette un coup d'œil dans ma direction quand mes pieds crissent sur le gravier. Les poils de son cou sont dressés et il émet un doux grognement.

À la lisière du campement, on dirait qu'il y a un homme attaché à un arbre. Il a une pancarte autour du cou avec le mot PÉDOPHILE peint à la bombe en lettres majuscules.

Au début, on pourrait être tenté de croire que c'est juste un mannequin ou un épouvantail mais, même de loin, je suis quasiment sûr qu'il s'agit d'un être humain qui est mort. Il porte un pantalon, une chemise de flanelle et une paire de chaussures de course Fila rouge vif. Il a les mains derrière le dos, attachées au tronc, d'autres cordes lui entourent la taille et les jambes pour le maintenir debout, et une dernière est passée autour de son cou, juste sous la mâchoire inférieure, pour empêcher sa tête de tomber. J'allume la torche et je m'approche en glissant l'arme tant bien que mal dans mon dos, sous la ceinture de mon short.

La tête du cadavre est entièrement emmaillotée dans du ruban adhésif, c'est pour ça, entre autres, qu'il ressemble à une poupée. Des couches de scotch d'emballage beige recouvrent tout, les cheveux, les yeux, le nez, la bouche, le cou, tellement de couches que la tête ressemble à celles en polystyrène qui servent de présentoir à perruques. On voit encore une bosse à l'endroit du nez et un renfoncement là où la bouche ouverte a tenté d'aspirer de l'air, mais sinon le visage est une surface lisse. Quelqu'un a bombé dessus une mine réjouie – de grands yeux écarquillés, un sourire en demi-lune – et une coulure de peinture glisse du bas de la bouche jusqu'au menton.

L'homme ne lutte plus mais il a des marques de liens sur les bras et le cou à l'endroit où il a tiré de toutes ses forces sur la corde pour tenter de se libérer. Le col de son T-shirt est ensanglanté, le devant de son pantalon assombri, là où il s'est fait pipi dessus.

Prudent, je recule d'un pas, et j'écoute les bruits de la nuit, les insectes et les grenouilles qui chantent *putain, putain*, mais je ne panique pas encore. Je n'ai jamais vu ça, mais j'ai lu des articles à ce propos dans les journaux. Une vague de meurtres commis par des justiciers déferle sur tout le pays, des corps enveloppés de ruban adhésif avec des pancartes précisant le crime : DEALER, PÉDOPHILE, VIOLEUR ou que sais-je encore, souvent avec un sourire peint sur le visage.

Les médias en ont donné une interprétation légèrement comique, comme s'il s'agissait d'une nouvelle lubie complètement folle : des citoyens qui en ont marre font justice eux-mêmes en purgeant le voisinage des voyous et de la racaille, pouvons-nous vraiment le leur reprocher ? Ce serait super de se dire que c'est là la revanche des opprimés qui se soulèvent enfin.

J'en doute. J'aimerais croire qu'un groupe de villageois en colère et munis de ruban adhésif a fini par sévir contre une sale brute, mais je n'ai pas l'impression que ce soit un travail d'amateurs. Je glisse ma main dans la poche arrière du pantalon du PÉDOPHILE et je m'empare de son portefeuille aussi délicatement que si je faisais les poches à un vivant.

David Dranoff est le nom qui figure sur le permis de conduire, 32 ans, domicilié au 2133 Cross Lane, Lexington, Kentucky. Sur la photo, David est un jeune homme mince, de race blanche, avec un sourire gourmand et enfantin, et une coupe de cheveux digne d'un avocat. Il a aussi deux cartes bancaires dont une Mastercard, et quarante-sept dollars en liquide. Sans doute un journaliste, voilà ce que je pense – et je laisse tomber le portefeuille à ses pieds, au milieu des feuilles.

« Allez, je dis à Flip. On s'en va. »

Naturellement, c'est à ce moment précis que j'entends un doux crissement de pneus sur le gravier. J'aurais dû détaler, je sais, mais je tourne la tête et me prends le faisceau d'une torche en pleine figure.

Épitaphe possible : *NE TE RETOURNE PAS.*

Je me protège les yeux avec le bras, et je distingue ce

qui ressemble à un véhicule de police. Une auto électrique – peut-être une Toyota Prius –, le genre qui peut s'approcher de vous sans faire de bruit, et on dirait qu'elle est équipée d'une sirène et qu'il y a un emblème officiel sur la portière. Ce sont peut-être de vrais membres de la police locale ou d'État – ces derniers n'ont pas totalement disparu – mais il est plus probable qu'ils appartiennent à une unité de police privée, à une agence de sécurité ou à une milice. Quel que soit leur uniforme, je sais que je n'ai aucune envie de faire leur connaissance.

« Halte ! lance une voix amplifiée électroniquement. Mains dans les cheveux. » Puis : « Je veux dire mains en l'air. »

J'entends de jeunes hommes glousser, je lève les bras et je me compose un visage triste et apeuré. J'espère que Flip s'est éclipsé car j'imagine que s'ils le voient, ces policiers seront du genre à l'abattre sur-le-champ.

« Je ne suis pas armé ! Je ne suis pas armé ! je dis d'une voix claire mais docile, en m'efforçant de leur faire savoir à travers elle que je suis Blanc. Je suis prêt à coopérer du mieux que je peux ! »

Quand ils sortent de l'auto, je m'agenouille, les mains sur la tête, les yeux baissés. Deux policiers. Ils portent un uniforme mais c'est tout ce que je vois. Ils ont un insigne sur la poitrine gauche et un badge nominatif sur la droite. Pas de gilet pare-balles, d'après ce que je peux constater.

« Je suis un invité ici ! » je plaide. Ils ont la main sur l'étui de leur arme. « Je suis un ami du propriétaire ! Richard Nuzzler ! J'ai son numéro si vous voulez l'appeler !

– Nuzzler ? dit celui qui se trouve sur la droite, celui qui braque la torche sur moi. Ha ha ha ! Je ne connais aucun putain de Nuzzler. »

L'autre intervient : « Comment vous appelez-vous, monsieur ? Vous ne devriez vraiment pas être ici. C'est un lieu… une scène de crime. Une zone interdite. »

Ils portent une casquette de policier avec visière ainsi que des lunettes de soleil. Ils sont musclés comme s'ils passaient une bonne partie de leur temps dans une salle de sport, ils sont jeunes – l'âge de Cammie, je dirais. Vingt ou vingt et un ans. Ils sont là, de chaque côté de l'auto, légèrement chancelants. Ivres peut-être ?

« Je m'appelle Barry Wills. J'ai une pièce d'identité ! » Puis je fais un signe de tête en direction du cadavre. « Je viens de... découvrir cet homme. On dirait qu'il est mort.

– Mort ? dit l'individu le plus à gauche. Comment vous le savez ? Vous êtes médecin ?

– Absolument pas, monsieur. » Alors qu'ils approchent, il se dégage d'eux l'odeur pénétrante de moufette qu'a le cannabis, mêlée à un relent de Robitussin. Vu leur sourire et leur démarche, je parierais qu'ils sont complètement défoncés. Ils tournent vers moi leurs yeux cachés derrière leurs lunettes à effet miroir, vacillants, miroitants.

« À mon avis, c'est un de ces meurtres commis par des justiciers. Comme ceux dont on parle dans les journaux.

– Des meurtres ? s'écrie l'homme à la torche. Vous voulez dire des *exécutions.*

– Oui. Des exécutions.

– Il était encore vivant quand vous l'avez découvert ? » demande le même. Il est légèrement plus gros que l'autre, avec des joues plus rondes et plus flasques, et un tatouage sur l'avant-bras : R.I.P. EN PAIX !

Je plie mes doigts tendus pour exprimer mon incertitude.

« Eh bien, ce n'est pas ce qui m'a semblé à l'œil nu. Mais encore une fois, je ne suis pas médecin.

– C'est tellement étrange, lâche Joues Flasques à l'homme à la torche. Je ne pensais pas que cet enculé mourrait si vite !

– Moi non plus. On peut dire que c'est une déception. »

Je réalise alors très clairement qu'il est probable que ces jeunes hommes ne me laisseront pas partir d'ici vivant, et qu'il va falloir que je prenne une triste décision. Ils tournent leurs yeux vides à effet miroir vers moi, et je vois bien que ce sont juste de pauvres voyous bien mal entraînés, qui gagnent sans doute un salaire de misère, se shootent au cannabis et à l'antitussif, et n'ont pour ainsi dire aucun réflexe. Je ne dispose hélas que d'un laps de temps très court.

J'attrape mon arme et, chancelants, ils essaient de saisir la leur, l'air niais et surpris. « Hé, s'exclame l'un. Attendez... »

Le plus gros prend une balle dans le front et s'écroule comme un cheval. L'homme à la torche dégaine, je lui tire dessus, d'abord dans le bras puis dans l'œil, et il tombe lui aussi.

Je me sens aussitôt triste. J'aurais préféré régler le problème autrement.

La malédiction familiale

Ça rend mélancolique de devoir tuer des jeunes gens, même des voyous meurtriers. Si on y pense trop longtemps, l'expression de leur visage finit par nous hanter. Souvent, ils ont l'air un peu surpris, comme s'ils dormaient profondément et qu'on venait de les réveiller, et on ne peut pas s'empêcher de se rappeler qu'ils ont un jour été des bébés. On voit dans leurs yeux morts cet émerveillement propre aux tout-petits, ce regard vierge et confiant qui espère que le monde aura pitié d'eux.

Je leste les corps de pierres, les jette dans la rivière, et je me promets de découvrir ce qui est arrivé à ce vieux Rick Nuzzler, celui qui m'avait vendu le droit de m'installer sur cet emplacement. Sans doute mort, à mon avis, mais cela ne ferait pas de mal d'en savoir plus. Depuis que le Service des forêts a été privatisé, des grandes entreprises, des milices ou autres sont sans cesse en concurrence pour se disputer ces terres.

Flip et moi retournons dans la cabine du camping-car et nous éloignons dans la nuit. Nous traversons les bois en direction du nord, depuis la petite ville de Honeybee jusqu'à Mount Victory, en empruntant d'étroites routes à deux voies. Nous restons sur nos gardes dans l'éventualité où on croiserait d'autres miliciens. J'imagine qu'ils ne sont pas nombreux à être réveillés à cette heure-ci, et que les malheureux rencontrés sur le terrain de camping avaient simplement fait la fête jusque tard dans la nuit.

Il est plus de trois heures du matin quand elle appelle. Je sors du seau le téléphone qui bourdonne. « Cammie. » C'est le portable Liam Bahr – elle n'a encore jamais appelé ce numéro et je ne sais pas si ça va capter. Je me trouve dans une zone isolée où la réception est brouillée, ça coupe par intermittence. Les phares illuminent une portion de route. Les silhouettes d'arbres, pareilles à des sorcières, frémissent devant moi.

« Vous êtes réveillé ? » Sa voix prend consistance lorsque je sors d'une parcelle forestière plutôt dense.

« Si on veut.

– Qu'est-ce que vous faites ?

– Je suis toujours au volant. Pourquoi tu m'appelles à une heure pareille ?

– Je n'arrive pas à dormir », répond-elle, et je fronce les sourcils. *Pourquoi m'appeler* moi *si tu n'arrives pas à dormir ?* je me demande. On arrive à un embranchement et je tourne à gauche.

« Tu dois avoir mauvaise conscience. C'est ce que ma mère me disait quand ça m'arrivait.

– Mon Dieu ! C'est horrible !

– Sans doute. » Je passe devant une modeste maison tout en longueur construite en retrait de la route – elle est vieille, elle tombe en ruine, la véranda est pourrie et de guingois, les fenêtres sont de travers et une seule lumière est allumée à l'intérieur. Tout en l'observant, je guette le moindre bruit de fond qui pourrait m'indiquer dans quel genre d'endroit Cammie se trouve et ce qu'elle fait – une sirène au loin, la cloche d'une église, le tintement de glaçons dans un verre, des lèvres qu'on humecte, un bruit de déglutition – mais je ne perçois que des échos numériques et de la friture.

« Est-ce que votre mère… », commence-t-elle, et puis elle

semble se raviser. « Vous vous entendiez bien avec votre mère ?

– Je ne suis pas sûr de vouloir m'embarquer là-dedans.

– On peut discuter de ce que vous voulez. J'avais juste... besoin de parler à quelqu'un. Je dois être sur les nerfs.

– Ça alors ! »

Mais elle ne m'en donne pas l'impression. Il y a quelque chose d'éteint et de lugubre dans sa voix, comme si elle luttait pour ne pas piquer du nez. Dépression ? Descente ? Je n'arrive toujours pas à me représenter la pièce où elle se trouve, les meubles, l'éclairage. Je ne sais pas pourquoi mais je continue de penser qu'elle est dans un sous-sol et que la seule source de lumière vient de son téléphone. Je pense qu'elle est seule. J'en suis pratiquement sûr et ça me serre le cœur.

« Tu bois, Cammie ? Tu fumes de l'herbe ?

– Je ne suis pas défoncée. Ni ivre.

– C'est là où je veux en venir. Si tu souffres d'insomnie, il y a un remède. »

Elle ne réagit pas, et je regarde la route de gravier qui se déroule sous mes phares. Apparemment Cammie est dans ce qu'on appelle un état fébrile, et je sais ce que dirait Experanza : elle est vulnérable, c'est l'occasion d'obtenir des renseignements.

« Parle-moi de tes problèmes, Cammie. Qu'est-ce qui t'empêche de dormir ce soir ? » Je jette un coup d'œil à Flip qui est roulé en boule sur le siège passager, le museau sur les pattes, et il lève un sourcil mais pas la tête. Il soupire par le nez comme s'il désapprouvait. Et il a raison : c'est dégueulasse.

« Je ne sais pas, répond-elle. Je pensais à ce que vous m'avez dit. Au fait que vous aviez eu une maladie mentale à mon âge. C'est vrai ? »

Il est intéressant de constater que ma remarque désinvolte l'a marquée – qu'elle semble l'avoir agacée, et sa gêne est peut-être réelle. Cinquante pour cent de chances qu'il y ait là une émotion authentique. Je ralentis et lève les yeux au ciel pour repérer les constellations et essayer de savoir quelle direction j'ai prise.

« Rien de grave. Comme je te l'ai dit, je m'en suis remis. J'ai totalement retrouvé mes esprits.

– Quel était le diagnostic ?

– Qui sait ? Appelons ça la malédiction familiale. »

Experanza m'aurait dit que c'était idiot de mentionner dès le début mes problèmes de santé mentale – qui sait ce que Cammie pourrait découvrir si elle était au courant de mon séjour au Hopewood Memorial Hospital, si elle avait accès à leurs dossiers ?

Et pourtant, il y a quelque chose de bizarrement excitant dans le fait de le verbaliser. *J'ai été fou pendant un certain temps* : je ne crois pas l'avoir jamais dit à personne et j'ai comme un frisson de plaisir. Dans une autre vie, j'ai une fille et on ressent les mêmes émotions ; on peut se parler de choses que personne d'autre ne comprendrait.

« Et toi ? Quel était ton diagnostic ?

– Ha ha. Vous d'abord !

– Mais il t'arrive d'être prise de panique, non ? De te réveiller avec le cœur qui bat à tout rompre ? »

Elle est saisie. Silence. Silence. Puis : « C'est exact, murmure-t-elle.

– Et d'avoir un mauvais pressentiment. Comme si le temps ralentissait et que tu t'apprêtais à avoir une lente prise de conscience. Une fois, j'ai complètement flippé parce que l'ombre d'un nuage est passée au-dessus de moi. C'était une journée ensoleillée et puis tout à coup la lumière a changé et j'ai littéralement poussé un cri, un cri étranglé comme on dit, et je me suis empressé de décamper.

– Il m'est arrivé exactement la même chose ! Avec un nuage ! Mon Dieu, c'est trop drôle ! » Mais Cammie ne rit pas. Elle bredouille, et je suis pratiquement sûr qu'elle est défoncée. Elle a dû prendre du méthylphénidate, de la Ritaline.

« On m'a obligée à consulter mais je ne crois pas en la psychiatrie. Je lis le *Manuel diagnostique et statistique des troubles mentaux* depuis l'enfance, et c'est dingue le nombre de fois où il a été révisé ces vingt dernières années. Ce n'est pas une science. Ce n'est pas de la médecine.

– Tout juste. »

Arrive un moment où une personne vous inspire un étrange attachement, ce n'est pas volontaire, ce n'est même pas réjouissant. Et vous essayez de le rompre.

Donc je ne dis rien. Il y a encore un problème de réception au moment où je m'engage sur un chemin de terre pour suivre une déviation. Je voulais juste éviter quelque temps les grands axes mais voilà que je ne roule même plus sur du gravier – juste des ornières qui mènent à une colline sombre et boisée.

« … toujours là… ? » demande Cammie et, l'espace d'un instant, le son est tel que c'est comme si sa voix était autotunée.

« Oui. » Je jette un coup d'œil à Flip qui est assis sur ses pattes arrière et qui regarde par la vitre tandis que l'*Étoile du Berger* avance en faisant un bruit sourd sur un chemin plein d'ornières et de flaques de boue. Il a l'air inquiet. *Zut alors ! Est-ce que je fais fausse route ?*

« Ce sont ceux qu'ils disent normaux qui sont fous », est en train de déclarer Cammie d'un ton grave. Je me la représente de nouveau dans une petite pièce insonorisée en sous-sol, avec de la moquette partout, ou peut-être du gazon artificiel. « De nos jours, seuls les sociopathes sont équilibrés.

– Tu te trouves dans un sous-sol ?

– Quoi ?

– J'essaie juste de visualiser l'endroit où tu es. Ce que tu fais pendant qu'on discute. Je t'imagine toujours dans un sous-sol.

– Eh bien non. C'est curieux que vous disiez ça. »

Nous arrivons au sommet de la colline et c'est une impasse. RÉSIDENCE PRIVÉE, DÉFENSE D'ENTRER, est-il écrit sur une pancarte faite à la main et, sur une autre : APPLE BUTTER MA SON, et il y a une habitation un peu plus loin mais elle est dissimulée derrière un amoncellement d'objets récupérés : épaves d'autos, matériel agricole ancien (à moins que ce soient des instruments de torture médiévaux), mannequins, écrans d'ordinateurs, mini-fours, manche à air en forme de bonhomme qui pendouille, bouts de fer à béton et enchevêtrements de fil de cuivre – bref, pas facile de faire demi-tour avec l'*Étoile du Berger*.

« Pourquoi vous croyez que je suis dans un sous-sol ?

– Attends une minute. Je dois exécuter une manœuvre délicate. » J'avance jusqu'à ce que le camping-car soit parallèle à un bus scolaire incendié puis je passe en marche arrière et je recule lentement.

« Qu'est-ce qui se passe ? » demande Cammie, mais je ne réponds pas. La lumière de la véranda s'est allumée et un homme âgé – il a peut-être vingt ou trente ans de plus que moi – apparaît sur le perron, le torse nu, une tronçonneuse à la main. Il ne la brandit pas – il la tient plus ou moins comme un soldat au repos – mais elle est là pour me faire savoir qu'il m'a repéré et que je ne suis pas le bienvenu.

« Zut alors. » J'avance un tout petit peu, je tourne le volant, je recule, je tourne encore le volant.

« Qu'est-ce qui se passe ? » insiste Cammie, pile au moment où mon rétroviseur extérieur s'accroche au bus. Il tombe avant que je puisse intervenir, mais je ne m'arrête pas. Il y a un fossé sur la droite, alors je rétrograde, j'appuie sur l'accélérateur, on se redresse et on retrouve sur la route défoncée dans le sens de la descente. Flip me regarde, les oreilles rabattues vers l'arrière.

« Je me suis trompé de chemin », j'explique à Cammie, et elle dit : « Oh. »

Puis de nouveau elle se tait. On roule ainsi sur plus d'un kilomètre ; elle, silencieuse, moi qui fume songeusement, et c'est presque agréable, puis on se retrouve à l'embranchement et cette fois je m'engage sur la route de gravier en direction du nord.

« Je ne suis pas folle, reprend Cammie. Au cas où vous auriez peur que je sois complètement barjo.

– Eh bien. Il y a sans doute des termes plus sympas. » Je regarde le ciel pour m'assurer que je suis sur la bonne route : je repère la Grande Casserole et l'Étoile polaire. « Je me demande ce que ta maman et ton papa en diraient. »

Cette remarque n'est peut-être pas très gentille, je l'avoue, mais ça la fait manifestement réfléchir. Ça touche un point sensible. J'entends Cammie respirer profondément.

« Je ne les appelle jamais papa et maman. Ils ne sont rien pour moi. Quoi qu'ils pensent, ça m'est complètement égal.

– Ils ne savent pas où tu es », je devine. Je pressens.

« Personne ne sait où je suis », répond-elle. Déclare-t-elle.

Et je la crois. C'est comme si elle émettait depuis un studio situé dans un bunker souterrain : pas de bruit de fond, pas même un indice de l'acoustique de l'endroit. Je ne sais pas ce qu'elle est, je ne sais pas si nous sommes de la même famille, mais cette façon maladroite qu'elle a de me manipuler me rappelle celui que j'étais à son âge. Ce n'est pas une part de moi que j'apprécie, mais je la reconnais.

Nous voilà enfin sur du bitume. Je m'engage sur New Hope Tower Road où se trouve l'église New Hope, qui n'est pas une tour mais qui est quand même un bâtiment étonnamment grand et moderne pour ce coin boisé. J'allume un joint et j'accélère.

« Ça doit vous paraître idiot, ce que je fais.

– Qu'est-ce que tu fais, exactement, Cammie ? Je ne suis pas tout à fait sûr de le savoir.

– Je veux dire vous contacter. »

Je jette un coup d'œil sur le téléphone. Elle a laissé cette conversation se poursuivre pendant presque vingt minutes – nous n'avons jamais parlé aussi longtemps.

« Pas idiot », je réponds. Je me suis entraîné à ne pas me traiter d'idiot. *Ne te traite pas d'idiot* est ma devise. « Je dirais plutôt désespéré. »

Et une fois encore, elle laisse échapper ce rire. Ça me paralyse, de l'entendre, et c'est comme si, l'espace d'un instant, ma mère elle-même était présente dans la cabine de l'*Étoile du Berger* avec moi, se déposant comme une nappe de brume.

Il me faut un moment pour réaliser que Cammie n'est plus là. Elle a raccroché.

Mais quand même, et pourtant

Je parviens péniblement en Virginie-Occidentale à l'aube. L'Interstate 64 est étonnamment dégagée, et il n'y a que très peu de circulation quand je traverse Huntington – quelques véhicules militaires M-ATV endormis, un char d'assaut se déplaçant sur ses chenilles sans faire de bruit, des semi-remorques matinaux. Il est possible que les gens du coin soient sous couvre-feu.

Tout en conduisant, je me surprends à repenser à Cammie, et j'ignore pourquoi je me laisse aller à m'enticher d'elle à ce point, mais une étrange douleur m'envahit. Je me la représente avec ses cheveux acajou, ses taches de rousseur et son nez retroussé, ou en trompette comme disaient les autres enfants, et je vois bien que je commence à ressentir de l'affection pour elle. J'imagine qu'il y a des raisons psychologiques à cela, ou bien que c'est une question d'instinct inné sur lequel je n'ai aucun contrôle. C'est peut-être ça, la paternité.

Je trouve une cassette de Little Peggy March et j'écoute en boucle « I Will Follow Him ». C'est une chanson flippante, pleine d'un désir strident et importun, mais également triste et terriblement pressante. C'est tellement rare d'être désiré de la façon dont Little Peggy March s'offre à son bien-aimé ! Je conduis à la vitesse maximale autorisée, et j'écoute, la mine sombre.

Mon Dieu, ce que j'ai pu être ballot ! De toute évidence, je ne peux m'en prendre qu'à moi-même, mais quand on a vingt ans et que quelqu'un nous paie pour éjaculer dans un contenant stérilisé, on ne s'attend pas à prendre part, trente ans plus tard, à un drame complexe se déroulant au sein d'une famille dysfonctionnelle. Non seulement il se peut que j'aie une fille, mais il y a une donneuse d'ovule, morte depuis longtemps, avec qui je l'ai créée, et une Tibétaine qui a loué son utérus pour l'héberger. Sans parler du gentil couple argenté qui a payé pour tout ce brassage cellulaire. Et bien sûr ça signifie que mon ADN contribue au Panoptique génétique – il est quelque part dans une base de données… je dirais même dans de multiples bases de données ! Qui sait qui peut me retrouver ? C'est contrariant. Je me sens au minimum exploité – bien que je ne sache pas vraiment par qui.

Ne sois pas un pigeon, voilà ce que me dirait Experanza. *Elle n'est rien pour toi*, me dirait-elle. *Elle est même à peine humaine – juste un truc qu'on a remué dans un tube à essai.*

Mais quand même.

Et pourtant.

Non loin de Huntington, il y a un endroit correct pour prendre un petit-déjeuner : Outer Limits, un ancien poste de l'American Legion devenu une gargote pour travailleurs de nuit et alcooliques vieillissants. Je m'installe sur un tabouret du bar et commande une bière et une gaufre. La barmaid jette un coup d'œil à l'horloge Kit-Cat accrochée au mur au-dessus des rangées de bouteilles. « Pas de vente d'alcool avant huit heures du matin, dit-elle. C'est la loi.

– D'ac. Je prendrai un café en attendant. » Et je lui offre mon sourire de « bon client ».

Et puis, sans prévenir, un vieux souvenir remonte confusément à la surface – c'est comme des brûlures d'estomac, je ne sais pas d'où il vient, mais je me retrouve brusquement sur le parking d'un Safeway en train de guetter ma mère qui doit sortir par la porte automatique du supermarché. Je crois qu'on est en juin. Il ne fait pas trop chaud mais toutes les vitres de l'auto sont fermées, et je pose ma main sur l'une d'elles. Je dois avoir cinq ou six ans.

Non loin de là, quelqu'un a fait tomber un esquimau à l'orange et je le regarde fondre avec intérêt, des fourmis arrivent puis un moineau approche en sautillant et commence à les manger. Je lève les yeux vers la porte automatique. J'espère que ma mère m'apportera une glace.

Ce n'est pas si souvent qu'elle pense à me nourrir mais je me garde bien de demander. Car c'est un moyen infaillible pour me prendre une gifle – ou pire, pour la mettre dans un état de rancœur sadique. Un jour où je m'étais plaint, elle m'avait forcé à manger une miche entière de pain blanc et un litre de glace à la menthe. *Encore faim ?* avait-elle susurré d'une petite voix outrée. *Encore faim, mon pauvre bébé ?*

La serveuse pose devant moi un café, des dosettes de lait écrémé et des sachets de sucre.

« Merci, madame. » Mais elle est déjà partie. Il y a d'autres clients installés au bar et dans la salle. Parfois j'en repère un que je connais ou reconnais, mais pas aujourd'hui.

Ma mère sort du Safeway en marchant vite mais sans courir, personne ne la suit et pourtant elle regarde par-dessus son épaule comme si cela pouvait arriver d'un moment à l'autre, alors je m'installe sur le siège passager et j'attache ma ceinture de sécurité avant même qu'elle soit montée dans l'auto.

Elle jette son sac à franges entre nous et doit s'y reprendre à plusieurs fois avant de réussir à insérer la clé dans le contact. Elle ne me regarde pas mais je l'observe du coin de l'œil. Elle a un léger éclat de sueur sur le visage et l'œil terne. L'auto cahote. Nous heurtons un caddie qui s'éloigne dans un bruit de ferraille et continuons de rouler.

Mes mains sont crispées et mes doigts agités. D'habitude, même le plus infect des cafés, je le bois noir, mais voilà que je verse du sucre et du succédané de lait ultra-pasteurisé dans ma tasse, et que je remue avec un sentiment d'urgence.

Je lève les yeux vers l'horloge Kit-Cat. Le pendule en forme de queue de chat se balance de même que ses yeux regardent à droite et à gauche. Il est à peu près sept heures cinquante.

Ma mère avait été diagnostiquée sociopathe, j'imagine. Je ne me risquerais pas à tenter de deviner le nombre de gens qu'elle a tués, blessés, volés ou trahis. Je ne cherche pas à me faire croire qu'elle éprouvait de l'amour pour moi, mais elle me gardait à portée de main. Je devais lui être utile d'une façon ou d'une autre, et la plupart du temps je lui en étais reconnaissant et voulais lui rendre service.

Il y a eu une période, je devais avoir environ neuf ans. Elle se faisait appeler Taffy et j'avais l'impression qu'elle songeait à m'abandonner. Dans une station-service, si elle me disait, l'air de rien : « Oh, j'ai oublié mon sac à main, je dois retourner à la voiture, mais ne m'attends pas, va aux toilettes », je lui répondais aussitôt : « Non, maman. Je t'accompagne. » Je me rappelle qu'il m'arrivait d'attendre sur un parking qu'elle sorte d'un bar, d'un magasin ou d'un tribunal, tout en étant conscient, d'après le regard qu'elle avait posé sur moi en descendant de l'auto, qu'elle envisageait de ne pas revenir. Un certain sourire, comme si elle cherchait quelque chose de flatteur à dire à propos de l'enfant au physique ingrat d'un inconnu.

Lorsqu'elle était de bonne humeur – quand elle était contente de moi – elle faisait comme si nous n'avions aucun lien de parenté. Elle se comportait comme si nous étions de simples collègues de travail, comme si je n'étais qu'un employé apprécié. Elle me répétait : *Ne m'appelle jamais maman.*

Quand j'avais environ dix ans, ma mère se faisait appeler Sessy et avait les cheveux coupés court et teints en noir. Nous roulions en corbillard avec la mascotte terrifiante des Pélicans de La Nouvelle-Orléans accrochée au rétroviseur. Ma mère appliquait sur ses cils d'épaisses couches de mascara, et elle riait la bouche ouverte et la tête renversée en arrière, son rire, une espèce de hurlement amical et enthousiaste.

Elle disait aux gens que sa devise était : *Pardonne vite et sois gentille !* Elle pouvait effleurer le bras de quelqu'un en déclarant : « Vous m'intéressez », consciente que c'était de la flatterie mais aussi l'une des choses les plus subtilement perturbantes que l'on pouvait dire à une personne. « Vous êtes tellement intéressant ! » s'exclamait-elle en accordant à son interlocuteur toute son attention, comme un serpent hypnotise une souris. Je ne lui ai jamais demandé qui était mon père. Je m'en suis bien gardé.

En tout cas, je me suis toujours dit que c'était un de ces vieux pleins de fric à qui nous rendions visite, mais bien sûr ça aurait pu être n'importe qui. Quand j'étais petit, il était rare qu'elle passe plus d'un mois sans compagnon, et je supposais qu'il en avait toujours été ainsi. Le nombre de pères potentiels semblait infini.

Pourtant, certains de nos clients me paraissaient particulièrement plausibles dans ce rôle. Il y avait le père Avery qui était à la tête de l'Église des croyants bien-aimés. Je me rappelle le jour où nous sommes allés dans sa résidence sécurisée – il commandait une milice d'environ cent cinquante personnes au nord de Cat Creek, Montana, et des hommes – grands, barbus et pieds nus – nous ont escortés à moto sur la longue allée. D'autres, armés de fusils, étaient installés sur des chaises longues sur la véranda de la vieille ferme. Ma mère a rabattu le pare-soleil et utilisé le rétroviseur pour vérifier son rouge à lèvres et son maquillage. Des chiens méchants – des dobermans et des rottweilers – nous ont suivis d'un pas majestueux, leurs épaules pareilles à celles, fuyantes, des lions.

« Retire tes chaussures et tes chaussettes, m'a demandé ma mère. Allez, vas-y. Et laisse-les dans la voiture.

– Je peux prendre mon livre ?

– Non », a-t-elle rétorqué d'un ton sec.

Nous sommes sortis de l'auto et avons traversé l'étendue de gravier qui nous séparait du perron, moi pieds nus, ma mère en collant. Les chiens et les hommes nous ont regardés gravir les marches. Ma mère a tapé dans ses mains et incliné la tête, je l'ai imitée, et un barbu au ventre énorme nous a galamment ouvert la porte.

Nous sommes entrés dans un atrium, et puis le père Avery a descendu l'escalier pour nous rejoindre, vêtu d'une longue robe de lin blanc. Lui non plus ne portait pas de chaussures – c'était un homme pâle, grand et large d'épaules, qui perdait ses cheveux et qui devait avoir une petite soixantaine d'années. Il nous a tendu les bras.

« Vous êtes venus ! Tant mieux. » Ma mère a fait une révérence et lui a baisé la main. Je ne savais pas très bien si j'étais censé faire la même chose et je suis resté figé sur place.

« C'est le garçon ? s'est-il exclamé d'une voix grave et joyeuse en posant ses yeux sur moi, comme un vieux et gentil fabricant de jouets dans un dessin animé. Mon Dieu ! Qu'est-ce qu'il a grandi ! »

Et à mon grand étonnement, il m'a pris dans ses bras. J'étais costaud pour mon âge – je pesais peut-être quarante kilos pour un mètre cinquante – mais il m'a quand même soulevé sans effort apparent.

« Ho ho ! » s'est-il écrié, et j'ai passé mon bras autour de son cou pour ne pas perdre l'équilibre. Je n'ai rien regardé de particulier. J'ai fait comme si j'étais une poupée. « Et qu'est-ce qu'il a de grands pieds ! » a-t-il ajouté, et j'ai senti qu'il me pinçait le gros orteil. « Il sera joueur de football plus tard. »

Il ne m'a pas reposé par terre. Il a juste souri exagérément, dévoilant toutes ses dents puis, regardant ma mère droit dans les yeux, il lui a demandé : « M'avez-vous apporté ce que je vous ai demandé, ma sœur ? »

La serveuse m'apporte ma bière et ma gaufre et je cligne des yeux pour sortir de cette rêverie. « Merci. »

Elle penche la tête. « Autre chose ? » Je sors un billet de cent dollars de ma poche et le lui glisse dans la main.

« Est-ce que l'Amie Esther est là ? » La femme s'immobilise. Elle baisse les yeux sur le billet et ses doigts se referment lentement sur lui comme une fleur qui s'endort.

« Elle ne sera pas là avant dix-sept heures », me répond-elle, et apparemment cette somme ne sera pas suffisante pour l'inciter à agir. Elle tourne la tête quand l'un des cuisiniers appuie sur la sonnette, et la voilà partie.

J'ai le souvenir très net de m'être assis sur les genoux du père Avery, dans un somptueux fauteuil, et je me rappelle avoir cru qu'il pouvait être mon père. Il a fait glisser son doigt sur le contour de mon oreille, et a bizarrement reniflé mes cheveux comme si je dégageais une odeur mystérieuse.

« Billy ne sera pas tué, a-t-il murmuré. Nombreux sont ceux qui vont périr mais pas Billy, ô Seigneur ! » J'ai vu son autre main caresser mon pied gauche et pincer rêveusement mon gros orteil. Et j'ai remarqué qu'il avait à son pouce, petit et épais, un ongle de la forme d'une pelle, comme moi.

Je constate que j'ai coupé ma gaufre en vingt-quatre petits morceaux et je commence à les enfourner entre deux gorgées de bière.

Je me revois pousser Dallam Hartley dans son fauteuil roulant, on devait être en juin et j'avais onze ou douze ans. Ma mère était redevenue Taffy.

Je l'ai poussé sur un chemin de terre plein d'ornières entre sa belle demeure et une grange où se trouvaient des rangées de cages de chinchillas et de visons, et il m'a laissé remplir leur réservoir d'un liquide bleuté qui, m'a-t-il expliqué, était leur potion magique.

« Ta mère affirme que tu es mon fils », m'a-t-il dit. C'était un homme maigre à la voix frêle, peut-être âgé de soixante-dix ans, avec de longs cheveux gris qui pendaient de chaque côté de son visage. Il était avachi sur son fauteuil, les yeux fixés sur ses genoux, là où ses mains ressemblaient à une paire de gants abandonnée.

Je suis resté silencieux. J'ai regardé les animaux impatients approcher et boire à la tétine avec leur petite bouche aux dents pointues.

« Mais c'est faux. » Il avait l'air de quelqu'un qui se remémore un triste souvenir. Il a soulevé mollement l'une de ses mains et a attrapé mon poignet. Sa paume était douce et moite comme celle d'un bébé.

« Tu sais que ta mère est une menteuse pathologique, non, Billy ? Tu es le mieux placé pour le savoir. Ne te laisse pas avoir par ses affabulations, d'accord ?

– D'accord », ai-je répondu. On s'est regardés et je l'ai cru. J'ai senti tout au fond de moi qu'il n'était pas mon père.

C'est un peu agaçant que l'Amie Esther ne soit pas là, mais j'aurais dû appeler avant. En tout cas, j'ai l'impression que je ne suis plus sur le territoire des jeunes hommes que j'ai tués. Je devrais pouvoir reprendre la route en direction de Cleveland sans problème. Je verse un peu plus de sirop d'érable sur ma gaufre et bois une longue gorgée de bière.

Je ne peux pas m'empêcher de repenser à Cammie. De l'imaginer grandir à Lake Forest avec un père avocat et une mère artiste. Je me représente une maison vaste et luxueuse. Beaucoup de grandes pièces bien ventilées, des tapis immaculés, des baies vitrées qui donnent sur un jardin tout en longueur magnifiquement entretenu. Mais regardait-elle les hommes qu'elle rencontrait comme je le faisais – en pensant toujours… est-il ? … pourrait-il être ? Je me demande si elle avait sa propre version du père Avery, de Dallam Hartley ?

Qu'espérait-elle trouver chez un père ? Et moi, d'ailleurs ? Je ne m'en souviens pas. Peut-être rien du tout. Je me serais peut-être accroché à n'importe quelle vie placée devant moi, et je me demande si Cammie est pareille. Cette pensée me glace le sang.

Je promène nonchalamment un morceau de gaufre sur une route de montagne sinueuse couverte de sirop d'érable en faisant vroum vroum…

Et me voilà sur une route de montagne étroite dans l'Idaho avec ma mère et Kenny Panola, et ce n'est sans doute pas exact mais je crois me souvenir que nous chantons par-dessus la voix de Little Peggy March. Je suis sur la banquette arrière, je ne porte pas de ceinture de sécurité, je danse et fais le clown, tandis que Kenny conduit, avec ma mère appuyée contre lui, la bouche collée à son oreille.

Je n'ignorais pas qu'elle le branlait mais je faisais comme si je ne me rendais compte de rien. Je sautais et je chantais, et Kenny m'a regardé et m'a fait un clin d'œil, et sa voix de basse, caverneuse, s'est élevée en même temps que celle de Little Peggy Marsh : I love him, *I love him*, I LOVE HIM, nous exultions.

Kenny était l'un des plus anciens copains de ma mère, ce qui m'incitait à croire qu'il pouvait être mon père. Nous avions travaillé avec lui pendant des années mais cette collaboration avait progressivement cessé quand j'étais devenu adolescent et lui de plus en plus accro au speed. La dernière fois que je l'avais vu, j'avais quatorze ans, et il avait les yeux enfoncés dans leurs orbites, la maigreur nerveuse, la peau tendue sur les muscles, bleuie par les aiguilles. Il tremblait beaucoup, et c'était difficile de savoir s'il avait froid, peur ou s'il était sur le point de faire une violente crise psychotique. Nous nous trouvions dans un chalet, au bord de Priest Lake, dans le nord de l'Idaho et, à la fin, j'étais persuadé qu'il allait nous tuer.

Ce que Cammie ne comprend sans doute pas, c'est qu'on peut avoir une conversation profonde avec une personne qui songe à nous tuer. On peut lui raconter une blague et elle rira. On peut l'aimer, même si on sait qu'elle est capable de nous assassiner.

Je me rappelle la fascination étrange et érudite de Kenny Panola pour la trigonométrie et le calcul infinitésimal, et j'adorais le regarder exposer rapidement des problèmes et des formules géométriques sur une serviette en papier, regarder ses mains de singe aux veines saillantes manier un crayon pour effectuer cette tâche aussi délicate. Le peu que je sais en mathématiques, je le lui dois.

Je me rappelle que lorsqu'il remarquait que je l'observais, il se mettait à grommeler, haletant, hostile, d'un ton monocorde, donnant parfois comme des coups de couteau dans le vide avec son crayon. J'ai mis du temps à comprendre qu'en fait il me parlait de ce qu'il était en train de faire : calculs, dérivées, fonctions trigonométriques inverses, etc. – et il expliquait les concepts avec une clarté et une concision telles que j'étais hypnotisé par la façon dont la connaissance entrait dans mon cerveau, par la façon dont les étranges symboles et formules devenaient intelligibles du fait qu'il employait une langue que je parvenais vaguement à comprendre. Je pouvais véritablement sentir les idées perler dans ma tête comme de minuscules gouttes d'eau.

Dans une autre vie, Kenny Panola aurait été un extraordinaire prof de maths pour des lycéens mais, quelques jours plus tard, ma mère lui a injecté une dose mortelle d'amphétamine pendant son sommeil, et nous l'avons laissé sur un grand lit, en slip, les bras en croix, la bouche ouverte et les yeux fermés et – j'aime le croire – en train de faire un très beau rêve.

Je repousse mon assiette vide, cherche la serveuse des yeux mais finis par me dire : *Et puis merde. Je lui ai donné cent dollars.*

Je ne pars donc pas sans payer, mais je garde la tête baissée jusqu'à ce que je passe la porte.

Conversations profondes

Tout en roulant vers le nord, sur l'Interstate 79, en direction de Morgantown, je prends ma microdose de LSD et je m'autorise à pleurer un peu, distraitement, juste pour des raisons d'hygiène émotionnelle. J'arrive sur un long pont que je traverse pour rejoindre l'Ohio et des insectes volants commencent à s'écraser sur le pare-brise telles des gouttes de pluie verdâtres. On est mi-octobre et d'habitude on n'en voit plus à cette période de l'année, mais tout est possible aujourd'hui.

Un jour, dans la campagne du Delaware, j'ai essuyé une véritable tempête de papillons. Il s'agissait de piérides de la rave – à peu près de la taille d'une pièce de vingt-cinq *cents*, les ailes blanches – pas spécialement exceptionnels ni beaux, mais quand vous faites du cent trente sur une route à deux voies et que vous voyez une nuée de papillons foncer sur vous, c'est impressionnant. L'ombre de l'essaim ondulait sur le sol, y faisant plein de petites taches. J'ai mis en marche les essuie-glaces dès que les premiers se sont aplatis sur le pare-brise comme des pétales, mais bientôt leur multitude est devenue aveuglante. Le *tic tic tic* saccadé de leurs corps heurtant la tôle était tellement bruyant que je n'entendais plus la radio, et j'ai freiné progressivement pendant que le jet des essuie-glaces balayait leurs dépouilles collantes, leurs ailes s'entassant telles des feuilles sur ma carrosserie jusqu'à ce que je ne voie même plus la lumière du soleil. Je me suis garé sur le bord de la route et j'ai coupé le moteur.

Une fois l'essaim passé, mon auto était recouverte d'un fourreau feutré d'ailes et de tripes de papillons, et quand je suis sorti, j'ai constaté que d'autres véhicules étaient pareillement ensevelis. Des gens, bouche bée, regardait l'essaim se diriger vers l'ouest. Certains ont pris leur grattoir à glace et entrepris de tout faire disparaître. Ils savaient que ce serait pire une fois que ça commencerait à sécher.

Je raconte cette histoire à Cammie. Elle m'a appelé en début d'après-midi, comme de coutume – 13:43, et je note l'heure afin de pouvoir calculer la durée de l'appel –, mais je ne me sens pas sur le qui-vive comme Experanza le souhaiterait – *gagne sa confiance, localise-la* –, alors je me mets à babiller à propos des papillons, me remémorant cette histoire pour Cammie, elle semble attentive et Dieu sait que c'est appréciable.

« J'ai entendu parler de la même chose, mais avec des araignées. On appelle ça le "ballooning" – les jeunes araignées atterrissent dans un parc, par exemple, et elles couvrent tout de leurs toiles, les arbres, l'herbe, les tables de pique-nique, etc. On dirait presque de la neige.

– C'est pire que les papillons.

– Pas forcément. Je trouve les papillons plus flippants. Le stade de chrysalide a de quoi donner des cauchemars. »

C'est sans doute vrai : la métamorphose d'une créature dans un cocon n'est pas sans rappeler le *body horror*, j'imagine. Mais je parie aussi que ces images parlent davantage à un bébé-éprouvette.

« Tout juste », dis-je. On est en train d'atteindre les dix-huit minutes et, sans surprise, sa voix devient légèrement plus sèche.

« Écoutez. Est-ce que je peux vous rappeler un peu plus tard ? J'ai un truc à régler…

– Oui. Bien sûr. »

Je traverse le colon pelvien de l'Ohio en direction de son abdomen. Il est possible que la partie de l'Interstate 77 qui traverse cet État soit le plus quelconque des couloirs autoroutiers au monde. On dirait de la réalité virtuelle, comme si on jouait sans fin à un jeu vidéo de course automobile. Deux voies en direction du nord, deux voies en direction du sud, et une large bande de terre entre les deux. De grandes pancartes vertes avec des lettres blanches passent au-dessus de nos têtes. Le paysage, vallonné et pastoral, ne présente aucun intérêt.

Je réfléchis à ce dont j'aimerais parler avec Cammie, juste par curiosité. Quel genre de petite fille était-elle, par exemple ? J'essaie d'imaginer son enfance dans la riche ville de banlieue de Lake Forest, mais je n'y arrive pas. Comme moi, elle devait s'escrimer, en vain, à rendre ses parents heureux. Trop lunatique ? Trop curieuse ? Pas assez gracieuse ? À essayer de faire comme si elle appartenait à cette famille sans pouvoir y trouver sa place.

À douze ou treize ans, elle donne déjà du fil à retordre à ses parents, j'imagine, elle veut se teindre les cheveux, avoir des piercings au visage, etc. Elle consulte déjà des sites Internet pour adultes, elle lit des livres qui nourrissent son nihilisme fleurissant, peut-être que notre malédiction familiale commence déjà à se manifester ? *Mes ennemis mortels*, je l'entends dire.

Qui aimait-elle ? Elle a certainement aimé quelqu'un.

Je parie qu'elle aimait sa mère et son père quand elle était petite. Je me demande lequel des deux lui a le plus brisé le cœur – lequel des deux l'a le plus déçue, lui a laissé la blessure la plus profonde ? Sans doute le père, à mon avis.

Je parie qu'elle était attirée par les gamins à problème quand elle était au lycée et à l'université – peut-être qu'elle en a aimé un au point de se laisser embarquer dans une petite affaire d'écoterrorisme, de pornographie ou de drogues dures.

Je suppose qu'elle se rapprochait alors de mon univers, du genre de personnes avec qui je trafique – dealers, adeptes de sectes, conspirationnistes et membres de milices, réactionnaires radicaux et révolutionnaires, trolls, gobelins et parasites.

Ou du moins, c'est ce que j'imagine.

Et puis l'un des téléphones sonne. Je le sors du seau avant que Flip se réveille. Il remue les oreilles comme si une mouche les avait chatouillées.

« Salut ! » je dis doucement, satisfait de la voix tendre et gentille que j'ai prise. « Salut », répond-elle, et je devine que cette gentillesse la fait douter car elle hésite.

« Euh. » Je l'imagine faisant passer son portable d'une oreille à l'autre, et puis il me vient à l'esprit qu'elle utilise peut-être des écouteurs et un micro. « Désolée pour cette... interruption.

– Tout va bien ?

– Ce n'est rien. Je dois juste changer régulièrement de pseudo. Je suis parano.

– On n'est jamais trop prudent. Si tu ne fais pas attention, ta fille, dont tu ignorais l'existence, retrouvera ta trace.

– Ha ha », fait Cammie. Puis elle se tait. Je me crois sans doute plus drôle que je ne le suis. Je jette un coup d'œil à mes mains posées sur le volant, à mes doigts épais couverts de taches de rousseur, à mes grosses jointures ridicules.

« J'ai oublié de quoi on parlait avant que je... avant qu'on raccroche, reprend Cammie.

– De papillons. Et d'araignées.

– Exact. J'ai adoré votre histoire. Et je pense que plus nous partagerons des anecdotes, des souvenirs, toutes ces petites choses du quotidien, mieux on se connaîtra et plus on sera à l'aise l'un avec l'autre. C'est comme ça qu'on pourra nouer une relation de confiance. »

Nouer une relation de confiance ? Je me gratte la barbe pensivement. *Oh, Cammie. Vraiment ?* L'air chagrin, je regarde le noir mat du haut-parleur d'où sort sa voix, puis de nouveau la route, cette vaste étendue qui se détricote sans discontinuer et où passent de temps à autre des semi-remorques, des berlines hybrides et des Smart Cars – ces véhicules autonomes aux vitres à effet miroir comme des lunettes de policiers.

« Allez-y, posez-moi une question. Qu'est-ce que vous aimeriez savoir ?

– Qu'est-ce que j'aimerais savoir. » Cammie semble gênée, pleine d'espoir, douce comme une enfant, et si c'était une professionnelle, j'aurais honte pour elle.

Mais je suis pratiquement sûr qu'elle n'en est pas une. Se peut-il qu'elle existe pour de bon, après tout, qu'elle soit givrée et compte sur mon aide uniquement parce que nous partageons des fluides corporels ? La pauvre, il y a un optimisme désespéré dans sa voix qui sonne authentique – même si *authentique* est le genre de mot qui ferait rire ma mère. *Tu es vraiment un gros pigeon*, disait-elle dès qu'elle me piégeait. *PIGEON va être inscrit sur ta pierre tombale.*

« Tu voulais faire quel métier quand tu étais petite ?

– En maternelle, je voulais être archéologue. Je ne sais pas pourquoi. J'aimais les dinosaures et les vieilles ruines.

– Et aujourd'hui, tu continues à fouiller. Tu m'as exhumé !

– Ha ha. » Une fois encore, je ne suis pas drôle.

« À dix ans, je voulais être détective privée ou journaliste. Être une lanceuse d'alerte qui exposerait la corruption et le crime au grand jour.

– Et puis tu as réalisé qu'ils étaient déjà étalés au grand jour et que c'était sans conséquence.

– Exactement. »

Je hoche la tête en peignant songeusement ma barbe avec le pouce et l'index. « Et maintenant ?

– Je ne sais pas encore. Essayer de faire tout tomber ? C'est peut-être ce que j'espère. Tout renverser.

– Hum. C'est bien un truc de jeune, ça. Mais je te souhaite bonne chance ! Ça peut arriver au cours de l'Histoire.

– L'Histoire vous intéresse ? J'ai fait des études d'histoire.
– Ça alors ! »

J'arrive à la sortie Newcomerstown/Port Washington et, dans une autre vie, je raconterais brièvement à Cammie l'histoire de Newcomerstown – connue, dans les années 1770, sous le nom de Gekelmukpechunk, qui était l'un des plus grands villages des Indiens Lenapes de la région. Il a été rebaptisé après que son chef Netawatwes a été renommé Newcomer par les Anglais. Ce qui pourrait donner lieu à une discussion intéressante sur l'histoire des États-Unis. Père et fille, nous roulerions ensemble, la radio allumée, et Cammie se montrerait intelligente et drôle mais aussi un peu impressionnée par moi – je ne suis pas aussi bête que j'en ai l'air. Il m'arrive de lire des livres. De réfléchir. Et l'espace d'un instant, je m'attarde dans cet univers alternatif.

Mais apprendre à se connaître pose des problèmes. Quand Cammie dit : « J'ai fait des études d'histoire », elle est vraiment désinvolte, et fière de ce bon point que lui confère le mot *études*. Ce n'est pas grand-chose, mais ça me fait prendre conscience que, liés par le sang ou pas, nous ne sommes pas du tout du même pedigree.

Une des choses que j'ai observées chez les Blancs qui grandissent dans l'opulence : ils investissent beaucoup la notion de mérite et méprisent particulièrement les pauvres de leur espèce. Ils peuvent reconnaître que le facteur racial n'est pas étranger au fait que certaines personnes sont écartées de la réussite et du pouvoir ; ils peuvent même compatir à la détresse et aux souffrances de groupes marginalisés – mais la racaille blanche n'est pas racaille sans raison.

Ils ne peuvent pas s'empêcher de croire qu'ils méritent ce rang supérieur à celui du gros gardien d'immeuble, de la serveuse vieillissante ou de l'homme à tout faire pétri de timidité – *si vous étiez intelligents, vous seriez allés à l'université*, se disent-ils. *Si vous étiez ambitieux, vous auriez fait quelque chose de votre vie. Nous avons travaillé plus dur*, pensent-ils. *Nos parents nous ont inculqué les bonnes valeurs*, pensent-ils *– et… eh bien. Nous-avons-simplement-de-meilleurs-gènes.*

Je songe à Patches, à son regard devenu doucement condescendant, du vingt watts, quand il a découvert que je n'étais jamais allé au lycée et encore moins à l'université. « Tu es autodidacte ! » s'est-il exclamé comme si j'étais un singe doué de parole, et il a découvert ses dents du haut sans le vouloir. Le sourire méprisant hérité de générations de bonne éducation, un sourire involontaire.

Je peux me représenter les lèvres de Cammie, et je sais qu'elle s'efforcera de ne pas avoir cet air-là. Plus elle me connaîtra, plus elle sera déçue, voilà ce que je crains. Donc je ne dis rien. L'*Étoile du Berger* traverse le village silencieux et distant de Newcomerstown, alors que les fantômes des Indiens Lenapes nous observent depuis les bois. Bientôt, nous les rejoindrons dans l'oubli, les mauvaises herbes auront recouvert cette route, et les arbres détruit les parkings des stations-service.

« Pourquoi êtes-vous aussi silencieux ? me demande Cammie au bout d'un moment. J'ai dit quelque chose qu'il ne fallait pas ?

– Non. Je… rêvassais juste. » Je jette un coup d'œil au téléphone pour m'assurer qu'il enregistre toujours la conversation. « Continue à parler. Pose-moi une question. »

« Qu'est-ce que vous aimez faire pour le plaisir ? finit-elle par me demander. Est-ce que vous avez… des hobbies ?

– J'aime la nature. J'aime tout particulièrement les ruisseaux et les étangs avec des tortues. Les amphibiens m'intéressent aussi. Il m'arrive de chercher des salamandres sous les pierres. Et je suis un grand fan des hiboux.

– Oh. C'est super. Ma meilleure amie à l'université adorait observer les oiseaux. Elle voulait devenir naturaliste. Mais expert de la vie sauvage, ce n'est pas un super plan de carrière en ce moment.

– Tout juste. » J'espère que nous n'allons pas entamer une discussion sur l'extinction des espèces, la dégradation des habitats naturels et l'apocalypse écologique car à quoi bon ?

« Je ne sais pas, je poursuis. Dans une autre vie, j'aurais été naturaliste ou garde forestier, peut-être. Ou berger, ou alors j'aurais vécu en ermite dans la forêt et j'aurais ramassé des champignons, des herbes aromatiques et des légumes-racines. Je connaîtrais tous les noms de fleurs, d'arbres, de baies comestibles, etc.

– J'aime bien votre façon de parler. Elle est... étrangement poétique.

– Tu te moques de moi. Je sais comment je parle. Comme quelqu'un de fruste. Comme un plouc prétentieux, voilà ce que dit ma vieille amie Experanza.

– Et vous appelez ça une amie ? Je ne me moquais pas de vous. Je... »

Ça fait vingt-cinq minutes qu'on parle.

« Oh, merde ! » s'exclame Cammie. Comme si nous nous en étions rendu compte en même temps.

« Écoutez, il faut que j'y aille. Je vous rappellerai. »

Vingt-cinq minutes ! Oh, Cammie, qu'est-ce qui t'a pris ? Tout en traversant la Mid-Ohio Valley avec son patchwork de champs dorés et gris, j'écoute l'enregistrement de notre conversation, puis je le ralentis un peu et Cammie parle deux fois moins vite, on dirait un homme à moitié comateux à la voix grave. Je me demande si j'ai cette voix-là. J'ai mis à cette vitesse de lecture afin de repérer d'éventuels indices sonores mais, bizarrement, il n'y a toujours aucun bruit de fond. Experanza connaît certainement des gens qui ont du matériel capable de détecter ça mieux que ne le fait l'oreille humaine, un tatouage numérique ou autre chose qui permettrait de localiser notre jeune fille. Je l'écoute m'expliquer qu'elle voulait être archéologue. Je l'écoute dire : « J'aime bien votre façon de parler. Elle est... étrangement poétique. » Je l'entends dire d'Experanza : « Et vous appelez ça une amie ? »

Ce en quoi elle a sans doute raison.

Je me demande ce qui la rend aussi téméraire aujourd'hui. Aussi désireuse de tailler une bavette – qu'est-ce que vous aimez faire pour le plaisir, quelles études as-tu suivies, tu rêvais de quel métier quand tu étais petite ? Papoter comme si elle participait à une soirée étudiante sans surveiller l'heure.

Je me dis qu'elle entre peut-être dans une phase maniaque comme ça m'arrivait à son âge. Je me rappelle cette sensation de chatouillement – comme une démangeaison à la plante des pieds, un tintement de cloches, doux et insistant au loin, et puis la façon dont elle se propage dans le corps, lentement, les papillons dans le ventre, les picotements au niveau des paumes, une certaine excitation dans la région de l'aine, et vous réalisez alors que le monde est exaltant et passionnant, et chacune de vos pensées vous paraît brillante et pressante, et il vous arrive de pouffer intérieurement. Vous êtes à la fois éparpillé et très alerte. Pour vous concentrer, il faut essayer d'ignorer tous les autres stimuli, l'infinité des choses que vous pourriez remarquer, mais c'est difficile.

Cammie n'en est pas encore à ce stade, je dirais, mais il y avait un peu de ça quand elle a commencé à disserter sur le « ballooning » des araignées – ce mélange d'éparpillement et de concentration, comme si elle s'était enquiquinée à me rechercher dans le seul but de m'inculquer une leçon de nature.

Je me rappelle cette sensation – la portée grandissante de la moindre lubie, la touche de symbolisme potentiel, ainsi que l'importance appuyée et troublante de chaque objet qu'effleure le regard. Je me revois assis dans la chambre de Mrs Dowty en train de remplir fébrilement des carnets de pages d'écriture et de dessins, taillant et retaillant mon crayon à papier jusqu'à ce qu'il n'en reste pratiquement rien. Et puis cette soudaine explosion de molécules qui me faisait me lever d'un bond et danser frénétiquement en chaussettes, pleurant tout à la fois de joie et de chagrin. Le monde était terrible et magnifique à regarder.

Parfois ça s'arrêtait en dansant. Mais pas toujours.

Et – comme par hasard – un de mes téléphones sonne à peine quinze minutes plus tard.

« Tu es plutôt loquace aujourd'hui, Cammie », je dis et j'appuie doucement sur le bouton pour démarrer l'enregistrement.

« C'est vrai », répond-elle, essoufflée, et j'écoute son intonation en gardant à l'esprit qu'elle est peut-être dans une phase maniaque. Elle est assurément agitée. « Je ne sais pas trop quoi faire. Je ne sais pas trop ce que je devrais faire. Je veux juste parler à quelqu'un parce que… je ne sais pas.

– Apparemment, tu as des ennuis, ma puce, je dis lentement et, je l'espère, gentiment. Tu peux être plus précise ? »

Elle hésite. Si elle ressemble un tant soit peu à celui que j'étais, j'imagine que ses pensées doivent être en ébullition. Je me souviens que j'avais l'habitude de mettre la main devant la bouche et de remuer les lèvres contre ma paume pour empêcher les mots de se répandre – de nouveau cet état fébrile, je me dis.

« J'ai très peur, finit par reconnaître Cammie qui semble au bord des larmes. J'ai… vraiment besoin d'aide. Vous m'avez dit que vous pensiez que j'étais désespérée, eh bien oui, je le suis. » Puis je crois percevoir un sanglot étouffé mais je ne veux pas lui attribuer trop d'importance – j'essaie de tenir en bride mes élans de compassion.

« Écoute, Cammie, sois sincère avec moi. Parle-moi franchement, et je pourrai peut-être t'aider. »

Je peux la ferrer, je pense, si je suis prudent. Et je pense aussi : *Pauvre fille. Pauvre fille désespérée, je devrais t'aider, non ? Je suis ton père, après tout.*

« J'imagine que tu as quelqu'un à tes trousses. Et ce quelqu'un n'est peut-être pas seul.

– C'est ça.

– Tu peux m'en dire plus ? »

Elle recule, hésite – mais je pense qu'elle a vraiment très peur, qu'elle est terrifiée, car je l'entends renifler ses larmes.

« Il faut que je vous dise quelque chose », déclare-t-elle, et je regarde le point rouge du téléphone qui clignote. D'instinct, j'ignore pourquoi, j'éteins l'enregistreur.

« Quoi ?

– Je… Je ne suis pas la seule.

– Qu'est-ce que tu veux dire ?

– Je ne suis pas le seul enfant biologique que vous ayez. D'après ce que je crois savoir, nous sommes cent soixante-sept. Sans doute plus. »

Coupure de courant

Il s'avère donc que notre pauvre Cammie a perdu la raison. Non pas que j'aie des préjugés contre les fous, c'est juste que j'aimerais que cette jeune fille complètement givrée n'ait pas accès à des informations personnelles me concernant. J'ai comme un mauvais pressentiment quand elle me révèle, avec le plus grand sérieux, ses délires.

Dans ses fantasmes, mes dépôts solitaires de sperme ont produit un dividende d'au moins cent soixante-sept enfants. Ce qui semble hautement improbable, mais elle a construit toute une histoire autour de ça. La tranche d'âge de mes rejetons va du bébé à l'adulte d'une vingtaine d'années, la majorité d'entre eux étant à l'école primaire. Ce sont les membres de sa *donatrie*, comme elle dit – un mot-valise formé à partir des mots *donneur* et *fratrie*, m'explique-t-elle, et qui englobe tous les enfants ayant le même donneur de sperme. Mais ce nombre est extrêmement rare.

« *Donatrie*, je dis d'une voix que je veux chaleureuse mais neutre. Ce n'est pas un très joli mot, si ? » On dirait un aliment à base de porc dont on préférerait ignorer la composition – mais je garde ça pour moi. Je pressens que la sonorité des mots n'intéresse pas Cammie en cet instant précis.

Elle ajoute que la plupart des membres de sa donatrie vivent aux États-Unis mais que d'autres sont en Europe de l'Ouest, en Inde, en Chine ou en Arabie saoudite. Tous « acquis », comme elle dit, par des parents fortunés – certains extrêmement fortunés.

« Zut. Je regrette d'avoir oublié ce que j'ai répondu dans le fameux questionnaire ! J'ai dû faire grande impression.

– Ça n'a rien à voir avec le questionnaire. Mais avec votre ADN, je crois. Notre ADN.

– Je suis assurément un beau spécimen. J'ai cependant bien du mal à croire à toute cette histoire.

– Je sais. Moi aussi. Mais je ne vois pas d'autres explications. »

On en vient à la dimension conspirationniste de son délire, et ce n'est franchement pas original. Vous en avez déjà entendu parler : il existe une cabale d'hommes riches et puissants (suivant la version, ils sont juifs, francs-maçons, Illuminati, satanistes, pédophiles, etc.) qui exercent des activités abjectes – planifier un génocide massif, créer un palais des plaisirs sadomasochistes dans le sous-sol d'une pizzeria, truquer des élections démocratiques, ou encore stocker le reste des ressources mondiales dans des bunkers secrets – et leur réseau d'influence maléfique s'étend jusqu'aux plus hautes sphères gouvernementales, aux PDG des grandes entreprises, aux entrepreneurs milliardaires, aux banquiers d'affaires argentés, et à toutes les familles royales d'Europe et du Moyen-Orient. C'est une de ces légendes urbaines auxquelles croient beaucoup de gens tout à fait normaux, et qui suis-je pour prétendre qu'elles sont fausses ?

Mais dans la version de Cammie, les riches collectionnent les jeunes plants de la Nébuleuse brumeuse à des fins scélérates, pour d'obscures raisons.

« Le problème, c'est que tous ces gens – ces adoptants, ces collectionneurs de bébés ou quel que soit le nom qu'on leur donne – font partie des plus puissants au monde !

– Ça alors », je réponds, poliment. Je suis en train de traverser les zones de fracturation hydraulique au sud d'Akron, une région où les tremblements de terre sont fréquents, paraît-il – certains panneaux sur l'autoroute indiquent même ZONE SISMIQUE – mais je pense que le léger tremblement que je perçois est intérieur.

C'est vraiment préoccupant, me dis-je. Il faut renvoyer cette enfant à ses parents ou à une personne habilitée à s'occuper d'une jeune personne en proie à – comment appeler cela ?

« Et ton père ? je finis par lui demander. Ton père adoptif ? Tu m'as dit qu'il était avocat. Tu ne m'as pas dit qu'il était riche et puissant.

– Il est riche ! Mais pas autant que les cinq cents premières fortunes du pays, rétorque-t-elle, sur la défensive. Mais il est quand même l'avocat de Brayden Kurch, donc...

– Pas possible ! » Je n'ai qu'une vague idée de qui est ce monsieur. Il me semble que c'est un entrepreneur renommé – dans les nouvelles technologies, peut-être, ou l'industrie pharmaceutique ? Le seul souvenir précis que j'ai de lui, c'est son visage sur la couverture d'un livre, *Séance de spiritisme transhumaniste*, avec son nom écrit en majuscules au-dessus du titre : BRAYDEN KURCH. Je l'avais aperçu dans la vitrine d'une petite librairie de Portsmouth, New Hampshire, alors que j'étais en chemin pour aller brûler la maison d'un blogueur qui s'était mis à dos la société avec laquelle nous avions signé un contrat, et je me revois m'arrêter pour regarder le visage souriant et sage, et me dire : *« Séance de spiritisme transhumaniste » ! Ça sonne bien.*

En tout état de cause, Cammie semble penser que ce nom va m'impressionner, et je conçois que ce serait le cas si je connaissais l'individu en question.

« Mon père et Kurch étaient des amis proches quand ils étaient plus jeunes, m'explique-t-elle. Et puis... Brayden Kurch a deux de vos filles d'un premier mariage. L'une a un an de plus que moi – c'est sans doute l'aînée de vos enfants – et l'autre quelques années de moins. Voilà. »

Elle est bien bonne, celle-là !

Cammie est douée pour révéler les informations au compte-gouttes, ce qui me rappelle fortement les mensonges et les subterfuges que ma mère testait sur moi – la façon qu'elle avait de vous appâter avec une histoire à dormir debout puis d'y ajouter un petit détail tout simple pour y mettre une touche de réalisme, la façon qu'elle avait de l'embellir afin que vous vous sentiez personnellement concerné et que cette affabulation parle de *vous* de manière plutôt flatteuse – et puis, très vite, elle glissait tendrement sa main dans votre poche.

« Écoute, je dis d'une voix que j'espère franche et amicale. Cammie, ma puce – des raisons personnelles m'incitent à croire que tu dis vrai quand tu affirmes être ma fille...

– Hum... j'en ai bel et bien la preuve au cas où vous voudriez faire un test ADN par frottis buccal.

– Tout juste. Mais pour le reste, je n'arrive pas à te suivre. Je trouve ça vraiment tiré par les cheveux.

– Je sais. C'est pour ça que je voulais apprendre à vous connaître un peu d'abord, pour que vous me fassiez confiance – pour éviter que vous me preniez pour une folle. Même si je sais que c'est le cas. »

Je roule sur l'Interstate 480 maintenant. Je traverse le viaduc qui enjambe Transportation Boulevard au sud de Cleveland, et j'aperçois à l'horizon, par-delà la bruine, de grosses cheminées coiffées de volutes de fumée et de flammes vacillantes. L'une d'elles ressemble à une bougie géante. Sur ma gauche se dessine la silhouette des gratte-ciel de Cleveland, qui bordent le lac, et sur ma droite une vaste zone pavillonnaire lugubre. Je m'éclaircis la voix.

« Dis-moi, tu as été en contact avec les filles Kurch ?

– Non. Je ne les ai jamais portées dans mon cœur, et je sais qu'elles ne me croiraient pas, donc...

– Mais tu as la preuve qu'elles font partie... », et je ne dis pas « du vaste complot destiné à répandre ma semence à travers le monde » car je ne veux pas être dans la confrontation.

« J'en suis sûre à cent pour cent. J'ai des documents à l'appui mais je n'ai pas envie de les éplucher là maintenant, ce serait trop compliqué et ça me ferait perdre trop de temps.

– C'est drôle. Je n'ai jamais été sûr à cent pour cent de quoi que ce soit. Tout ça pour dire que… voilà. Tu as entendu parler du rasoir d'Ockham, non ?

– L'explication la plus simple est généralement la bonne.

– Exactement. Donc l'explication la plus simple ici, c'est que… tu as des problèmes d'équilibre mental… qui peuvent peut-être entraîner… des délires paranoïaques. »

J'essaie de lui dire cela de manière à ce qu'elle se sente acceptée et aimée, mais ça ne suffit pas. Le silence est brutal quand elle raccroche.

Au loin, il y a des éclairs, et il se met à pleuvoir un peu plus fort. Des semi-remorques passent à toute vitesse, m'arrosant chaque fois au point de m'aveugler brièvement, et je serre plus fort le volant. Je présume qu'il y a un brin de vérité dans l'histoire de Cammie – comme il y en avait un dans celles de ma mère – et qu'une partie de ses fantasmes s'enracinent dans un événement qui s'est réellement produit. Peut-être qu'elle a juste perdu la tête. Je l'imagine bien en zélatrice d'une mouvance conspirationniste d'extrême droite : elle aura été droguée quelque part en Alabama dans une maison appartenant à une secte, elle ne porte qu'une robe de lin blanc, et elle a de longs cheveux emmêlés. Une feuille d'arbre rouge et solitaire vole et vient se coller au pare brise avant que les balais des essuie-glaces l'emportent. La paume d'une main humide plaquée contre une vitre.

Et juste au même moment, le téléphone sonne.

Ce genre de synchronicité force le respect si bien que je décroche et je l'entends dire : « OK, écoutez… il y a au moins une autre personne qui est au courant. Vous avez un fils. C'est lui qui m'a appris tout ça. Je suis étonné qu'il ne vous ait pas contacté. C'est une des choses que je craignais. Que Ronnie réussisse le premier à vous joindre.

– Parle-moi de lui. »

Apparemment, j'ai un fils, un certain Ronnie, qui a à peine un mois de plus que Cammie. C'est lui qui l'a tuyautée. Il a réussi à entrer en contact avec elle alors qu'ils étaient deux adolescents solitaires de dix-sept ans, et ils se sont mis à échanger surtout par textos, parfois par Skype tard dans la soirée. Le nom de Cammie apparaissait sur des documents que Ronnie avait découverts dans un coffre-fort, dans le bureau de son père – en fait, il espérait mettre la main sur de l'argent –, il les avait parcourus, il y avait des photocopies d'actes de naissance et des dossiers médicaux de nourrissons. Il avait cherché les noms sur Google par curiosité, et c'est elle qu'il avait trouvée en premier.

Un peu plus tard, quand ils s'étaient mis à discuter régulièrement, Ronnie avait réussi à amasser encore plus d'informations. Il connaissait les cliniques qui fournissaient sperme et ovules – *les substances biologiques*, comme dit Cammie –, il avait même une copie du questionnaire que j'avais rempli et il le lui lisait d'une voix moqueuse.

« C'est à partir de là que j'ai commencé à penser à vous. Ronnie tournait vos réponses en dérision alors que moi je… je les trouvais tellement – tellement sérieuses et drôles et poétiques. Par exemple, vous aviez écrit : *J'ai toujours été un amoureux de la nature*, et ça m'avait chamboulée. C'était tellement touchant !

– OK », je dis prudemment, car il y a beaucoup de choses blessantes dans ces phrases. Mon cœur se serre de bien des façons.

Ce Ronnie, m'apprend-elle, était originaire de Monaco mais avait été pensionnaire à l'Institut Le Rosey en Suisse, et tant son accent que leur ressemblance physique enchantaient Cammie. Ils auraient pu être jumeaux. En fait, ils l'étaient en quelque sorte puisqu'ils faisaient partie du premier groupe de fœtus fabriqués à partir de mon sperme et des ovules de Rosalie Signorelli, et qu'ils étaient nés à seulement trois semaines d'intervalle.

Mais Ronnie était pénible. « Un pervers. Il aimait m'envoyer des photos de son corps nu – des gros plans de son pénis en érection, par exemple – et il voulait que je fasse pareil, et il disait : *Pas par curiosité malsaine, je veux juste voir ton corps car c'est celui que j'aurais si j'étais une fille !* » Elle parle plus vite maintenant, elle est remontée à bloc, et ça me rend légèrement nostalgique de mes propres épisodes maniaques, avant que je me soigne.

« Qu'est-ce qu'il devient, ce Ronnie ? » Mes mains se crispent sur le volant, et je regarde les essuie-glaces glisser sur les gouttelettes de pluie. J'espère ne pas devoir ajouter un problème à ma liste, mais autant en apprendre le plus possible.

« Je ne sais pas, dit Cammie. Il m'a larguée. Il a peut-être trouvé une autre sœur plus à son goût. Mais je crois que lui aussi vit dans la clandestinité. Il a disparu des écrans radars il y a environ deux ans, et je n'ai aucune idée de ce qui a pu lui arriver. Ces derniers temps, je me demande s'il n'est pas mort… s'ils ne l'ont pas… »

Puis, brusquement, la conversation est coupée. La radio aussi est coupée.

Le silence me fait sursauter, je n'entends plus ni la voix de Cammie, ni la musique, ni mes pensées. Je regarde mon téléphone. Il continue à clignoter, s'allume puis s'éteint définitivement.

Vient la coupure de courant. Depuis le milieu du pont, je vois les lampadaires, les maisons et les néons s'éteindre progressivement, et l'obscurité recouvre le paysage urbain comme la marée montante. J'ai failli crier en voyant l'éclipse progresser et répandre ses ténèbres. Elle pompe toute l'énergie de l'*Étoile du Berger* et se dirige vers la banlieue sud, une tache qui s'étend vers l'horizon lointain jusqu'à ce que l'obscurité soit totale. La lune et les étoiles semblent s'affirmer, briller davantage.

Il me faut un moment pour reprendre mon souffle. Je roulais plutôt vite et le camping-car continue d'avancer quelque temps après que j'ai coupé le moteur. « Sainte Mère de Dieu ! » je m'exclame, et le véhicule érafle le muret en ciment qui borde le pont avant de s'arrêter. Les essuie-glaces glissent sans enthousiasme sur la toile de verre : *flap, flap, flap.*

Flap.

Et puis eux aussi s'arrêtent. La pluie crépite timidement sur le toit.

Plus la moindre trace d'elle

Après la panne de courant, je reste dans la partie habitation du camping-car et j'attends. Tandis que la pluie tambourine sur le toit métallique, je joue au solitaire à la lueur d'une bougie, la tête de Flip posée sur mon pied comme si c'était un oreiller. Dehors, je distingue d'autres véhicules immobilisés en une longue file, devant et derrière moi.

Quand la pluie se calme, il doit être près de minuit. J'entends des automobilistes échanger avec résignation et, à l'odeur, on dirait que quelqu'un a allumé un barbecue. On s'est habitués à ce type de situation, j'imagine. Au loin, un feu d'artifice bon marché s'élève dans le ciel et étincelle brièvement – de petites fusées qui émettent un sifflement distant et solitaire.

J'aimerais que Cammie me rappelle. Je passe un certain temps à examiner mes téléphones – à voir si l'un d'eux fonctionne – mais apparemment ils sont tous morts, leur batterie déchargée par la même force qui a déchargé la batterie de mon camping-car et coupé le courant dans toute la région.

Cependant, j'ai encore un mini-réchaud à gaz. Je le sors, je prends une boîte de cervelle de porc à la crème dans le placard, et je la mélange à des œufs brouillés. Flip en raffole et, en fait, ça ne me déplaît pas non plus. C'est un des rares plats que ma mère me cuisinait régulièrement. Elle me disait qu'il lui rappelait son enfance dans l'Iowa, et c'est l'une des seules images que j'ai d'elle petite. Je l'imagine à genoux sur une chaise devant la cuisinière, elle ouvre une boîte de cervelle de porc en tournant la mollette jusqu'à ce que le couvercle se détache et s'enfonce dans la sauce. Je l'imagine allumer le brûleur qui siffle avec une allumette, et elle a un mouvement de recul lorsque la flamme enfle et risque de la brûler, mais bien qu'elle n'ait que cinq ou six ans, elle sait y faire. Elle brouille des œufs dans une poêle, verse la cervelle dessus et remue le tout.

Bébé, elle savait déjà se prendre en charge sans l'aide de personne, disait-elle.

Pendant des années, j'ai plutôt bien réussi à m'ôter ma mère de la tête. Mais maintenant – à cause de Cammie, je crois – la revoilà. Dieu que je déteste quand un souvenir s'impose à moi ! Le temps ralentit et j'ai un mauvais pressentiment – ce serait la fin la plus tragique, rendre son dernier souffle en ayant une lente prise de conscience. Je souhaite me réveiller un jour sur une île déserte, complètement amnésique.

Je choisis de ne pas penser à la dernière fois où j'ai vu ma mère – ou, devrais-je dire, sa dépouille recouverte de sel gemme et de boules de naphtaline à l'intérieur d'un bac de rangement en plastique, dans un garde-meuble de la banlieue de Fairbanks, en Alaska. Je choisis de ne pas penser aux nuits précédant cet ultime regard, aux dernières semaines avant que je referme le couvercle sur son cadavre – tout ce que j'ai dû effacer de ma mémoire afin de pouvoir guérir.

Mais le discours complotiste de Cammie me fait penser à ce que ma mère m'a raconté un jour, dans le temps. Nous étions descendus au Mr. Sandman Motel, situé à une sortie de l'Interstate 40 près de la frontière entre l'Arizona et le Nouveau-Mexique. Elle venait juste de pigeonner une secte qui prônait la polygamie, près de Bisbee, mais était déjà à l'affût de notre prochaine aventure. Je devais avoir environ treize ans.

Elle m'a parlé d'un ranch dans le sud du Nouveau-Mexique

où un milliardaire fou parquait, soi-disant, des femmes et des filles. « Comme du bétail », a précisé ma mère avec cette délectation qu'elle éprouvait dès qu'elle racontait une histoire particulièrement horrible.

« Il y en aurait une centaine, peut-être plus », a-t-elle ajouté en se laissant aller rêveusement contre le dossier du lit. Toutes les lumières étaient éteintes dans notre chambre, et sa cigarette a rougeoyé quand elle a tiré dessus. « Une centaine ou plus. Elles sont payées cinquante mille dollars pour se faire engrosser par lui. Il paraît qu'il n'a même pas de relations sexuelles avec elles. Elles se font simplement inséminer avec une pipette. Et puis on leur retire leur fœtus quand elles sont enceintes d'un ou deux mois, et on le congèle dans un récipient rempli de nitroglycérine. »

Je ne l'ai pas vraiment crue. Ma mère était, comme beaucoup de ses victimes l'avaient découvert, une menteuse pathologique, et souvent elle me prenait pour cobaye ou c'était peut-être juste pour le plaisir de me faire peur ou de me dégoûter. Réussir à m'atteindre au plus profond faisait son bonheur.

Mais malgré tout, je l'ai écoutée avec attention, car il lui arrivait de dire la vérité. Je me suis représenté les filles dans des chambres étroites comme les stalles d'une étable, elles sont assises sur un lit en sous-vêtements et attendent qu'une infirmière vienne avec une seringue remplie de la semence du vieillard. Bien évidemment, ça m'a foutu les jetons. Mais ça ne m'a pas paru totalement improbable.

« Mais pourquoi il voudrait avoir autant d'enfants ? C'est bizarre. Qu'est-ce qu'il fait des bébés une fois qu'il les a congelés ? »

Ma mère a ri doucement, comme si j'étais idiot de ne pas comprendre, et je n'ai pas posé d'autres questions. Debout près de la fenêtre, j'ai regardé le parking et le désert au-delà. Un croissant de lune était suspendu au-dessus de l'enseigne au néon clignotant du motel.

« Qu'est-ce que tu regardes ? m'a demandé ma mère. Viens te coucher, petit lapin », et la lumière de sa cigarette a oscillé quand elle m'a fait signe de la rejoindre.

Il y a une comptine pour enfants que ma mère me chantait quand j'étais petit. Elle parle d'une maison dans la forêt et d'un vieil homme qui se tient à sa fenêtre. Tout à coup, un lapin s'approche en sautillant et frappe à sa porte. « Vieil homme, ouvre-moi, ou le chasseur me tuera. » Et le vieil homme lui ouvre en disant : « Lapin, lapin entre et viens me serrer la main. »

J'avais beau n'être qu'un enfant, je devinais que le vieil homme était un violeur ou un assassin, ou les deux, et que le petit lapin était condamné dès l'instant où il avait frappé à la porte.

Quelques années plus tard, le mot *lapin* est devenu un des noms de code que ma mère utilisait pour parler d'un gogo. « On va rendre visite à oncle Lapin », disait-elle. Et je savais que j'allais systématiquement avoir des ennuis quand elle me pinçait l'oreille, se penchait vers moi et murmurait : « Allez, petit lapin. » Tout en m'offrant son sourire le plus doux. Je savais qu'elle allait me piéger, qu'elle tramait quelque chose, mais je lui obéissais, je suivais son doigt qui me faisait signe et, ce jour-là, j'étais son petit lapin, j'ai grimpé sur le lit, elle a passé son bras autour de mes épaules et m'a caressé la tête.

« Cinquante mille dollars, c'est une sacrée somme. Surtout si tu n'as pas à mener la grossesse à terme. Deux ou trois mois, c'est rien du tout, tu ne prends même pas de poids. »

La tête posée dans le creux de son cou, je suis resté silencieux. Elle sentait le parfum Jean Naté et la transpiration. Je savais que ce n'étaient que des paroles en l'air. Elle m'avait dit qu'il parquait les femmes comme du bétail, ce qui ne risquait pas de l'attirer.

« Quoi ? Tu ne me trouves pas suffisamment jolie pour être

sélectionnée ? Tu trouves que je fais trop vieille maintenant que j'ai trente ans ?

– Non. Non. C'est juste que… Et moi ? Qu'est-ce que je deviendrais ?

– Oh, je suis sûre qu'ils seraient prêts à te garder, me répondit-elle joyeusement, l'air taquin. Il se peut même qu'ils me paient pour ça. »

Elle m'a serré contre elle, a respiré l'odeur de mes cheveux, ses lèvres si près de moi que j'ai senti son souffle sur mon oreille.

« Do-lang, do-lang, do-lang », a-t-elle chantonné, et j'ai fermé les yeux.

Elle avait une belle voix, ma mère. Elle prétendait avoir fait partie d'un girl band, les Happy Home Jubilee Singers. Trois jeunes adolescentes, trois voix. Au début, elles avaient chanté de la country, de celle qui passait dans l'émission « Grand Ole Opry », puis elles avaient élargi leur répertoire en y intégrant davantage de musique pop – elles avaient interprété des chansons des Chiffons et des Dixie Cups et, un jour, elles avaient obtenu un rendez-vous avec Phil Spector, le célèbre impresario, qui avait finalement refusé de les représenter.

« Ça aurait pu être différent, me disait-elle. Dans une autre vie. » Et elle avait alors ce doux rire que j'entends encore dans ma tête. Ironique, menaçant et teinté de désespoir.

« Mais à la place, je t'ai eu. »

Nous ne nous sommes jamais rendus dans le camp du milliardaire – soit parce que ce lieu n'existait pas, soit parce que ma mère n'y avait pas été admise, ou encore parce qu'un lapin plus appétissant avait attiré son attention. C'était peut-être pour une autre raison encore mais comme j'ai débarrassé ma mémoire éveillée de pans entiers de cette période, impossible de savoir à présent.

Qu'en est-il des milliardaires et des bébés ? je me demande.

Ces Ozymandias ! C'est une légende urbaine bien enracinée, j'imagine, et peut-être que certaines vrilles s'appuient sur la réalité. Si seulement je pouvais me rappeler le nom du type qui avait un ranch. Je mange une petite bouchée de mon omelette à la cervelle de porc et je réfléchis.

De la nourriture pour l'esprit, je me dis. Ce qui, maintenant que j'y pense, ferait une bonne épitaphe.

Qu'était-elle, ma mère ? Avant, j'aurais aimé le savoir. Comme Cammie.

Je me demandais si elle m'avait bel et bien mis au monde, et j'en avais douté jusqu'à très récemment, jusqu'à ce que Cammie ouvre la bouche et me laisse entendre le rire de ma mère. C'est alors que, sentant les choses se mettre en place, je me suis dit, *oh*, et j'ai fini par être convaincu. *J'étais bien sorti d'elle.*

Pendant tout le temps que nous avions passé ensemble, elle était restée vague sur le sujet – parfois, je lui disais : « Maman ? Maman ? » et elle se tournait vers moi avec un regard tout à la fois méprisant et indulgent. « Ne m'appelle pas comme ça. Je ne suis pas ta mère », réagissait-elle. Et parfois, j'étais censé l'appeler Sessy, Taffy, Barbara, selon le prénom qu'elle s'était choisi à ce moment-là.

Et parfois, c'était un fantasme agréable de croire qu'elle n'était pas ma mère. Je me souviens de l'article qu'elle m'avait montré un matin, dans une chambre de motel, pendant qu'elle buvait du café et que je mangeais des céréales. Elle avait tourné le journal vers moi et m'avait indiqué un gros titre : « Un bébé arraché du ventre de sa mère assassinée ouvre les yeux pour la première fois ». « Quelle coïncidence ! C'est exactement comme ça que je t'ai eu ! » Et elle m'avait fait un clin d'œil.

Quant à son passé et sa famille, j'ignorais pratiquement tout. Elle disait ne pas avoir de parents. « Les gens comme nous s'inventent tout seuls, mon chéri, déclarait-elle. J'ai eu tellement de mamans et de papas que je suis incapable de me les rappeler tous. »

À présent installé à la table de l'*Étoile du Berger* – un homme dans sa cinquième décennie, plus vieux qu'elle ne le serait jamais – je l'entends encore dire ça. *Les gens comme nous s'inventent tout seuls, mon chéri*, murmure-t-elle, et je frémis.

Je choisis de ne pas penser à la nuit à Fairbanks sur le pont.

L'aiguille hypodermique s'enfonce dans sa nuque, ses mains cherchent à frapper, à attraper. « Petit enculé, dit-elle d'une voix rauque. Sale petit enculé », et la pomme qu'elle était en train de manger lui tombe des mains et roule sur le sol, avant de s'arrêter près de la pédale d'accélérateur.

Je ne pense pas que l'une des cicatrices que j'ai sur l'avant-bras droit soit la marque de ses dents.

Je me plais à croire qu'il ne reste plus la moindre trace d'elle, qu'à ma mort, il ne restera plus un seul souvenir d'elle dans le monde – elle ne sera plus qu'une momie des tourbières, un morceau de viande de bœuf séchée, emballé dans du sel et de la naphtaline et abandonné dans un entrepôt à la périphérie de Fairbanks, à moins de trois mille deux cents kilomètres du pôle Nord.

Je me souviens de ce qu'elle me répétait toujours : « La plupart des gens refusent d'être aidés, et les autres ne méritent pas de l'être. »

Mon Dieu, pourvu qu'on ne la retrouve jamais.

3

Les puissances de l'univers me doivent des excuses

Viennent les scrupules.

Ça fait des heures que la communication avec Cammie a été coupée, et j'ai dû changer d'avis plusieurs dizaines de fois à son sujet : elle est folle ou elle ne l'est pas, elle croit ce qu'elle dit mais elle se fait embobiner, ou elle me cache la vérité, ou elle abuse de moi d'une manière très élaborée que je ne parviens pas à concevoir, ou encore une combinaison de tout cela.

Et pourtant, je ne peux pas m'empêcher de croire que Cammie est bien ma fille.

Je m'assieds sur le marchepied de l'*Étoile du Berger* au lever du soleil et je regarde les voitures autonomes se mettre à clignoter à la lumière du jour, à vibrer, à hoqueter des petits bips, à revenir enfin à la vie et à démarrer lentement, se frayant un chemin dans le labyrinthe de véhicules immobilisés, vaillantes et même visiblement joyeuses alors qu'elles se rendent à un rendez-vous galant.

Pendant ce temps-là, un drone de la taille d'un caddie passe au-dessus de nous et parle d'une voix qui ressemble fortement à celle d'une célèbre comédienne. De nos jours, les robots s'expriment de façon de plus en plus réaliste, c'en est troublant. « Les secours arrivent », dit la voix, et elle se montre amicale, se tourne en dérision, s'excuse. Flirte un peu. « Je sais que vous vous dites : *Vous êtes passés où, les mecs ?* On fait vraiment de notre mieux et on sera là dès que possible ! Mais en attendant, vous devez rester dans votre véhicule ! Désolée de vous le dire, mais ceux qui ne seront pas dans leur véhicule à notre arrivée seront arrêtés et devront s'attendre à payer une amende très élevée ! »

Je jette le mégot de mon joint dans l'herbe en voyant le drone s'approcher, et je retourne à l'intérieur du camping-car. Fixé au drone, un appareil photo à neuf capteurs prend des instantanés à trois cent soixante degrés, et je déteste être pris en photo.

Je m'installe à la table de la cuisine et je regarde les portables étalés dessus. Aucun signe de vie. Alors je prends le jeu de tarot posé près de la salière et du poivrier, je mélange longuement les cartes, et je leur demande de me révéler tout ce qu'elles savent sur Cammie.

Je vais méditer avec trois cartes, et la première que je tire est l'Amoureux (à l'envers) – ce qui est plutôt évident et ne m'aide guère ; la deuxième est la Tempérance, ce que je trouve condescendant ; et la troisième, le Roi de Coupe (à l'envers), ce qui me paraît on ne peut plus insultant.

Le Roi de Coupe inversé est généralement un homme narcissique d'âge mûr – un dépensier, un profiteur, une sangsue, un manipulateur – et normalement, si vous l'avez tiré, c'est qu'il est à la racine du problème que vous soumettez au Tarot.

Il n'est pas impossible que, par le passé, j'aie été diagnostiqué comme psychotique ou psychopathe, mais ça fait un moment, je crois, que je maîtrise la situation. Pour être honnête, je ne pense pas être le problème. Ce n'est pas moi qui ai cherché à me contacter ; c'est Cammie. Me sentant injustement traité, je contemple les cartes puis les range dans le paquet que je remets à sa place, près de la salière et du poivrier. Qu'elles aillent se faire voir.

Comme les puissances de l'univers me doivent des excuses, un des téléphones morts que j'avais repoussés se met alors à bouger. Il émet un gargouillis mélancolique – le bruit que fait un homme qui se noie quand vous lui comprimez la poitrine – et je l'empoigne.

Ce n'est pas Cammie, évidemment.

« Bonjour ! dit une voix masculine, grave et endormie. Mr Bayer ? Bonjour, c'est l'Ami Dave à l'appareil. J'ai bien reçu votre message. Donc… je suis à votre disposition.

– Tout juste. J'ai besoin d'être dépanné. Je me trouve sur l'Interstate 480 au sud-est de Cleveland, à environ cinq cents mètres à l'ouest de la sortie 24. Je pense être le seul camping-car de luxe sur cette partie de l'autoroute. Il s'appelle l'*Étoile du Berger*.

– D'ac. Je devrais être là dans moins d'une heure. »

Mais deux heures plus tard, je l'attends toujours. Les véhicules recommencent à rouler – une seule file, pare-chocs contre pare-chocs, du dix à l'heure au mieux – et ça me rappelle ce film d'horreur où un savant fou veut créer un mille-pattes humain, alors il kidnappe des gens et les attache les uns aux autres par un acte chirurgical, anus contre bouche contre anus contre bouche, etc., et j'ignore quelle était sa motivation, mais regarder cette triste cavalcade de véhicules morts-vivants récemment ressuscités me fait penser à ce pauvre mille-pattes humain.

Appuyé contre le camping-car, je suce une pastille d'hydrocodone, et je commence à perdre patience quand l'Ami Dave arrive enfin avec sa dépanneuse. Il passe la tête par la fenêtre en arborant un large sourire. « Mr Bayyyyyer ! crie-t-il avec une bonhomie folle. Argh. C'est dingue cette circulation ! Désolé pour le retard. » Il se gare devant l'*Étoile du Berger*, et je le regarde descendre de la cabine et s'approcher de moi en roulant les mécaniques, prêt à donner un coup de main. C'est un gamin blond, grand, large d'épaules, pas plus de vingt-cinq ans, avec une tête au cou épais qui me fait penser à un pouce. Mais un pouce enthousiaste. Il s'approche et regarde Flip avec un délice enfantin.

« Salut joli toutou ! s'exclame-t-il en agitant les doigts près de son museau. Est-ce qu'il mord ?

– Oui.

– Oh. » Il écarte sa main et lui fait les gros yeux.

« Il n'est pas méchant, je précise. C'est juste qu'il n'aime généralement pas qu'on le touche. »

Je suis suffisamment vieux pour me rappeler l'époque où les hommes réparaient eux-mêmes leur auto – c'était avant qu'il faille être diplômé en informatique ne serait-ce que pour ouvrir un capot –, et en regardant l'Ami Dave trifouiller mon moteur je suis envahi par une douce sensation de nostalgie. Je n'ai jamais connu mon père, mais si ça avait été le cas, il aurait pu se pencher, comme lui, sous le capot d'un pick-up pour sonder l'intérieur et bidouiller.

« Il paraît que c'est les Canadiens », m'explique l'Ami Dave. Il n'a pas arrêté de parler depuis qu'il est descendu de sa cabine. « Des terroristes canadiens – des trolls ou un truc du genre », et ses doigts remuent indépendamment de sa bouche. « D'après le gouvernement, c'est une impulsion électromagnétique. Elle a neutralisé deux réseaux d'alimentation, toute la réception par satellite du nord-est de l'Ohio, les batteries de voiture et même les piles pour les torches, les piles AAA, tout. Elle a aussi brouillé les appareils avec intelligence artificielle. J'ai essayé de parler à mon Alexa et elle est restée totalement impassible. Zéro affect.

« Mais je ne pense pas que ce soit les Canadiens, poursuit-il. J'ai beaucoup d'amis là-bas et ils disent que tous ces discours comme quoi le Canada essaie d'influencer nos élections, c'est des conneries. Le gouvernement veut qu'on croie qu'ils passent leur temps à nous haïr et à essayer de détruire notre mode de vie mais, en réalité, ils n'en ont rien à foutre de ce qu'on fait. Ils ont leurs propres problèmes à régler. »

Je hoche pensivement la tête. Je n'avais jamais entendu parler du supposé anti-canadianisme de notre gouvernement, mais ça ne veut pas non plus dire que je ne crois pas ce que raconte l'Ami Dave. À l'heure actuelle, pratiquement chaque individu se bricole sa propre version de la réalité qui dépend des médias, des sites Internet et des influenceurs YouTube à qui il a décidé de faire confiance, et donc, par principe, je me contente d'écouter les gens avec une oreille attentive en espérant qu'il y a un fond de vérité au cœur de leurs croyances.

Nous faisons tous de notre mieux pour essayer de comprendre ce qui se passe. Nous préférerions tous que le monde soit raisonnable et logique, mais il s'y refuse. C'est pour ça que même les gens normalement intelligents comme ma fille Cammie adhèrent à des idées incroyables. Après la disparition de la presse écrite, beaucoup de choses qui nous semblaient communément admises – les vérités que nous avions en partage – ont commencé à disparaître elles aussi, et même les fondements de la science et des mathématiques, même les événements filmés et corroborés par des dizaines de témoignages, sont devenus sujets à caution.

Croyez-vous que la tuerie de l'école primaire Sandy Hook dans le Connecticut ait été mise en scène et que les parents endeuillés aient été joués par des acteurs ? Croyez-vous que le prince héritier d'Arabie saoudite soit à la tête d'un réseau international de prostitution et de torture d'enfants ? Croyez-vous que le gouvernement ait lâché sur des manifestants à Chicago, après les dernières élections, des bombes à sous-munitions contenant du benzilate de 3-quinuclidinyle, ce gaz psychoactif invalidant ? Croyez-vous que le réchauffement climatique anéantira une bonne partie de la civilisation humaine dans les douze prochaines années ? Croyez-vous en l'Holocauste ?

Eh bien, si vous n'y croyez pas, quelqu'un y croit. Trente à cinquante pour cent de la population pensent qu'il s'agit de faits réels, les autres prennent ces derniers pour des idiots. Ce qui peut être gênant en société. De nos jours, on en sait tous autant que n'importe qui, il est donc préférable de se montrer réservé.

« Hé, Dave, dis-je alors qu'il farfouille dans mon moteur. Tu as déjà entendu parler d'un certain Brayden Kurch ?

– Bien sûr. » Flip s'installe à mes pieds en soupirant doucement, le museau posé sur les pattes, les yeux suivant avec attention les autos qui passent, alors que l'Ami Dave plonge encore plus profond sous le capot. « Le fameux milliardaire, c'est ça ? Le premier à avoir fait de la viande hachée en laboratoire à partir de cellules souches et non pas de vrais animaux. Le kurchburger ! Ils en servent chez Wendy's maintenant. Ça a vraiment beaucoup de goût ! Et je crois bien qu'il a épousé une chanteuse blanche de hip-hop des années quatre-vingt-dix et qu'ils ont donné comme prénom à leur enfant une équation mathématique. Un truc du genre $p^2 + 2pq + q^2 = 1$. Ce n'est pas une blague, c'est vraiment le prénom inscrit sur l'acte de naissance ! »

Il s'arrête. Il lève une main tachée de graisse et la passe sur son sourcil. « Houlà. »

Puis subitement il se tait. Sa bouche n'émet plus que des chuintements presque inaudibles. Je croise les bras et ne dis rien. Je ne veux pas le déconcentrer.

« Hum, fait-il en se penchant davantage. Pff. » Il secoue la tête, navré. Je m'approche de lui et regarde par-dessus son épaule.

« Quel est le problème ?

– Mince alors. Je suis désolé, Mr Bayer, ça s'annonce mal. Je crois que le moteur est complètement grippé.

– Tu plaisantes », je réponds, et il écarquille les yeux.

« Non, monsieur, dit-il, sérieux. Apparemment vos pistons ont fondu contre la paroi du cylindre, et il y a quelque chose qui cloche avec le vilebrequin. Le diagnostic est vraiment inquiétant.

– Je ne comprends pas. Je viens de vidanger l'huile et tout allait bien. Est-ce que tu es en train de me dire qu'une coupure de courant peut avoir un impact sur le moteur à combustion d'un véhicule à essence ?

– Euh… ? » L'expression de l'Ami Dave me rappelle ce que l'on dit des victimes du benzilate de 3-quinuclidinyle – certains pensent que ce gaz contenu dans les bombes déversées sur les manifestants s'est répandu sur tout le sud de l'Illinois et le nord de l'Indiana, et que beaucoup d'habitants de ces régions souffriraient de légères lésions cérébrales et seraient dans un état de perplexité permanent.

« Ce n'est pas moi qui fais les lois de la nature, dit l'Ami Dave en haussant les épaules, l'air marri. Je me contente de les respecter. »

Il n'a pas la réponse à ma question. Personne ne l'a. Elle n'existe pas.

Reiki

L'Ami Dave me remorque jusqu'à un vaste lotissement inachevé – ce que certains appellent un « terrain zombie » –, maisons à moitié construites, simples ossatures, fondations en béton, cavités à l'emplacement des futurs sous-sols. À l'entrée, il y a un joli panneau entouré de mauvaises herbes : KIRKHULL ESTATES, est-il écrit. On le dépasse et l'arrière de l'*Étoile du Berger* frotte sur les ralentisseurs placés le long de la voie d'accès.

Apparemment, c'était censé être un ensemble résidentiel fait de luxueuses maisons de six à huit pièces, mais les travaux se sont arrêtés après que le promoteur a fait faillite, et maintenant c'est plus ou moins à l'abandon si bien qu'on n'y rencontre plus que des chats sauvages, de petites hardes de cerfs, et parfois des ados qui organisent des beuveries et recouvrent les murs de graffitis. Mais Experanza a conclu un marché avec quelqu'un, et elle occupe une maison témoin quasiment finie au fond d'une impasse.

Elle est là, dans l'allée, et quand je descends de la dépanneuse, elle s'avance vers moi les bras grands ouverts. Nous nous étreignons, nous embrassons sur la joue, nouons nos auriculaires, et elle dépose un baiser sur le mien, j'en dépose un sur le sien, tout cela sous les yeux de l'Ami Dave qui nous observe avec un sourire ravi, la bouche entrouverte, comme s'il n'avait jamais rien vu d'aussi mignon.

« Je suis tellement content de te voir, ma chérie, lui dis-je. Comment va ta maman ?

– Oh, mon Dieu. » Experanza remarque le regard ébahi de l'Ami Dave, elle fait un geste brusque dans sa direction, claque des doigts et lui indique l'arrière de la maison où, j'imagine, il est censé garer mon pauvre camping-car.

« Elle me rend folle, comme toujours, me répond-elle, tandis que Flip et moi la suivons jusqu'à la porte d'entrée. Je l'ai installée dans une super maison de retraite à Boca Raton. Celle où Mrs Wetz avait été placée. Mais elle persiste à vouloir s'enfuir.

– Pauvre Jude. » Je me souviens d'elle jeune, elle était pince-sans-rire et gentille, et je la revois dans une chambre d'hôtel avec ma mère en train de boire de la tequila dans une tasse en plastique, et j'aurais parfois aimé échanger ma mère avec elle. « Elle a toujours tenu à son indépendance !

– Oui, c'est vrai. Et maintenant elle est sénile. Elle bave, elle a les yeux morts, la tête branlante, putain. Je n'en ai rien à foutre qu'ils l'attachent à son lit. Elle n'est plus vraiment humaine.

– Aucun de nous ne l'est », je soupire.

Je suis content de ne pas avoir un enfant qui puisse légalement m'emprisonner contre ma volonté dans un taudis pour vieillards. Du moins pas encore.

« Alors, comment ça va, ma belle ?

– Je dois gérer pas mal de merdes. » Bien qu'elle soit plus âgée que moi, Experanza a encore l'air en forme – elle a encore ce corps de rêve dont elle était si fière quand nous étions jeunes, cette chevelure bouclée en bataille et cette peau éclatante. Mais le temps l'a vieillie autrement. Avant, elle riait davantage. Je n'ai jamais connu une gamine qui faisait autant de bêtises, qui pouvait voler les menottes d'un flic, qui aimait grimper au sommet d'un arbre, se tenir sur le bord des toits les plus hauts, qui portait des débardeurs décolletés et des mini-shorts et m'apprenait à faire du plat à un vicelard pour qu'il nous donne de l'argent. À une époque, je pense qu'elle aurait été de mon côté. Je lui aurais parlé de mes bébés-éprouvette et elle m'aurait dit : *Génial, Billy ! Bravo ! Allons porter secours à ces petits cons !*

Mais ses années passées comme cadre moyen au sein de Value Standard ont émoussé son esprit aventureux et son sens de l'humour. Son visage n'a pratiquement pas de rides mais il est de marbre. Elle me fait traverser une serre aux parois en plastique transparent, avec des ampoules violettes suspendues au-dessus de plantes que je ne reconnais pas – ce que je peux dire, c'est que ce n'est pas de la marijuana – puis nous descendons un escalier et entrons dans ce qui aurait dû être le sous-sol de la luxueuse maison.

C'est plutôt sympa. Il y a un bar avec évier, des canapés autour de tables basses, sur lesquels on peut discuter tranquillement ou se pelotonner et dormir. Il n'y a pas de fenêtres, et la seule source de lumière provient de bougies et de petites guirlandes lumineuses de Noël à LED.

« Qu'est-ce que tu veux boire ?

– Un scotch. Avec de la pénicilline si tu en as. »

Une fois qu'on est installés avec nos verres, je sors les portables infectés de mon sac à dos et je les lui remets. « J'ai enregistré les conversations, comme tu me l'avais demandé. L'une d'elles dure environ vingt-cinq minutes et…

– C'est bien. Je vais les envoyer à Tim Ribbons pour que son équipe s'en occupe.

– D'accord. » Je la regarde boire une grande gorgée de son cocktail – un verre rempli de glaçons et de vodka, avec une goutte de jus de raisin.

« Tu sais, je suis toujours un peu en colère. Des dons de sperme, Billy ? Ta logique m'échappe complètement… Si cette personne a pu retrouver ta trace, alors on est tous vulnérables !

– J'aimerais avoir une machine à remonter le temps. Je retournerais dans le passé. »

Experanza remue les glaçons avec son doigt. « Si tu me l'avais dit, j'aurais sans doute pu intervenir pour effacer ces dossiers. Mais maintenant, tu es certainement fiché dans la banque nationale des empreintes génétiques. Tu comprends qu'on est vraiment dans la merde ?

– Oui. Mais écoute : je ne pense pas qu'elle soit mal intentionnée. »

Je n'ai pas parlé à Experanza des cent soixante-sept enfants. Je n'avais pas enregistré cette partie de ma dernière conversation avec Cammie. Quelque chose me disait qu'il valait mieux qu'Experanza, Tim Ribbons ou Value Standard Enterprises ne soient pas au courant. Je ne veux pas aggraver la situation.

« Je crois, j'en suis quasiment sûr en fait, qu'elle ne ment pas et qu'elle est ma fille. Biologique, s'entend.

– Si tu le dis. » Nous sommes assis l'un en face de l'autre à la petite table éclairée par des bougies, elle sirote sa vodka, moi mon whisky, et « Theme from A Summer Place » s'échappe au loin d'un minuscule haut-parleur.

« Écoute, me dit-elle, tu as déjà testé la thérapie énergétique ?

– Non.

– Tu devrais. J'ai suivi une formation auprès d'un maître reiki et j'ai vraiment beaucoup appris sur le pouvoir de 靈氣 – *l'atmosphère sacrée*. Je pense que ça te ferait du bien.

– D'ac. » Je m'apprêtais à sortir une autre cigarette de mon paquet mais finalement je m'abstiens. « Ça ne pourrait pas me faire de mal, j'imagine ? »

Experanza me demande de me déshabiller entièrement pour qu'elle puisse me faire une séance de reiki. « Allonge-toi sur la méridienne. Ne t'inquiète pas si tu pues des pieds. On est humains, après tout. »

Je ne m'en étais pas inquiété jusque-là. Du coup, je me

sens très mal à l'aise quand je retire mes tennis sans lacets.
« Je peux garder mes sous-vêtements ?

– Non », répond-elle fermement.

Ça ne me plaît pas mais j'obéis en espérant qu'elle pourra détecter des informations utiles à partir de mon aura.

La méridienne, comme elle dit, est un meuble bizarrement ancien – comme une longue ottomane ou un canapé bas sans dossier ni accoudoirs – recouvert d'un velours à motif cachemire rouge et violet, garni d'une frange à glands dorée. Je m'allonge sur le ventre avec précaution mais la méridienne est trop courte pour que je puisse être confortablement étendu. Mes jambes dépassent à partir des genoux, et mes pieds, qui sentent mauvais, ont la tremblote.

Cependant, Experanza semble ne rien remarquer. Elle applique une espèce de pommade ou de crème sur ses paumes puis frappe deux fois dans ses mains énergiquement.

Quand on était jeunes, elle avait tenté de m'initier à la sexualité. « C'est utile. Ça peut t'aider à te sortir d'une situation délicate. » Elle est plus âgée que moi et un jour – elle devait avoir dix-sept ans et j'en avais quinze – elle a décrété qu'il fallait que je sache faire un cunnilingus. *Si tu le dis*, ai-je pensé. Ça faisait plusieurs années que nous avions ces séances éducatives, et je trouvais ça plus facile de me ranger à ses décisions.

Elle a fait passer son T-shirt au-dessus de sa tête et retiré son soutien-gorge. Elle a saisi mes poignets et plaqué mes paumes sur ses seins. « Commence par les tétons. Tire un peu sur le mamelon. » Et je lui ai obéi. Ses mamelons étaient marron foncé et durs, de la taille du bout de l'auriculaire, et j'ai posé délicatement mes lèvres sur l'un d'eux. Il avait le goût du lait corporel à la noix de coco.

« Ensuite, descends le long du ventre. Tout en te frottant à moi comme un porcelet. Tu peux même me mordiller. »

J'ai suivi ses instructions, et quand je suis arrivé à la ceinture de son pantalon, elle l'a déboutonné et dézippé. « Maintenant, tire sur l'élastique de ma culotte avec ton nez. Et moi, je vais baisser mon pantalon, d'accord ? »

Elle a caressé mes cheveux d'une main, a glissé l'autre entre mes jambes. Je ne portais qu'un caleçon et des chaussettes de sport blanches.

« Oh. » Elle a brièvement tâté mon pénis puis, voyant que je ne bandais pas, elle a repoussé ma tête et s'est redressée. « Tu es gay ? m'a-t-elle demandé, l'air déçu.

– Je ne crois pas », ai-je dit, tout en touchant avec tristesse ma queue flasque. J'étais grand – je mesurais plus d'un mètre quatre-vingts et je commençais à avoir des poils au menton – mais je n'avais que quinze ans. « Peut-être ? Je ne pense pas être quoi que ce soit, en fait. »

Ce qui l'a laissée pensive. On se trouvait dans une chambre de motel, dans le nord du Maine, et nos mères se soûlaient à l'autre bout du couloir. « Je ne crois pas que ça marche comme ça. Tout le monde est quelque chose, a-t-elle fini par répondre.

– Je vais remettre mon pantalon. » Dans une autre vie, j'aurais pu devenir invisible, ou transplaner et réapparaître sous la forme d'une voiture de sport qui roulerait à plus de cent quarante kilomètres à l'heure sur la Route 101, le long de la côte Pacifique, à l'extrême nord de la Californie.

J'éprouve de nouveau cet étrange mélange d'intimité et de jugement quand elle se penche sur mon corps nu. À voir ses mains, on dirait qu'elle jette un sort, et elle glisse sa paume dans mes cheveux. Je sens de l'électricité statique à leur pointe, et un picotement quand elle promène ses mains au-dessus de mon dos, le long de ma colonne vertébrale, sans jamais toucher ma peau, même si je sens une faible vibration, un chatouillement dans la plante de mes pieds, mon cuir chevelu et mon gland.

« Oh, murmure-t-elle.

– Quoi ?

– Tais-toi. »

Je la sens flotter au-dessus de mes reins, juste au-dessus de mes fesses, il y a comme une colonie de moucherons excités sur ma peau, et à ma grande surprise, j'ai une vague érection – mais pas de nature sexuelle.

« Tu as peut-être un cancer de la prostate à un stade précoce. Je n'en suis pas absolument sûre mais tu devrais vérifier.

– Oh. » Je ferme les yeux, tandis que ses mains descendent lentement le long de mes cuisses et de mes mollets, doigts écartés, ses paumes émettant un faible bourdonnement électrique – ou du moins c'est l'impression que j'ai.

Le picotement, je pense. *Comment fait-elle ça ?* Et je me demande si elle a mis autre chose, en plus de la pénicilline, dans le whisky qu'elle m'a versé.

« Vous n'avez pas de cancer de la prostate, me dit Cammie. Je parie n'importe quoi.

– N'importe quoi ?

– Je sais ce qu'il y a dans votre ADN. Vous n'avez aucun marqueur.

– Peut-être. Mais j'ai absorbé beaucoup de toxines au fil des ans.

– Et d'abord, c'est qui cette Experanza ? Votre petite copine ?

– Je n'ai pas de petite copine. Ni de petit copain. C'est juste une vieille connaissance.

– Vous savez que le reiki est une pseudo-médecine ? C'est comme chercher de l'eau avec une baguette de sourcier.

– Tout juste. Mais tu sais qui sont les hommes les moins susceptibles de mourir d'un cancer de la prostate ? Les Japonais ! Et le reiki vient du Japon ! »

Je parcours la liste d'ingrédients qu'Experanza m'a donnée : vitamine D3, lycopène, jus de grenade, sabal, écorce de prunier d'Afrique, shiitake, piment de Cayenne, câpres crus, feuilles de radis, raisin rouge. Ça va faire un sacré smoothie !

« Will ! » dit Experanza. Je l'entends frapper dans ses mains – toujours énergiquement. Ses paumes, imprégnées de pommade, caressent mes épaules, mais je ne me réveille pas.

« Il va y avoir un accident au Centre pour le contrôle et la prévention des maladies, me dit Cammie. Un virus va être libéré et il va tuer entre quatre et six milliards de personnes.

– Cammie », je dis d'un ton réprobateur. J'ai les yeux fermés mais j'ai conscience d'être allongé sur un lit.

« Cammie, je marmonne, c'est exactement l'intrigue d'un film que j'ai vu dans les années quatre-vingt-dix.

– Et alors ? Peu importe. Personne n'a dit que l'apocalypse serait inédite. Ça peut être un virus, une guerre nucléaire, une terrible catastrophe écologique, ou encore un astéroïde. Parmi la douzaine d'alternatives menant à la fin des espèces, c'est du virus qu'on a hérité.

– Ça se tient », dis-je, et j'entrouvre les yeux suffisamment longtemps pour distinguer le visage d'Experanza, vision floue, et sa main qui dépose un linge mouillé sur mes yeux et mon nez.

Je dois être en train de rêver. Je tripote le col de mon T-shirt, frotte le tissu entre le pouce et l'index. Il est bien réel. Flip émet un petit jappement dans son sommeil. Je conduis mais je ne me rappelle pas où je suis. Je vois juste la voie du milieu qui se déroule, illuminée par mes phares.

« Mais tu ne vas pas mourir, papa, me dit Cammie. Moi non plus. On est immunisés tous les deux. »

« Billy ! Réveille-toi ! » Experanza tire sur le lobe de mon oreille droite et mes yeux s'ouvrent comme un store. Flip se met debout sur ses pattes à la seconde où elle me touche, et elle a de la chance qu'il n'ait pas essayé de lui mordre le poignet. Sur ses gardes, il l'observe, et d'un geste je lui fais comprendre qu'il n'y a pas de danger.

« Lève-toi. » Experanza porte un très long T-shirt avec un thermocollant Titi dessus, mais son visage, qui plane au-dessus de moi, est austère. Elle pose sa main sur ma tête et promène ses doigts sur le bord de mon oreille.

« Zut. J'ai dormi combien de temps ?

– Une vingtaine d'heures. Depuis hier après-midi. J'ai essayé de te réveiller deux ou trois fois mais tu étais complètement mort.

– Je crois avoir vu le futur dans mon rêve.

– Moi je pense que tu fumes trop de hash et que tu prends trop d'amphètes. Tu continues le LSD en plus de tout ça ?

– Par microdoses uniquement. » Lorsque je me redresse sur la causeuse en velours, je m'aperçois que seul un plaid orange et rose mal tricoté cache ma nudité. Toujours sur ses gardes, Flip s'assied. J'espère qu'Experanza lui a donné à manger.

« Il faut que tu arrêtes cette merde. Un homme de ton âge n'a plus beaucoup de neurones.

– Ça me permet de rester calme », dis-je, et elle me regarde de travers. J'aimerais lui rappeler toutes les fois où nous avons pris de l'acide ensemble. La première, j'avais dix ans, elle douze, et on se trouvait à une foire régionale, au fin fond de la Géorgie rurale. Nos mères traitaient avec des forains qui travaillaient là, et Experanza s'était liée d'amitié avec leurs enfants, déjà adolescents. Ce sont eux qui nous ont fait goûter au LSD, sous forme de petits carrés de gélatine.

C'est la première fois que j'ai compris que le monde pouvait être magnifique : je me suis promené dans une étable où j'ai vu des bébés chèvres, des poules et même un cochon primé, je suis entré dans sa stalle, j'ai passé mes bras autour de son énorme cou aux poils raides, il m'a laissé faire, m'a regardé droit dans les yeux, a su tout de suite que j'étais son ami, et un lien spirituel incroyable s'est établi entre nous. J'étais toujours assis dans la paille avec lui quand Experanza m'a trouvé. Elle nous a rejoints et a embrassé le cochon sur le front. « Merci d'avoir protégé mon Billy », lui a-t-elle dit, puis elle s'est installée à côté de moi et m'a aussi embrassé sur le front.

Je me demande si elle se souvient de cet épisode, mais je ne l'évoque pas. Il y a des choses dont on ne parle plus. J'ai perdu contact avec elle quelques mois avant la mort de ma mère, et nous ne nous sommes revus que des années plus tard. J'allais avoir trente ans, elle en avait trente-deux, et elle avait changé : elle était devenue triste. Dans une autre vie, je lui aurais parlé de ma mère, mais nous n'avons jamais abordé le sujet au cours de toutes ces années. Pas une fois elle ne m'a posé de questions sur sa disparition. Probablement qu'elle sait ce qui lui est arrivé tout en ne voulant pas le savoir, toujours est-il qu'elle a décidé de ne pas s'en mêler, et c'est bien triste que notre relation se termine ainsi.

« Tu veux un café ? me demande-t-elle.

– Oui. » Tandis qu'elle s'éloigne en direction du coin-cuisine, je cherche des yeux mes vêtements. Je repère une chaussette, un cendrier plein de mégots de cigarettes, une paire de dés et deux billets froissés de un dollar. Mon pantalon, mon T-shirt, mes chaussures et mes sous-vêtements restent introuvables.

« Tim Ribbons m'a contactée, crie Experanza depuis la kitchenette en me tournant le dos. Il veut te parler. Il a des infos par rapport à ton problème.

– Tout juste. » Je la regarde s'avancer vers moi, un mug de café dans chaque main, les seins nus sous le T-shirt Titi et Grosminet.

« J'espère que tu ne vas pas déconner avec ça et que tu vas faire ce qu'il faut. Mon chéri, cette fille – qui qu'elle soit – va te faire tuer si tu n'agis pas rapidement et froidement.

– Je sais. Mais quand même.

– Tu crois que je plaisante ? dit-elle en me tendant le mug. Personnellement, je pense que tu es déjà condamné. »

Marivaudage

Je ne m'attendais pas à ce que la perte de l'*Étoile du Berger* me cause un tel choc, mais alors qu'Experanza me conduit derrière sa maison parmi les mauvaises herbes, je vous jure que j'ai les larmes aux yeux. Mon *Étoile du Berger* ! C'est ce qu'on ressent, j'imagine, quand on vous apprend que quelqu'un que vous aimez est mort. Flip trotte à mes côtés respectueusement, mélancoliquement, la queue basse. Lui sait faire preuve d'empathie, tandis qu'Experanza ne prête aucune attention à mon chagrin.

« Je peux te céder ce combi pour mille cinq cents dollars », me dit-elle, après qu'on est entrés dans son hangar. Outre la tôle ondulée, il y a des jambiers pendus au plafond, des outils électriques accrochés le long du mur du fond et un vieux véhicule Volkswagen poussiéreux – couleur citron vert, avec la mascotte de la marque Kickin Chickin dessinée au pochoir aérographe sur le flanc.

« Oh. » J'ai le cœur qui saigne. « Mes affaires ne tiendront pas dedans.

– Il est peut-être temps que tu te limites à l'essentiel. Tu peux en laisser ici, dans une des chambres qui se trouvent à l'étage. Ou en jeter. Tu n'as jamais entendu parler de l'art du rangement chez les Japonais ?

– Non. Jamais. »

Je pourrais, c'est sûr, me débarrasser de tous mes livres. Je n'ai peut-être pas besoin d'autant d'armes. Et puis pourquoi avoir tous ces ustensiles de cuisine ? Mais je ne supporterais pas de devoir me séparer de mon appareil à smoothies.

« Tu trouveras un autre camping-car, me dit Experanza.

– Mais pas comme l'*Étoile du Berger* », je lui réponds, et ma gorge se serre.

Experanza me regarde et lève ostensiblement un sourcil. « De toute façon, tu as des trucs à régler d'urgence. Donc il va falloir faire avec.

– Ouais. »

Mais non.

Je réalise que l'*Étoile du Berger* a été, de toute mon existence, ce qui se rapprochait le plus d'un foyer. Je ne me rappelle pas avoir eu, enfant, un lit à moi. Avec ma mère on ne restait jamais plus de quelques semaines quelque part – dans tous mes souvenirs, je suis sur la route en train de dormir sur la banquette arrière de l'auto, dans une chambre de motel ou par terre chez des gens, et même après la mort de ma mère j'ai continué à voyager. Je ne sais pas pourquoi.

Plus de trente années se sont écoulées. Je n'avais même pas dix-huit ans quand j'ai laissé son corps à Fairbanks et que j'ai roulé, l'esprit confus, dans sa Plymouth Road Runner 1970 jusqu'à Chicago – j'ai emprunté la route de l'Alaska, traversé la Tanana Valley State Forest puis Tok, une minuscule ville où il était possible de louer une cabane en rondins, et pendant des années j'ai regretté de ne pas m'y être arrêté – mais j'ai continué à tracer ma route comme on dit, je suis arrivé dans le Yukon, j'ai traversé Destruction Bay, Champagne Landing et Whitehorse tout en avalant les comprimés d'amphétamines en forme de petits cœurs roses de ma mère, et je suis arrivé à Edmonton, Alberta, seulement trente heures plus tard. Boum ! De Saskatoon à Fargo, de Minneapolis à Madison, Wisconsin, jusqu'à la ville des vents : Chicago, Illinois !

J'avais dans l'idée de devenir une vraie personne – de trouver un travail, un appartement, peut-être même de rencontrer quelqu'un et de tomber amoureux. Je me disais que, pour avoir une vie normale, il me suffirait d'aller à un certain endroit pour trouver un emploi, à un autre pour trouver une chambre à louer, et puis peut-être à une soirée où de possibles compagnes seraient alignées en attendant qu'on fasse leur connaissance et qu'on leur propose de sortir avec elles.

Ma mère disait toujours que Chicago était une ville d'enculés mais l'une des méchantes filles qui ont grandi dans la même famille qu'elle à l'époque du Happy Home Jubilee Singers vivait, paraît-il, à Evanston, dans la banlieue nord, et donc je m'y suis rendu, sans doute par curiosité. J'ignore pourquoi je croyais que cette personne, à moitié imaginaire, pourrait m'héberger, m'offrir l'hospitalité, mais c'était dans un coin de ma tête quand j'ai traversé Highland Park, Glencoe et Winnetka. Je ne connaissais pas son adresse ; je ne connaissais même pas son nom, mais je me la représentais ouvrant sa porte et m'accueillant, les bras grands ouverts et le sourire radieux. « Oh ! Voilà le fils de celle avec qui je me suis brouillée il y a longtemps ! Entre, je t'en prie, tu es ici chez toi ! »

Puis je me rappelle avoir remarqué un phare sur ma gauche, comme s'il avait été placé là symboliquement, telle une carte de tarot. *Un phare !*

Plus tard j'ai appris qu'il s'agissait du phare de Grosse Point, construit après l'horrible naufrage du *Lady Elgin* en 1860 ; ce bateau à roues à aubes avait coulé un matin d'été après avoir percuté la goélette *Augusta*. Ce fut l'une des plus grandes catastrophes maritimes des Grands Lacs – trois cents personnes ou plus perdirent la vie.

Mais à l'époque, je l'ignorais. J'ai garé la vieille Plymouth devant le portail – l'endroit était fermé pour la nuit – et je suis sorti marcher. Comme ça faisait trois jours que je conduisais quasiment non-stop, j'avais besoin de me dégourdir les jambes.

C'était le soir. J'ai parcouru Sheridan Road, une charmante avenue bordée d'arbres, et il y avait tout du long des maisons imposantes à deux étages, des hôtels particuliers peut-être, avec des grilles en fer forgé, des haies et de vastes pelouses vertes. J'avais vu beaucoup de choses en dix-huit ans, j'avais acquis une certaine forme d'intelligence – grossière et sournoise, si l'on peut dire –, mais je n'avais aucune idée de ce qui se passait derrière les fenêtres éclairées de ces magnifiques demeures bien entretenues. Que faisaient leurs propriétaires pour gagner leur vie ? Dînaient-ils aux chandelles autour d'une longue table ? Dormaient-ils dans un lit aussi grand qu'une Cadillac ? Combien de pièces y avait-il dans ces maisons, et qu'y avait-il à l'intérieur de ces pièces ? Je me représentais des têtes d'animaux empaillés et des pendules à coucou richement décorées, une pièce remplie de livres appelée *Salle d'étude* – et peut-être un valet de pied en livrée dans le vestibule, bras le long du corps et mains croisées, tête inclinée, qui attendait de faire entrer les invités.

Je me suis arrêté devant une maison qui ressemblait à un château bavarois, et un sentiment de tristesse et de manque, empreint d'émerveillement, m'a envahi. Dans une autre vie, comme aimait dire ma mère, je n'avais jamais ressenti une envie aussi irrésistible que celle de monter ces marches, de frapper à cette porte et d'être accueilli par les propriétaires. Mais le château s'est contenté de me dévisager avec froideur et hostilité.

J'ai avancé. *Continue d'avancer*, me conseillait toujours ma mère. *Comme ça, tu sais que tu n'es pas mort.*

Je suis arrivé devant une forteresse de pierres blanches appelée Patten Gymnasium, un bâtiment bas et austère qui semblait occuper tout un bloc d'habitations. Derrière se trouvait une rangée de maisons en brique de deux étages, et sur la pelouse de l'une d'elles, des gens commençaient à se rassembler. Un groupe de jeunes qui devaient avoir à peu près mon âge, sans doute des étudiants. *Je suis certainement sur un campus où les gamins vivent dans des hôtels particuliers.* Je me suis dirigé vers eux comme un animal errant et curieux approcherait des humains, furtivement, en ayant conscience de ne pas être des leurs – j'étais un gros costaud barbu, aux cheveux longs, ce qui ne leur ressemblait guère. Ces étudiants étaient considérablement plus petits, menus et soignés que moi, ils portaient tous le même sweat-shirt avec un triangle et un U à l'envers cousus dessus, et ils se tenaient autour d'un gros fût de bière en compagnie de jeunes filles de même stature dont la plupart avaient la même coiffure – un carré droit blond, roux, noir ou châtain – et le même visage doux en forme de cœur, et elles aussi portaient un sweat-shirt avec une lettre et un glyphe dessus.

J'ai souri comme ma mère me l'avait appris, et j'ai incliné la tête pour montrer que j'étais timide mais sympa et docile. Les garçons avaient apparemment tous une coupe de businessman et aucun d'eux ne portait la barbe. Mais j'étais partant ! Au moins, mes années de voyages entre secte apocalyptique, camp de miliciens, communauté religieuse ou anarchiste et refuge de criminels m'avaient appris que tous les gens se ressemblent, quelle que soit la croyance qu'ils embrassent, et qu'il est facile de manipuler la plupart d'entre eux si on fait semblant d'être bête et désireux de plaire.

Je me suis donc approché du fût de bière avec un air sincère, et un blond à la tête en forme de pomme m'a tendu un verre débordant de mousse.

« Tu es nouveau ?

– Oui, je viens d'arriver.

– Pas trop débordé ?

– Si. Plutôt.

– Tu es marrant », m'a-t-il dit, et j'ai bu une gorgée de bière et secoué mes cheveux comme un gentil cheval secoue sa crinière.

« Tu es d'où ? » J'ai répondu : « Fairbanks, Alaska. » « Alaska ? C'est bizarre », et puis : « Non, je voulais dire, de quelle résidence universitaire ?

– Oh, en fait j'ai oublié le nom.

– Dans le campus sud ? » m'a demandé Tête-de-Pomme, et j'ai fait signe que oui.

Entre-temps, on a été rejoints par un autre garçon encore plus menu, un elfe aux cheveux châtains et au menton pointu qui m'a longuement observé. Je l'ai salué d'un signe de tête.

« J'aime bien ta coiffure. Ce n'est pas une perruque, quand même ?

– Non, j'ai répondu en touchant avec embarras mes cheveux. Ce sont mes vrais cheveux.

– Je m'appelle Patches », a dit l'elfe en me tendant une main fine et élégante. Il portait des lunettes à monture en fil de fer, et avait des yeux particulièrement grands et un air à la fois attentif et secrètement amusé. Il m'a regardé de la tête aux pieds – le poncho à capuche rayé que j'avais acheté quand ma mère et moi étions à San Diego, le pantalon avec un trou au niveau du genou, les sandales – et il a souri de toutes ses dents comme si j'étais déguisé.

« Et moi Billy », je lui ai dit, et il a souri encore plus.

« Mon ami. J'imagine que tu as de l'herbe.

– Ça se peut. Bien sûr. »

En effet, j'avais bien un sachet de marijuana sur moi, je l'ai sorti de la poche de mon poncho pour qu'il puisse l'entrevoir, et il a levé ses sourcils fins et expressifs. Puis il s'est tourné vers Tête-de-Pomme avec un petit sourire en coin. « On tient un sacré numéro ! Si on lui proposait d'intégrer notre fraternité ! »

Une heure plus tard, j'étais debout dans la chambre de Patches, au deuxième étage de sa résidence – c'était ça, l'hôtel particulier. J'ai regardé par la fenêtre, d'où l'on apercevait le phare, pendant qu'il allumait sa pipe à eau. J'ai entendu l'eau glouglouter lorsqu'il a longuement tiré dessus.

« Tu ne ressembles pas aux étudiants de Northwestern. C'est rafraîchissant.

– J'en suis ravi. Rafraîchir les gens fait partie de mes talents.

– Ha. » Il a fermé les yeux et a béatement renversé la tête en arrière. Il était assis en tailleur sur son petit lit, pieds nus, et j'ai remarqué que ses orteils étaient particulièrement actifs. Il pouvait croiser le troisième sur le deuxième, et le deuxième sur le pouce – il jouait avec, si l'on veut – sans peut-être même s'en rendre compte. Ma mère aurait dit que c'était un tic – un geste capable de trahir le secret de vos pensées. Et j'aurais conseillé à ce gamin de ne pas jouer au poker les pieds nus.

« Tu vas à la fac ?

– Pas vraiment. » Je regardais autour de moi, l'air de rien, en me demandant s'il y avait quelque chose à voler. Patches avait l'air riche, et j'espérais pouvoir lui faire payer au prix fort la marijuana et pourquoi pas des amphètes, mais il possédait peut-être également des objets de valeur. Jusqu'à présent, je ne voyais que des livres, des disques et des pulls.

J'ai gratté l'élastique qui retenait ma queue-de-cheval. « Je passais par là. J'ai vu que vous faisiez la fête alors je me suis dit : *Hé, on va aller jeter un coup d'œil !*

– Tu vas où ensuite ?

– Au Chili. » En fait, j'ignorais que j'avais ce projet avant de prononcer ces mots, mais ça m'a paru aussitôt être une bonne idée. Ne plus me trouver dans le même hémisphère que ma mère devrait suffire, ai-je pensé.

« Au Chili ? s'étonna Patches en croisant et décroisant ses orteils. *No me di cuenta de que se podía conducir a Chile.* »

Il avait dû parler en espagnol pour frimer, pour m'impressionner ou me mettre mal à l'aise ou bien les deux, mais c'était crétin de sa part.

« *No puedes cruzar el Tapón del Darién en un auto. Pero puedes tomar un transbordador o un buque de carga de Panamá a Colombia.* »

Ses orteils se sont aussitôt immobilisés, mais il a conservé son air de satisfaction féline.

« Valparaíso est une ville intéressante. La Serena aussi. Mais à mon avis, il n'y a pas grand-chose à voir dans ce pays à part les paysages.

– Tout juste. »

Il a tapoté son lit. « Viens t'asseoir si tu veux. Désolé, je n'ai pas de chaise.

– Non, ça va. » Je me suis assis par terre. « Tu me passes ta pipe à eau ? » Patches me l'a tendue et m'a regardé avec intérêt poser mes lèvres dans l'embouchure et rallumer le foyer.

« Tu as l'air de quelqu'un de dangereux, m'a-t-il dit, le regard pénétrant. Tu ne serais pas impliqué dans le trafic de drogue ? C'est pour ça que tu vas au Chili ? »

J'ai recraché un long ruban de fumée. « Non. Je ne suis pas dangereux. » Et, l'espace d'une seconde à peine, j'ai vu ma mère mordre mon bras au moment où j'essayais de lui injecter un tranquillisant. L'espace d'une seconde à peine, j'ai touché mon pansement.

« Je n'ai pas vraiment de plan. Je veux juste commencer une nouvelle vie.

– Moi aussi », a répondu Patches, l'air rêveur.

Il te donnera de l'argent. Si tu te débrouilles bien. C'était la voix d'Experanza.

« J'aurais vraiment besoin d'argent de poche pour ce voyage. »

Je me suis appuyé sur les coudes et j'ai arboré ce sourire fatigué qu'Experanza trouvait plutôt sexy. « Tu pourrais me dépanner ? »

Patches m'a regardé, surpris ; puis il a évalué la situation sans plus rien laisser paraître.

« Tu chausses du combien ? a-t-il fini par me demander.

– Du quarante-sept », j'ai répondu, et il a hoché la tête.

« Montre-moi ton pied. » J'ai soulevé la jambe, et il a posé mon talon dans le creux de sa main en haussant les épaules d'un air diabolique, puis il a lentement rapproché sa bouche de mon gros orteil.

C'était une sensation plutôt agréable. Il a refermé ses lèvres dessus et a fait vibrer doucement sa langue. *Zut alors !* J'ai posé ma main sur mon entrejambe et je me suis dit : *Peut-être qu'Experanza avait raison et que je suis gay* – mais en fait ça n'avait aucune importance que la personne en face de moi soit un garçon ou une fille. Ce qui me plaisait, c'est qu'il y avait un espace entre nous, que le toucher était localisé, sans odeur, et qu'il n'y avait pas de contact direct avec la peau, et je me suis dit : *Hé, c'est peut-être le genre de rapports sexuels auxquels je souscrirais bien !* et j'ai touché deux cents dollars pour avoir laissé quelqu'un fellationner mon gros orteil.

Je songe à tout cela en essayant de vider mon camping-car. Ça faisait des années que je n'avais pas repensé à cette scène, mais voilà qu'elle me revient en pleine figure tandis que je transporte des cartons de livres et d'armes jusque dans l'une des chambres du deuxième étage de l'hôtel particulier d'Experanza.

S'il y a une chose que je veux garder, c'est mon matelas à mémoire de forme mais une fois que j'ai réussi tant bien que mal à le caser à l'arrière du combi, il ne reste plus beaucoup de place.

Il va falloir que je me sépare de ma collection de squelettes du Jour des morts mexicain ; du contenu de mon bar ; et du lance-missiles sol-air FIM-92 Stinger. C'est fou tout ce qu'on peut accumuler.

J'ai quitté Chicago pour l'Arizona, bien décidé à m'installer au Chili. Le moteur gargouillant, j'ai traversé Des Moines, Kansas City, Wichita, la panhandle de l'Oklahoma et celle du Texas, sans vraiment réfléchir, me contentant d'écouter de la musique, puis je suis arrivé au Nouveau-Mexique, et une fois sur l'Interstate 40, je me suis souvenu de ce motel où ma mère et moi avions l'habitude de descendre, le Mr. Sandman Motel. Il se trouvait en Arizona, juste de l'autre côté de la frontière entre les deux États, et je me suis dit : *OK, c'est là que je vais passer la nuit.*

Parce que j'allais affronter mes fantômes, vous comprenez ? Il paraît que c'est ce qu'on doit faire.

J'y suis arrivé vers deux heures du matin. Le premier « A » de l'enseigne au néon avait disparu si bien qu'on pouvait lire MR. S NDMAN, mais sinon le motel était resté tel que je me le rappelais, et la jeune fille à l'accueil a levé la tête et m'a dit : « Vous désirez ? » – comme si j'étais quelqu'un de normal.

Je n'avais pas encore dix-huit ans mais je faisais suffisamment âgé pour qu'elle ferme les yeux lorsque je lui ai présenté ma fausse pièce d'identité et une carte de crédit Diner's Club que j'avais volée à Davenport, Iowa.

« Étage ou rez-de-chaussée ? » m'a demandé la jeune et jolie Mexicaine – longs cheveux noirs qui lui arrivaient à la taille, ombre à paupières turquoise. Elle devait avoir à peu près mon âge.

« Étage. Je peux avoir une chambre qui donne sur la piscine ?

– Chambre 57 », a-t-elle annoncé, et nous avons échangé un sourire fatigué. Elle m'a tendu le porte-clés en forme de losange avec le nombre 57, couleur or, gravé dessus.

« Merci !

– De rien. »

Je suis monté dans ma chambre, j'ai posé ma besace sur le lit et fumé un peu d'herbe en regardant l'eau scintillante, teintée de chlore, de la piscine, puis je suis allé dans la salle de bain et je me suis brossé les dents un bon moment. J'ai étrillé mes cheveux jusqu'à ce qu'ils soient lisses et doux. Je me suis regardé dans la glace. *Je ne suis pas aussi moche que cela*, ai-je pensé. *Quelqu'un pourrait tomber amoureux de moi*, ai-je pensé. *Peut-être.*

J'ai envisagé de retourner à l'accueil pour parler à la fille. Peut-être qu'on accrocherait et que je pourrais lui tenir compagnie, histoire de la divertir, elle qui était coincée là, au beau milieu de la nuit, sans avoir rien à faire si ce n'est regarder de vieilles séries merdiques sur son petit téléviseur portable. Peut-être que ça l'intéresserait de fumer de l'herbe ?

J'ai enfilé un maillot de bain que j'avais volé dans le sèche-linge d'une laverie automatique de Tulsa – un maillot de bain tendance, un Jams de style hawaïen aux couleurs vives. J'ai rentré le ventre, je suis sorti de ma chambre et j'ai marché tout autour de la piscine en promenant mon doigt sur les chaises longues, les yeux fixés sur le reflet de l'enseigne au néon MR. S NDMAN qui flottait à la surface de l'eau.

Il y avait des super distributeurs automatiques près du hall d'entrée. J'aurais pu m'acheter n'importe quel encas sucré ou salé – j'avais une chaussette remplie de pièces de vingt-cinq *cents* dans ma chambre – mais je me suis contenté d'aller jeter un œil à leur sélection. Parce que je pouvais désormais m'acheter autant de cochonneries que je le voulais, dès que j'en avais envie. Barres chocolatées, friandises au beurre de cacahuète, chips, graines de tournesol, couenne de porc soufflée.

Je craignais qu'un souvenir désagréable lié à ma mère me revienne à l'esprit, mais non. Il m'avait suffi de le décider.

Car elle était morte ! Ma mère était bel et bien morte, et cette révélation m'a comblé de joie.

Bien sûr, mes projets ne se sont pas réalisés comme je l'espérais. Je ne suis jamais allé jusqu'au Chili et des choses horribles sont arrivées les unes après les autres avant que je réussisse enfin à me trouver dans la situation qui me définit actuellement. À vrai dire, je ne me suis jamais vraiment détaché de ma mère ; sa voix est toujours quelque part dans un coin de ma tête.

Je ne fais pas confiance à cette garce, et toi ? me dit-elle, très distinctement, alors qu'Experanza approche. Je suis juste en train de faire un dernier tour du camping-car, et Experanza croise les bras quand j'en sors avec un carton de couverts et d'épices.

« Tim peut te recevoir à midi quarante-cinq, me dit-elle. Tu as bientôt terminé ? »

Désolé que ça se termine comme ça

Avec le recul, je me dis que j'aurais dû garder le silence à propos de Cammie. Si seulement j'avais accepté qu'elle soit ma fille imaginaire, comme elle l'avait suggéré, on aurait pu poursuivre nos conversations profondes encore longtemps, on aurait peut-être même pu trouver une solution. On aurait pu, comme elle l'avait souhaité, apprendre à se connaître. On aurait peut-être même pu s'entraider, quoi qu'on entende par là.

Mais j'ai attiré l'attention de tous mes associés sur elle. Je suis convoqué dans le bureau de Tim Ribbons, dans le casino situé au sud de Cleveland, et je n'ignore pas que les choses commencent à prendre une tournure que je regrette. Ça fait presque deux jours que Cammie et moi n'avons pas échangé, et elle n'a apparemment pas cherché à me joindre. Sans doute sait-elle que je l'ai trahie.

Experanza et moi nous séparons en nous embrassant sur la joue et en nous étreignant longuement, mais il y a un certain froid entre nous. Je sens encore l'empreinte de ses mains glacées qu'elle a laissée sur mon dos lorsque, m'attirant à elle, elle a murmuré : « Ne merde pas sur ce coup-là, mon chéri », et j'entends résonner le trouble dans sa voix alors que je me dirige vers le sud de la ville.

Je me sens toujours vulnérable en zone urbaine à cause de tous ces systèmes de surveillance que j'essaie généralement d'éviter. Mais aujourd'hui je n'ai pas le choix. Le casino, le Jack Racino, a été construit sur ce qui reste du vieux et vénérable hippodrome Thistledown – et on ne peut y entrer qu'en passant par un parking de cinq niveaux.

Je suis donc obligé de franchir les barrières (en étant photographié sous de multiples angles par de multiples appareils photo), puis je prends le ticket et m'engage sur la rampe sinueuse au volant de ce combi vert de hippie que je déteste, je cherche une place libre à chaque étage en laissant partout une trace de mon passage, et quand je sors du véhicule et me dirige vers l'entrée du casino, un robot pingouin s'approche de moi en se dandinant. C'est une créature souriante et cartoonesque d'environ un mètre vingt, qui fait un joli petit *yop-yop* quand elle se déplace sur ses chenilles. Il s'agit d'un K5, un drone de sécurité de la marque Knightscope. Doté d'un champ de vision à trois cent soixante degrés et d'un système de reconnaissance faciale, il fait le tour du parking en prenant en photo les plaques d'immatriculation et les passants. Il transmet ensuite toutes les informations collectées à une vaste banque de données.

Mais sa démarche maladroite est semblable à celle d'un bébé, il est si adorable que, malgré eux, les gens sourient tendrement en le voyant. Lorsqu'il est bloqué par une bouteille de bière, les bons samaritains s'arrêtent pour l'aider, puis ils pouffent quand le robot émet un gazouillis reconnaissant tout en filmant ces âmes charitables sous tous les angles. Si vous essayez de le frapper ou de le renverser, il pousse le cri le plus déchirant qu'on puisse imaginer. « Pitié ! Pitié ! Vous me faites mal ! », c'est l'enregistrement sonore d'un enfant soumis à la torture, d'après ce que j'ai entendu dire. Peu de gens peuvent supporter ces hurlements et ces sanglots horribles.

Je rabats ma visière à effet miroir sur mes lunettes de soleil, mets ma main devant ma bouche, caresse ma barbe, et la créature s'approche nonchalamment de moi.

« Bon après-midi », je lui dis, elle répond *yop-yop*, et je franchis les portes coulissantes.

Le casino se trouve dans un de ces immenses hangars appréciés des architectes de centres de conférences bon marché et d'entrepôts de gros. Je passe un autre contrôle de sécurité – une femme asiatique d'un certain âge vérifie imperturbablement les pièces d'identité – comme si un jeune de moins de vingt et un ans allait venir ici ! L'âge moyen doit être d'environ soixante-cinq ans – des retraités qui ont un peu d'économies et qui espèrent tout flamber avant de mourir. Je me fraie un chemin au milieu de la foule grouillante de cheveux blancs, m'accordant à leurs mouvements lents et hébétés, je longe les écrans vidéo qui font plein de drings et de bips et ont remplacé les vieux bandits manchots de ma jeunesse. Ça sent vaguement la barbe à papa – un parfum d'aromathérapie qu'ils diffusent partout, j'imagine – et je passe devant les tables à faibles enjeux de black jack et de poker puis devant le buffet à volonté qui propose un chateaubriand de cinq cents grammes. « Sans OGM ! » exulte l'écriteau.

Je passe une porte métallique près des WC et me retrouve dans une cage d'escalier, on dirait un portail qui s'ouvrirait sur une autre dimension. La version disco-polka beuglante de « The Rattlin' Bog » est brutalement remplacée par un silence assourdissant, et l'odeur de barbe à papa s'évanouit. On se croirait dans la cage d'escalier d'un parking à l'abandon où, il y a très longtemps, un vieux sans-abri aurait uriné dans un coin qu'on aurait nettoyé plus tard avec un produit à base d'ammoniaque.

Quand j'atteins le dernier étage où se trouve le bureau de Tim Ribbons, l'atmosphère du casino me semble être à des années-lumière. La porte donne sur une salle d'attente sans fenêtre où des chaises en plastique en forme d'œuf sont disposées contre les murs. Un jeune Mexicain en uniforme de restauration, qui porte encore ses charlottes à cheveux et à barbe, est assis sur l'une d'elles, juste sous une horloge de bureau ronde qui indique quinze heures quinze. Je consulte ma montre. Il est midi trente.

« Vous attendez depuis longtemps ? » je demande, histoire de faire la conversation, et comme il ne répond pas, je prends le temps d'examiner les sièges.

« Waouh ! Ils sont vraiment minuscules ! » je m'exclame.

Mais le type de la restauration est envahi par une angoisse terrible et me jette un coup d'œil inquiet avant de se concentrer de nouveau sur ses ongles avec mélancolie, tirant sur les petites peaux comme un bijoutier taillerait un diamant.

Je reste debout, les mains croisées dans le dos, et je parcours la pièce des yeux en quête de quelque chose d'intéressant. En tant qu'agent itinérant et larbin de Value Standard Enterprises, je n'ai que de rares contacts avec la direction mais, curieusement, ses bureaux sont toujours nichés dans une pièce sans fenêtre, à l'intérieur d'un bâtiment appartenant à une autre entité. Que ce soit le Jack Racino, le QG régional de Kickin Chickin ou encore le sous-sol d'une station d'épuration, elle semble toujours choisir comme repaire les endroits les plus désagréables. J'imagine que c'est délibéré. Les murs sont mauves avec des moulures d'un brun orangé. Il y a un cendrier sur pied sous un panneau INTERDICTION DE FUMER, et une fontaine vide – l'eau a dû s'évaporer depuis fort longtemps si on en croit les traces de calcaire à l'intérieur. Je me racle la gorge.

Une jeune femme noire, qui porte une blouse stérile bleu clair, finit par ouvrir la porte en bois.

« Mr Sosa ? dit-elle en me dévisageant avec indifférence.

– Je suis Wilder Barr. J'ai rendez-vous à midi quarante-cinq. »

Ses yeux lancent des éclairs, me réduisant à l'inexistence,

et elle se tourne vers le pauvre aide-cuisinier dont la charlotte à barbe tremble. « Mr Sosa ? Mr Sosa ? » – et lorsqu'elle prononce son nom la deuxième fois, on devine à sa voix qu'elle a dû travailler dans une prison ou au Service des immatriculations et des permis de conduire, que son cœur a été décapé de toute compassion. Le malheureux ne s'en formalise pas, il se lève et la suit.

Seul dans la pièce, je décide finalement de m'asseoir, m'installant délicatement sur une des chaises rouges. Elle soutient mon poids mais semble faite pour un sapiens d'une espèce plus petite, ou éventuellement un collégien.

Je me demande ce que devient le pauvre et jeune Sosa. Vu l'expression de son visage, la torture ne semble pas exclue, mais sans doute est-il là uniquement pour recevoir un bon savon ou être congédié.

Je dois me tromper car j'entends alors une plainte étouffée. Je consulte ma montre. J'étais censé reprendre la route en début d'après-midi et il va bientôt falloir sortir Flip. Je pose ma jambe droite en équerre sur ma cheville gauche, fouille dans ma poche et en sors un papier de bonbon. Je parcours attentivement la liste des ingrédients pour passer le temps.

Quand enfin on me fait entrer dans le bureau de Tim Ribbons, il n'y a aucune trace de Mr Sosa. On a dû le faire sortir par-derrière, j'imagine, mais il n'y a pas non plus trace d'une autre porte dans la petite pièce encombrée – juste des meubles de classement, des cartons remplis de documents, la réceptionniste à son bureau et Tim Ribbons au sien.

« Billy ! » s'exclame-t-il chaleureusement. Il me tend la main mais sans se lever si bien que je dois me pencher pour la lui serrer. Une grande pile de chemises cartonnées et de tirages papier est posée sur le fauteuil installé en face du sien. Comme il m'est impossible de m'asseoir, je reste debout.

« Ravi de vous revoir. Ça fait un bail.

– Je n'ose même pas y penser.

– Ça fait quoi ? Dix ans ? »

Il lève les mains en signe de reddition. « Non ? Ce n'est pas vrai ! »

Mais il n'a pas changé le moins du monde. Il fait partie de ces gens qui n'ont pas d'âge, ce qui n'est pas génial quand on a vingt ans mais plutôt bien quand on approche la soixantaine. Il est, depuis des décennies, ce Noir mince, aux joues creuses, à la moustache en trait de crayon, et aux yeux exorbités qui indiquent, je crois, un problème de thyroïde.

« J'ai entendu dire que tu avais des ennuis avec nos petits hackers, lance-t-il, entrant immédiatement dans le vif du sujet. On les a à l'œil depuis un moment et on espérait qu'ils referaient surface. Ce n'est pas la première fois qu'ils essaient de nous pirater.

– Ils ?

– Eh bien – Ribbons hausse les épaules – il ne s'agit pas d'une seule personne. On croit qu'ils sont plusieurs. Et que l'avatar avec qui tu échanges est en réalité une intelligence artificielle.

– Oh. Non, je... Je suis convaincu que c'est une vraie femme.

– Je sais. Mais pas nous. »

Il ouvre une chemise cartonnée, lit un truc à l'intérieur puis la repousse. Il y a un exemplaire de *Séance de spiritisme transhumaniste* de Brayden Kurch sur son bureau avec un marque-page inséré au milieu du livre.

« Tu te fais embobiner par quelqu'un, Billy, poursuit Tim Ribbons d'une voix triste. Les IA sont capables d'analyser ton vocabulaire, ton humeur, le ton de ta voix et de les traduire en algorithmes pour ensuite les réutiliser dans la conversation, si bien que tu as l'impression qu'un véritable lien se crée. C'est flippant, non ? »

Il lève les yeux vers moi en affectant la compassion. « On pense qu'ils ont ciblé tes fragilités. Tes problèmes familiaux, etc. N'aie pas honte. On est tous susceptibles de se faire pigeonner par ces machins-là, et on commence à peine à comprendre comment les identifier et nous en protéger. »

Il finit par trouver ce qu'il cherche. Il me tend une fiche. Une adresse à Chicago est griffonnée dessus en majuscules.

« Il semble que ce soit là qu'ils se trouvent, m'explique Tim Ribbons. Pourquoi n'irais-tu pas leur rendre visite ? »

Somnambule dans la vallée du Bien et du Mal

Après avoir traversé la frontière qui sépare l'Ohio de l'Indiana, je quitte l'autoroute, passant de ville en ville comme cela se faisait jadis. On pourrait croire que je traîne un peu les pieds, mais il est parfois plus intelligent de parier sur les routes les moins fréquentées. Sur la Highway 6, il n'y a ni hélicoptères ni drones au-dessus de nos têtes, contrairement à l'Interstate 90 ; on risque moins de tomber sur un barrage routier ou sur des prisonniers en train de refaire le revêtement, ce qui gêne la circulation.

J'aimerais que Cammie me rappelle même s'il est judicieux de sa part de s'en abstenir. Ça me rend triste de me dire qu'elle a sans doute peur de moi maintenant. Sans doute peur pour sa vie, ce qui peut se comprendre puisque la direction attend de moi que je m'occupe d'elle.

C'est un casse-tête.

J'ai rencontré Tim Ribbons pour la première fois quand j'étais interné dans le service psychiatrique du Hopewood Memorial Hospital, non loin de Phoenix, Arizona. Je ne me souviens plus très bien de cette période de ma vie durant laquelle j'étais la plupart de mon temps dans un état semi-comateux à cause des médicaments qu'on me faisait ingurgiter. J'avais été mis en détention provisoire alors que je venais d'avoir dix-huit ans – je ne sais toujours pas très bien pourquoi on m'avait arrêté – mais, quoi qu'il en soit, j'avais presque vingt ans lorsque Tim Ribbons est venu me voir.

J'avais atteint un état de conscience proche de celui d'un fœtus. En deux ans d'incarcération, j'avais pris environ quarante-cinq kilos et je me satisfaisais de passer mes journées dans un fauteuil roulant extra-large et d'augmenter tranquillement de volume. Parfois je m'installais devant un téléviseur rigolard, et j'avais le droit de fumer des cigarettes. Parfois on me posait, telle une plante verte, devant une fenêtre et je regardais, à travers les hexagones d'un grillage à poules coulé dans du verre, la cour envahie de chaparral et entourée d'une clôture métallique.

Je contemplais les capitules de camomille globe qui tournaient sur leur tige en suivant le soleil. L'écorce des mesquites craquait au fur et à mesure de leur croissance, et le vent, en soufflant, formait des messages de sable complexes rédigés en sanscrit, et je sentais s'animer au fond de moi toutes les créatures – bactériennes, archéennes, virales, fongiques – constituant le microbiome – deux pour cent de notre masse corporelle, paraît-il, l'équivalent, en taille, du foie ou du cerveau –, tous ces êtres vivants qui vaquaient à leurs occupations dans la grande forêt vierge de mes entrailles, qui mangeaient, nageaient, chassaient, vivaient leurs propres aventures et expériences, et le temps entre deux battements de mon cœur correspondait pour eux à des siècles ; simultanément, je me considérais comme une mitochondrie dans le corps de la galaxie, et je considérais la galaxie comme un point dans le corps de l'univers, et une aide-soignante me faisait manger de la purée de carottes, et on me faisait une autre piqûre, et je sentais de l'eau tiède couler sur mes quartiers arrière quand on changeait ma couche.

Et puis quelqu'un dont la voix ne m'était pas familière m'a appelé. « Billy ? » J'ai repris conscience en frissonnant et Tim Ribbons était là.

Je le distinguais plus ou moins nettement au fur et à mesure qu'il approchait. Il a traversé une traînée de lumière où tourbillonnaient des grains de poussière, et il a tendu la main, comme pour serrer la mienne. J'ai ouvert la bouche et de la bave a coulé. Mais il m'a regardé dans les yeux comme si de rien n'était. Il a pris ma main, qui était posée sur le bras du fauteuil roulant, et l'a pressée doucement.

« Billy ? Tu m'entends ? »

Il devait être très jeune à l'époque, je m'en rends compte maintenant – mais il semblait avoir déjà un certain âge avec ses rides de chaque côté de la bouche, ses grands yeux d'amphibien, ses cheveux clairsemés et sa moustache soignée qui le faisait ressembler à un maître d'hôtel ou à un magicien. Il portait un costume de lin brun roux et une cravate texane et, les mains croisées, il souriait poliment.

« Je suis tellement content qu'on t'ait enfin trouvé, m'a-t-il dit. On te cherche depuis un moment. »

J'ai senti ma lèvre trembler et de chaudes larmes perler dans l'un de mes yeux et rouler sur ma joue alors qu'il me regardait avec bienveillance. « Je m'appelle Tim Ribbons. Je suis ton représentant légal. »

Je l'ai senti s'emparer des poignées du fauteuil, le faire pivoter et l'éloigner de la fenêtre, et j'ai été pris de vertige. J'ai eu l'impression que la salle commune tanguait quand je suis passé devant, puis on m'a dirigé vers la porte et poussé tranquillement dans le couloir.

« J'espérais que tu pourrais m'aider, Billy », m'a dit Tim Ribbons très lentement, gravement, gentiment, comme s'il animait une émission de télé pour enfants et abordait un sujet sérieux.

« On cherche ta mère. Aux dernières nouvelles, elle se trouvait avec toi en Alaska. C'est exact ?

– Grrr.

– Tu sais où elle est passée ? » m'a-t-il demandé. Je ne pouvais pas le voir mais j'entendais sa voix derrière moi.

Mes lèvres ont remué. « Traî... Traîtresse.

– Pardon ? » Tim Ribbons s'est arrêté. « Je n'ai pas bien compris. » J'ai secoué la tête. C'était trop compliqué à expliquer dans mon état.

« Je… ne…

– Prends ton temps. » Il m'a tapoté la tête et s'est remis à me pousser. « Dis-moi juste ce que tu te rappelles, avec tes propres mots. Quand l'as-tu vue pour la dernière fois ?

– … sais… Ri… en, j'ai marmonné.

– Ça te reviendra peut-être si tu y réfléchis. En fait, a-t-il dit d'une voix douce, ta mère a contracté une dette considérable auprès de mon organisation, et on aimerait beaucoup avoir une petite discussion avec elle à ce propos. »

Dans le couloir, nous avons croisé un de mes compatriotes, un vieux qui avançait d'un pas traînant. Il portait une blouse d'hôpital pervenche qui ne cachait pas grand-chose, et empoignait la rampe fixée au mur comme si le sol gîtait.

« Si seulement ce n'était qu'une simple dette financière. Mais c'est plutôt une dette morale, si tu veux. Ce n'est pas qu'un ensemble de chiffres sur un livre de comptes. »

Je me suis demandé où Tim Ribbons m'emmenait. Nous avancions lentement et, malgré tout, ce mouvement régulier me donnait le vertige. J'ai regardé mes mains boudinées essayer de stopper les roues du fauteuil, mais les pneus en caoutchouc les ont entraînés dans leur mouvement circulaire.

« Je parie que tu aimerais bien partir d'ici, non ? Je vais peut-être pouvoir t'aider. On pourrait aussi te trouver un établissement plus agréable.

– Grrr.

– Et puis, tu sais… » Il a marqué un temps d'arrêt pour aimablement épousseter les pellicules tombées sur mon épaule. « En fait, tu lui rendrais service. Je ne pense pas qu'elle comprenne dans quel pétrin elle s'est fourrée. Ça doit te préoccuper, toi aussi.

– Nan, nan. »

Je pense à tout ça en conduisant, et j'ai les boules. Je traverse Butler et Waterloo, Corunna et Wawaka, et nombre de rues principales ont un charme désuet avec deux ou trois feux de signalisation, de vieilles façades de magasins en brique, un château d'eau, un silo à grains, mais seuls Hopewood, Tim Ribbons et la dette de ma mère impossible à rembourser et devenue la mienne absorbent mon esprit. Je ne me souviens de cet enchaînement d'événements que de manière parcellaire, et en essayant de me remémorer les détails j'ai l'impression que les veines de mon front saillent et palpitent.

Je n'ai jamais vraiment aimé raviver de vieux souvenirs. C'est juste que je n'aime pas la sensation qui va avec, si vous voyez ce que je veux dire : le temps ralentit et il y a ce pressentiment insondable, on sent quelque chose bouger derrière soi, un éclair qui menace depuis trop longtemps, et il vaut mieux ne pas regarder par-dessus son épaule. Ce serait la fin la plus tragique, je crois, rendre son dernier souffle en ayant une lente prise de conscience. Je souhaite me réveiller un jour complètement amnésique sur une île déserte.

Je dois m'arrêter un instant.

Il faut que je sorte du combi quelques minutes pour me vider la tête, faire une petite balade à la Norman Rockwell sur Main Street, regarder les vitrines, trouver de quoi manger et aller m'installer dans un petit parc.

Voilà une boutique qui vend des articles de mercerie et des curiosités. Ça devait être un magasin bon marché, peut-être un Ben Franklin, mais c'est devenu un de ces endroits insolites où l'on trouve des babioles issues du commerce équitable – cerfs-volants en forme de poisson, paniers en feuilles de bananier, encens et huiles essentielles, sabots fabriqués par des artisans autochtones. Je flâne dans une allée qui a l'air exclusivement réservée aux foulards et aux chemisiers transparents, et Flip me suit avec circonspection. Le magasin empeste un mélange de patchouli et de fruits trop mûrs et il doit en souffrir.

J'aimerais acheter quelque chose pour Cammie. J'ai beaucoup cogité sur le genre de père que je pourrais être, en me mettant dans la peau du héros d'un film qui aurait de bonnes chances de bien finir. Je m'empare d'un foulard de tulle et le renifle. Il sent les collants.

Et puis je suis repéré. « Je peux vous aider ? » me demande une jeune femme en s'approchant de moi à grandes enjambées. Elle porte un T-shirt avec un pochoir de cet ancien groupe de rock nommé Iron Maiden et une jupe verdâtre mi-longue, et ses cheveux sont coupés très court et teints en rose. Elle doit avoir l'âge de Cammie.

« Les animaux sont interdits dans le magasin, dit-elle sans s'approcher davantage, les yeux fixés sur la tête de pitbull balafrée et préhistorique de Flip.

– C'est un animal d'assistance », je lui explique. Elle me regarde, l'air sceptique – elle a de beaux yeux marron et tristes – et je lui offre un sourire rassurant.

« Mais vous pouvez peut-être m'aider. Je cherche un cadeau pour une jeune femme de votre âge.

– Je vois. » Elle ne bouge toujours pas. « Un cadeau... romantique ? Ou...

– C'est ma fille », je précise, et ça semble la soulager quelque peu.

« Ah, OK. Eh bien... qu'est-ce qu'elle aime ? »

Je n'en ai aucune idée, ce qui m'emplit de mélancolie. Je ne parviens toujours pas à me représenter le genre d'habits qu'elle porte – elle ne manquerait pas de trouver ce sujet bien superficiel – de même que je n'ai aucune idée du genre de musique qu'elle aime (*je ne suis pas particulièrement fan de musique*, m'avait-elle appris, ce qui m'avait sidéré). Aime-t-elle les petites babioles fabriquées en terres étrangères par des artisans payés équitablement pour leur savoir-faire ? Je n'en ai aucune idée.

« Est-ce que les jeunes femmes de votre âge portent des foulards en soie comme celui-ci ?

– Euh, certaines peut-être », répond mollement mon interlocutrice. Tsss. On ne peut pas dire qu'elle soit bonne vendeuse mais il y a quelque chose d'admirable dans sa réticence au mensonge.

« Pour être honnête, je me trouve dans une drôle de situation. En raison de certaines circonstances, ma fille et moi n'avons pas pu passer beaucoup de temps ensemble, mais j'aimerais la connaître mieux. J'ai donc pensé lui offrir un cadeau.

– Hum. » La jeune femme secoue la tête. « À votre place, je lui enverrais une jolie carte avec de l'argent. L'argent, ça plaît à tout le monde, et il n'y a rien de pire que de recevoir un cadeau qui prouve que celui qui vous l'offre ne vous connaît absolument pas. »

C'est vraiment une très mauvaise vendeuse, mais elle a un grand cœur et semble très mûre pour son âge. J'espère que son petit magasin ne va pas faire faillite.

Elle s'accroupit et tend prudemment la main en direction de Flip qui la renifle avec froideur, de loin, et je me demande alors si Cammie et lui s'entendraient bien, et d'ailleurs je ne sais même pas si elle aime les chiens.

« Salut, le toutou ! lance la vendeuse d'une voix apaisante. Salut ! Comment tu t'appelles ?

– Flip », je réponds, et elle garde la main tendue alors même qu'il est évident qu'il ne bougera pas.

« C'est quoi comme chien d'assistance ? » me demande-t-elle. Je ne suis pas sûr que les gens aient le droit de poser cette question, possiblement intime, mais je me contente de hausser les épaules.

« Je souffre d'anxiété sévère », dis-je, et elle hoche la tête avec enthousiasme.

« Oh, s'exclame-t-elle gaiement. Moi aussi !

– Qu'est-ce que vous auriez pour une personne anxieuse ? Qui aurait votre âge ?

– Du slime. » Elle nous fait signe de la suivre et nous

conduit dans une alcôve consacrée principalement aux jeux éducatifs pour enfants, lesquels sont fabriqués à partir de matériaux naturels comme la laine et les poils.

« Que dites-vous de ça ? » Elle sort d'un panier une boîte métallique de la taille de celles utilisées pour le tabac à chiquer. C'est du slime anti-stress. « C'est très relaxant.

– Comment ça marche ?

– Vous l'écrasez et vous lui donnez la forme que vous voulez. Vous n'avez jamais joué à la pâte à modeler quand vous étiez petit ? Ça vous met quasiment en état d'auto-hypnose.

– Je vais vous en acheter une douzaine. »

De retour dans mon combi, je prends un peu de slime, celui qui a la couleur de l'après-shampoing et qui est censé briller dans le noir. Assis dans le siège conducteur, je le malaxe, laissant dessus l'empreinte de ma paume. Un diseur de bonne aventure m'avait dit un jour que j'avais ce qui s'appelle un pli simien. « Vous avez du mal à trouver votre équilibre. Vous faites preuve de loyauté mais êtes égocentrique, vous êtes impulsif mais tenace », et j'avais retiré ma main car son ton moralisateur m'avait déplu.

Simien ou pas, je suis quand même prêt à devenir un autre homme. Pas quelqu'un qui se contente de traverser la vie en se laissant porter, et qui exécute les ordres de tel ou tel maître malveillant. Curieusement, le monde me semble différent depuis que j'ai perdu l'*Étoile du Berger* et que je suis coincé avec ce Chickencombi Volkswagen. J'aimerais penser que je ne serais pas un mauvais père… même si, en cet instant précis, je projette de me rendre dans la planque de ma fille et de la tuer.

À moins que je m'y refuse.

C'est juste que ça me met mal à l'aise. Tim aurait pu confier ça à plein d'autres gens, pourquoi me choisir alors que je lui ai clairement dit que j'étais certain d'être le père de Cammie ? Est-ce pour me donner une leçon ? Me punir ? Tester ma loyauté ? Je songe à appeler Experanza pour lui en parler, mais étant donné son peu de sympathie pour Cammie, je ne suis pas sûr que ce soit une bonne idée de solliciter son avis. Elle serait capable de me convaincre que je me fais des illusions.

Et oui, c'est bizarre de ressentir des émotions aussi fortes pour cette fille-éprouvette que je n'ai jamais rencontrée, pour cette étrange jeune femme pressante et peut-être folle.

Mais sa voix a retenu mon attention – ce sérieux rauque et enfantin. *Une présence fantomatique bienveillante*, voilà comment elle se définit, et je me rappelle qu'elle a dit *J'ai juste besoin de parler à quelqu'un* et que j'avais senti des picotements au niveau de la nuque. Elle est sujette, comme moi, aux crises de panique et elle se réveille avec le cœur qui bat à tout rompre, ce mauvais pressentiment, cette lente prise de conscience ; elle aussi a complètement flippé à cause d'un nuage, et elle a ce rire, ce rire terrible et déchirant.

Camilla Willacy. C'est un nom mélancolique, délicat, avec de la dentelle de toiles d'araignée et des saules et des châteaux en ruine moussus dans un voile de brume. « Camilla Willacy », je murmure en laissant décanter les mots. Cammie.

Flip ronfle doucement à l'arrière. Il est roulé en boule sur le matelas et, pour une raison qui m'échappe, semble mécontent. Il a les yeux fermés mais il émane de lui une certaine réprobation, et comme j'ignore quel est son problème je tourne la clé de contact de la vieille caisse et sors du parking du Little Shop of Wonders – c'est le nom du magasin. Il y a une boule de cristal dans la devanture, je viens juste de la remarquer – une véritable boule de cristal avec des paillettes à l'intérieur.

J'aurais peut-être dû l'acheter pour Cammie.

Ou pour moi. Si j'avais une boule de cristal, je me pencherais sur mes jeunes années pour me rafraîchir la mémoire.

J'ai toujours cru m'être évadé de l'hôpital pour psychopathes, mais je ne me rappelle pas vraiment comment. Peut-être que j'ai juste été libéré, que quelqu'un a ouvert une porte et m'a laissé sortir dans le désert, titubant et à moitié dévêtu. Était-ce un test ? Tim et l'entreprise qui me possède étaient peut-être simplement curieux de voir ce que je ferais.

Comme l'effet des médicaments s'estompait, j'ai eu l'impression de sortir d'un rêve. Je me rappelle avoir traversé à la nage, en pantalon de pyjama, une rivière ou un canal bourbeux, et être sorti de l'eau couvert de vase verte et à bout de souffle telle la Créature du marais. Je me suis lavé dans les WC d'une station-service, l'eau du robinet était rouilleuse, et j'ai regardé longuement dans un trou creusé dans le mur, à côté de l'urinoir – on pouvait voir les entrailles du bâtiment, les tuyaux, l'isolant, et ce qui ressemblait à un nid de punaises boxelder – et au-dessus de ce trou, quelqu'un avait écrit au marqueur Sharpie : « C'est tout SAUF un trou à bite ! »

Mais même après m'être lavé et avoir trouvé des vêtements convenables, je restais un fugitif, sans pièce d'identité ni acte de naissance ou numéro de sécurité sociale, et c'est alors que, pour la première fois, je me suis baptisé « la Nébuleuse brumeuse ».

J'ai fait de l'auto-stop. Contre toute attente, j'ai eu beaucoup de chance avec les chauffeurs de semi-remorques, souvent désireux de m'embarquer sur de longs trajets car j'étais un compagnon convivial et gai qui avait de la conversation.

Je suis allé de Phoenix jusqu'au Jesus Christ Is Lord Travel Center d'Amarillo, une aire de repos pour routiers où, au-dessus des innombrables pompes à essence, on pouvait lire : « YAHVÉ est Bon car éternel est SON AMOUR ! » À l'intérieur du magasin, très spacieux, il y avait des versets de la Bible affichés sur les murs. Au-dessus du présentoir à journaux, il était écrit : « *Tel qui parle étourdiment blesse comme une épée, la langue des sages guérit* » (Proverbes 12:18), et j'ai médité sur cette langue des sages qui guérit tout en piquant des revues pornos que j'ai emportées dans une cabine des WC pour hommes où j'avais installé un campement à l'abri des regards – mon premier foyer.

En une semaine environ, j'avais réussi à voler un bon nombre de portefeuilles et de sachets d'amphétamines. Comme il fallait que je perde une cinquantaine de kilos, j'avais décidé de me passer de sucreries et de vivre principalement de café et d'amphètes. J'ai vite accumulé un butin comprenant six cents dollars en espèces, plusieurs cartes de crédit, et au moins un permis de conduire dont le visage sur la photo, du moins si on ne s'y attardait pas, pouvait ressembler au mien.

La femme qui m'a pris en stop sur l'aire de repos, une certaine Helen Shindle, habitait au Kansas, elle avait soixante ans, une permanente volumineuse style hard rock saturée de mousse coiffante, et un faible pour les chemisiers à fleurs et les shorts roses ou turquoise. Et ce, bien qu'on lui ait retiré un morceau de cuisse de la taille d'une boîte d'allumettes, ce qui était très impressionnant. Mais elle s'en foutait complètement, et je trouvais ça plutôt sympathique.

« Tu t'es échappé d'où ? » fut la première question qu'elle m'a posée en m'examinant de la tête aux pieds.

« D'un hôpital psychiatrique », ai-je répondu, ce qui l'a amusée, et elle a laissé éclater un énorme rire de fête foraine.

« Moi aussi, chéri. Moi aussi ! » Et puis elle m'a demandé où j'allais et j'ai répondu : « N'importe où, sauf au Texas », et elle a trouvé ça désopilant.

Helen Shindle avait un mari et deux filles adultes qui vivaient à Wichita mais qui ne lui parlaient plus à cause de certains choix qu'elle avait faits quelques années plus tôt.

« Drogue. Et sexe. Sexe avec des femmes aussi. Je savais que c'était un péché mais j'avais perdu la tête, un désir indomptable a surgi en moi lorsque ma dernière fille a quitté la maison, sans parler de cette nécrose à la cuisse. »

Elle avait fini par se lasser et par vouloir reprendre le cours de son ancienne vie, mais entre-temps son mari avait commencé à fréquenter une autre femme et ses filles l'avaient reniée.

« Qu'est-ce que je pouvais bien faire ? Rester à pleurnicher sur le perron de la maison ? Pas question, merde ! Dans un bar, j'avais rencontré une nana qui conduisait un camion, alors je lui ai demandé ce qu'il fallait faire pour avoir ce job et c'était plutôt simple !

– Ah bon ? » Je me suis soudain imaginé chauffeur routier. Je me suis vu dans la cabine d'un semi-remorque, les cheveux au vent, l'avant-bras posé sur la vitre baissée, en train de discuter avec mes potes sur la CB.

« Il suffit d'obtenir un permis poids lourds et l'examen est plutôt facile. J'aime la liberté que me procure ce boulot. C'est le plus important, non ? Être libre, vraiment libre.

– Oui. C'est le plus important. »

Helen Shindle m'a dit que je lui rappelais un cousin qu'elle n'avait pas vu depuis presque vingt ans. « On l'appelait Trusty. C'était un grand gaillard comme toi, l'être humain le plus adorable, gentil et loyal que j'aie jamais rencontré », et j'ai hoché la tête, souri et rougi un peu à l'idée d'être le portrait tout craché d'une personne pareille.

« Trusty. J'adore ce surnom.

– Il était canon aussi », a ajouté Helen avec nostalgie. Elle a jeté un coup d'œil dans le rétroviseur comme pour sonder le passé. « Mais il était influençable et il s'est mis à avoir de mauvaises fréquentations, et un jour il s'est pris une balle dans la tête, dans un bar de Laredo. Il est devenu déficient mental et il a fallu le mettre dans un établissement spécialisé. Parfois je me dis que j'aimerais bien aller lui rendre visite, mais je ne sais pas si on se reconnaîtrait après tout ce temps.

– Tout juste. » Je l'ai regardée poser sa main sur la mienne et la serrer, et j'ai songé à Trusty. À saint Trusty, et au fait qu'à Hopewood j'avais été à deux doigts de finir comme lui.

Plus tard, alors que Helen et moi étions allongés sur la couchette, derrière les sièges de la cabine, elle a posé sa joue sur mon torse nu et passé doucement sa main dans mes cheveux.

« Tu es un bon garçon, mon chou, non ?

– C'est mon souhait », j'ai répondu, et elle a eu ce rire que j'aimais, et j'ai fermé les yeux quand elle a embrassé le lobe de mon oreille.

« Il va falloir que tu choisisses la façon dont tu veux vivre.

– Sans doute. » J'ai enfoncé ma tête dans le petit oreiller carré et j'ai commencé à m'assoupir. « Pas tout de suite, ai-je murmuré.

– J'aimerais te garder avec moi, l'ai-je entendu dire, même si sa voix semblait sortir d'une bouteille. Mais on ne suit pas le même chemin.

– Oh. D'accord. »

Ce n'est que bien plus tard que j'ai compris que j'aurais peut-être eu là l'occasion de la faire changer d'avis. Elle aurait peut-être choisi de me garder.

Mais elle m'a déposé à Chicago et je ne l'ai plus jamais revue.

Je vais bientôt quitter l'Indiana mais je dois d'abord traverser Hammond et Gary, et c'est toujours la galère. Le flux de véhicules en provenance de Chicago n'est pas encore parvenu jusqu'ici, alors le paysage est comme hanté, ce qui me met les nerfs à vif. À ma droite, il y a un long marécage saumâtre, plein de roseaux et d'élodées – et au-delà, à moitié enfoncées dans la boue et la vase, une cheminée ainsi qu'une petite usine en partie détruite. Je sens l'odeur âpre et amère de raffinerie – celle qu'émettent les punaises diaboliques – et j'aperçois tout un bazar inquiétant dans les eaux marécageuses : une Ford Pinto retournée qui surnage, une valise ouverte pleine de lingerie, un chat mort, une doudoune de ski qui pourrait – ou pas – être un cadavre flottant sur le ventre.

Cela fait longtemps que Hammond ressemble à ça mais j'ai l'impression d'avoir devant moi une vision du futur – comme si je regardais dans une boule de cristal et que c'était ce à quoi tout le pays allait prochainement ressembler.

Je retiens mon souffle en essayant de ne pas être trop

nerveux. De fortes odeurs comme celles-là peuvent vous jouer un sale tour au cerveau, provoquer comme des hallucinations ou une attaque de panique, et je regrette de ne pas avoir pris un peu de Valium, mais la boîte à outils remplie de médicaments sur ordonnance se trouve quelque part à l'arrière du combi, et il est hors de question que je m'arrête sur le bord de la route.

Le talus est plein d'autos abandonnées qui ont commis cette erreur.

Chez elle

On traverse le pont à péage pour entrer dans Chicago puis on tombe sur un barrage – des miliciens armés de fusils automatiques AR-15 bloquent la Skyway, dont un type en uniforme militaire qui s'époumone dans un mégaphone à propos d'une nouvelle quarantaine due à la grippe, mais je ne reste pas suffisamment longtemps pour avoir le fin mot de l'histoire. De toute façon, même avec les milices citoyennes, Chicago n'a pas les effectifs suffisants pour faire respecter le couvre-feu, donc je quitte l'autoroute et me retrouve dans une zone résidentielle à l'abandon, j'emprunte des petites rues, je roule lentement, un feu après l'autre, en traversant des quartiers de débris de verre, d'immeubles en feu et de devantures condamnées. Un homme vêtu d'un long manteau court sur le trottoir en poussant un caddie plein de canettes, un groupe de femmes, portant un chapeau chic couleur œuf de Pâques, se disputent devant une église avec des ambulanciers, et il y a un tank coincé dans un nid-de-poule géant, ses chenilles sinistres grondant et grinçant.

La situation s'améliore une fois que j'ai dépassé les gratte-ciel du centre-ville. L'adresse que l'on m'a donnée se trouve dans la partie nord de Chicago, non loin du Wrigley Field. Le quartier n'a pas vraiment l'air mal famé. Je remarque un hôpital qui semble opérationnel, le Thorek Memorial, et dans certaines rues il y a de minuscules clôtures en fer forgé décoratives autour des arbres, et d'autres autour des coins de verdure, de la taille d'une planche à repasser, qui se trouvent devant les maisons.

Se garer n'est pas un problème. Je trouve facilement une place non loin d'Irving Park Road et d'espaces verts, juste entre le métro et un cimetière.

Je saute du combi et Flip me suit, quoique à contrecœur. Ayant été victime de mauvais traitements par le passé, il ne se sent pas à l'aise en ville. Il déteste et craint l'espèce humaine, et ce qu'il exècre encore plus, ce sont les chiens. Il s'immobilise un instant, le poitrail gonflé comme s'il lançait un défi, les narines dilatées, et il examine les alentours. Puis il semble considérer que c'est bon. Il se dirige prudemment vers un coin de pelouse et urine contre un arbre entouré d'une de ces petites clôtures en fer forgé.

C'est le matin, le ciel hésite entre le grésil, la neige et la pluie, et donc on a droit à un peu des trois. Je marche tête baissée tout en levant les yeux, et Flip à pas furtifs sur mes talons ; il a des épaules de panthère et les poils hérissés. Il secoue son pelage pour se débarrasser des gouttes de pluie, des cristaux de glace et des flocons de neige, et me jette un regard en coin.

« C'est bientôt fini », je lui chuchote. Je palpe doucement le Taser qui se trouve dans la poche de mon manteau et je titille la gâchette. Mes paroles ne semblent cependant pas réconforter le pauvre Flip. Vigilant, il jette un regard noir aux gens devant lesquels nous passons, aux sans-abri et aux vagabonds, à cette madone ivre et larmoyante assise sur le pas d'une porte, ses deux enfants dans les bras, à ce vieil homme blanc avec ses dreadlocks grises, qui fouille une poubelle et nous interpelle : « Hé, mec, je peux te poser une question ? Je peux te poser une question ? »

Je ne réponds pas. Je cherche un panneau m'indiquant la rue où je dois me rendre tout en ayant l'air de savoir où je vais. L'ombre des drones passe au-dessus de nos têtes comme des rapaces, et les caméras de surveillance, fixées à chaque lampadaire et sur le flanc de chaque bâtiment, font pivoter leur tête et semblent toujours porter un intérêt particulier à ceux qui ont l'air perdus.

Dans les agglomérations urbaines, nombre de gens sont plus ou moins déguisés. Beaucoup portent des masques chirurgicaux, ce qui est peut-être dû à cette épidémie de grippe qui vient d'être signalée, mais certains sont plus fantaisistes – peinture faciale de clown, voile avec lumières LED clignotantes, prothèse de théâtre, et même parfois masque d'Halloween ou tête de mascotte.

C'est une tendance qui a commencé à partir du moment où la pratique de la reconnaissance faciale s'est tellement généralisée qu'on ne pouvait plus sortir de chez soi sans être photographié des centaines de fois – filé, pisté et enregistré dans le grand panoptique numérique mis en place par toute entreprise ou tout gouvernement ou toute autre entité malveillante désirant savoir où chacun se trouve à chaque instant. Trop tard, les gens ont voulu récupérer leur visage.

Quant à moi, je ne me prends pas la tête avec ça. Pour l'instant, je ne figure dans aucune base de données, je ne peux être rattaché à aucun nom ou numéro de sécurité sociale. Je porte de grosses lunettes de soleil à effet miroir et j'ai remonté la capuche de mon ciré. C'est suffisant.

On marche un moment en silence, il n'y a pas beaucoup de circulation. Quelques autos roulent tranquillement dans Sheridan, et nous passons devant un restaurant de tacos, une boutique de vins et spiritueux, et un homme adossé à une pharmacie et en train de dormir ; il a un bandeau sur un œil et porte autour du cou une pancarte sur laquelle on peut lire : AIDEZ-MOI, JE SUIS AVEUGLE ! Mais à mon avis, son autre œil fonctionne très bien.

À mon avis, il ne lui manque qu'une cornée. Je connais

beaucoup de gens dans le trafic d'organes, et généralement ce sont des hommes d'affaires justes et honnêtes. Quand vous avez un organe en double – reins, poumons, yeux, mains – ils ne vous en prennent qu'un, et ils ne prélèvent qu'une partie de votre foie, de votre pancréas ou de votre intestin. La plupart d'entre eux ne sont pas des meurtriers. Ils ne vont pas vous extirper votre cœur ou vous priver de vos tissus. Ils ne vont pas vous arracher les deux yeux et vous laisser aveugle. Ce type avec sa pancarte sur la poitrine n'est sans doute qu'un escroc, et quand il me tend sa sébile, j'y dépose une pièce de vingt-cinq *cents*, mais il n'est pas question de pousser la charité trop loin. Il a sans doute reçu cinq mille dollars pour son œil !

Nous arrivons au bout de la rue, attendons que le feu passe au rouge. On est arrivés.

On dirait un vieil immeuble en grès rouge des plus normal – c'est sans doute ce qu'il était jadis – six fenêtres à la verticale, six à l'horizontale, toutes recouvertes de peinture à la bombe ou de papier journal, comme si elles étaient condamnées.

Sur la façade, il y a un grand panneau : HEBARD'S SELF-STORAGE UNITS.

Un ensemble de garde-meubles, donc.

Et c'est soi-disant là que vit ma fille imaginaire.

Je reste un instant sur le trottoir à réfléchir. Ça doit être rageant pour tous les sans-abri de voir les capitalistes transformer un immeuble d'habitation en parfait état en un entrepôt où les entasseurs compulsifs vont pouvoir stocker toutes les merdes qu'ils n'ont pas la place de mettre dans leurs grandes demeures. C'est aussi rageant pour ceux d'entre nous qui sont relégués dans un combi Volkswagen exigu.

Je sors mon bloc-notes de ma poche pour vérifier l'adresse. En un sens, ce serait un soulagement si Tim Ribbons s'était trompé, mais non, c'est bien là, et même si je suis quasiment sûr de ne pas trouver Cammie, il est de mon devoir d'user de diligence et d'aller vérifier.

Nous passons nonchalamment devant l'entrée et remarquons, par la porte vitrée, un agent de sécurité assis à l'accueil, le regard fixé sur un écran d'ordinateur, qui sirote un mug de café, un genre de Hitchcock aux cheveux clairsemés et à la lèvre pendante. Sans doute pas un problème.

On fait ensuite le tour du bâtiment pour jeter un œil à l'arrière. Il y a une rampe de chargement, une autre pour fauteuil roulant, et un vieil escalier anti-incendie métallique qui monte jusqu'au cinquième étage. Réussir à entrer ne sera pas trop compliqué. Je n'aurai sans doute même pas à faire mal à qui que ce soit.

J'ai un vaporisateur de poche qui contient une solution proche du chloroforme et j'en asperge le visage de l'agent de sécurité quand il se met à me dire que les chiens sont interdits. « C'est un animal de service », je lui explique, et l'homme s'effondre, et je le retiens. J'essaie de l'installer de telle sorte qu'il ait l'air de somnoler paisiblement.

Ensuite, on désactive sur son ordinateur le plus de caméras possible avec nos compétences limitées, et puis on va prendre l'ascenseur pour monter au cinquième étage où Cammie est censée habiter. Quand les portes se referment, nos reflets glissent devant mes yeux, côte à côte, le regard inexpressif. *Cammie ne va pas être là.*

Je l'imagine en train de s'éclipser par l'arrière au moment même où Flip et moi sommes dans l'ascenseur, elle est dans la rue, elle a déjà enfilé une cagoule de ski et une doudoune, elle transporte ses biens les plus précieux dans un sac Mrs. Field et elle presse le pas en direction de la station de métro Sheridan. Elle reste calme, je crois, et ne se fait pas remarquer, elle a la tête baissée et ne traverse pas en dehors des clous, elle ne tressaille pas quand une camionnette de livraison l'éclabousse alors qu'elle attend que le feu passe au rouge. *Brave petite*, je songe. *Quand le bonhomme passera au vert, tu as intérêt à courir.*

Puis les portes de l'ascenseur s'ouvrent et, immobiles dans notre petit box, nous examinons longuement les lieux. L'étroit couloir qui s'étend devant nous ressemble à celui d'un hôtel bon marché, avec dix portes de chaque côté – sauf que celles-ci sont en tôle ondulée et s'ouvrent vers le haut comme une porte de garage enroulable. Il y a une fine moquette industrielle beige, un coffre pour extincteur rouge vif, et une des lampes fluorescentes clignote, pulse et projette des ombres d'une laideur crue. Une caméra est fixée au plafond, au milieu du couloir, mais elle est hors service.

Nous nous dirigeons vers la porte sur laquelle est indiqué le numéro 6049. Je me baisse pour crocheter la serrure tandis que Flip monte la garde.

La porte en tôle ondulée s'ouvre sur une pièce de la taille d'un petit studio. Presque vide, semble-t-il. La fenêtre, orientée vers l'est, a été recouverte de papier kraft, et seule un rai de lumière parvient à filtrer tout autour. J'allume ma lampe-stylo et j'entre.

Une odeur de câble électrique brûlé me prend à la gorge, et je constate que le matériel informatique a été détruit. Il y a le lit de Cammie dans un angle – pas de draps ni de couvertures dessus, juste un oreiller d'un blanc jaunâtre – et, dans un autre, ce que l'on pourrait appeler un coin-cuisine avec four à micro-ondes, cuiseur et mini-frigo. Je perçois un bip mourant et affligé en provenance de cette partie de la pièce et j'avance prudemment pendant que Flip reste à l'entrée.

J'éclaire le haut des murs et le plafond, des morceaux de ruban adhésif réfléchissant s'y trouvent encore collés. J'imagine que Cammie a dû s'entourer de cartes, de documents et de notes personnelles, créant un de ces collages qui, dans un film, révèlent au public que le personnage souffre d'un trouble obsessionnel compulsif.

Bon.

Je fais un pas de plus en direction du petit bruit, on dirait qu'un grillon est caché dans les plinthes. J'éclaire le sol recouvert de gazon artificiel mais je ne vois pas de fil de déclenchement, juste un coton-tige usagé déprimant et un papier de bonbon.

Je m'accroupis devant le mini-frigo – le bip semble provenir de là – et je promène mes doigts sur le joint en plastique à l'affût d'éventuels pièges, comme un sourcier chercherait de l'eau ; puis je prends mon canif, le tiens à bout de bras et j'utilise la pointe de la lame pour ouvrir la porte du réfrigérateur.

Une puanteur s'en dégage. Il n'y a pourtant pas grand-chose à l'intérieur – juste les restes d'un plat chinois, quelques sachets de ketchup, une canette ouverte de Dr. Pepper Zéro, même si à l'odeur on se serait plutôt attendu à trouver des appâts pourris.

Il y a une petite porte en aluminium qui doit être celle du compartiment freezer. C'est de là que provient le petit bruit.

Je tends la main. *Tu ne ferais quand même pas sauter ton vieux père, hein, Cammie ?*

Tu avais le choix

En fin de compte, je ne suis pas déchiqueté par une explosion.

L'engin qui se trouve dans le freezer est entouré de chatterton et relié par un fil à un autre dispositif, on dirait un EEI. Je ferme les yeux et recule, et d'instinct je me protège le visage des mains tout en hurlant : « Ça alors ! » – comme dernières paroles, il y a mieux.

Mais il ne se passe rien. Au bout de quelques secondes, j'abaisse les mains et l'engin laisse échapper un dernier petit pépiement.

C'est un téléphone portable relié à un chargeur. Je le ramasse, effleure prudemment l'écran qui s'allume, et une photo de phalène blanche apparaît. Le nom du propriétaire de l'appareil s'affiche en surimpression sur une bannière, en haut de l'écran. AMOUREUX DE LA NATURE.

En fin de compte, il n'y a rien d'autre à récupérer dans l'appartement – à moins que je ne veuille emporter, en souvenir, l'oreiller sur lequel Cammie rêvait.

En bas de l'immeuble, l'agent de sécurité neutralisé est toujours dans la même position, la bouche entrouverte avec une espèce de vomi, mélange de yaourt et de flocons d'avoine, coulant sur son menton et sur sa chemise d'uniforme – pour laquelle il a sûrement dû débourser soixante-quinze dollars –, mais apparemment il ne risque pas de s'étouffer et donc je le laisse là. Espérons qu'il ne se fera pas virer.

Ensuite on se dépêche – on passe la porte, et une fois sur le trottoir on s'éloigne à grands pas de la scène de crime mais en affectant un air innocent, voilà l'étendue de mon superpouvoir. Je peux entrer, faire des dégâts, ressortir, et la plupart du temps on ne me remarque même pas. Je ne sais pas très bien pourquoi.

Environ deux cents mètres plus loin, le portable sonne. J'hésite. Je n'aime pas parler au téléphone en public – même si c'est exactement ce que font tous les passants que je croise, riches comme pauvres, ils marchent tous les yeux rivés sur le miroir d'eau de leur appareil. Je dois avoir l'air louche justement parce que je ne dialogue pas avec ce truc.

Néanmoins, j'hésite avant de répondre.

« Cammie ? » L'espace d'un instant, le silence règne. Un lointain babillage de sons numériques discordants.

« Je ne savais pas si vous trouveriez ce téléphone, dit la voix de Cammie.

– OK.

– Je suis désolée de ne pas avoir été là pour vous accueillir.

– Moi aussi. »

Deux hommes d'affaires munis d'une mallette et d'un masque à gaz passent à côté de moi en me frôlant. Je baisse la voix.

« Je ne prévoyais pas de te tuer, si c'est ce que tu crois.

– Vous passiez juste me rendre visite ?

– Disons que… » Je m'arrête à l'entrée d'une ruelle, la main sur la bouche, tandis que Flip fait le guet. « Écoute, j'ai un souci. Apparemment, toi et ton groupe vous asticotez les gens pour qui je travaille et ça ne leur plaît pas. Il faut qu'on parle.

– Je ne fais partie d'aucun groupe.

– Et ce Ronnie alors ?

– Ça fait au moins deux ans que je ne lui ai pas parlé »,

rétorque Cammie, et je me rends compte que deux années pour elle correspondent à, disons, douze années pour moi. Cette simple révélation se révèle absolument déchirante.

« Et les autres membres de la… donatrie ? » je demande avec circonspection.

Mais elle se contente de soupirer. « Vous devez me tuer, c'est bien ça ?

– C'est compliqué. Il faut régler certaines questions. »

Je me tapis près d'une benne à ordures et je rabats la capuche de mon sweat sur mes yeux. J'aimerais croire que les passants conserveront de moi le souvenir d'un SDF assoupi. Je jette un coup d'œil alentour et, comme on pouvait s'y attendre, il y a une caméra de surveillance fixée au poteau téléphonique qui me surplombe et balaie du regard les environs.

« Disons que je veux t'aider, d'accord ? Mais je dois faire comme si je comptais te tuer.

– Personne ne peut m'aider.

– Ne dis pas ça, ma puce.

– Si vous comptiez me tuer, vous feriez comment ? Arme à feu ? Poison ?

– Ça dépendrait de la situation. Mais je ne compte pas te tuer, d'accord ? »

Une femme à queue-de-cheval, qui porte un survêtement rose et un masque chirurgical, promène son petit chien. Un animal créé pour être si petit qu'il tiendrait dans une tasse à thé et, dès qu'il aperçoit Flip, tout son corps frémit d'excitation. Il est sous le charme et court vers nous avec ardeur, la laisse se déroulant encore et encore, et la femme est toujours au téléphone, et si le chiot amoureux, minuscule comme une tasse à thé, s'approche de Flip, il se peut qu'il y ait un affrontement qui finisse mal. Je me lève et m'enfonce dans la ruelle en claquant des doigts pour attirer l'attention de Flip.

« Si vous allez jusqu'au bout de la ruelle et que vous tournez à droite, vous trouverez un cimetière à trois cents mètres, me dit Cammie. On sera plus tranquilles pour parler.

– D'accord. » Je ne suis même pas surpris ou offusqué qu'elle me suive à la trace – il fallait s'y attendre – même si une intuition tenace me dit qu'elle est peut-être suffisamment près de moi pour me voir. Je regarde par-dessus mon épaule et cherche la femme au petit chien mais elle a disparu.

« Tant que vous avez ce téléphone, je saurai exactement où vous vous trouvez. C'est ma garantie. Si vous vous en débarrassez, vous n'aurez jamais plus de mes nouvelles. »

Vous n'aurez jamais plus de mes nouvelles, une des menaces les plus faibles dont quelqu'un puisse user, mais qui marche. Une partie de mon cerveau s'accroche toujours à l'idée que notre relation pourra s'inscrire dans la durée, que l'on pourra poursuivre nos discussions profondes et apprendre à se connaître, et qu'un jour je la rencontrerai, je lui offrirai une boule de cristal, du slime anti-stress et un foulard avec des fils argentés, et on ira au restaurant et peut-être au musée… tout cela étant hautement improbable, je le sais, mais n'empêche, j'aime traverser ce champ fantomatique. Quel imbécile !

« J'ai beaucoup réfléchi ces derniers jours. J'ai été surpris de voir à quel point ils avaient hâte de te liquider. Certes, il y a le fait que tu m'as piraté et ça craint vraiment, mais je ne suis pas quelqu'un d'important. Donc j'imagine que tu as aussi fouiné ailleurs, dans des trucs plus sérieux. Je me trompe ?

– Vous êtes peut-être plus important à leurs yeux que ce que vous pensez.

– Hum. » Flip scrute la ruelle qui s'ouvre devant nous pendant que je garde un œil sur les appartements qui nous surplombent de chaque côté. Je colle mon portable sur l'autre oreille. « C'est peu probable. Je ne suis qu'un larbin, ma puce. Je ne détiens aucune information importante. J'ai juste certaines compétences particulières. Mais il y en a plein d'autres comme moi.

– Non. C'est faux. C'est ce que vous ne comprenez pas. Vous êtes unique. Ils n'ont personne d'autre comme vous.

– Ha ha. » Nous parcourons la ruelle pavée remplie de bennes à ordures qui débordent. « Tu dis ça parce que je suis ton père. C'est ta vanité qui t'incite à croire que je suis un être exceptionnel.

– Ils se servent de vous.

– Sans blague ! » Je me trouve au carrefour de Seminary Street et de Dakin Street, où quelqu'un a eu la drôle d'idée d'installer une petite aire de jeux à côté du cimetière. Ce n'est même pas une véritable aire de jeux – pas de tape-cul, de toboggan ni de balançoire, juste une structure en filet de corde qui peut faire penser au gréement d'un navire ou à du matos BDSM. J'imagine qu'on est censé monter dessus ? De minuscules stalactites font briller les cordes que je contemple. « Alors comme ça, ils se servent de moi ? Dans quel monde vit-on ? Tu vas bientôt m'apprendre que le monde est contrôlé par les élites et que le gouvernement est corrompu. »

Je longe le cimetière ; juste derrière une clôture grillagée qui m'arrive à l'épaule, il y a des rangées de stèles sous des lilas et des saules pleureurs. « Bien sûr qu'ils m'utilisent, Cammie. Je suis né pour être utile. Comme la plupart des gens. Rares sont ceux qui traversent l'existence sans être la propriété de quelqu'un.

– Il y a une différence entre être utilisé et être utile, vous savez.

– Peut-être. Mais d'où vient ton argent, Cammie ? Comment fais-tu pour te nourrir et pour acheter tout ce matériel informatique sophistiqué que tu as détruit ? J'imagine que ta mère et ton père ne te donnent plus rien, alors comment tu fais pour t'en sortir ? Il y a bien quelqu'un qui te paie d'une façon ou d'une autre.

– Je vole. Je fais surtout de la fraude à la carte de crédit. Ce qui est plutôt inoffensif. Je suis un parasite mais je ne suis la propriété de personne.

– Tout juste. Continue à poursuivre ce rêve, où qu'il te mène.

– Vous avez raison, concède-t-elle, maussade. Nous sommes nés pour être utilisés.

– Il n'y a rien de philosophique là-dedans. Ce que je veux dire, c'est qu'on est soit utile soit jetable. C'est ça, notre lot. »

Flip et moi avons trouvé l'entrée du cimetière et nous ralentissons. Cammie a raison – ici on peut parler. Nous parcourons une allée bordée de pierres tombales, grandes ou petites, certaines décorées – un bouquet d'arums artificiels, un petit drapeau américain, un lapin en peluche bleu tout mou – mais pour la plupart, on dirait qu'elles n'ont pas reçu de visite depuis des décennies.

« Alors, quelle est votre motivation ?

– Je ne pense pas en avoir. » Je m'arrête car Flip lève la patte et urine sur une petite statue de la Vierge Marie. Elle domine un troupeau de moutons qui la regardent attentivement tandis qu'elle leur ouvre les bras. Peut-être qu'elle leur chante une chanson. À moins qu'elle soit en train de donner une conférence TED.

« Une motivation, ce n'est pas assez vague à mon goût. Je laisse les choses arriver. J'ai eu un super camping-car pendant un temps – il s'appelait l'*Étoile du Berger* – et, depuis un moment, je recherche activement un endroit où mon chien et moi on pourrait se retirer. J'aimerais bien que ce soit au Mexique ou en Amérique centrale ou encore plus au sud. Mais j'essaie surtout de vivre l'instant présent.

– Vous avez dit que vous aviez finalement décidé de ne pas me tuer. Je me demande pourquoi.

– Je ne sais pas. Je… je m'interroge sur la logique de la chose. D'abord, ils ne pensent pas que tu sois ma fille alors que moi j'en ai la conviction. D'après eux, tu es une IA qui joue avec mon empathie.

– Donc c'est important pour vous que je sois votre fille biologique ?

– Pitié ! » Je soupire. « Je refuse de reparler de ça avec toi. » Je touche du bout du pied un caillou et Flip le regarde rebondir sur l'allée, aussi vigilant que si c'était une proie. « Voilà ce qui se passe : j'ai dit à mon patron que je croyais que tu étais ma fille et il m'a répondu : *C'est faux, va la tuer*, et je n'ai pas pu m'empêcher de penser que ce n'était pas très professionnel de sa part de me mettre dans cette position. Certains diraient que c'est cruel – obliger un homme à tuer sa propre enfant. Même si tu n'es qu'un bébé-éprouvette et si je ne suis qu'un donneur de sperme, tu es quand même ma chair et mon sang, et ils auraient pu faire preuve d'un peu plus d'empathie. »

Je marque un temps d'arrêt. J'aperçois deux SDF, deux Blancs avec de longs cheveux filandreux, couleur poivre et sel, qui portent un long manteau et avancent sans faire de bruit. Des jumeaux peut-être ? À moins que je voie double ? Je traverse la pelouse dans la direction opposée en faisant attention à ne pas marcher sur les tombes fraîches.

« Zut. Je ne sais pas. Ces derniers temps, j'ai réfléchi à ma situation.

– Qu'est-ce que vous voulez dire ? » me demande Cammie. J'aime tellement sa voix. On dirait, en un sens, une voix de poupée, mais il y a ce petit ton rauque d'adulte, une mélancolie qu'à mon avis une intelligence artificielle ne pourrait pas imiter. Je n'arrête pas de me demander : *Es-tu réelle* ? *Es-tu réelle ?*

« Vous avez réfléchi à quoi ?

– Je n'ai pas encore pu tout mettre au clair. Mais j'étais sûr de ne pas vouloir te tuer. Ça ne veut pas dire qu'on est dans le même camp mais…

– Est-ce que vous n'êtes pas en train de trahir vos employeurs ? Est-ce qu'ils ne vont pas vous punir ou vous tuer ou… » Cette note d'inquiétude féminine me fait craquer. Ça me touche, ou ça touche l'ocytocine dans mon cerveau, ça la réchauffe pour qu'elle puisse briller.

« Non. Il m'arrive d'échouer dans mon boulot. Je suis comme tout le monde, je n'ai pas un taux de réussite de cent pour cent. Ils vont être déçus mais pas vraiment surpris. » Je regarde par-dessus mon épaule mais les jumeaux aux cheveux longs ont apparemment poursuivi leur route.

« Il va cependant falloir que tu fasses profil bas. Ils finiront par se désintéresser de toi, mais pas avant plusieurs années. Alors arrête ces extractions de données. Si tu te mêles uniquement de ce qui te regarde et que tu restes cachée, tu pourras peut-être démarrer une nouvelle vie – te réinventer. »

Au moment où je tourne la tête pour regarder devant moi, je trébuche sur une pierre tombale trapue et je me retrouve à quatre pattes dans l'herbe gorgée de boue et de neige fondue, aussi disgracieux qu'un morse. Je lâche un « Greu », grognement digne d'un vieillard, et puis je me redresse tant bien que mal sur les genoux, j'attrape le téléphone et je l'essuie avec le pan de ma chemise. Il est fendu mais quand je l'approche de mon oreille, j'entends clairement la voix de Cammie.

« Allô ? Allô ? Tout va bien ? » De nouveau cette pointe d'inquiétude qui me grise.

« J'ai juste trébuché et je suis tombé sur les fesses. Il fallait bien mettre un peu de burlesque dans cette scène.

– Vous vous êtes fait mal ?

– Non. » Je frotte mes genoux boueux avec mes paumes tout aussi boueuses. *De la boue tombale. Super !* « Je ne sais pas comment les gens arrivent à téléphoner et à marcher en même temps sans se blesser. »

Je fais signe à Flip et nous descendons une petite pente au bout de laquelle des mausolées sont alignés comme des maisons mitoyennes. Il doit bien y avoir un endroit sec où je vais pouvoir m'asseoir.

« On va dire que je vais t'aider. » J'avance prudemment en regardant mes pieds alors que je traverse les rangées de tombes herbeuses. « Ou au moins te couvrir le temps que tu libères ton moi insensé de ce dangereux pétrin dans lequel tu t'es fourrée, et que tu te trouves une cachette tranquille. » Je jette, une fois de plus, un coup d'œil par-dessus mon épaule, c'est plus fort que moi. « Dis-moi ce que je peux faire pour toi.

– Je ne pense pas pouvoir me cacher très longtemps. Mon visage est dans le Panoptique et beaucoup de personnes me recherchent. La société pour laquelle vous travaillez, mais d'autres aussi, qui sont pires encore. Je ne peux quand même pas aller vivre dans une yourte en Mongolie.

– Passer deux ou trois ans dans une yourte te ferait peut-être du bien. Tu lèverais le nez de ton ordinateur et tu trairais les yaks.

– Oui. Vous avez sans doute raison. Mais comment voulez-vous que je quitte le pays ? Me déplacer de quelques centaines de mètres me demande une préparation de dingue. »

Donc elle est tout près. Je lève les yeux vers les immeubles au-delà du cimetière – grès rouge, six ou sept étages. Non loin de moi, un merle quiscale se pose au sommet d'un saule pleureur, et je suis pratiquement sûr que ce n'est pas un drone déguisé.

« Tu te sous-estimes peut-être. Tu as bien réussi à me trouver et à pirater tous mes téléphones, et Dieu sait quoi encore. Ça ne devrait pas être trop compliqué pour toi de te faire faire un passeport et de changer légèrement d'apparence. Tu pourrais t'habiller comme un garçon, par exemple. Te mettre une fausse moustache.

– Je me suis fait amputer du pied gauche. Parce qu'il y avait un traceur GPS dedans. Mais, et c'est là l'ironie de la situation, avoir perdu un pied me rend encore plus identifiable. »

Je ne pense pas qu'une IA soit capable d'inventer ce genre de conneries.

« Zut alors ! » dis-je.

Derrière la rangée de mausolées se trouve un petit espace de méditation avec un banc. « Tu t'es vraiment coupé le pied, Cammie ? Ce n'est pas une blague ?

– Je ne l'ai pas scié en mordant dans un bâton. Un ami

qui a un peu d'expérience dans le domaine médical s'en est chargé. Après m'avoir anesthésiée.

– Quand même. Il a fallu que tu te fasses amputer pour pouvoir retirer le traceur ?

– Il était minuscule. Et inséré dans l'astragale. C'était le plus simple.

– Mon Dieu ! » Je marque un temps d'arrêt, je m'appuie sur un mémorial en forme d'obélisque et je réajuste l'image que j'ai de Cammie. Je me représente ma fille – ma fille imaginaire – avec un pied en moins. « C'est un choix vraiment difficile. Que je respecte.

– Merci, répond-elle, avec de nouveau cette voix triste et légèrement rauque qui me transperce. Mais je ne parlerais pas de choix. À moins de vouloir être la propriété de quelqu'un.

– Être la propriété de quelqu'un est assurément un choix, ma puce. Un choix que font bien des gens. »

Je m'approche du banc, l'essuie et m'assieds dessus avec précaution, étant toujours un peu chancelant depuis ma chute. « Tu t'es coupé le pied pour être libre, ça prouve que tu es une dure à cuire, ne te méprends pas sur mes paroles. Mais maintenant tu es libre de faire quoi ? D'être pourchassée et harcelée jusqu'à la fin de tes jours ? »

Je ferme les yeux un instant. « Je connais des gens qui pourraient t'héberger. Des gens qui font partie d'autres réseaux et qui n'en auraient rien à faire que tu sois pourchassée par Value Standard ou autre. Mais pour cela, il faudrait que tu deviennes un larbin.

– Une esclave.

– Allons, Cammie ! » Je me frotte les yeux. *Dans quoi me suis-je embarqué ?* « C'est un mot un peu trop connoté, qui renvoie à une période sombre de notre histoire. Larbin, c'est mieux. Tu peux même parler de servage.

– C'est comme dire « assistante » pour « victime ».

– Écoute, je disais ça comme ça.

– Si je vais chez ces gens, vous toucherez une commission ?

– Bon sang de bonsoir ! Non ! Je suis en train d'essayer de t'aider à te sortir d'une situation dans laquelle tu t'es fourrée. Je ne cherche pas à tirer profit de toi. »

Et puis on se tait. Je suis surpris de constater combien son insinuation, son accusation m'ont estomaqué. Comme quoi je ne serais qu'un mercenaire qui la vendrait s'il en avait l'occasion.

Suis-je ce genre de personne ? Je choisis de croire que non.

En face de moi, une sculpture représente un petit joueur de flûte, assis sur une pierre tombale, pieds nus, le pantalon retroussé, les yeux tournés vers le ciel gris. Je ne sais pas trop quoi en penser. J'aime la fantaisie qui s'en dégage, mais aussi ses pieds nus et les stalactites qui pendent au bout de sa flûte. Et sur la statue, je remarque une inscription tirée d'une chanson que je connais bien :

For all we know
This may only be a dream

Une vieille chanson de Nina Simone.

Je me rappelle l'avoir entendue dans une chambre de motel à Cape May, New Jersey, alors que ma mère dansait collée à un important client, un pigeon. La grande fenêtre panoramique donnait sur les maisons en pain d'épices qui bordaient la promenade de front de mer, et Nina Simone chantait : *I hold out my hand, and my heart will be in it*, et je me rappelle la peine folle qu'il y avait dans sa voix tandis que je me tenais dans la penderie, une seringue à la main, en attendant que ma mère entraîne son partenaire jusqu'à moi.

J'ignore pourquoi ce souvenir banal est resté si vivace, à ceci près que je l'ai associé à la voix de Nina, dont la douleur vous possède et vous colonise.

Elle vous ramène à Cammie, à votre problème insoluble.

« Il y a quelqu'un que vous connaissez et qui devrait pouvoir nous aider, finit-elle par dire.

– Quelqu'un que je connais ? Mais je ne connais personne !

– Vous étiez bien ami avec un certain Porter St. Germaine, non ? Quand vous étiez jeune ?

– Patches ? je dis, incrédule.

– C'est l'obstétricien qui m'a fait naître. C'est également un généticien très connu qui a des liens avec l'alt-right.

– Tu m'en diras tant. »

L'œil rivé sur le petit joueur de flûte, je prends le temps d'assimiler l'information. Il fallait que ça tombe sur lui – zut alors ! Je me souviens de notre première rencontre, Patches avait sucé mon orteil pendant que je me masturbais, nous étions complètement défoncés. Je repense à la période où nous étions colocataires, quelques années après cette soirée, et je me sens mal à l'aise en me rappelant toutes les conneries que nous avons faites, tous les trucs qu'il m'avait convaincu de faire. Mais voilà pratiquement vingt-cinq ans que je ne l'ai pas vu.

« Patches a quelque chose à voir là-dedans ? » je demande, en proie à cette sensation désagréable qu'on éprouve quand on s'apprête à prendre conscience de quelque chose alors qu'on ne le souhaite pas.

« De ce que je sais, il est intimement impliqué depuis le début. Il a été proche un temps de Brayden Kurch, mais ils se sont brouillés pour une raison que j'ignore. Je pense qu'il a aussi travaillé pour les mêmes personnes que vous pendant un moment.

– Attends. Comment sais-tu que Patches et moi étions amis ?

– Il refuse de me parler. Mais il accepterait peut-être de vous parler.

– Que veux-tu que je lui demande ?

– Demandez-lui pourquoi il s'intéressait à votre sperme. Demandez-lui : *Pourquoi toi ? Pourquoi nous ?*

– D'accord. Mais réponds à ma question. Comment sais-tu que nous étions amis ? »

Je secoue ma crinière et des cristaux de rosée et de neige fondue s'envolent.

« Vous avez été imprudents pendant un bref laps de temps. Davis Dowty et Porter St. Germaine ont été arrêtés ensemble pour des actes de vandalisme. Il y a aussi une photo de vous à une des fêtes de sa fraternité étudiante – c'est sur Internet, sur la page Facebook de la Northwestern Delta Omega. Vous êtes en arrière-fond mais on vous reconnaît bien.

– Zut.

– Je ne sais toujours pas comment vous l'avez rencontré ni la raison pour laquelle vous avez commencé à le fréquenter mais je suis pratiquement sûre que c'est lui qui a donné votre ADN à Kurch. »

Je prends le temps d'assimiler. C'est fidèle à ce que je sais de la personnalité de Patches, et je sens le rouge me monter aux joues, la surprise de reconnaître qu'on a été utilisé.

Ce mauvais pressentiment.

« Tu sais comment le trouver ? »

Leurre

« Elle n'était pas là », j'explique à Experanza. J'essaie de trouver la sortie du cimetière, mais je ne suis pas totalement sûr de la direction à prendre. Une nappe de brouillard flotte au-dessus de nous et, bien que ce soit le début de l'après-midi, le soleil a totalement disparu sous des couches de nuages et une brume de dioxyde. Les gratte-ciel au loin ne sont que de vagues silhouettes.

« Ce n'était même pas un appartement. C'était un garde-meubles qui avait été complètement vidé. Il restait juste du matériel informatique, et encore, tout était détruit. Rien de récupérable.

– Tu es sûr ?

– Absolument sûr. J'ai pris des photos, je te les enverrai. »

Je regarde autour de moi et j'aperçois, à côté des mausolées, les deux clochards aux cheveux filandreux et au long manteau – des employés particulièrement dévoués qui m'ont à l'œil, j'imagine. Je joins l'extrémité de mes dix doigts à l'attention de Flip, ce qui signifie *Trouve la maison*. Il est très fort pour ça, et, nez au sol, il s'engage dans le labyrinthe de sépultures à la recherche de notre véhicule.

« Mais je crois que j'ai une nouvelle piste. » Je jette un rapide coup d'œil derrière moi et presse le pas. « Je vais la suivre. Ça me prendra environ une semaine.

– C'est quoi cette piste ? » me demande Experanza, et

comme je n'ai pas véritablement de réponse à lui donner, je me contente d'un « Fais-moi confiance ».

Elle reste silencieuse un moment. Je marche d'un pas lourd en l'écoutant émincer quelque chose sur sa planche à découper. Nous arrivons enfin devant une porte donnant sur la rue. Flip tourne à gauche et du coup moi aussi. Je sais que je devrais m'arrêter pour évaluer rapidement les alentours, mais il pleut tellement fort maintenant que je décide de suivre Flip, tête baissée. Je lui fais confiance.

« Je devrais m'inquiéter pour toi, Billy ? » finit par dire Experanza, et son ton de reproche me rappelle l'époque où je la considérais quasiment comme une sœur. « Tu n'as pas l'air dans ton état normal.

– Si. » Je lève la tête et je vois Flip devant le combi à une cinquantaine de mètres de là. Il a hâte que j'arrive mais j'avance lentement, avec prudence, d'autant que la pluie devient verglaçante et que mes pieds glissent sur le trottoir, essayant de me déséquilibrer à chaque pas. Je m'arrête pour regarder une fois de plus derrière moi : aucun signe des types hirsutes mais je sais qu'ils ne sont pas loin.

« Je... j'examine une possibilité. »

Experanza me gratifie d'un autre silence, et quand j'arrive enfin près de Flip, j'ouvre la portière et je le laisse entrer en premier. Il déteste la pluie encore plus que moi, et il secoue énergiquement son pelage. Je le suis péniblement à l'intérieur. La pluie cingle le toit avec fracas, et le véhicule se remplit de l'odeur froide et humide propre aux chiens et aux vieillards mouillés.

« Tu sais ce que ça me rappelle ?

– Attends, je vais te mettre sur haut-parleur. » Je glisse mon portable dans le support situé sur le tableau de bord, puis je fais tourner le moteur pour pouvoir mettre le chauffage.

« Ça me rappelle la dernière fois que tu m'as menti. Le jour où tu avais volé le chien. Les clients étaient furax, tu t'en souviens ?

– Ils n'étaient pas trop affectés.

– Tu rigoles ? Ils t'en veulent encore à tel point qu'ils te tueraient s'ils le pouvaient, et la situation avec cette fille est dix ou vingt fois pire. »

J'encaisse. Je sors une serviette de toilette du sac à provisions et je sèche Flip. « Cela vaut peut-être le coup de creuser, contrairement à ce que tu penses », je plaide, et j'enveloppe mon chien dans une couverture avant de me déshabiller. « Je crois pouvoir lui soutirer des renseignements concernant les autres personnes impliquées dans cette histoire.

– Billy. S'il te plaît », dit-elle, et je frissonne. Je suis trempé jusqu'aux os. En retirant mes chaussettes, je m'aperçois que mes plantes de pied sont plissées comme une coque de noix.

« Et si je réussissais à capturer cette fille ? Je pourrais peut-être la convaincre de rejoindre notre équipe. Ça pourrait nous être très utile.

– Oh, mon chéri », lâche Experanza. Je la revois, quand nous étions jeunes, lécher lentement son doigt puis lisser mes cheveux. Je pense à ses mains qui vibraient par magnétisme pendant la séance de reiki. « Tu es amoureux d'elle.

– Non, je suis curieux. Je veux juste examiner certains trucs qui sont peut-être » – j'enfile mon sweat-shirt par la tête – « importants. Il faut que j'obtienne des renseignements sur les autres personnes impliquées.

– Tu sais ce que c'est ? » me demande-t-elle, et si on était assis l'un en face de l'autre, Experanza me pincerait l'oreille et m'obligerait à la regarder droit dans les yeux. « C'est ton nouveau petit lapin.

– Bon sang de bonsoir ! je m'exclame en serrant la couverture autour de mon corps frissonnant. Pourquoi tu mets toujours ça sur le tapis ? Je n'étais qu'un gamin.

– Parce que c'est une constante chez toi. Un bug dans ta façon de penser. Comme une obsession.

– Ce n'est pas un petit lapin. »

Je refuse de vous raconter l'histoire du petit lapin. Tout ce que je peux dire, c'est que ça s'est fini tragiquement.

J'aime compartimenter mon passé. Je fais ce que j'ai à faire puis je le mets dans une boîte et je l'oublie. J'enferme mes mauvais souvenirs dans un coffre-fort que je ne rouvrirai jamais, ce qui me permet d'évoluer dans le monde en restant fonctionnel.

Je refuse de me rappeler le bébé lapin marron que j'avais trouvé, à l'âge de six ou sept ans, dans un champ envahi par les mauvaises herbes, à côté d'un motel. Je refuse de me remémorer sa curiosité et son audace, il avait eu l'air déconcerté quand il avait reniflé ma jambe de pantalon, puis il m'avait suivi et avait traversé l'aire de jeux en sautant, hop hop hop, avec prudence mais détermination. Je pensais qu'il s'était perdu, qu'il cherchait sa mère, mais peut-être était-elle morte et peut-être espérait-il que je l'adopterais. J'avais des céréales dans ma poche et il les a mangées dans le creux de ma main. Il n'a pas tenté de s'enfuir quand je l'ai pris dans mes bras.

« Si tu ne l'avais pas touché, m'avait dit ma mère, si tu ne l'avais pas caressé partout avec tes mains sales, la maman lapin l'aurait sans doute repris, mais maintenant qu'il a ton odeur sur lui, elle va le tuer. La seule chose charitable à faire. »

Des années plus tard – je devais avoir seize ans – j'ai raconté cette histoire à Experanza et je me suis mis à pleurer. Ce qui ne m'arrive jamais. Ça m'a surpris autant qu'elle – des larmes ont coulé sur mes joues, ma poitrine s'est serrée, et quand j'ai voulu respirer, des sanglots bruyants sont sortis de moi, et pour la première fois de ma vie j'ai compris que les bruits que les gens font quand ils souffrent et supplient sont involontaires.

Experanza m'a serré dans ses bras, m'a caressé le dos, et on est restés là, assis côte à côte sur le lit d'une chambre de motel, mais quand j'ai fini par tourner vers elle mon visage baigné de larmes, j'ai vu qu'elle était perplexe. J'ai compris que ces sanglots soudains lui semblaient légèrement ridicules.

Et elle avait peut-être raison. C'était un événement malheureux mais très éloigné des pires forfaits de ma mère – à l'époque, je l'avais déjà aidée à tuer des gens, après tout – alors pourquoi chialer pour ça ?

J'ai regretté de lui en avoir parlé car après, dès que je faisais quelque chose qui lui déplaisait, Experanza remettait ça sur le tapis. *Un bug.*

Mais je ne vais pas y penser.

Je ne vais pas non plus ressasser cette histoire de combats de chiens en Virginie. Ce n'était rien – quelqu'un d'autre s'était chargé des meurtres, il ne me restait plus qu'à tout nettoyer, et donc je me suis garé devant la vieille ferme avec une pelleteuse sur un semi-remorque, quelques bidons d'essence et des accélérateurs de combustion. Je projetais juste de creuser une fosse commune et de brûler les bâtiments.

Je me rappelle avoir trouvé le premier corps près du perron de la maison. Équipé d'une lampe frontale, j'ai repéré le cadavre, bras et jambes écartés, à côté d'un buisson de lilas, un voyou aux cheveux noirs, maigre comme un clou, vingt-deux ans peut-être, vêtu d'un pantalon déchiré et d'un T-shirt rose sur lequel on pouvait lire : RESTE CALME ET PERSÉVÈRE. Je l'ai attrapé par ses tennis déchirées et traîné jusqu'aux cages.

Ce que j'ai le plus de peine à me remémorer, c'est le son en provenance de l'étable ou de la grange. Je pourrais vous faire un catalogue de tous les bruits émis par les mourants, mais je ne saurais pas dans quelle catégorie ranger celui-là. Tout ce que je peux faire, c'est l'enfermer dans le coffre-fort des mauvais souvenirs et tenter d'oublier qu'il y est toujours, et qu'il génère des intérêts.

Je suis tombé sur Flip en suivant ce sinistre son qu'il émettait. Il était dans une cage au milieu d'une longue rangée de cages, couché sur le flanc, la respiration courte. On lui avait tiré dessus comme sur tous les autres chiens, et il avait aussi d'autres blessures, sans doute causées par un combat récent. Inutile de décrire l'effet qu'une morsure de chien peut avoir dans la chair d'un autre chien. Je me contenterai de dire que nos regards se sont croisés, et qu'il y avait dans ses yeux un abîme de tristesse comme je n'en avais jamais vu – un chagrin sans espoir de clémence ni de grâce.

Ce souvenir me fait l'effet d'un coup porté au visage, comme le sont tous les vrais souvenirs, non sollicités, importuns, prenant possession de l'ensemble de votre corps.

Il y a longtemps, j'ai réalisé qu'on ne pouvait pas vivre comme ça au quotidien. L'oubli constant est le meilleur remède contre les maux tels que l'angoisse, la dépression, la haine de soi et le désespoir. Ordonnance à renouveler.

Je repousse tout dans le coffre-fort. Flip et moi sommes assis côte à côte sur mon matelas nu, enveloppés dans une couverture, ma tête est toujours en train de bourdonner, de râper humblement des souvenirs indésirables, et puis j'enfile un bas de jogging, j'applique du baume sur mes pieds et je mets des chaussettes sèches en me demandant si Experanza va me cafter à Tim Ribbons. Peut-être que oui, peut-être que non.

Je ne lui ai pas parlé de Patches, c'est déjà ça. Entendre son nom tout à l'heure était peut-être la chose la plus perturbante de cette journée remplie de révélations contrariantes.

Je m'installe sur le siège conducteur et laisse le moteur tourner, avec le chauffage au maximum, puis je pose le front sur le volant et l'air souffle sur mes cheveux humides.

Le problème quand on compartimente les différents aspects de sa vie, c'est qu'après on a plus de mal à prendre du recul pour avoir une vue d'ensemble. Mais ça fout les jetons de se dire que tous ces éléments qu'on a cloisonnés, qu'on croyait distincts, sont peut-être reliés. Forment peut-être une constante.

Donc : Patches. Je ferme les yeux, l'air chaud souffle sur mon visage et j'essaie de déterrer certains souvenirs.

Il y a environ vingt-cinq ans, je vivais chez Mrs Dowty, dans la chambre de son défunt fils Davis, et il se trouve que Patches habitait tout près. C'était juste une coïncidence.

Ou bien ?

Et d'abord, qu'est-ce que je faisais à Evanston ? Helen Shindle m'avait déposé dans le centre-ville de Chicago, j'avais fait la manche pendant un moment, projetant de reprendre la route dès que j'aurais gagné un peu d'argent, et j'imagine que j'ai pris le métro en direction du nord en me disant vaguement que je pourrais retrouver Patches et peut-être lui louer de nouveau mon pied pour deux cents dollars.

Mais une fois arrivé sur place, je ne me suis plus rappelé quelle résidence était la sienne, et alors je me suis rendu compte que deux années s'étaient écoulées et qu'il était certainement parti depuis longtemps.

Cependant, comme c'était un grand campus, j'ai pensé que le trafic de drogue devait être florissant et, ô miracle, il ne m'a pas fallu plus d'une journée pour localiser un dealer qui accepterait de m'embaucher comme coursier. Comment s'appelait-il ? Sabik ? Et je crois me souvenir que c'est lui qui m'a suggéré la pension de Mrs Dowty.

Tout semblait se dérouler naturellement, une succession de rencontres fortuites – c'est comme ça dans la vie, non ? Mais maintenant je me pose des questions. Ai-je été surveillé et suivi pendant tout ce temps par ceux auprès de qui ma mère avait contracté cette dette impossible à rembourser ? Pensaient-ils que je les conduirais jusqu'à elle ?

J'étais installé dans le bar du coin quand Patches s'est approché de moi par-derrière. Je l'ai senti poser sa main sur le dossier de ma chaise, je me suis retourné et j'ai dit : « Salut ! On ne s'est pas déjà rencontrés quelque part ? »

Il a répondu : « Ça se peut. »

Il portait un pull à col roulé noir en lainage, et il s'est assis à côté de moi. Il a posé son index sur mon poignet en lâchant : « Je suis en manque d'herbe et on dirait que tu es la seule personne à en avoir dans ce trou à rats. »

Je me rappelle que le serveur irlandais nous a fait les gros yeux ; il était aussi minuscule qu'une poupée mais son regard était intimidant. Il s'est emparé de ma pinte vide.

« Fais ça dehors, OK ? Ne pisse pas dans le puits dont tu bois l'eau.

– Sortons par l'arrière », j'ai dit, et le barman a enfoncé ma pinte dans de l'eau savonneuse comme pour la noyer, et il m'a regardé en haussant les sourcils. Je ne me rappelle pas comment il s'appelait, mais je sais que c'était un prénom irlandais peu commun.

Je ne me souviens pas de ce qui s'est passé après. Je ne me rappelle pas exactement comment Patches et moi sommes devenus colocataires si ce n'est qu'un matin, alors qu'on se trouvait dans le coin-repas de son appartement et que je mangeais une banane qu'il m'avait coupée en morceaux, il a dit : « Pourquoi ne pas emménager ici ? »

Il l'a dit de mauvaise grâce, comme si je m'étais plaint de ne pas avoir de chez-moi. Mais ce n'était pas le cas. J'étais tout à fait satisfait de vivre dans la maison de Mrs Dowty.

« Emménager ici ? » j'ai répété, légèrement perplexe. C'était peut-être une blague.

« Ce serait mieux que de vivre dans une chambre, chez une vieille dame, non ? T'en as pas marre de ce perroquet flippant ? Et de ce gamin qui hurle à l'étage ? »

J'ai compris plus tard que c'était comme ça que Patches fonctionnait avec les gens – il agissait comme si ses idées donnaient suite à vos requêtes, il faisait semblant de vous confier des secrets pour que vous lui livriez les vôtres, et il faisait comme si certains événements qui avaient bel et bien eu lieu n'étaient jamais arrivés, comme s'ils étaient juste le fruit de votre imagination.

Mais je l'aimais bien. J'admirais son côté cosmopolite, le fait qu'il était allé en Europe, en Amérique du Sud et au Japon, qu'il était intelligent et cultivé et n'en avait pas honte, car je voulais être proche d'une personne qui avait des connaissances. Je savourais sa méchanceté. C'était un voleur, un farceur cruel, et sa haine du monde soignait à mon insu une blessure que j'avais en moi. Peut-être que lui aussi était un bug.

Mais il devait être plus que ça.

Le fait que ce soit lui, en tant qu'obstétricien, qui ait mis Cammie au monde ne peut pas être une coïncidence. Il devait savoir quelque chose sur moi que j'ignorais, il devait travailler pour quelqu'un, mais je suis incapable d'imaginer ce qu'il manigançait. Et voilà cette impression écœurante d'une lente prise de conscience qui se refuse à vous, cet ergoteur dans un coin de votre tête : *Est-ce que j'ai oublié quelque chose ?*

Ça faisait un an que Patches et moi vivions ensemble quand mon fournisseur de drogue m'a convoqué dans une boîte de nuit sur Clark Street, ce qui n'était jamais arrivé. J'ai suivi d'un pas lourd un videur en débardeur qui avait « CONDAMNÉ À TORT » tatoué à la place des sourcils – je l'ai talonné, penaud et inquiet, à travers la foule de danseurs, les lumières stroboscopiques et les clips musicaux qui s'affichaient sur des écrans géants, en direction du bureau du patron à l'étage.

Il se trouve que ce patron était Tim Ribbons, et il n'avait pas eu l'air aussi surpris que moi par ces retrouvailles.

Assis derrière un bureau dans une toute petite pièce d'un gris jaunâtre, il additionnait des reçus à l'aide d'une calculatrice. Sur le mur derrière lui, il y avait des photos dédicacées et encadrées de gens que je ne reconnaissais pas mais qui étaient certainement célèbres.

Tim Ribbons a détaché ses yeux de la calculatrice et m'a regardé avec un sourire radieux.

« Billy ! Je n'en reviens pas ! Tu as l'air en pleine forme ! Ça fait un bail !

– Je n'ose pas y penser. » Il ne s'est pas levé, pas plus qu'il ne m'a proposé de m'asseoir si bien que je suis resté debout, les mains croisées devant moi, comme un témoin de mariage.

« Ça fait quoi ? Cinq ans ? Depuis ma visite à l'hôpital ? Je suis content que tu ailles mieux. Tu t'en sors plutôt bien, d'après ce qu'on me dit. »

J'ai haussé les épaules, mal à l'aise. « Oui. Sans doute.

– Mais le temps passe, a poursuivi Tim Ribbons en agitant un doigt menaçant. Tu vieillis, Billy. Il va falloir que tu décides de ce que tu veux faire de ta vie. Tu vois ce que je veux dire ? »

Gêné, je me suis balancé d'un pied sur l'autre et je me suis gratté la nuque. C'était vraiment étrange que Tim Ribbons surgisse dans ma vie de loin en loin pour m'arracher à un asile de fous, me prodiguer de mystérieux conseils ou me proposer un travail. *Je suis ton représentant légal*, m'avait-il dit un jour, et j'avais cru que c'était une simple façon de parler, mais du coup je me suis posé des questions. *Êtes-vous mon père ?* me suis-je demandé alors que j'avais devant moi un Noir élégant et soigné qui ne mesurait pas plus d'un mètre soixante-trois, et que j'étais un péquenaud plutôt massif à la peau très pâle, constellée de taches de rousseur.

Mais sinon, pourquoi donc porterait-il un intérêt tout paternel à mon bien-être ?

Cette question m'a poursuivi au fil des années même si Tim Ribbons était bien trop jeune pour être mon père. Nous ne devions pas avoir plus de quatorze ans d'écart.

« Tu gagnes correctement ta vie mais on dirait que tu te laisses un peu aller, non ? » Il portait une chemise et une cravate sous un cardigan – comme un père dans un feuilleton vintage, ai-je pensé, et je me suis de nouveau gratté la nuque tandis qu'il me souriait, l'air pensif.

« Il paraît que tu vis avec un étudiant en médecine homosexuel et originaire du Kentucky ?

– De Caroline du Sud, ai-je rectifié d'une toute petite voix.

– Ça ne te ressemble pas. Si ?

– Je ne sais pas. » Je ne savais pas très bien ce qu'il voulait dire, en fait. Je ne m'étais jamais dit que je *ressemblais* à quelque chose.

« Bien sûr, tu t'amuses bien, a-t-il poursuivi en se laissant aller contre le dossier de son fauteuil alors que je me tenais immobile, la tête baissée, les mains toujours croisées. C'est naturel. Tu fais la fête, tu fais des expériences et tu essaies de trouver un sens à ta vie. Je comprends. Mais il y a bien une chose que je sais te concernant, Billy. C'est que tu n'es pas quelqu'un de frivole.

– Ah bon ?

– En définitive, tu sais ce qui est le mieux pour toi. »

Je lui ai dit que j'acceptais de travailler pour lui. Ma première mission a été d'effacer Davis Dowty des archives publiques, et j'ai échoué car j'ai oublié les banques de sperme, j'ai oublié que Davis Dowty avait vendu ses substances biologiques, son ADN, à une société dont il ne se rappelait même pas le nom.

Je m'étais surtout focalisé sur les problèmes immédiats. Faire rapidement mes bagages. Brûler des documents dans la cheminée. Écrire un message à l'intention de Patches qui, finalement, après avoir été reformulé à de nombreuses reprises, s'est résumé à seulement deux phrases et un smiley : « Désolé, j'ai dû partir ! Bonne chance ! 😃 », écrits sur une serviette en papier au stylo à bille bleu. Que j'ai laissée sur la table du coin-repas. Fin.

C'est ainsi que j'ai commencé à évoluer dans le monde – comme un larbin, avec un emploi du temps et des dettes à rembourser. On m'a chargé de missions dont je me suis acquitté en voyageant.

Concernant les noms que je me suis créés, ceux qui composent la Nébuleuse brumeuse, la plupart appartiennent purement et simplement à Tim Ribbons, à ses patrons et aux patrons de ses patrons au sein de Value Standard Enterprises, mais certains ont été prêtés pendant des années à des factions d'espions industriels, des collectifs qui font de l'extraction de données, des sociétés qui collectent des ADN, des comités antifascistes, des associations plus ou moins sectaires à but non lucratif créées par des milliardaires paranos – la liste est longue.

J'ai passé une grande partie de ma vie à n'être qu'un simple outil, j'ai livré des marchandises, j'ai accompli des petits actes d'espionnage industriel, j'ai faussé les résultats des élections du conseil d'établissement d'une école, ou encore brûlé la maison d'un blogueur potentiellement gênant – mais sans jamais être en contact avec tous ces gens, sans jamais partager leur vie quotidienne.

Je ne me suis jamais vraiment intéressé à l'actualité. J'avais conscience que la race humaine avait des défis à relever, ça a toujours été le cas. Il y a eu des tremblements de terre et des ouragans, un krach boursier et une guerre à l'étranger. Une pandémie a déferlé, suivie d'une crise économique mondiale puis d'une autre pandémie. Bien des personnes vulnérables ont péri, car tel était leur destin.

Au cours des décennies, je me suis efforcé d'être bon et généreux quand c'était possible, impitoyable et vif quand il le fallait, mais je n'ai pas compté les points. Je pars du principe que le bon karma finira par l'emporter sur le mauvais.

Mais je ne sais pas. Je n'en suis pas sûr.

Je lève la tête du volant quand le portable que Cammie m'a donné se met à sonner, et je le rapproche de mon oreille. « Cammie.

– Où êtes-vous ?

– Dans le combi, je murmure. Je reprends la route dans une minute.

– Dépêchez-vous. Des gens vous cherchent vous aussi. »

Je suis assis sur le siège conducteur d'une camionnette de livraison Kickin Chickin, en chaussettes et pantalon de jogging. Un quinquagénaire apparemment sur la pente descendante.

Je ne peux pas m'empêcher de penser que le fait d'aider Cammie pourrait renforcer mon bon karma – même si je sais bien que c'est exactement comme ça que fonctionne un leurre. On joue sur la corde sensible, il y a cette damoiselle en danger, occasion unique de se montrer héroïque, et cette suite de diversions qui vous manipulent émotionnellement et dont le but est de vous entraîner dans un labyrinthe qui vous mènera à votre perte. C'est une technique d'espionnage classique, j'en ai bien conscience – et pourtant, voilà que je pars en mission pour une fille que je suis censé tuer.

Pour lui permettre de gagner ma confiance et de me localiser.

« D'accord, dis-je. Je suis parti. »

La suspension de l'incrédulité

Au moment où je quitte Chicago, Cammie se met à me parler davantage de sa vie et j'essaie de me l'imaginer comme si c'était un film. Je fume une variété de cannabis qui stimule la créativité et la réflexion, et quand elle omet certains détails, je remplis les blancs en ayant recours à ma propre imagination.

Voilà Cammie à seize ans. C'est le soir, avant le coucher. Petite mais solide comme ma mère, elle se lave les dents devant le lavabo de sa salle de bain, et elle entend ses parents à l'autre bout du couloir discuter de prénoms de bébé.

Les yeux toujours inexpressifs, elle se regarde dans la glace – visage rond et petit nez, cheveux blonds et raides de la même longueur que ceux de toutes les autres filles.

De la mousse de dentifrice s'accumule sur sa lèvre inférieure. Elle a ce petit air innocent, celui d'un lapin pris dans les phares d'une auto, ou celui d'un simple d'esprit. J'avais le même à son âge. Comme moi, elle le déteste mais en voit aussi l'utilité. Elle commence tout juste à comprendre que le fait d'être sous-estimée donne beaucoup de pouvoir.

C'est ce jour-là qu'elle a appris que sa mère adoptive de quarante-neuf ans était enceinte. Apparemment, Marsha avait démarré un nouveau traitement contre l'infertilité et elle ne s'attendait à rien (disait-elle), mais voilà qu'elle allait avoir un bébé ! Et oh, mon Dieu, elle espérait que Cammie se réjouirait pour elle.

« Je pense que ça ne fera que renforcer notre relation. Je sais que tu dois trouver ça bizarre, mais tu n'en es pas moins ma fille pour autant !

– Tant mieux.

– En fait, j'ai hâte de te voir interagir avec un bébé. Je pense que ça va faire ressortir ton côté maternel.

– Hmm. »

D'une certaine manière, c'était un soulagement. Ça détournerait inévitablement l'attention de ses parents – elle allait pouvoir s'éclipser sans qu'ils le remarquent, sans qu'ils en fassent un drame. Elle avait grandi fille unique mais avait toujours senti le fantôme d'une sœur flotter autour de la maison – une sœur meilleure qu'elle, que ses parents s'étaient toujours attendus à voir débarquer. Ce n'était pas qu'ils ne l'aimaient pas. Ils l'aimaient, pensait-elle – surtout Bradley, son père – c'est juste qu'elle n'avait jamais eu l'impression qu'eux trois formaient une famille.

« J'espère que tu te réjouis pour moi, a dit Marsha. Et je t'en supplie, ne me juge pas.

– Pourquoi voudrais-tu que je te juge, maman ? Je suis ravie pour toi. » Elle s'est laissé étreindre, et sa mère l'a serrée dans ses bras maternels en pétrissant ses épaules tendues.

Depuis que Cammie était petite, Marsha craignait son jugement. Si Cammie reposait trop brusquement sa cuillère, regardait par la fenêtre pendant que sa mère parlait, ou ne manifestait pas une joie délirante quand elle lui offrait un cadeau, Marsha y voyait des marques de désapprobation. Mais c'est juste qu'il y avait un malentendu fondamental au cœur de leur relation – non seulement elles ne se sentaient pas unies par un lien mère-fille, mais elles n'avaient pas l'impression d'appartenir à la même espèce.

« Attends. » Je roule sur une interminable route défoncée dans le sud de Chicago, et il est difficile de dire si les maisons délabrées sont abandonnées ou si des gens vivent derrière les fenêtres condamnées. « On reprend. Tu es dans ta salle de bain et tu entends tes parents discuter de prénoms de bébé, mais à quoi ressemble cette pièce ? Fais m'en une petite description.

– Quoi ?

– Ça m'aide à réfléchir si je peux me représenter les choses. Je fais partie de ceux qui apprennent en visualisant.

– Ah. »

Elle se passe un exfoliant contre l'acné sur le visage et se regarde dans la glace, son reflet est entouré d'ampoules colorées, il y a un miroir rond grossissant pour qu'elle puisse se mettre de l'eye-liner, et plein d'autres accessoires qu'une adolescente est censée adorer, selon sa mère – elle a sa propre salle de bain avec un bidet, une cabine de douche, de magnifiques coquillages artistiquement peints et montés sur des cadres dorés, et toutes sortes de parfums onéreux et de produits de maquillage que Cammie n'a jamais pris la peine d'apprendre à appliquer correctement.

Il y a aussi son traitement – des flacons de cachets alignés le long du lavabo, différents médicaments psychotropes pour remédier à son manque de concentration, à ses attaques de panique et à sa phobie sociale. On l'avait invitée, avec compassion, à ne pas retourner à l'école privée où elle allait depuis la sixième. Elle n'y avait plus sa place, lui avait-on expliqué en citant un certain nombre d'incidents – un feu de poubelle dans des toilettes ; une plainte (pas totalement exacte) selon laquelle elle se livrait à des rituels en utilisant des cheveux et des affaires volées à des camarades ; des gestes et commentaires témoignant de désirs suicidaires qui avaient mis mal à l'aise enseignants et élèves ; son incapacité totale à adhérer à un projet thérapeutique. Elle suivait donc des cours en ligne pour jeunes doués mais perturbés, et sortait rarement de sa chambre.

En tant que fille unique, elle avait aimé son unicité, elle

avait aimé, plus que tout, qu'on lui fiche la paix quand elle lisait, dessinait ou créait des mods pour ses jeux vidéo. Mais voilà qu'elle se surprenait à vouloir nouer des relations. Il n'était pas question de retourner dans l'école privée huppée où la vie sociale la rendait malheureuse et lui donnait des envies de meurtre mais de trouver, d'une façon ou d'une autre, une personne ou un groupe d'amis qui étaient sur la même longueur d'onde qu'elle et qui l'accepteraient telle qu'elle était. Était-ce trop demander ?

Aujourd'hui, ses principales interactions sociales se faisaient en ligne mais de façon indirecte. Sur Reddit, elle suivait, tel un fantôme, les conversations de ses trolleurs préférés, ou bien elle trollait elle-même à sa petite échelle, intervenant dans des conversations stupides pour faire un commentaire caustique et mordant, avant de disparaître et de regagner l'éther.

Elle avait rencontré Ronnie dans un subreddit consacré à ce mouvement artistique japonais nommé « ero guro », lequel exerçait sur elle une fascination trouble. Elle avait d'ailleurs choisi *Le Rêve de la femme du pêcheur* d'Hokusai comme avatar, et Ronnie lui avait envoyé un message privé :

J'en déduis que tu es portée sur le viol tentaculaire

En général, elle ne répondait généralement pas à ce genre de choses, mais il était très tard, plus de trois heures du matin, elle avait une insomnie et se sentait téméraire.

non, avait-elle écrit, que des relations consenties
Puis : je n'ai pas envie d'être violée, connard
Il avait répondu : c'est noté
Puis : si j'étais une pieuvre qu'est-ce que tu voudrais que je te fasse ?

Elle avait soupiré. Assise sur son lit dans le noir, elle vapotait de l'huile de THC, qu'elle expirait en de lentes bouffées.

Un carré de clair de lune, entré par la fenêtre, était accroché au mur comme un poster.

Ronnie s'était caché derrière un faux profil pour la stalker, il ne le lui avait révélé qu'une semaine plus tard – et il lui avait alors dit qu'il pensait qu'ils étaient frère et sœur. Si elle avait été plus équilibrée, elle l'aurait bloqué. Envoyer des sextos à une fille pendant une semaine avant de lui révéler que vous la traquez parce que vous pensez qu'elle est votre sœur ? Ce n'était pas normal. C'était dégoûtant.

Mais c'était aussi intéressant car il ne lui était jamais rien arrivé de vraiment sordide jusque-là. Cette histoire de fratrie était intéressante elle aussi – folle, parano et inquiétante mais intéressante. Et plus Ronnie lui envoyait de documents, plus elle commençait à y croire.

Le soir où Marsha lui avait appris l'heureuse nouvelle, Ronnie l'attendait pour une conversation vidéo. Il était environ vingt-deux heures à Chicago, cinq heures du matin en Suisse. Il était assis dans son lit, dans le noir, torse nu, en caleçon, le visage presque collé à l'écran car le capot de son ordinateur était à moitié rabattu. Son camarade de chambre dormait.

« Wesh, ma sœur ! » a-t-il murmuré. À l'entendre, on pouvait parfois croire qu'il était français et qu'il avait appris l'anglais en écoutant du rap. « Wah, c'est vraiment la merde ! »

Son souffle lui a semblé mouillé quand il a rapproché ses lèvres du micro. « Qu'est-ce que tu vas faire ? »

Elle l'a regardé. Il y avait suffisamment de documents pour qu'elle croie qu'il était vraiment son frère biologique, il y avait une ressemblance évidente entre eux, mais si elle l'avait pu, elle aurait choisi quelqu'un d'autre. C'était un adolescent qui deviendrait peut-être bel homme mais qui avait encore un visage de jeune garçon sur une tête d'adulte particulièrement grosse. Il était maigre, avait des membres maladroits, et se repliait comme une mante religieuse. Il donnait l'impression de puer des pieds et de se masturber beaucoup.

« Qu'est-ce que je vais faire ? Je ne comprends même pas ce que ça veut dire.

– Tu as intérêt à avoir un plan. Parce que eux en ont certainement un. »

Il était tout près de la caméra. La partie supérieure de son visage remplissait l'écran, et elle l'a vu lever les yeux au ciel au moment où il a regardé par-dessus son épaule. Il s'est donné un petit coup de langue sur les lèvres.

« Tu me crois parano ? Eh bien, je pense que tu ne l'es pas assez. »

« Il avait raison », dit-elle maintenant. Et elle reste silencieuse un moment. Je repasse dans le sud de Chicago, je roule dans des rues résidentielles bordées d'arbres morts et de petites maisons de plain-pied identiques, datant des années soixante-dix, je traverse Dolton, Calumet City, puis j'essaie de rejoindre la Highway 30. Prendre l'Interstate 65 serait plus rapide mais j'ai entendu dire que cette partie de l'autoroute était dangereuse.

Je fourre dans ma bouche une gélule de deux milligrammes de vitamine D2, un antiacide, quatre comprimés d'aspirine faiblement dosés, et je mâche le tout, mélange de goûts incroyablement étrange, pas aussi mauvais qu'on pourrait le croire, et je prends une taffe de Death Star, cette herbe tendre qui pousse dans l'Ohio et que j'avais trouvée dans la planque d'Experanza.

Pendant ce temps-là, Cammie est tellement silencieuse que je dois lui demander si elle est toujours là, elle dit que oui, alors je lui demande si ça va.

« Oui, répond-elle de cette voix mélancolique et presque rocailleuse qui fait se dresser les poils de ma nuque. Désolée. Je pensais à des trucs tristes. »

Mais elle ne me dit pas de quoi il s'agit. Elle veut retourner à sa conversation avec Ronnie, quand elle avait seize ans et qu'elle venait d'apprendre la grossesse de sa mère.

« Bref, disait Ronnie. Je crois que j'ai trouvé la numéro dix-neuf.

– Sans blague ! » Au cours des mois précédents, Ronnie avait mis au jour de plus en plus de frères et de sœurs biologiques qui vivaient aux quatre coins du monde et qui étaient nés du même sperme recueilli dans un centre de fertilité d'Evanston, Illinois. Cammie ne savait pas trop quoi en penser, mais ça commençait vraiment à devenir troublant, mystérieux, comme si elle assistait à une séance de spiritisme très convaincante alors même qu'elle ne croyait pas aux fantômes.

« Guillerma Orozco-Sandoval. Elle vit à Mexico. Son père travaille pour la Casa de Moneda de México, la Monnaie mexicaine ! Qui, d'ailleurs, est le plus vieil établissement d'Amérique du Nord. Fondé en 1534. Il s'en est passé, des trucs louches, là-dedans. Pendant des siècles et des siècles.

– Et... ?

– Et s'ils étaient... les Illuminati ? Si nos parents étaient membres d'une secte très ancienne et se reproduisaient dans un but précis ?

– Comme quoi ? » Ronnie avait de nouveau le visage collé à l'écran et elle pouvait voir l'intérieur de ses narines. Elle se demanda s'il n'était pas schizophrène. Si tous les documents qu'il lui avait envoyés n'étaient pas des faux qu'il aurait fabriqués. Et pourtant, elle avait des frissons. « Tu veux dire comme dans ce film où les élèves d'un pensionnat se révèlent être des clones destinés à donner leurs organes vitaux ?

– J'y ai pensé. Mais je ne pige pas. Si tu élèves des clones pour en faire des donneurs d'organes, pourquoi ne pas les élever comme du bétail ? Pourquoi les mettre dans un pensionnat très cher ?

– Hum », chuchota-t-elle. Elle leva la tête et regarda la porte de sa chambre, la poignée en laiton qui brillait au clair de lune. Comme si quelqu'un, de l'autre côté de la porte, avait la main posée dessus.

« Je veux dire. » Elle baissa encore plus la voix. « Si ce

sont les Illuminati, qu'est-ce qu'ils comptent faire de nous ? Pourquoi faudrait-il qu'on soit si nombreux ? »

Cammie regarda Ronnie écarter sa frange. Elle avait remarqué qu'il se rongeait beaucoup les ongles ; ils avaient ça en commun.

« Ça doit être en lien avec l'ADN. Avec le *Donor de Spome.* »

Le Donor de Spome, c'est comme ça que Ronnie appelait le donneur de sperme – c'est-à-dire moi – à l'égard duquel il avait un très mauvais a-priori. Il prononçait *Donor de Spome* en forçant l'accent plouc.

Ce qui avait pour effet, me dit Cammie, de lui faire ressentir de la sympathie pour cet inconnu, et quand Ronnie lui lisait tout haut son questionnaire de candidature, la voix de péquenaud qu'il prenait la hérissait. « Je suis un amoureux de la nature », gloussait-il, et ça la blessait pour des raisons qu'elle ne s'expliquait pas. Elle avait une photo de ce jeune homme – un type costaud aux cheveux en broussaille et à l'air sérieux, qui n'était pas aussi cultivé, pas aussi privilégié qu'eux, et qui faisait de son mieux pour décrire sa vie intérieure, laquelle était certainement aussi riche et compliquée que la sienne, mais il avait bien du mal à en parler avec aisance et cohérence. *Amoureux de la nature*, songeait-elle, et une petite flèche lui transperçait le cœur.

Elle avait l'inexplicable impression que le Donor de Spome lui ressemblerait en tout point, de bien des façons surprenantes et uniques. Qu'il la comprendrait et la verrait – bien qu'ils ne se soient jamais rencontrés – comme ses parents n'avaient jamais été capables de le faire.

« Vous n'étiez peut-être qu'un objet limérent, me dit-elle. En tout cas, j'ai complètement craqué pour vous – enfin, pas pour vous, pour l'idée que je me faisais de vous, cette marionnette-chaussette qui me suivait partout. Ça va vous paraître fou, mais j'ai développé une relation avec elle au fil des ans. »

Je ne dis rien. J'ignore ce qu'est un objet limérent. J'ignore ce qu'elle sous-entend en me comparant à une marionnette-chaussette, mais ça ne semble pas être un compliment, et je suis gêné et piqué au vif. À ma gauche, je remarque l'épave encore fumante d'un avion que des clochards sont en train de fouiller ; ils récupèrent les bagages et en font des tas, et les mouettes complotent au-dessus de leurs têtes, tournoyant comme des feuilles d'arbres prises au milieu d'un tourbillon de poussière.

Je trouve que l'on devrait parler davantage de notre relation à ce stade. Qui, exactement, croit-elle que je suis ? Pourquoi aimerait-elle que nous unissions nos forces ? Être traité de marionnette-chaussette ne me plaît pas, et il faut peut-être que je corrige certaines des idées qu'elle se fait sur moi, mais avant que j'aie le temps d'aborder le sujet, elle recommence à parler de Ronnie. De ce paumé de Ronnie et de ses découvertes.

C'était la fin de l'été, la mère de Cammie était enceinte de trois mois. Cammie était installée sur une chaise longue, au bord de la piscine creusée derrière la maison, et elle regardait les jets d'eau former des arcs et scintiller, et les lucioles voler en rasant la pelouse. Elle vapotait un peu d'herbe.

Il était environ minuit. Elle était encore en short et haut de bikini et ne prenait pas garde aux moustiques qui la piquaient. Sa peau hâlée luisait de gel après-soleil.

« Numéro trente-six ! s'exclama Ronnie. Tiril Thommesen, quatre ans. Elle est norvégienne. Son père est un des directeurs de la Réserve mondiale de semences du Svalbard. Tu sais ce que c'est ?

– Pas vraiment », murmura Cammie. L'empressement de Ronnie à lui fournir des explications interminables était très énervant. Il représentait l'adolescent type dans ce qu'il a de plus horrible, mais elle n'avait pas le choix – elle devait se le coltiner. Les autres membres de la fratrie qu'il avait retrouvés étaient des enfants, des tout-petits, des nourrissons : personne d'autre à qui parler.

« C'est une chambre forte sur l'île du Spitzberg. On y conserve des graines pour préserver la diversité génétique et protéger les espèces rares et menacées d'extinction. Tu savais que les graines pouvaient se conserver des centaines et même des milliers d'années ? Il y a un palmier dattier de Judée qui…

– Je peux me renseigner sur Wikipédia.

– C'est un dépositaire d'ADN. Et c'est ce que nous sommes, à mon avis : des dépositaires ! »

Dépositaire, songea-t-elle. On aurait dit un gros mot, limite cochon, et elle tua un moustique sur sa cuisse. Il était tellement gorgé de son sang qu'il n'avait même pas trouvé l'énergie de s'envoler.

« Mais des dépositaires de quoi ? demanda-t-elle. C'est ça que je n'arrive toujours pas à comprendre. »

Et puis les lumières près de la maison se sont allumées et elle a vu Marsha franchir la porte-fenêtre et parcourir en chancelant le chemin de pierre sinueux, une coupe dans chaque main.

« VDM. A+ », écrivit-elle à Ronnie. Puis elle fit rapidement disparaître son visage en rabattant le capot de son ordinateur portable. Même si Marsha était encore mince, elle commençait à avoir un peu de ventre, et Cammie n'avait jamais vu son corps s'arrondir autant. Elle portait un legging de yoga et un cardigan trop grand, elle avait une queue-de-cheval, pas de maquillage, mais elle ne quittait jamais son sourire Instagram.

« Je dérange ? demanda-t-elle joyeusement. Je me disais que tu aurais peut-être envie de *gelato* ? » Elle se déhancha légèrement en agitant les coupes comme si c'était des maracas. « *Zabaglione* ? *Amarena* ? » dit-elle avec un accent italien plus que correct.

– Volontiers », répondit Cammie bien qu'elle se raidît. La pauvre Marsha voulait peut-être simplement avoir une fille dont elle se sente proche, une fille qui ressemblerait davantage à une amie, et Cammie avait parfois le cœur brisé en voyant combien sa mère se donnait du mal. Elle prit l'énorme coupe de glace que Marsha lui tendait, une minuscule cuillère était plantée dedans, puis elle goûta le parfum *amarena* pendant que sa mère s'installait sur la chaise longue voisine.

« Regarde-moi ces étoiles ! s'exclama-t-elle en se laissant aller contre son dossier.

– Hmm. » Cammie jeta un coup d'œil au ciel. À vrai dire, la pollution lumineuse dans la région de Chicago était telle qu'elles discernaient à peine la Grande Casserole, mais bon. Il y avait quelques étoiles visibles à l'œil nu et des satellites. C'était déjà ça. Et c'est alors qu'à sa grande surprise sa mère lui prit la main. Elle entrelaça leurs doigts, et oh ! l'espace d'une seconde, Cammie désira ardemment que Marsha soit une mère à qui elle pourrait parler, elle désira ardemment se décharger de ses secrets. Or c'était ça le grand danger, m'explique-t-elle. « Si Marsha avait su me parler en me considérant comme une personne, je lui aurais peut-être tout raconté. Ronnie. Tout. »

Au lieu de ça, sa mère fit preuve de maladresse.

« Tu parlais à qui ? À un garçon ?

– À quelqu'un de l'école », répondit Cammie en haussant les épaules. *Si tes parents découvrent qu'on discute ensemble*, lui avait dit Ronnie, *on est vraiment dans la merde.*

« De ta nouvelle école ?

– De l'atelier d'écriture. Il est gay, précisa-t-elle prudemment.

– Ah », fit Marsha. Déroutée. Elle regarda la petite barrière d'arbres qui bordait leur propriété et longeait la clôture de sécurité, puis elle se tourna vers sa fille en ouvrant de grands yeux – ceux d'une starlette de la fin des années quatre-vingt, ceux d'une sculptrice contrariée ou d'une adepte de pierres énergétiques et de soins chamaniques. Mais ce n'était pas non plus une idiote. Elle sentait que quelque chose d'important se passait dans la vie de sa fille, et alors qu'elles étaient installées dans leur chaise longue au bord de la piscine, avec les lucioles, les moustiques et les quelques rares étoiles visibles à l'œil nu, Cammie comprit que sa mère était en train d'évaluer la situation.

« Eh bien, ce serait super pour toi d'écrire. Tu as toujours été très imaginative ! Et puis l'écriture est un bon exutoire. Tenir un journal a toujours été pour moi la meilleure des thérapies.

– Hmm, fit Cammie en se grattant le mollet avec le pied.

– Tu t'es mis du gel anti-moustique ?

– Oui », répondit-elle, et Marsha fixa silencieusement du regard les piqûres que sa fille avait sur les jambes, des zébrures rouges qu'elle grattait depuis des heures.

« Tu devrais en remettre. Tu te fais dévorer.

– Oui. Je sais. » Cammie prit une cuillerée de glace comme pour ponctuer sa phrase. Elle s'entendit souffler avec exaspération par le nez avant de réussir à se retenir. « Je finis d'abord ma glace et ensuite je me barbouillerai tout le corps de gel anti-moustique, d'accord ? »

Les grands yeux s'écarquillèrent de nouveau. Marsha tressaillit comme si Cammie lui avait donné une gifle, et celle-ci eut le temps d'apercevoir une hideuse expression sur le visage de sa mère avant qu'elle se ressaisisse. « En l'espace d'une seconde, j'ai vu combien elle me détestait. Les croûtes autour des piqûres la répugnaient. Et j'ai compris qu'elle me trouvait vraiment laide. Qu'elle était révulsée. Pas juste déçue. J'ai compris qu'elle aurait vraiment aimé pouvoir me rendre et récupérer son argent. Qu'elle aurait vraiment aimé avoir un bébé différent. Elle avait l'impression d'avoir été flouée. »

Cammie se souvenait qu'à l'âge de six ans on l'avait obligée à porter une magnifique robe d'anniversaire alors qu'elle passait par une phase où elle n'aimait pas les trucs de filles. On lui avait organisé une fête mais elle avait préféré s'isoler.

Beaucoup d'enfants qu'elle ne connaissait ou n'aimait pas avaient été invités, les enfants d'amis ou de collègues de ses parents. Les horribles filles de Brayden Kurch étaient là, et Cammie s'était éloignée, elle avait longé le périmètre de la propriété familiale et retourné des pierres pour observer les créatures qui vivaient dessous : cloportes, mille-pattes, criquets. *VDM !* s'exclamaient-ils quand on soulevait le toit de leur maison, et ils détalaient, surpris. C'est alors qu'elle avait senti l'ombre de sa mère au-dessus d'elle. « Pourquoi tu fais ça ? lui avait-elle demandé. Est-ce que tu me détestes ? »

Et Cammie s'était entendue penser d'une toute petite voix : *Oui.*

« Qu'est-ce que j'ai fait pour mériter ça ? Tous les autres enfants vont bien, ils sont normaux. Est-ce que j'ai fait quelque chose de mal ? »

Cammie contemplait la cime des arbres entre deux cuillerées de sa *gelato* hors de prix, ainsi que les projecteurs de sécurité qui bordaient élégamment le jardin. *Tous les autres enfants*, se dit-elle, et il se produisit un déclic : Marsha était son ennemie. Des petites chauves-souris frôlaient l'entonnoir de lumière, sans doute pour attraper des insectes, supposa Cammie. Elle les regarda un moment et se sentit plus calme.

« Regarde, dit-elle à sa mère en lui souriant gaiement. Des chauves-souris ! »

Ses parents continuent d'essayer de la joindre. Ils laissent des messages sur son ancien téléphone portable, et il lui arrive de les écouter. *Il n'est pas trop tard pour toi*, disent-ils. *Tu peux encore choisir.*

« Certains de mes contacts connaissent des gens très haut placés à la NSA qui sont prêts à trouver un arrangement avec toi, affirme son père. On peut régler ça, tu ne vas quand même pas gâcher toute ta vie. »

« Oh, Camilla, supplie sa mère. Je… veux juste que tu

saches que je pense à toi. Tu es toujours dans mes pensées, ma chérie. »

« Ils ont l'air d'avoir très peur », me dit Cammie, puis elle se tait. Elle réfléchit. « Je pense que le fait de m'avoir perdue leur crée de sérieux problèmes. »

Le soleil se couche derrière moi quand je traverse l'Indiana par la Highway 30 en direction de l'est, et j'aime cette sensation de chaleur sur ma queue-de-cheval. J'essaie de rester serein. J'essaie de ne pas penser au fait que cette situation dépasse de loin mes compétences.

« Tu penses à qui ? À Kurch ?

– Je ne sais pas. À une secte, une société ou un collectif auxquels ils auraient appartenu, j'imagine. C'est ce que vous êtes censé m'aider à découvrir.

– Tout juste. » Je gratte les poils de barbe sous mon menton, comme je suis enclin à le faire. *Je suis vraiment dans la merde*, me dis-je, et Flip et moi échangeons un regard.

Il est d'accord.

C'est pendant la période des fêtes de fin d'année que Ronnie m'a appelée pour me dire que, d'après lui, on était sur écoute, se rappelle Cammie. « Il y a un putain de traceur. Dans notre corps. Sans doute dans un os du poignet ou de la cheville. »

Sur Skype, elle s'est vue pincer légèrement les lèvres, l'air sceptique, et elle a essayé d'adoucir son expression. Elle ne pouvait pas ne pas le croire. Pas vraiment.

Mais ça semblait tellement exagéré, tellement parano que c'était difficile à avaler. C'était toujours ça le problème, de nos jours – il était déconcertant de vivre à une époque où accepter la réalité exigeait la suspension de l'incrédulité.

Ronnie déclara avoir découvert le numéro quarante-neuf – un nouveau-né qui vivait à Hong Kong et dont la mère travaillait pour une banque réputée, la 渣打銀行(香港)有限公司, et il a remarqué que la propagation de la semence du Donor de

Spome obéissait à un certain schéma, l'ensemble de Mandelbrot, $z_{n+1} = z_n^2 + c$. « C'est comme… de la moisissure… », il a dit, et Cammie a pensé : *C'est le symptôme « salade de mots » de la phase maniaque.* C'est aussi pendant cette période qu'il lui envoyait beaucoup de photos de son corps nu.

« Écoute, lui a-t-elle dit. Il faut que j'y aille. »

C'était la fin de l'après-midi et elle était seule dans le salon, assise dans un fauteuil à côté du sapin de Noël dans lequel scintillaient des lampes à LED blanches en forme de flamme de bougie, et elle se déconnecta et passa en mode invisible. Installée dans une vieille bergère qu'elle aimait depuis qu'elle était petite et qui aurait pu figurer dans un livre pour enfants d'autrefois, elle appuya sa tête contre une oreille du fauteuil, elle était pieds nus, assise en tailleur, avec l'ordinateur chaud sur ses genoux comme un chat. Son père était à l'étranger et sa mère dans son atelier en train de faire des sculptures à partir de pièces détachées de poupées anciennes.

Il neigeait, et même si ce n'était que la fin d'après-midi, la pièce s'assombrissait déjà. Elle remarqua l'éclat de lumière bleue au plafond. Une caméra miniature, un dispositif de sécurité. De surveillance.

Elle n'y avait jamais vraiment pensé avant. Il y avait une caméra dans chaque pièce ainsi qu'un assistant virtuel à reconnaissance vocale, qui écoutait vingt-quatre heures sur vingt-quatre, capable d'allumer la lumière, de vous indiquer la température, de vous faire écouter une chanson de votre choix. Il y avait plusieurs caméras tout le long des murs extérieurs, une caméra dans l'allée et sur la clôture d'enceinte. Il y avait des centaines d'heures d'images archivées de pièces vides, d'elle-même assise dans son lit en train de faire défiler son fil Instagram ou de lire *La Petite Dorrit* avec un air maussade, des images de sa mère en train de coudre des vêtements de poupées dans son atelier ou de se masturber en silence avec un vibromasseur qu'elle rangeait dans un tiroir de sa table de nuit et que Cammie avait découvert quand elle avait à peu près dix ans, ce qui n'avait fait que renforcer la triste intuition qu'elle avait déjà, à savoir que le monde était perverti.

Pas une seule fois le système de sécurité n'avait détecté la présence d'un voleur ou de quelque autre intrus. Pas une seule fois il n'avait détecté une activité paranormale.

Mais ce jour-là, Cammie sentit comme un bourdonnement à l'intérieur de son pied. En restant immobile, explique-t-elle, on pouvait le sentir – un courant de basse tension qui communiquait étroitement avec tous ces appareils de surveillance et d'écoute.

« Je ne pige pas, je lui dis. Je ne pense pas qu'un appareil comme ça bourdonne.

– Non. C'était plus comme une prise de conscience. Peut-être plus psychologique que physique. »

Je vois ce qu'elle veut dire. Il m'arrive la même chose, parfois.

« Dis-moi. J'imagine que ta maman n'a pas eu de bébé finalement ?

– Si, répond Cammie pensivement. C'était une petite fille. Elle est morte à dix-huit mois, juste après que j'ai fêté mes dix-neuf ans. Elle était née avec une maladie neurodégénérative. La céroïde-lipofuscinose neuronale.

– Mon Dieu ! Je suis désolé. »

Cammie se tait pendant un moment.

« Je pense que c'était sa punition, finit-elle par lâcher. On lui avait dit de ne pas essayer d'avoir d'enfant mais elle n'a rien voulu entendre. »

Trop tard pour remettre l'œuf dans la poule

C'est reparti : je retraverse l'Indiana, l'Ohio et la Virginie-Occidentale – c'est l'État qui a le moins changé malgré les émeutes dans le reste du pays, malgré les villes confinées, la loi martiale, etc., l'État qui est resté immuable pour le meilleur et pour le pire. Je ne vais pas m'embêter à essayer de passer le poste de contrôle militaire du Big Walker Mountain Tunnel. Il vaut mieux que je le contourne et, tout bien considéré, je vais devoir rouler au moins seize ou dix-sept heures.

Je n'ai pas appelé le numéro que Cammie m'a donné alors même que je me rapproche de la ville où vit Patches. Il a grandi en Caroline du Sud, au sud de Charleston, et c'est apparemment là qu'il est retourné – sa Chère Maison du Bas-Pays, comme il aimait l'appeler. *La Gentilhommière St. Germaine*, disait-il avec la voix d'un acteur des années quarante, et il s'allongeait sur le canapé avec un verre de whisky sur glace, les paupières lourdes, et je trouvais qu'il avait beaucoup d'esprit et de savoir-vivre. Mais je me disais que Patches ne pouvait pas être riche à ce point-là. Les riches ne laissaient pas leur fils devenir médecin. C'était une profession pour qui voulait sortir de sa condition en travaillant comme un forcené.

Un jour, à l'époque où nous vivions ensemble, j'avais piraté son compte bancaire, juste par curiosité, et il n'y avait même pas mille dollars dessus. Pourtant, il se montrait toujours généreux avec moi quand j'avais besoin d'argent, et bien souvent, avant de partir à ses cours, il laissait une enveloppe pleine de billets de vingt dollars sur la table du coin-repas.

Jadis, quand Patches et moi étions colocataires et meilleurs amis, les gens trouvaient cela désopilant. Patches avait l'air austère, il était mince, petit et chauve depuis le début de la vingtaine tandis que je mesurais un mètre quatre-vingt-huit, j'étais bâti comme un linebacker et j'avais beaucoup de cheveux – je portais une longue natte ou une queue-de-cheval et la barbe depuis l'adolescence. On me considérait comme un camé avec peu d'ambition et une intelligence limitée, un trafiquant de drogue joueur de footbag qui faisait parfois croire qu'il avait étudié la philosophie à l'université Loyola de Chicago, tandis que Patches était déterminé et son ambition, obsessionnelle. Il disait, en s'excusant, qu'il descendait d'une « famille fortunée » ; et moi je prétendais que j'avais grandi dans un lotissement de mobil-homes en Alaska. L'invraisemblance de notre amitié réjouissait nos connaissances. Qui nous suggéraient d'avoir notre propre émission de télé.

En réalité, la plupart des choses qui nous rapprochaient n'étaient pas visibles de notre entourage. Nous avions tous les deux des mauvaises habitudes, des sales habitudes. Nous aimions voler à l'étalage, par exemple, cambrioler, mentir sans raison et commettre des petits actes de vandalisme – mettre le feu aux WC d'un restaurant, planter des clous dans les pneus d'une voiture de police, dissoudre un comprimé de LSD dans la cafetière du doyen de l'université de médecine.

Quand je trouve le courage d'appeler Patches, j'ai déjà parcouru la moitié de la Caroline du Nord, contourné la région de Piedmont Triad et traversé tranquillement, sans être inquiété, la Uwharrie National Forest, avec Flip assis sur le siège passager dans la posture du sphinx. Il me regarde, l'air sombre. *Trop tard pour remettre l'œuf dans la poule*, comme disait ma mère.

« Je sais », je lui dis, et je compose sans enthousiasme le numéro.

Patches répond à la première sonnerie.

« Qui est à l'appareil ? » demande-t-il. Son ton est sec, indifférent – mais je sens les poils de ma nuque se dresser car c'est bel et bien lui. Difficile à croire, mais Cammie avait raison.

« Salut. C'est… Davis Dowty. Pas sûr que tu te souviennes. »

Il reste silencieux. Je ne vois vraiment pas pourquoi il se souviendrait de moi. Vingt-cinq ans, ça fait un bail.

Puis il lance : « Davey ? » Et j'entends ce rire contagieux et reconnaissable entre tous que j'avais presque oublié, et je souris bien malgré moi.

« Oui. » Je pouffe timidement. « Ça fait… du bien de t'entendre.

– Pareil pour moi. Même si les circonstances ne sont pas franchement idéales.

– Tout juste. Mais quand le seront-elles ? »

Il expire doucement. On dirait qu'il est dehors, dans un lieu public. J'entends de la musique et des slogans que des gens scandent, et il se racle la gorge.

« Je devine la raison de ton appel. Mais pour être franc, je ne pensais pas que tu serais mêlé à cette histoire. Je me disais que ton instinct de conservation était plus fort que ça.

– Je n'y suis pas mêlé. Juste concerné. »

De nouveau, il éclate de rire, et je me rappelle que ce qui me touchait chez lui, c'est qu'on avait toujours l'impression qu'il riait avec nous mais aussi à propos d'un truc qu'on ne comprenait pas, et il fut un temps où c'était grisant. « Écoute, me dit-il. Je suis désolé, je ne peux pas parler au téléphone. Je vais devoir raccrocher.

– OK. Mais est-ce que tu accepterais de me rencontrer ? Je suis dans le coin.

– Ça ne m'étonne pas. Que Dieu te bénisse, répond-il avec sarcasme.

– Tu veux qu'on se retrouve où ?

– Je suis à Charleston. Au Bay Street Biergarten. Je regarde la manifestation. Je devrais rester là encore quelques heures. » Il marque un temps d'arrêt et j'entends un horrible son de cornemuse siffler au loin.

« Je te préviens. Tu vas avoir du mal à te garer. »

Il a sacrément raison. Nous approchons de Charleston et commençons déjà à voir des manifestants. Des motards dont les casques ressemblent à ceux que l'armée allemande utilisait pendant la Première Guerre mondiale – je crois qu'on les appelle des *Pickelhauben* – avec une pointe sur le dessus. Des hippies pieds nus qui portent un sac à dos en chanvre de la couleur de l'arc-en-ciel et marchent péniblement sur le bord de la route, et des hommes blancs corpulents en chemise hawaïenne, avec un AK-47 sur l'épaule. Les gens ont disposé des chaises longues pour assister au défilé et brandissent des pancartes pour soutenir leur équipe préférée. Une personne déguisée en fœtus danse avec une pancarte sur laquelle on peut lire : ET LES ENFANTS À NAÎTRE ALORS ? D'autres observent, installés sur leur véranda, un verre de thé glacé à portée de la main.

Je cherche s'il y a une station de radio qui me renseignerait sur la circulation, mais tout ce que je trouve c'est un mélange confus de vieux tubes, ainsi que des énergumènes de droite qui hurlent ou des croyants qui fulminent, et donc je m'engage dans une petite rue avant qu'il ne soit trop tard et que je ne me retrouve coincé dans les embouteillages. Un peu plus loin, quelques adolescents en sweat à capuche noir m'appellent – dans l'espoir, sans doute, que j'aie en ma possession des nuggets Kickin Chickin. L'un des rares avantages de ce combi, c'est que la plupart des gens, quel que soit leur credo, se montrent aimables à mon égard. « Yo ! crient les jeunes hommes, pleins d'espoir, en agitant les bras. Yo ! »

Je me gare dans une ruelle à proximité d'une maison rose en bois, je coupe le contact, j'installe le bloque-volant, et nous descendons du combi dans la lumière de l'après-midi. On est en octobre, mais on dirait une journée ensoleillée de la fin du printemps. Il doit faire à peu près vingt-quatre degrés, et beaucoup de gens sont en short et en tongs. Je dois être un spécimen déroutant. J'ai beau être un homme blanc imposant, barbu et natté, je ne porte pas pour autant les écrase-merdes des Vikings. J'ai préféré opter pour des lunettes de soleil en plastique roses, des sabots en caoutchouc, un chapeau de paille, un T-shirt des Maineiacs de Lewiston et un short cargo, et j'avance à petite vitesse avec la foule. J'ai un léger sourire perplexe et les épaules rentrées, histoire de ne pas avoir l'air menaçant – j'ai fourré mon Taser et mes autres armes de défense dans un sac banane. Flip marche sur mes talons, la tête basse mais l'œil attentif.

Il y a plus de monde que ce à quoi on aurait pu s'attendre. Tout ce bazar a, semble-t-il, commencé avec un groupe de séparatistes blancs qui croyaient être les descendants des Vikings et voulaient reprendre possession du Groenland, leurs terres ancestrales, comme les Juifs l'ont fait avec la Palestine – une comparaison qu'affectionnent ces agitateurs, bien qu'ils soient de virulents antisémites. HOLOCAUSTE BLANC ! peut-on lire sur une pancarte. VOUS NE NOUS FEREZ PAS DISPARAÎTRE ! peut-on lire sur une autre. Un groupe beugle au loin : « Le Groenland appartient aux Vikings ! Le Groenland est notre Israël ! »

Mais ces crétins ne sont pas seuls. Une fois que la Ligue de diffamation des Vikings a reçu l'autorisation de défiler à Charleston, la communauté des séparatistes blancs s'est déchaînée et a afflué pour défiler de son côté. Des militants antiracistes et antifascistes se sont pointés à leur tour pour organiser une contre-manifestation si bien que des membres de la Garde nationale et du département de la Sécurité intérieure ainsi que des milices citoyennes sont intervenus pour « maintenir l'ordre », comme ils disent. Bref, je suis étonné que la ville ne soit pas déjà en flammes, mais jusqu'à présent l'ambiance est relativement joyeuse, on se croirait presque à une fête foraine, et d'ailleurs certains commerçants ont installé des chariots ambulants pour vendre des bouteilles d'eau, des beignets, des hot-dogs enrobés de chocolat, etc. Sur l'auvent aux couleurs de l'arc-en-ciel de l'un d'eux, il est écrit : JUSTICE PIZZA LIBERTÉ ÉGALITÉ AMOUR POUR TOUS !

Que devient Cammie ? Ça fait des heures et des heures qu'on ne s'est pas parlé, et j'espère qu'elle a trouvé un lieu sûr et de quoi manger. La dernière fois qu'on a échangé, elle a dit qu'elle allait « prendre des dispositions », et j'espère que cela signifie qu'elle est déterminée à disparaître. J'aimerais croire qu'elle se trouve dans un wagon de marchandises ou dans la remorque d'un semi quelconque, roulée en boule dans une caisse, en route pour une des régions les moins densément peuplées du pays.

Je lui ai dit que je connaissais une famille qui vivait près de la Salton Sea et qu'elle pouvait éventuellement s'installer chez eux – et aussi qu'un collectif qui travaillait dans l'ancienne mine de cuivre d'Anyox, en Colombie-Britannique, pourrait l'accueillir, si j'envoyais de l'argent.

« Merci. Mais je vais me débrouiller seule », m'a-t-elle répondu.

Et puis on est restés silencieux, il n'y avait plus que le son numérisé de nos souffles. « Je comprends. »

Ça m'attriste qu'elle ne me fasse pas confiance mais, pour être honnête, je ne me fais pas non plus totalement confiance. Qui sait si je ne serai pas obligé de la trahir un jour ? Quand je sonde mon cœur, je ne peux rien promettre.

Patches est attablé dans le patio d'un pub. Il porte des lunettes de soleil et un masque chirurgical N95, mais je le reconnais tout de suite à sa posture – son bras passé sur le dossier d'une chaise, une cigarette mollement coincée entre ses doigts, les jambes croisées, le pied, amusé, se balançant lentement comme la queue d'un chat qui regarde un oiseau derrière une vitre. Je lui fais signe de la main, et il lève les sourcils et me regarde m'extraire de la foule et progresser jusqu'aux marches qui mènent au patio du biergarten. Dans la rue, des barbus lourdement armés, coiffés de casques à cornes défilent derrière un joueur de cornemuse, certains portant une pancarte sur laquelle figurent des runes anglo-saxonnes, d'autres une hache de guerre.

« Monsieur », me dit une jeune femme blonde derrière un lutrin, et je mets du temps à réaliser qu'elle s'adresse à moi. « Cette partie est réservée ! » Elle brandit un menu plastifié. Ses cheveux sont incroyablement raides et soyeux, couleur beurre frais. « Nous avons d'autres tables dehors. Par ici, insiste-t-elle.

– Merci. Mais je veux parler à ce monsieur. » Je lui désigne Patches. Elle jette un rapide coup d'œil à ma tenue, son expression se durcit, et je pense qu'elle est à deux doigts d'appeler des renforts quand Patches me dit d'approcher d'un geste magnanime, royal, celui d'un maître à son domestique.

« C'est bon, Aria, dit-il à l'hôtesse inquiète. C'est un ami. »

Même s'il est évident qu'elle trouve mon apparence, et celle de Flip, douteuses, elle agit en professionnelle. « Que voulez-vous boire, monsieur ? » me demande-t-elle d'une voix soudain onctueuse. Je commande une vodka Tito avec une rondelle de citron, sans glace, et la voilà qui s'éloigne.

« Assieds-toi », me dit Patches depuis sa table protégée par un parasol en m'indiquant la chaise en fer forgé blanche posée en face de lui. « Quel régal ! » s'exclame-t-il, sa façon à lui de dire *Bonjour* ou *Content de te voir.*

« Je n'arrive pas à croire que tu sois encore en vie », déclare-t-il. Je m'assieds et Flip s'installe sous la table, à mes pieds, la tête rentrée dans les épaules.

« Haha. Qu'est-ce qui te donne l'impression que je suis encore en vie ? »

Comme toujours, son rire est sombre et subtil – avec beaucoup de notes en mode mineur, on dirait presque une phrase musicale. On dirait que Patches rit sur l'air de « Dodo, l'enfant do ».

Le bruit de la foule remplit notre silence gêné – des gens s'opposent à coups de slogans, d'autres se racontent des blagues en riant, d'autres encore poussent des cris stridents. On entend un hélicoptère à proximité, et un drone-culbuto souriant au visage de bébé essaie de se frayer un chemin sur le trottoir en bipant comme pour dire : « Laissez passer, s'il vous plaît ! J'arrive ! » Patches, Flip et moi observons tout ça un moment, puis l'hôtesse revient avec ma vodka et Patches lui fait signe.

« Nous allons prendre une fleur d'oignon frit. Avec un supplément de sauce au raifort.

– Très bien », dit la jeune femme en faisant une petite révérence, et je me laisse aller contre le dossier de ma chaise car la servilité m'a toujours fait flipper. Je n'ai jamais eu envie d'appartenir à la classe dirigeante, c'est une de mes qualités.

Mais ça plaît à Patches. Lui aussi se laisse aller contre le dossier de sa chaise quand l'hôtesse s'éloigne, et je n'ai pas la moindre idée de ce qu'il pense/ressent/voit. Il ferme les yeux un moment puis les rouvre.

« Alors comme ça, les Sœurs ont réussi à te contacter ? » Il remonte son masque en visière et boit une gorgée de whisky. « J'espère qu'on te paie.

– Je ne travaille pour personne. Je ne suis qu'un observateur neutre qui cherche à être utile. Une jeune femme dit être ma fille biologique et donc… j'ai accepté d'enquêter pour elle. Pour lui rendre service.

– Tu n'as parlé qu'à l'une d'elles ?

– Oui, je réponds, hésitant, en changeant de position.

– Tu es sûr ? Comment saurais-tu faire la différence ? »

Je ne réponds pas. *Les Sœurs*, je songe. *Les Sœurs, pluriel.*

J'ignore si je dois croire Patches – il est fort probable qu'il me fasse juste marcher. Et pourtant, ça me donne à réfléchir. *Comment saurais-je faire la différence ?* Et je ne peux pas m'empêcher de penser aux moments où Cammie me semblait incohérente, où j'avais du mal à saisir sa personnalité. Peut-être était-ce parce que je parlais à plus d'une personne ? Cette idée me fout les jetons.

« Il y en a combien ? » je finis par demander, et Patches sourit faiblement et a un geste de grand seigneur.

« Difficile à dire. Ça fait longtemps que je ne travaille plus sur ce projet. Mais je dirais qu'il y en a plus d'une centaine. D'âges différents. On en rigolerait s'il n'y avait pas autant de gens dangereux impliqués. »

Je hoche la tête comme si je savais de quoi il parle. « C'est vraiment le bazar, non ? »

Au loin, il y a le crépitement et le bruit sec des grenades assourdissantes, et les gens dans la rue s'immobilisent et lèvent la tête. On entend des cris de panique, suivis de voix de policiers filtrées par un mégaphone.

Puis une femme pousse un hurlement et la masse des manifestants, figée, se met soudain en mouvement. Certains se mettent à courir, se frayant un passage parmi des parents avec une poussette, des grand-mères brandissant un petit drapeau confédéré, des femmes ivres en corsaire Lilly Pulitzer, et ensuite c'est toute la foule qui, dans la panique et la précipitation, se disperse telle une nuée d'étourneaux. Les gens, indignés, gémissent quand des bombes lacrymogènes se mettent à leur pleuvoir dessus. Un homme avec un bébé sanglé contre lui court, le pauvre petit agite les bras et son regard terrifié me fait me lever et serrer les poings. Patches se lève aussi en un éclair quand l'odeur nauséabonde et cuisante du gaz poivre commence à se répandre dans le restaurant.

« On ferait mieux de partir », me dit-il et il me prend par le coude et hâte le pas, longe le bar, entre dans la cuisine du restaurant et se dirige vers la porte de derrière, et Flip s'empresse de nous suivre, et la dernière chose que je vois avant de sortir, c'est notre hôtesse, Aria, portant notre fleur d'oignon frit alors qu'un nuage de gaz lacrymogène flotte au-dessus d'elle.

Nouvelles du Bas-Pays

Nous entrons dans le salon de Patches, et il y a un chimpanzé assis dans une bergère près de la cheminée, en train de fumer un blunt. Il tient l'extrémité du cigare entre le pouce et l'index et tire lentement dessus. Ses orteils jouent ensemble tandis qu'il pince les lèvres et souffle un rond de fumée.

« Oh la vache ! je m'exclame. Un singe ! C'est tellement mignon ! »

Gêné, Patches se racle la gorge. « Davey, dit-il en posant sa main sur mon omoplate, je te présente Ward. » Puis il fait un geste en direction du chimpanzé qui porte un Levi's 501 et un T-shirt noir. « Ward, je te présente Davey. »

Ward n'est pas franchement impressionné. Sans joie, il tire encore une bouffée puis fait quelques gestes compliqués avec ses doigts. De la langue des signes, sans doute, parce que Patches lui répond de la même façon, et ils ont un petit échange appuyé, peut-être une dispute contenue.

En attendant, mon animal de compagnie, lui, a été exclu, laissé dehors. J'imagine Flip sur la véranda à colonnes de la gentilhommière, se balançant fébrilement d'un pied sur l'autre, inquiet, agité.

Patches me touche le bras. « Sortons un moment, tu veux bien ? »

Nous avons fait le trajet en hélicoptère jusqu'à sa propriété sur l'île Kiawah, et je dois admettre que je suis un peu hébété.

Comme la plupart des gens fortunés, Patches vit dans ce que l'on pourrait appeler une enceinte protégée, entourée par une haute clôture en béton décoratif, pareille aux murs en pierre pittoresques qu'on trouve dans le village des Hobbits ou en Écosse, sauf que les enjolivures métalliques sculptées et délicatement entrelacées au sommet sont en fait des barbelés tranchants, et il y a des projecteurs et des caméras tous les trois mètres environ, et même quelques drones quadrupèdes qui trottinent et sautillent comme des lapins mais ressemblent plutôt à des scarabées mécaniques. Depuis la terrasse arrière, je les vois gambader dans l'herbe, patrouiller la zone. La terrasse donne sur un long jardin envahi par la végétation qui descend jusqu'à une rivière sale, obstruée par des arbres.

« Depuis quand tu as ce chimpanzé, mon pote ? C'est tellement exotique !

– Écoute, est-ce que tu pourrais éviter de le qualifier de chimpanzé ou de singe ? Ça le contrarie beaucoup.

– Oh ! Désolé !

– Il s'appelle Ward. Contente-toi de l'appeler par son nom.

– Tout juste. »

Patches allume une cigarette d'une main un peu tremblante, et nous regardons les lucioles voleter au-dessus de l'herbe. « Et n'utilise peut-être pas non plus le mot *exotique*. Ça pose problème.

– Pigé. Compris. »

Il hoche la tête. Je le distingue à peine dans l'obscurité, mais l'extrémité de sa cigarette rougeoie quand il tire dessus, et je frissonne car je suis sur le point de me souvenir d'un truc. Plus bas, près de la rivière, l'oiseau qu'on appelle engoulevent de Caroline fait entendre son chant triste et lancinant.

« J'ai essayé de t'aider, tu sais, finit par dire Patches. Tu t'es pointé à l'improviste dans ma résidence universitaire et on a eu une… relation et puis – c'était quand, deux ans plus tard ? Tu reviens à Chicago et j'ai bien vu que tu avais besoin d'un ami, alors je me suis rendu disponible. Je t'ai filé des plans pour faire quelques dons de sperme, juste parce que je t'aimais bien. Je n'avais pas d'arrière-pensées. Et j'ignorais totalement que tu étais – comment dit-on ? – *un larbin.* Et je ne l'aurais pas su si Tim Ribbons n'était pas venu me parler. Il m'a juste payé pour que je prenne soin de toi, c'est tout. Mais je l'aurais fait de toute façon.

– Pour que tu prennes soin de moi ? » je m'étonne, et Patches détourne la tête et sourit, le menton baissé.

« Pour que je garde un œil sur toi. Que je t'occupe. Il croyait sans doute que tu étais mon petit ami.

– Hmm.

– On devrait retourner à l'intérieur. Ward va s'imaginer qu'on parle de lui. »

Toujours assis dans le fauteuil, Ward est en train de consulter l'écran d'un ordinateur portable. Il lève brièvement les yeux et se remet à agiter ses doigts, comme un marionnettiste, en direction de Patches. Je n'ai aucune connaissance de la langue des signes ; cependant, je devine que la teneur des échanges est de nouveau conflictuelle, et il est évident que je suis le sujet de leur différend. Mais je fais en sorte de ne pas me sentir mal à l'aise.

« Salut, Ward ! je lance. Comment ça va, mon pote ? » Il se contente de m'observer pendant ce qui me semble durer une minute avant de lever enfin la main pour me dire bonjour.

Je repense au jour où Patches, à l'époque où nous habitions ensemble, avait voulu me montrer le laboratoire de recherche de son école de médecine. Il devait être environ trois heures du matin et le bâtiment ressemblait à un château hanté. « L'École de médecine Feinberg – Forteresse imprenable », a déclaré Patches en faisant le clown. Mais il avait les clés, et personne ne nous a arrêtés quand nous sommes entrés et avons descendu tranquillement plusieurs volées d'escalier en pouffant. Nous étions bien défoncés si mes souvenirs sont bons.

Au sous-sol, il a ouvert une porte blindée et nous nous sommes retrouvés dans un long couloir avec des tuyaux nus qui couraient au plafond. « La plupart des gens ne savent même pas que cet endroit existe », a dit Patches. La lumière des néons fixés au mur vacillait. J'avais une peur bleue, je le suivais de près et il m'a pris la main et l'a serrée. « Ne t'inquiète pas. Tout va bien. » Je me rappelle que je l'aimais vraiment beaucoup. J'étais tellement surpris qu'il ait remarqué mon angoisse. Et qu'il ait posé sa main sur la mienne pour m'apaiser, c'était vraiment perspicace et impressionnant de sa part.

« Et voilà », a dit Patches, et ses clés ont cliqueté quand il a ouvert une porte métallique non vitrée sur laquelle le numéro 00237 était inscrit au pochoir.

Je les ai entendus s'agiter avant même qu'il allume la lumière. Et j'ai senti l'odeur – celle âcre de la peau et des poils, proche de celle de l'homme et de celle d'une porcherie.

Des cages étaient empilées par cinq le long des murs sur toute la longueur du couloir jusque dans l'obscurité. À l'intérieur se trouvaient des centaines de petits singes qui se sont tournés vers nous. Certains s'agrippaient aux barreaux, d'autres sautillaient rageusement malgré le peu de place dont ils disposaient. Nous avons eu droit à un concert de piaulements et de pépiements.

« Oh la vache ! » J'ai affiché un large sourire, moi qui n'avais jamais vu de singe vivant. « Des singes ! On vient les délivrer ? »

Comme j'étais complètement stone, je me disais qu'on pourrait les relâcher. Je les imaginais déferler hors de leur cage avec gratitude, parcourir le couloir aux lumières vacillantes, monter les escaliers et se disperser dans la ville, s'installer dans un parc ou un bâtiment abandonné, à l'exception d'un seul, du genre docile, qui serait resté en retrait et que j'aurais pris dans mes bras en lui disant : « Ne t'inquiète pas, mon petit gars, je vais prendre soin de toi », et il serait devenu mon animal de compagnie pour le restant de mes jours.

« Les délivrer ? » a réagi Patches juste au moment où je me disais que j'appellerais mon petit singe Trusty.

« Nom de Dieu ! Ne songe même pas à prendre un de ces petits enculés dans tes bras. À moins que tu aies envie de passer quarante ans dans une prison fédérale pour espionnage industriel !

– Oh.

– Ils ne sont pas intelligents. Ils ont un QI inférieur à celui d'un écureuil.

– Oh.

– Je pensais juste que ce serait marrant de venir traîner ici. Mais ne casse rien et ne vole rien, d'accord ?

– D'accord. » Il m'a quand même laissé prendre un singe dans mes bras. Je me rappelle sa longue queue enroulée autour de mon poignet comme un serpent. Le mot *préhensile* m'est venu à l'esprit. J'ai diffusé des ondes amicales sur son minuscule visage humanoïde, et je lui ai donné un raisin sec.

Maintenant je me demande si c'est comme ça que Ward a atterri chez Patches. Peut-être que c'était un chimpanzé de laboratoire, que Patches et lui, ils se sont si bien entendus qu'ils sont devenus amis – malgré la situation, malgré le fait que l'un était le scientifique et l'autre le spécimen – et finalement Patches l'a adopté et lui a offert un foyer permanent.

Je me rends compte que je revis ces souvenirs au lieu d'essayer d'analyser minutieusement toutes les informations que Patches me transmet, ou de lui poser les bonnes questions. Mais je crois fermement à l'importance de la libre association, au fait que parfois, dans des périodes de stress, notre subconscient nous envoie des messages si nous acceptons de nous ouvrir au hasard et à l'arbitraire.

Et c'est ça que j'attends pendant que je me fais un sandwich au beurre de cacahuète et à la confiture dans la cuisine.

Installés sur le canapé, Patches et Ward semblent plus conciliants, échangeant par signes paisiblement mais sérieusement. J'attends un message.

Le style de la maison est très minimaliste. Scandinave, pourrait-on dire, avec quelques touches de folklore ici et là. Il y a une tapisserie sympa accrochée au mur, qui représente un petit garçon et une petite fille sous un cyprès. Elle est intitulée « Nouvelles du Bas-Pays » – le genre d'objets d'art populaire qui peut valoir beaucoup d'argent, et j'en prends note. Si j'en ai l'occasion, je la volerai avant de partir.

« Hé, vous auriez du lait ? J'aimerais bien en boire un verre avec mon sandwich.

– Il n'y a pas de produits laitiers dans cette maison. Mais on a du lait d'amande.

– Oh. Je n'avais pas réalisé que les amandes avaient des pis. »

C'est nul mais j'ai tenté le coup. J'essaie de me familiariser avec la situation. Jadis, Patches avait un faible pour les blagues et les jeux de mots pourris, mais j'imagine qu'il a des goûts plus sophistiqués maintenant. Il me regarde, l'air absent, et Ward me dévisage avec un dégoût empreint de dignité. Il me trouve vulgaire.

« Haha. C'est une blague. » Je souris en découvrant mes dents, et mon subconscient a comme un petit déclic mais refuse toujours de me dire quoi faire.

« Et si on se buvait un truc fort ? me propose Patches. Un peu de vodka avec de la canneberge ? Ou bien du pamplemousse ou de l'orange ? »

C'est bizarre. Patches et moi n'avons jamais couché ensemble – du moins je n'en ai pas souvenir – mais il y avait beaucoup plus de proximité physique dans notre amitié que je n'en ai connu depuis, et je me rappelle son odeur, je nous revois en sous-vêtements dans l'appartement d'Evanston en train de regarder la télévision ou de jouer à des jeux vidéo dans le canapé, sous une couverture, et Patches posait ses pieds froids sur ma cuisse pour les réchauffer ; et parfois, ivres et défoncés, on luttait corps à corps sur de la dance music, et on soufflait la fumée de nos joints dans la bouche de l'autre sans vraiment s'embrasser. Je connais le goût de son haleine.

Ce n'est sans doute pas important – je ne vais même pas lui en parler, mais je me remémore un jour de trip aux champis où je lui avais massé le cuir chevelu et il m'avait demandé : *Davey, quel bruit fait un gorille ?* J'avais répondu : *Oo-oo-oo*, et il avait voulu que je continue, et j'avais continué à lui masser la tête tout en imitant un singe et il avait posé ses mains sur son entrejambe et commencé à se caresser, et ça m'avait mis un peu mal à l'aise mais je l'avais accepté parce que je tripais aux champis et que tout me semblait alors bon et acceptable.

Et maintenant que j'ai rencontré Ward, je me dis : *Hum, qu'est-ce qui se passe exactement ?*

Ce ne sont vraiment pas mes oignons.

On sort à nouveau, on s'installe dans des fauteuils Adirondack et on se passe une pipe à eau. Patches met de la musique. L'herbe est à dominance indica, probablement proche de la Headband ou de la Trainwreck – très physique, et les effets sur moi sont presque immédiats. Nous sommes entourés de bougies à la citronnelle, du *zzz* des insectes et du cri des oiseaux nocturnes, et sur « Blue Monday » de New Order, Patches et moi nous mettons à chanter exactement au même moment : *How does it feel...*, et je le regarde en arborant un large sourire puis j'éclate de rire parce que nous sommes synchrones, nous connaissons les paroles par cœur, nous avons écouté cet album si souvent ensemble et Ward, qui a l'air apaisé, est perché sur le bras du fauteuil de Patches, la tête posée sur son épaule pendant que nous chantons.

Et puis quand la chanson est finie, que je suis euphorique et que je me sens dans un état mystique, la compil passe à un cocktail jazz merdique, et Patches soupire, renverse sa tête en arrière, exhibant sa pomme d'Adam.

« Nom de Dieu, Davis. Pourquoi tu fais ça ?

– De quoi tu parles ? » C'est une terrible transition. Je commençais juste à me sentir à l'aise, et voilà que je dois à nouveau réfléchir. Ward a les yeux fixés sur moi. Il a passé son bras autour des épaules de Patches et posé un pied juste sous son short kaki, ses longs orteils se cramponnant à son genou dénudé. Je croise son regard et hausse les épaules.

« Est-ce que ça vaut le coup de risquer ta vie pour ça ? me demande Patches. Tu ne leur es plus indispensable.

– Je sais », je réponds – et c'est vrai, même si ça n'a jamais été énoncé aussi clairement et en si peu de mots. « Mais il se peut que je sois parti à la découverte de moi-même.

– C'est pour ça que je ne peux pas m'empêcher de t'aimer, Davey. Tu es merveilleusement inconscient de qui tu es. »

Je souris comme si c'était un compliment, et je fais un geste de la main en espérant qu'il ne signifie rien en langue des signes. « Donc je suis là juste pour parler, hein ? Tu ne projettes pas de me tuer… ou… ?

– Pff », fait Patches, et nous nous sourions de nouveau. J'aime le sentiment d'exaltation que m'apporte sa pipe à eau psychédélique, et je sens le chant des grenouilles sur la rivière palpiter agréablement contre ma peau. « Dis donc, c'est quoi ce *gloup gloup* ? » je demande, et Patches m'explique qu'il y a des bancs de têtards dans les bas-fonds de la rivière. Et que c'est sans doute le bruit des bébés alligators qui viennent les manger.

« Des alligators ? C'est génial !

– Non, c'est plutôt pénible. Notre voisine a trouvé un monstre de trois mètres de long dans sa piscine la semaine dernière.

– Mais ils ne s'attaquent pas aux gens, si ? On m'a toujours dit qu'ils avaient plus peur de nous que nous d'eux.

– Pas vraiment », dit Patches, et je tends le cou en espérant entrevoir un bébé alligator. « Ils ne sont pas terriblement agressifs mais je ne dirais pas non plus qu'ils sont timides. »

Patches boit une gorgée de son cocktail, une vodka-orange avec à peu près soixante-dix pour cent de vodka. « En tout cas, nous n'avons aucun mal à nous débarrasser de cadavres en cas de besoin.

– Ha ha, je fais.

– Ha ha », répète Patches.

Même Ward semble sourire en découvrant ses incisives aiguisées.

Vous vous souvenez de l'époque où je vivais dans la pension de famille de Mrs Dowty et de ma rencontre avec Patches dans un bar ? Ça aurait pu être le fruit du hasard. Le fait qu'il m'ait retrouvé et qu'il m'ait parlé de la clinique dans laquelle il travaillait et qui me donnerait cinquante dollars pour un échantillon de mon sperme ne signifie pas que Tim Ribbons ou quelque autre entité l'ait poussé à le faire. *Juste parce que je t'aimais bien*, affirme Patches, et ce serait sympa de le croire.

Il a été mêlé à un grand nombre d'organisations. Mais ce n'est plus le cas. Même une personne de basse extraction comme moi est capable de sentir que Patches exhale la puanteur sociale des ostracisés. Il fait partie de ces riches dont d'autres riches pensent qu'on peut les sacrifier. Il est le genre de riche qui finira par être emprisonné, et on apprendra un peu plus tard qu'il s'est suicidé dans sa cellule.

Il faut donc que je lui pose les bonnes questions.

Je me lève de mon fauteuil Adirondack et m'assois par terre pour tenter de réfléchir. Patches échange avec Ward, c'est intéressant à regarder : il fait de grands gestes et forme avec ses doigts des ombres chinoises bien nettes, puis Ward fait de même avec ses gros et longs doigts. Ils semblent être parvenus à un accord, et Ward, l'air sombre, lève les yeux au ciel puis se tourne vers moi. Je fais comme si je n'étais pas resté tout ce temps à les regarder, subjugué, je hoche poliment la tête quand il me tend la pipe à eau, et je mets un point d'honneur à ne pas tiquer en voyant de la bave de singe autour de l'embout.

Ça pourrait peut-être changer la donne… ? je me dis. *Transformer… ?*

Je tire sur la pipe et retiens la fumée, les yeux tournés vers la rivière, vers les chênes de Virginie et les pins d'Elliott, d'où pend de la mousse espagnole. Il y a un carillon avec ses mystérieuses notes de xylophone, et le chant des grenouilles que les alligators n'ont pas encore mangées. *Bon, écoute*, me dis-je. *Bon : écoute. Bon… la question qui se pose c'est* – je m'imagine dire, et je m'entraîne dans le théâtre de mon esprit mais ça fait bizarre. Je retire mon sabot gauche et me gratte pensivement la plante des pieds.

« Dites donc, vous auriez des petits pois grillés au wasabi ? Ou n'importe quel mélange apéro ? J'en ai trop envie.

– Je n'en suis pas sûr, répond Patches. Ward ? On en a ? » Ward le regarde l'air de dire : *Hé, est-ce que tu viens de me parler comme si j'étais ta bonne ?* Je sais déchiffrer leur langage corporel. *Quoi ? Je n'ai rien fait !* dit le corps de Patches, et Ward répond : *D'accord*, puis il se lève, digne et glacial. Il me prend la pipe à eau des mains, la remet à Patches et s'éloigne d'un pas raide sans nous regarder.

« Oups. J'espère que je n'ai pas…

– Arrête, rétorque Patches en jetant un coup d'œil par-dessus son épaule dans la direction où Ward a disparu. Laisse tomber, OK ? » Il respire l'embout de la pipe. « Beurk », fait-il en fronçant le nez et il la pose au pied du fauteuil.

« Tu dis souvent *beurk* », je lui fais remarquer, et Patches me regarde longuement étirer mes jambes et fléchir mes orteils.

Il vide son verre d'un trait et croque un glaçon.

« Ward ! crie-t-il. Est-ce que tu peux me préparer un autre

cocktail pendant que tu y es ? » Il glisse une cigarette entre ses lèvres et tapote ses poches en quête d'un briquet.

Je sors le mien de la poche de mon T-shirt, l'allume et tends la flamme vers Patches qui se penche, les lèvres pincées, tire sur sa cigarette et souffle un panache de fumée par le nez. Sur sa compil, c'est au tour des Psychedelic Furs.

« J'adore cette chanson, je dis.

– Je m'en souviens. » Nous l'écoutons environ une minute. « *The ghost in you…* » je chante, mais je suis un piètre chanteur et je déteste ma voix. Patches joue avec son dernier glaçon.

« Pourquoi tu fais ça ? me demande-t-il. Tu sais que je ne peux pas t'aider.

– C'est vrai ? Et pourquoi ?

– Déjà, on n'est pas du même bord, Davis.

– Ah. » Je hoche la tête avec mélancolie. « J'ai entendu dire que Brayden Kurch et toi étiez en froid.

– Kurch est le cadet de mes soucis.

– Du coup, tu penses que je devrais essayer de le contacter directement ? » Patches détourne la tête et recrache la fumée.

« Et comment tu t'y prendrais ? Il vit dans une ville flottante quelque part entre les Bermudes et Porto Rico. Difficile d'aller frapper à sa porte.

– Alors je vais te poser juste une seule petite question, si tu veux bien. En souvenir du bon vieux temps.

– OK. Je ne te dirai sans doute pas la vérité mais je suis curieux. »

Et Patches a cette façon de pencher la tête qui me stupéfiait toujours jadis, cette subtile inclinaison qui exprime tout à la fois de la bienveillance et du dénigrement et, mon Dieu, qu'est-ce que je la lui enviais à l'époque, quand je voulais être une vraie personne.

« D'accord. » Je suis assis par terre, j'ai retiré mes sabots et posé mes mains sur mes genoux, et je lève la tête vers lui. « Voici la question : Pourquoi est-ce que mon sperme… ou… ? »

Mais Ward arrive au pas de course sur la terrasse et Patches détourne le regard. Ward a ses longs bras musclés tendus, avec un verre dans une de ses grandes mains et une petite bonbonnière rose dans l'autre. Il donne le cocktail à Patches et me tend la bonbonnière d'un geste brusque. Elle contient cinq petits pois.

« Merci, Ward », je dis, et quand il me regarde, je repense à un article que j'avais lu sur un chimpanzé apprivoisé qui avait littéralement défiguré une femme. Ces chimpanzés, ils sont vraiment forts et dangereux, et Ward s'installe de nouveau sur le bras du fauteuil de Patches, ses yeux inhospitaliers posés sur moi, et je glisse un petit pois dans ma bouche.

Ce n'est pas tout à fait une réponse à ma question, mais Patches se met à disserter sur les hybrides homme-mouton et homme-cochon. Il appelle ça des chimères. Puis il essaie un temps de me sensibiliser aux blastocystes, à la technique d'édition de génome, il m'explique longuement ce qu'est l'endonucléase d'ADN guidée par ARN – le résultat étant, d'après lui, que la technologie actuelle permet désormais de développer des organes humains à l'intérieur d'un porc ou d'un mouton si bien qu'on pourrait, si on le voulait, élever des bêtes porteuses de notre ADN, qui développeraient des organes de secours dans la perspective d'éventuelles greffes.

« Ce serait ironique qu'un cochon héberge un estomac qui plus tard digérerait son bacon ! je m'exclame.

– Très ironique. » Patches avale une grande gorgée de son cocktail et jette à Ward un regard en coin. « Un jour, on n'aura plus besoin de ce que font les gens pour qui tu travailles. »

Un des trucs que j'ai appris au fil des ans : une discussion sur ce que font les gens pour qui je travaille n'est presque jamais fructueuse. Je ne m'excuse pas au nom de mon pays, de mes semblables ni de mes différents employeurs. Je ne m'aligne pas sur eux politiquement, moralement ou émotionnellement : je suis neutre.

Toujours assis aux pieds de Patches, les jambes croisées dans une posture du lotus plutôt foireuse, les yeux levés vers lui comme un écolier pendant l'heure du conte, je me gratte pensivement l'oreille. « Donc… Brayden Kurch est impliqué dans cette histoire de chimère, c'est ça ? En plus de disséminer tous ces petits embryons de bébé que j'ai fécondés. C'est de la folie !

– Brayden Kurch est un dilettante, déclare Patches, l'air sombre. Un moins que rien. Ce n'est pas un intellectuel. C'est un escroc qui cherche toujours à se faire mousser. Il fait semblant d'être profond et réussit à vendre ses combines aux crédules mais, en vérité, il veut juste être le leader spirituel d'une secte apocalyptique. La voilà ta réponse.

– Zut ! C'est tordu. » Je secoue la tête, puis rectifie la position de mes pieds, qui ont glissé, et je me retrouve plus dans la posture Sukhasana.

« Mais tu sais… », je reprends, et je souris, l'air désolé, quel bourrin je fais. « En réalité… ma grande interrogation est plutôt autour de mon rôle – et du rôle de ma progéniture – dans toute cette histoire. Tu n'es pas obligé de tout me dire, Patches, mais tu pourrais me donner un os à ronger, non ?

– Oh, mon Dieu, Davey. Ta *progéniture* ? Voilà ce que j'ai toujours adoré chez toi : c'est à propos des choses les plus ridicules que tu te montres le plus éloquent et sentimental. Un jour, tu m'as raconté que ta mère t'avait obligé à noyer un petit lapin, et des grosses larmes coulaient sur tes joues, et j'étais fasciné parce que c'est tellement courant pour les gens qui souffrent de stress post-traumatique de se focaliser sur ces petits moments complètement banals plutôt que d'affronter les vrais traumatismes de leur vie. C'est aussi courant chez les sociopathes apparemment, je dis ça comme ça. Mais quoi qu'il en soit, j'aurais cru qu'avec l'âge, tu aurais un peu gagné en maturité.

– Tout juste. J'imagine que j'ai échoué à cet égard.

– Progéniture ! » répète Patches. Il avale une grande gorgée de son cocktail, et Ward et lui se regardent puis me regardent.

« Je n'arrive pas à croire que j'aie pu te raconter cette histoire de lapin.

– Pff. Je te connais mieux que tu ne te connais.

– Je me connais très bien. Même si je me rends compte qu'il y a encore du travail. »

Je contemple la rivière là où les projecteurs de sécurité balaient les racines des cyprès qui émergent à la surface de l'eau, tels des périscopes.

« Écoute, je reprends. Ce n'est même pas à propos d'elle, tu sais. Je suis aussi curieux pour des raisons personnelles. »

J'accroche son regard. Mes pupilles face aux siennes.

« Sans déconner, Patches, pourquoi m'utiliseraient-ils moi pour faire tous ces bébés ? C'est ça que je n'arrive pas à comprendre. Pourquoi voudraient-ils de mon ADN de merde ? Qu'est-ce que j'ai d'exceptionnel ? »

Patches s'enfonce dans son fauteuil et regarde de nouveau Ward, et ce dernier fait un signe qui, d'après moi, signifie : *Attends*. Cet instant est lourd. Mais j'ignore de quoi.

« Oh, mon chou. » Patches me passe la pipe à eau en se baissant comme s'il tapotait la tête d'un enfant triste. « Mon chéri, je ne veux pas que tu croies que tu n'es pas exceptionnel. »

Je glisse mes lèvres contre l'embout et j'allume mon briquet. Puis je recrache la fumée. « Ce n'est pas ce que je crois. Je ne dis pas que je suis exceptionnel ou que je ne le suis pas. Ça ne m'intéresse pas.

– En fait, tu as un ADN très inhabituel, me dit Patches gentiment. Tu as un nombre de brins associés au génome de Néandertal excessivement élevé.

– Quoi ? » Les poils de ma nuque se hérissent.

« C'est une anomalie mineure. Une petite blague de ma part. Mais les types qui travaillaient pour Kurch adoraient le fait que les bébés aient un ADN unique qui ne soit pas celui de l'Homo sapiens. En fin de compte, tout ça n'est qu'une supercherie – un système de Ponzi. Brayden faisait tout un foin de ces fœtus “post-humains”, mais le plus important dans cette histoire, c'est que toi et ta “progéniture” – comme tu dis – étiez susceptibles d'hériter de l'énorme fortune d'une multinationale. Obtenir un de ces embryons, c'était comme investir dans des actions très demandées. À un moment, ton sperme s'échangeait contre un montant à six chiffres.

– Ma mère me disait parfois que mon père était riche mais je ne l'ai jamais prise au sérieux.

– Tu as bien fait. La probabilité que toi ou tes rejetons héritent d'un trombone est quasiment nulle.

– Mais… », je réplique, et j'ai de nouveau ce mauvais pressentiment. « Ça ne tient pas debout.

– Non. Effectivement. C'est comme la Bourse. Ou toutes les fadaises que Brayden Kurch vend aux gens. Je parie que tu n'as pas lu *Séance de spiritisme transhumaniste* ?

– J'en avais un exemplaire mais je l'ai égaré.

– Tu ne sais donc pas que nous sommes sur le point de nous diviser en deux espèces ? L'une désincarnée, numérique et immortelle, et l'autre physique, empathique, en harmonie avec la terre, et servile. Tu fais partie de cette dernière.

– Attends. Est-ce que les riches téléchargent leur cerveau sur un ordinateur ? Pour être ensuite servis par des mutants qui ont mon ADN ?

– Non, Davey », me répond Patches. Il fait une espèce de grimace – je crois qu'on appelle ça une *moue* en français – et je le regarde poser sa tête sur l'épaule de Ward. « Ce livre est un mélange étrange d'eugénisme fumeux et de clichés de science-fiction vieillots. Ce n'est pas la réalité. Il ne se fonde que de manière ténue sur la science et la médecine. Et pourtant… bien des petites fortunes y ont cru. C'est là que réside l'étincelle de génie de Brayden Kurch : je n'aurais jamais pensé qu'il trouverait autant de pigeons, mais c'est ainsi. Ton ADN est l'Eucharistie de sa religion bidon, et ta progéniture est » – il agite la main – « une arnaque. »

Évidemment, bien des pensées m'assiègent. Mon cerveau est en effervescence, je suis assis en tailleur aux pieds de Patches, la bouche entrouverte – oui, Cammie, la moue boudeuse d'un niais peut être un avantage.

Quelle est la part de vérité dans ce que dit Patches ? Cinquante pour cent ? Vingt-cinq pour cent ? Un huitième ? Je l'ignore. Il est méchant comme une teigne, sans aucun doute, mais ce que je me rappelle en cet instant, ce sont les moments où il m'a rendu service, où il m'a apporté un verre d'eau quand j'étais malade, où il m'a réveillé quand j'étais allongé par terre, ivre mort, pour m'installer sur le canapé et étaler sur moi une couverture en laine. Tous ces moments où il m'a donné de l'argent parce qu'il savait que j'en manquais. Ce n'est pas rien.

« Bon », je dis, comme si ces révélations n'étaient ni ordinaires ni extraordinaires. Comme si j'étais peut-être déjà au courant. Ou comme si je n'en croyais pas un mot. « Bon. Tu étais obstétricien, c'est bien ça ?

– Oh, mon Dieu ! » s'écrie-t-il, et je le regarde sortir de sa poche un petit sachet en plastique transparent, le secouer pour en vider le contenu sur son poing et le sniffer. « J'ai fait ce genre de boulot, mais seulement en de rares occasions. Et jamais en tant que salarié.

– Cammie. Ma... Cammie, elle dit que tu as supervisé l'accouchement de sa mère.

– Je n'irais pas jusque-là. Il a dû m'arriver de faire des remplacements, on manquait tellement de personnel. » Il se penche de nouveau et sniffe sur le gras de sa main, et Ward fait un geste brusque dans sa direction, auquel Patches ne prête aucune attention.

En général, je n'ai aucun problème avec les gens qui se

soûlent ou se défoncent s'ils en ont besoin, ils peuvent faire ce qu'ils veulent, voilà ce que je pense, mais j'ai l'impression que Ward en a assez. Une certaine irritation émane de lui par vagues tandis que Patches prise avec délicatesse.

« C'est tellement agaçant ! s'exclame Patches. C'est comme regarder un enfant aux yeux bandés, à une fête d'anniversaire, aller dans le sens opposé à la piñata. »

Il se lève, pose un coude tremblant sur la balustrade et, la main contre le cœur, cherche son paquet de cigarettes, alors je me lève pour lui en tendre une, je la lui allume et il hoche la tête, *Merci merci*, il s'appuie de nouveau sur la balustrade et crache la fumée en direction des étoiles d'octobre. Céphée. Pégase.

« Bon. À ma place, qu'est-ce que tu te demanderais ? »

Avant que Patches puisse me répondre, je remarque que Ward lui parle en langue des signes. *Arrête*, est le sens général. Il se peut qu'il lui dise : *Ferme ta gueule, putain d'enfoiré*, mais ce n'est qu'une supposition.

« À ta place, je me demanderais s'il y avait d'autres *moi*. Tu ne peux quand même pas imaginer être fils unique ?

– Qu'est-ce que tu racontes ? »

Pendant ce temps-là, Ward fait des gestes rapides, vifs et exaspérés avec ses mains. Patches lui présente ses paumes ouvertes, tendues, et Ward continue à signer avec colère.

« C'est faux, reprend Patches. Détends-toi. » Il fait un grand sourire à Ward, mais ce dernier ne réagit pas. Ils se dévisagent.

« Allez, danse avec moi, lance Patches. J'adore cette chanson. »

Il tend la main à Ward et se met à guincher. « Allez », insiste-t-il, en roulant les hanches. Patches a toujours été un bon danseur, un danseur provocant aussi. Ward et lui ne se quittent pas des yeux, mais leurs doigts ne communiquent pas. Puis il tire la langue, balance ses mocassins et sautille gracieusement, pieds nus.

« Allez », répète-t-il, et il retire sa chemise et réalise une danse du ventre plutôt réussie. « Ward ? C'est l'heure de la danse du pardon. »

Mais Ward n'en a rien à faire de la danse du pardon. Il reste de marbre, alors Patches se tourne vers moi, ondule les bras, se déhanche, secoue un peu les fesses.

« Ne fais pas attention à lui, me dit-il. J'espère que tu ne te sens pas indésirable. » Il pose ses mains sur ma taille et m'incite à suivre son rythme, et je me balance d'un pied sur l'autre, un peu mais pas trop, pour ne pas contrarier Ward davantage.

Vous avez déjà vu *Qui a peur de Virginia Woolf ?* Le film avec Elizabeth Taylor ? J'ai l'impression d'être dans ce film, version *La Planète des singes*.

« Patches. On devrait peut-être se rasseoir, mon vieux. C'est quoi cette merde que tu as sniffée ? Ça te rend tout fou.

– Si tu crois que je vais m'arrêter de danser. D'ailleurs, tu aimais bien ça avant, non ?

– Oui, mais seulement quand les circonstances s'y prêtaient. »

On entend « Let the Music Play » de Shannon mais dans une version remixée de vingt minutes, et Patches, le torse et les pieds nus, retire maintenant son short et tortille des fesses à mon intention. Puis il se dirige vers Ward en se pavanant, lève les bras en l'air, claque des doigts et donne un coup de hanche, quel culot.

Il me regarde par-dessus son épaule. « Ward ne veut pas que je t'en parle mais… il fait aussi partie de ta progéniture. Ou disons plutôt qu'il est ton frère, ton cousin… »

Patches arbore toujours un large sourire et continue à se balancer au rythme de la chanson quand Ward quitte le bras du fauteuil et, une seconde plus tard, il lui porte un coup sur la joue avec son énorme main aux longs doigts, et *boum !* Patches se retrouve par terre. Je ne parlerais pas d'une agression, pas vraiment. Patches n'est pas blessé mais il est maintenant plaqué, face contre le plancher, par un hominidé très puissant.

« Holà, holà ! » je m'exclame. Je ne sais pas trop quoi faire. Si Ward est bien mon cousin ou mon frère, je suis super content pour lui qu'il ait frappé Patches. Mais s'il est plutôt un animal de compagnie – un animal ? – je ferais peut-être bien d'intervenir.

« Hé. Ce n'est pas utile. On va tous respirer profondément et nous recen… »

Mais le regard de Ward est tellement furieux que je n'ai plus de voix. Il me pointe du doigt puis indique les portes coulissantes qui ouvrent sur la cuisine. *Il faut que tu partes*, voilà en gros ce qu'il dit.

« Tout va bien », dit Patches en se redressant sur les coudes, et son regard aussi signifie *Il faut que tu partes*. « Il n'y a pas d'inquiétude à avoir. » Ses cheveux parfaitement coiffés sont maintenant en désordre, il est pâle, mais il se redresse et met son T-shirt à l'envers. « Prenons tous un instant », dit-il, et il tire sur son T-shirt pour cacher ses parties intimes. « Ward et moi on a juste besoin d'un petit moment seuls, et…

– Bien sûr, je réponds. Naturellement. »

Je franchis les portes coulissantes, traverse la cuisine et le salon où j'avais vu Ward pour la première fois assis sur la bergère, puis je parcours le couloir jusqu'à ce que je trouve la salle de bain.

Zut alors. Les révélations de Patches sont dures à avaler et la plupart d'entre elles me semblent tirées par les cheveux. Des chimères, un ADN néandertalien, et mon sperme échangé contre un montant à six chiffres ! Sans parler de l'idée qu'il y en a d'autres de mon espèce quelque part, et que Ward est curieusement l'un d'entre eux. Un jour, j'ai regardé une émission – « Unexplained ! », ça s'appelait – sur les hybrides humain-chimpanzé. Mais je n'ai pas pris ça au sérieux, pas plus que je n'ai cru aux histoires autour de Bigfoot.

La salle de bain est tout en longueur, faite presque entièrement de marbre noir et blanc. Il y a un lavabo carré, des

WC, un bidet et un élégant petit jacuzzi tout au bout. Une douche derrière un shōji japonais. Une étagère couverte de somptueuses serviettes blanches, et une unique fenêtre en losange par laquelle il va être difficile pour un homme de mon gabarit de passer.

Je m'enferme à clé et m'assieds par terre, dos à la porte.

Le seul truc que m'a dit Patches et que j'ai tendance à croire, c'est qu'il y a plus d'une Cammie dans cette affaire. Sans doute trois ou quatre qui se sont relayées au téléphone, et ça m'attriste d'imaginer qu'elles m'ont dupé aussi facilement.

Et pourtant, quel choix avaient-elles vraiment ? Et vous savez quoi ? S'il s'avère qu'il existe plusieurs Cammie, je n'en ai rien à foutre. Quelle que soit la dette que j'ai envers l'une d'elles, je l'ai envers toutes à parts égales.

Vous croyez en l'instinct ? Moi pas vraiment mais je me sens attiré par un aimant quand je pense à elle – à eux – mes rejetons, mes bébés, oui, c'est ridicule mais c'est un sentiment étrangement puissant, et si ça se trouve, la plupart de nos émotions et de nos désirs sont innés, après tout.

Je sors le téléphone secret de Cammie de la poche de mon short cargo et compose son numéro, la nuque appuyée contre la porte. J'écoute la sonnerie mais tends aussi l'oreille pour savoir si Patches et Ward sont rentrés.

Et puis elle décroche. « Vous êtes où ? » demande-t-elle. Demande une Cammie.

« Chez Patches, je murmure. Et toi ?

– Comment ça, vous êtes chez Patches ? » s'étonne-t-elle, et j'essaie d'évaluer si sa voix est la même que lors du dernier coup de fil – qui paraît bien loin. « Vous rigolez ? Vous êtes vraiment chez lui ?

– Tu es où ? Tu es en sécurité ?

– Oui. Pour l'instant. Mais expliquez-moi. Vous lui avez parlé ?

– Il faut que tu ailles jusqu'à la Salton Sea, comme je te

l'avais dit. De là, prends un bateau pour Hawaï dès que tu peux. Les gens dont je t'ai parlé t'aideront.

– Je m'en occupe. Dites-moi juste ce qui se passe. Il vous a dit quelque chose ?

– Eh bien. Oui et non. »

J'ai la tête qui tourne désagréablement – ce n'est pas l'herbe, je crois. Ça doit être un truc plus fort. Je regarde la tapisserie accrochée au-dessus du jacuzzi, qui semble se dédoubler et trembloter comme de la gélatine. Je mets du temps à m'apercevoir qu'elle est intitulée « Nouvelles du Bas-Pays », comme celle de la cuisine.

Je me rends compte que l'atmosphère ici est bien plus mauvaise que ce que je croyais. Mon subconscient a enfin relayé son message, qui est : *Tu n'es pas en sécurité ici.*

« Il faut que j'y aille. Que je me sauve. »

J'ai des picotements dans le cuir chevelu qui semblent se mouvoir vers le cerveau, et mes globes oculaires palpitent aussi fort que mon cœur. Je sens mes doigts s'élargir, et je suis pratiquement sûr d'avoir été drogué. Les céréales ? Le lait aux amandes ?

Les petits pois grillés au wasabi !

Mais bien sûr, les petits pois, et les muscles de mon cou se relâchent quand je tente de me lever, ma tête oscille sur sa tige lorsque je m'agrippe à un porte-serviettes et que j'essaie de poser mes pieds l'un à côté de l'autre sur le sol.

Je réalise que je suis à vingt minutes d'hélicoptère du centre-ville de Charleston et de mon combi, et que la question de savoir comment retourner là-bas n'a pas été suffisamment creusée.

« Il est parti ? » demande Patches. J'entends sa voix à l'autre bout du couloir, et j'imagine qu'il vient de quitter la terrasse. « Je pense qu'il est parti, ce que n'importe qui ferait après avoir été témoin de… ce genre de situation. Je n'arrive pas à croire que tu aies pu faire une chose pareille. »

J'ai réussi à atteindre le lavabo et je m'appuie lourdement dessus. Je m'efforce d'inspirer et d'expirer, en me concentrant le plus possible sur l'oxygénation de mes poumons.

« En quoi ça te gêne ? demande Patches qui se rapproche au moment même où j'essaie d'ouvrir la fenêtre en losange. Il sera mort avant la fin de la semaine. Si les gens pour qui il travaille ne le tuent pas, Kurch s'en chargera. »

Depuis la fenêtre de la salle de bain, j'aperçois Flip qui me regarde. Même si je réussis à passer par la fenêtre, je me trouve à environ dix mètres de hauteur. Si seulement je pouvais ordonner à mon chien de m'apporter des branches souples pour amortir mon atterrissage.

Pendant ce temps-là, j'entends Patches et Ward, ils ne sont plus très loin maintenant, et Patches rit. « Oh. Oh. Oh. » Il y a des bruits humides.

« Oh ! Mon Dieu ! » s'exclame-t-il.

4

Besoin d'amour ?
Prenez-en autant que vous voulez !

POUF !

Je me retrouve dans le massif de fleurs qui est sous la fenêtre de la salle de bain, et comme c'est une chute de dix mètres, ce n'est pas si terrible que ça. Je suis resté coincé un court instant, j'ai perdu mes sabots mais réussi à atterrir sur mes pieds, genoux et coudes fléchis, et je me laisse tomber sur les fesses. Je n'ai rien de cassé.

Je me relève, m'époussette, le choc semble avoir atténué la sensation de vertige et j'essaie d'avancer aussi vite que me le permettent mes jambes flageolantes, je traverse la pelouse en direction d'une remise élégante et pittoresque, qui a la forme d'un garage, où j'espère trouver une Mini Cooper ou une Vespa que je pourrais voler, mais il n'y a qu'un gyropode Segway branché sur une prise murale et je m'installe dessus à contrecœur et franchis le portail qui a inexplicablement – ou délibérément ? – été laissé ouvert. Me voilà dans la rue, Flip sur mes talons, avec pour seule lumière la lampe de mon téléphone. Je suis poursuivi un moment par l'un de ces drones hybrides lapin-scarabée sautillant jusqu'à ce que Flip l'attrape dans sa puissante gueule de pitbull et que je le piétine, et je grimace parce que je brise ses petites pattes et que les spasmes de la mort sont dérangeants.

Avec un peu de chance, il me reste environ une semaine

à vivre, d'après Patches. La prime sur ma tête est passée au niveau cinq, peut-être même au niveau quatre, surtout si, comme l'a dit Patches, Tim Ribbons m'a laissé tomber, ce qui est son droit étant donné la déloyauté et la désobéissance dont j'ai fait preuve ces derniers jours. Je ne lui en veux pas.

Mais je ne m'attarde pas là-dessus non plus. Je roule sur la surface lisse et pavée à vingt kilomètres à l'heure, le long des ammophiles à ligule courte qui bruissent sur mon passage et des magnifiques marais salants qui se découpent en ondulant, et mes cheveux volent au vent, je respire l'air marin, un énorme saturnie cécropia effleure mon visage et Flip galope à mes côtés, langue pendante et gueule souriante, et je dois dire que quelle que soit la drogue qu'on m'a fait prendre à la Gentilhommière St. Germaine, elle est vraiment super, et dans d'autres circonstances, je retournerais là-bas pour essayer d'en trouver le nom et la recette.

Je traverse un pont qui enjambe la Kiawah River, me fraye un chemin sur des routes sinueuses et marécageuses sous la pleine lune, et je parviens enfin aux abords d'une zone périurbaine. On dirait un grand centre commercial à l'abandon – il y a une banque BB&T condamnée, un magasin Aubergine Home Interiors vide, et une de ces épiceries haut de gamme, Thyme Enough at Last, apparemment au bord de la faillite et de la saisie immobilière.

Mais j'aperçois un trio d'adolescents qui profitent de l'asphalte et des lampadaires halogènes pour faire du skateboard sur le parking. Ils se sont créé un parcours d'obstacles à partir de matériaux de construction récupérés, et ils réalisent de sacrées figures mais ils s'arrêtent net en voyant ce Bigfoot humain aux cheveux longs et aux pieds nus roulant en gyropode – ils sont bouche bée comme si j'étais une créature mythique descendue au milieu d'eux, accompagnée d'un gros chien musclé, couvert de cicatrices.

« Salut, ô mortels », je lance d'une voix blagueuse, mais

ils paraissent décontenancés. Ils ont dans les seize ans, sont dégingandés, échevelés et aussi grands que des hommes, bien qu'ils ne soient encore que des enfants. Ils reculent d'un pas. J'essaie parfois de me montrer exubérant et expansif avec les adolescents mais ça leur fait peur.

Je m'évertue donc à avoir l'air décontracté et rassurant. Je descends prudemment du Segway, je pose mes pieds nus sur l'asphalte, j'aplatis mes cheveux qui ressemblent certainement à une perruque terrifiante, et je remarque que je me suis entaillé le genou et qu'il saigne.

« Vous étiez dans les émeutes ? me demande le plus grand, un adolescent blanc dont la lèvre inférieure est percée de cinq anneaux étincelants, et dont la lèvre supérieure s'est garnie d'une moustache tout à fait honorable.

– En quelque sorte. J'étais en ville en début de soirée mais je me suis laissé distraire et j'ai fini sur cette île, et maintenant je cherche juste à retourner à mon combi sans être tué par mes ennemis. On est encore loin de Charleston ?

– C'est à une quarantaine de kilomètres. Mais vous ne réussirez pas à y aller sur cet engin.

– Tout juste.

– De toute façon, ce n'est plus possible, intervient le plus petit, un gamin asiatique mince et vigoureux, avec un accent du Sud très prononcé. J'ai des amis qui étaient là-bas et qui disent que maintenant la ville est confinée. Des unités d'assaut du département de la Sécurité intérieure ont été parachutées. Gaz lacrymogène et gaz poivre. Les routes sont bloquées.

– Ça alors ! C'est l'ombre au tableau.

– Quel genre de personnes essaient de vous tuer ? demande le troisième, un jeune Noir timide qui tient son skate dans ses bras comme si c'était un chiot.

– Oui, renchérit le plus grand. Qui sont vos ennemis ?

– C'est compliqué. Il y a des organisateurs de combats de chiens qui m'ont dans le collimateur parce que j'ai secouru Flip » – j'indique l'endroit à côté de moi où mon chien, attentif, est assis – « il y a aussi une clique de suprémacistes blancs qui m'en veulent pour des raisons difficiles à expliquer. Et des entreprises que je me suis mises à dos. » Je réfléchis. « J'ai sans doute beaucoup d'ennemis. » Je réalise que j'ai longtemps vécu ma vie comme si je n'étais pas condamné.

« Bref. Je vous laisse ce Segway si ça vous dit. Je l'ai emprunté à un ami mais il n'en aura plus besoin. »

Je regarde autour de moi et ça me réconforte de constater que toutes les caméras de surveillance installées sur les lampadaires halogènes sont cassées. Le parking, qui doit faire dix mille mètres carrés, s'étend à perte de vue, et j'essaie d'imaginer un temps où un architecte optimiste croyait de tout son cœur que ces centaines de places seraient un jour occupées par des véhicules appartenant à des consommateurs enthousiastes.

« Au fait, vous n'auriez pas vu des autos abandonnées dans le coin ? » je demande.

Les ados se regardent en se balançant d'un pied sur l'autre.

« Je crois qu'il y en a deux ou trois là-bas », finit par dire le plus petit. Il monte sur son skateboard. « Venez. Je vais vous montrer. »

Je les suis et oui, il y a des épines, des éclats de verre et des cailloux tranchants sous mes pieds nus, mais ces gentils gamins ne me laissent pas tomber. Ils me devancent puis font demi-tour et bouclent la boucle, s'accroupissant et glissant autour de moi avec la grâce d'un oiseau, et si je devais choisir mes rejetons, ce serait eux.

Je les aurais bien élevés, me dis-je, et je me rappelle les mots de Patches : *Progéniture !* Et : *C'est à propos des choses les plus ridicules que tu te montres le plus éloquent et sentimental.*

Les insectes qui tournoient dans le halo des lampadaires sont aussi nombreux que si on était en juillet – papillons de nuit, éphémères géants, quelques scarabées volants, peut-être – et leurs ombres tachettent le sol. J'avance délicatement et les skateurs passent à toute vitesse à côté de moi, et le plus petit fait un *tchhh* quand il rebondit sur un pot de fleurs en ciment qui contient une fougère morte.

On passe devant une grosse benne à ordures remplie à ras bord de peluches. Il y en a des centaines et des centaines dans d'horribles nuances de rose, de violet, de mandarine et de bleu piscine, toute une panoplie de créatures – ours, oui, chatons, oui, pingouins, dinosaures, chevaux, licornes, dragons, singes, canards. Et j'aperçois un graffiti sur un côté de la benne : BESOIN D'AMOUR ? PRENEZ-EN AUTANT QUE VOUS VOULEZ !

« Dites donc ! Qu'est-ce que c'est que ça ?

– Ce n'est rien, répond le grand au physique ingrat. Des collégiennes ont lancé ce truc et ça n'arrête plus. Ridicule !

– Moi, ça me plaît. » Et j'extrais du tas un vieux lapin marron, désolé, c'est plus fort que moi.

On trouve enfin des autos apparemment volables, et je m'arrête pour envisager les différentes alternatives.

La meilleure option est une Toyota Corolla, sans doute un véhicule de location abandonné. Les garçons, restés à une distance respectueuse, me regardent forcer la portière, démarrer l'auto et désactiver le GPS du tableau de bord.

« Wah, le ouf ! s'exclame le gamin asiatique avec l'accent strident du Bas-Pays. Vous êtes doué ! »

Ils m'observent avec intérêt quand je dévisse la plaque d'immatriculation d'une Chevrolet Camaro défoncée pour la poser sur la Corolla, et je leur décoche un sourire plein de modestie. « Je ne fais rien d'extraordinaire », je réponds, mais ce compliment embrase mon cœur, et je leur souris de nouveau.

« Hé ! Je peux vous demander un service ?

– Peut-être, répond le plus grand. De quoi s'agit-il ?

– Je vous donnerai à chacun un billet de cinquante dollars si vous m'aidez à me casser le nez. »

À l'époque de l'*Étoile du Berger*, j'avais un tiroir plein de déguisements. J'avais des masques en latex que j'enfilais en cinq secondes, comme ceux que les espions de la CIA portaient dans les années soixante-dix, j'ignore ce qu'ils utilisent aujourd'hui mais les miens étaient vraiment convaincants. Des masques d'hommes et de femmes de toutes origines ethniques, de personnes âgées aussi. Ils étaient très réalistes.

Mais maintenant je me déguise comme je peux.

« Comment ça, vous casser le nez ? me demande le plus grand, surpris.

– Eh bien, je dis sagement. Vous voyez, les garçons, il faut de toute urgence que je change d'apparence, et de manière radicale. Je crois avoir mentionné que je suis pourchassé par des méchants, et je m'inquiète à l'idée qu'ils puissent utiliser ces caméras, comme celles qui pendent aux lampadaires, pour me localiser. »

Ils lèvent les yeux vers une caméra de surveillance cassée qui pendouille au bout d'un fil électrique. Ils hochent la tête, l'air sombre – ça a dû leur prendre du temps de casser tout ça.

« Pourquoi vous voulez qu'on vous pète le nez ? » demande le plus silencieux. Il semble méfiant et plutôt effrayé. « Pourquoi vous ne le faites pas vous-même ?

– C'est une bonne question. » En tant que gamin noir de Caroline du Sud, il n'a aucune raison valable de faire confiance à un homme blanc bizarre et potentiellement dangereux. « Je comprends ton inquiétude. Mais le problème, c'est que c'est plus délicat qu'on ne le croit de faire ce genre de chose soi-même. Même avec des nerfs d'acier, on flanche involontairement et on fait tout foirer. Je connaissais une jeune femme, pas beaucoup plus âgée que vous, qui devait se couper le pied parce qu'il y avait un traceur dedans, mais elle n'a pas pu le faire toute seule. Elle a dû se faire aider. »

Je me rends compte que ma nature grégaire me pousse au babillage frénétique – en partie, je crois, à cause de cette drogue inconnue qu'on m'a fait prendre à mon insu chez

Patches et Ward. Alors je retiens ma respiration calmement, je compte de cinq à zéro, puis j'expire en comptant jusqu'à sept.

« Écoutez. On va dire cent dollars chacun, d'accord ? » Je sors mon portefeuille et je leur tends deux billets neufs de cinquante dollars. Le gamin timide ne veut pas accepter mais je les lui dépose délicatement dans le creux de la main.

« Que tu le fasses ou pas. Mais je te promets que ça ne sera ni trop sanglant ni trop effrayant, et que ça ne t'attirera pas d'ennuis. »

Puis je me tourne vers le plus petit. « Comment t'appelles-tu, l'ami ? je lui demande, et il hausse les épaules.

– Bing, répond-il, hésitant.

– D'accord, Bing. Tu pèses combien ? À peu près cinquante kilos ?

– Oui.

– OK, parfait. Je vais m'allonger par terre, me couvrir le visage avec mon T-shirt, et tu vas me donner un bon coup de pied dans le nez. Comme si tu frappais le sol avec ton skateboard.

– Et moi, je fais quoi ? demande le moustachu.

– Toi, tu vas aller me chercher dans la benne un gros animal en peluche qui me servira d'oreiller. Et puis tu me tiendras fermement la tête pendant que Bing me frappera. »

Je me tourne alors vers le gamin noir inquiet. « Et toi, si ça ne t'ennuie pas, tu monteras la garde au cas où des autos passeraient. »

Nous nous sommes mis d'accord et le plus grand – il se trouve qu'il s'appelle Tregg – m'apporte un panda en peluche de la taille d'un veau qui vient de naître. J'enferme Flip dans la Corolla au cas où il interpréterait mal la situation, je m'allonge par terre, je pose ma tête sur le panda et j'entends le crissement des granulés en plastique à l'intérieur, puis je contemple le ciel un moment, il y a cette lune d'octobre qui se moque de moi. Je remonte mon T-shirt sur mon visage et Tregg s'agenouille et plaque ses paumes moites de chaque côté de ma tête, sur mes oreilles. Mais je peux encore entendre ma propre voix, comme si elle provenait d'une radio en toc.

« OK, Bing. Vise bien. »

Je ferme les yeux. Je m'imagine endormi dans un avion à destination d'une île, quelque part dans l'océan Pacifique, je flotte et l'appareil fend l'air. « Vas-y. Tu en es capable », et j'attends paisiblement pendant ce qui me paraît être un très long moment si bien que je suis sur le point de penser que les gamins se sont barrés et je m'apprête à ouvrir les yeux quand la tennis de Bing frappe. Je suis surpris – non par la douleur à laquelle je m'attendais, mais par l'arbre éclatant, semblable à un éclair, qui se ramifie dans mon cerveau au moment de l'impact et qui ne disparaît pas, oscillant devant moi quand j'ouvre les yeux – comme lorsqu'on regarde le soleil en face et qu'un cercle de lumière fantomatique nous apparaît. Il semble qu'il y ait beaucoup de sang et, quand je me redresse, je vois Bing sautiller sur un pied en disant : « Oh là là, oh là là, qu'est-ce que ça fait mal ! » Le visage dans les mains, je me balance un peu d'avant en arrière, et je verse des larmes de douleur.

« Bon boulot, les garçons, je dis d'une voix rauque. Je crois qu'on a réussi ! »

Dans un autre État

Dans le rêve – dans une autre vie – dans les collures du film qui ont été supprimées – je suis toujours en train de conduire mais j'ignore dans quel État je suis. Puis je reviens à moi.

Je suis au volant de l'*Étoile du Berger* et je dis à Liandro : « Je sais que tu n'as pas envie d'aller dans l'Utah, à ta place je ressentirais la même chose. Mais tu ne peux rien y faire.

– C'est donc ça ? grommelle-t-il amèrement. Tu commets une erreur et toute ta vie est foutue ?

– Pour certains, il n'y a même pas d'erreur commise.

– Hum. » La brume de son émotion flotte au-dessus de sa tête comme un mirage. Il pince les lèvres et regarde par la vitre. Je ne sais pas très bien dans quelle direction nous allons. On est où ?

Au Kansas, peut-être ?

Des champs de maïs bordent la route à deux voies qui s'étend au loin, et il n'y a pas de circulation. Pas de maisons non plus, pas même des arbres, bien que les squelettes cornus des pylônes électriques défilent à l'horizon, où que le regard se tourne. Pelotonné sur le siège passager, Flip me jette un coup d'œil qui signifie quelque chose comme : « Certains d'entre nous se font du souci pour toi. »

Ma tête est lourde à cause de ce que Ward a fourré dans le petit pois grillé au wasabi, c'est comme si je portais un bonnet qui se serrait puis se desserrait, une impression très désagréable. J'approche ma main de mon visage et je m'aperçois que j'ai un pansement sur le nez. C'est assez douloureux au toucher. Mon nez est peut-être cassé.

« Ne mets pas tes mains sales sur ta figure ! me dit ma mère. Tu veux attraper ce virus ou quoi ? »

Je jette un coup d'œil à côté de moi, elle occupe le siège passager de notre vieille Plymouth Road Runner, et j'agrippe le volant. L'Alaska Highway traverse la Tanana Valley Forest, et les arbres sont alignés tout du long comme les spectateurs d'un défilé – épinette noire, peuplier baumier et peuplier faux-tremble.

« Je n'ai même jamais rencontré mon vieux », est-elle en train de me raconter – ou de raconter tout court, car j'ignore si elle s'adresse à moi ou pas. « Ils t'ont mis dans mon ventre avec un kit d'insémination. Et m'ont payée en promesses. » Shootée au diazépam, elle se laisse aller contre le dossier de son siège, sourit rêveusement et lève les yeux au ciel. Elle a trente-deux ans, j'en ai dix-sept.

« Si je savais à l'époque ce que je sais aujourd'hui, je n'aurais jamais fait ça. Ah ! Tu devrais m'être reconnaissant d'avoir été jeune, stupide et cupide.

– Ouais », je réponds, bien que je ne me sente pas particulièrement reconnaissant. De gros éphémères ne cessent de s'écraser sur le pare-brise jusqu'à ce que je finisse par leur envoyer une rafale de liquide et que je fasse fonctionner les essuie-glaces.

« Comment il s'appelait ? Ton vieux ?

– Rich. Rich McDollarsigns. » Ma mère tient entre ses jambes un sachet en papier rempli de petites pommes McIntosh tachetées, et je la regarde plonger la main dedans, en ressortir une, et à sa façon lente et maladroite de mordre dedans, on voit qu'elle est droguée.

C'est l'une des scènes que mon esprit exclut généralement de mon répertoire de souvenirs.

Elle pose ses pieds sales sur le tableau de bord, au-dessus de la boîte à gants, et replie les orteils. « Tu seras plus heureux sans moi. On ne s'est jamais fait beaucoup de bien, toi et moi.

– Tout juste », je murmure. Il fait jour mais le temps est couvert, et les nuages bleu-gris semblent émerger des longues rangées d'arbres en entonnoir. Je me demande si ma mère sait que je songe à la tuer, à m'échapper. Sait-elle que je ne la déteste pas, malgré tout ?

« Pourquoi tu ralentis ? Tu peux faire du cent-soixante dans cet État, tout le monde s'en fout. J'aimerais arriver à Saskatoon avant qu'ils changent d'avis. »

Je n'accélère pas. À Saskatoon, il y a un représentant de ce qu'elle appelle « tes nouveaux parents », et parfois, quand elle utilise cette expression, elle m'adresse un sourire contrit, *Je blague, je blague.* Elle pose sa main aux longs ongles sur mon genou et le presse légèrement.

« Haut les cœurs ! C'est une belle opportunité pour toi aussi. On doit tous quitter le nid tôt ou tard, petit lapin ! »

Je hoche la tête, mais un filet de sueur coule sur ma nuque et le long de ma colonne vertébrale, et les pins broussailleux semblent trembler. Il ne s'agit pas d'opportunité, ça c'est sûr. Il ne s'agit pas de quitter le nid, si tant est que j'en aie jamais eu un. Elle doit juste régler une dette, ce qu'elle fera en me confiant à une organisation criminelle chrétienne de suprémacistes blancs qui vont m'obliger à me couper les cheveux et chercher à m'endoctriner avec leur religion – muscles-Jésus-Harley Davidson. Le côté positif, c'est qu'il y a sans doute des habitats naturels dans leur camp.

« Tu es plein de ressources. Tu sauras te débrouiller », ajoute ma mère qui remet la pomme à moitié mangée dans le sac et en prend une autre.

Je regarde ma jambe car mon téléphone vibre, et je fouille dans la longue poche latérale de mon short cargo, l'attrape et le colle à mon oreille.

« Oh, mon Dieu ! s'exclame Cammie en poussant un soupir angoissé. Je n'arrive pas à croire que vous répondiez enfin ! »

Je suis dans une Toyota Corolla de location qui sent fortement le talc pour bébé et le désodorisant au citron, j'ai mis la clim à fond, et Flip est lové en position fœtale sur le siège passager, le museau entre les pattes arrière.

« J'ai eu des défis à relever ces derniers temps. »

J'entends Cammie hésiter, choisir ses mots, elle me trouve peut-être un peu agaçant. Comme si j'étais un employé certes précieux mais difficile à gérer.

« Où êtes-vous ? » me demande-t-elle. Et voilà. On aurait pu s'attendre à un peu plus d'enthousiasme et de hosannas mais non. « Le GPS sur le téléphone que je vous ai donné ne marche plus correctement.

– Ah bon ? » Je regarde le paysage mais je ne repère aucun signe distinctif pour l'instant. On se croirait dans les Grandes Plaines avec ces prairies ondoyantes de jaune et ce ciel vide et transparent, le soleil sans éclat légèrement sur ma gauche ou sur ma droite selon que je me dirige vers l'est ou l'ouest. Je dois être dans le Dakota du Sud ou dans le Nebraska, mais je pourrais aussi bien me trouver dans l'Oklahoma ou même dans le nord du Texas.

« Je ne sais pas trop. Je suis sur une grande route. Quel jour sommes-nous ? On est toujours en octobre ?

– Oui », répond Cammie, et je grimace car elle a du mal à contenir son exaspération. « On est le vingt-neuf octobre. Je vous ai parlé il y a deux jours et vous disiez être chez Porter St. Germaine en Caroline du Sud.

– Ah. » L'ombre de sa déception descend sur moi. Je ne peux pas m'empêcher de penser qu'elle trouve que je ne suis pas un très bon père. Elle ignore que mon nez est cassé et que j'ai des coupures et des épines dans les pieds parce que j'ai traversé pieds nus un parking abandonné. Je ne vais d'ailleurs pas lui dire, je ne veux pas de sa pitié.

Mais je regrette qu'elle ne me parle pas d'une voix plus

douce. S'il existe plus d'une Cammie, celle-ci n'est pas la plus sympa. J'ai envie de lui dire : *Sois gentille avec ton vieux, il n'en a plus pour très longtemps*, mais bon, elle non plus, sans doute, et si sa façon de faire face, c'est de se montrer froide et irritable, qui suis-je pour la juger ?

« Désolé. Je crois que le singe m'a drogué à mon insu.

– Je ne vois pas du tout de quoi vous parlez. » Elle soupire et c'est un si parfait écho du soupir de ma mère que, l'espace d'un instant, je me revois en train de traverser l'Alaska au volant de la Road Runner, j'imagine Cammie prendre une petite pomme McIntosh tachetée dans un sac et je me demande ce que j'aurais fait si, dans une autre vie, que nous aurions passée ensemble, elle s'était révélée être exactement comme ma mère. Est-ce que j'aurais pu la changer ? Ou est-ce que j'y aurais vu l'occasion d'avoir une relation différente avec le genre de personne qu'était ma mère ? J'hésite, je réfléchis aux discussions importantes que nous aurions pu avoir, et j'essaie de régler la climatisation qui fait un bruit de dingue mais je me trompe, j'allume la radio et les harmonies vocales des Backstreet Boys m'explosent les oreilles, alors j'éteins.

Je me racle la gorge. « J'ai été drogué par le compagnon de Patches, qui se trouve être un chimpanzé. Ou peut-être une chimère génétiquement modifiée de type chimpanzé-homme, si tu crois en l'existence de ce genre de chose.

– Hum. » Bien que ce soit sans doute la réponse la plus neutre que Cammie puisse faire, je n'en suis pas moins blessé. Je ne peux m'empêcher de me considérer comme un raté en tant que figure paternelle, en tant que sauveteur, n'ayant pu arracher Cammie aux puissances qui lui veulent du mal, et je regarde Flip dont le seul œil ouvert dit aussi « Hum ».

J'aurais aimé que ce soit plus facile. Dans une autre vie, j'aurais aimé Cammie aussi inconditionnellement que j'ai aimé ces jeunes skateurs qui ont accepté de me casser le nez. Dans une autre vie, je lui aurais dit tout ce que je sais, on aurait fait équipe, père et fille, pour trouver une solution, et on se serait enfuis main dans la main dans une région sauvage impossible à localiser.

Je me racle encore la gorge. « Bref. J'ai eu une amnésie dissociative et j'ai déliré. » Je regarde la route en quête d'un panneau susceptible de me donner un indice quant à l'endroit où je me trouve mais je ne vois qu'un triangle jaune sur lequel on peut lire : ATTENTION VERGLAS PONT, bien qu'il n'y ait de verglas nulle part. Il doit faire environ dix-huit degrés dehors.

« Hé, Cammie. J'ai une question importante à te poser.

– Allez-y ? » dit-elle, pas forcément avec hostilité, mais comme les choses auraient pu être différentes si elle avait juste dit : *Bien sûr, pose-moi n'importe quelle question, papa.*

« Tu es une seule personne ? Ou plusieurs personnes ? »

Il y a un silence interloqué, un souffle. Une pause teintée de méfiance.

« Je suis une personne, répond-elle, non sans une touche d'agacement. On ne peut pas être plus d'une personne.

– Tout juste », je dis, même si ce n'est pas totalement vrai. J'aimerais lui expliquer que sa grand-mère pouvait être dix personnes, si ce n'est plus, en une seule journée, mais je ne veux pas m'écarter à nouveau de mon sujet. « Patches – Porter – affirme pourtant que tu appartiens à un collectif de hackeuses sans scrupule. Que vous vous faites toutes appeler Cammie, que vous êtes au moins une douzaine et que vous m'avez piégé. En faisant semblant de n'être qu'une seule personne. Il vous appelle “les Sœurs”. »

Je longe une mégaferme qui s'étend de chaque côté de la route, irréelle tant elle est vaste. Champs de maïs d'un côté, de soja de l'autre, constamment irrigués par d'énormes arroseurs automoteurs qui, en pulvérisant les rangées, font naître des arcs-en-ciel chatoyants aux couleurs métallisées. Les cultures ont l'éclat et le vert des plantes d'intérieur artificielles ; on pourrait croire qu'en octobre elles seraient jaunes, mais pas ces piteuses créatures hybridées. On sent bien qu'elles ne sont pas véritablement vivantes, qu'elles n'ont pas d'âme contrairement à la plupart des plantes.

« Enfin bref », je dis, car j'ai décidé d'être le plus honnête possible sur tous les sujets : qu'ai-je à perdre à ce stade ? « Il croit sans doute aussi que je ne suis pas seul – que j'ai des frères et sœurs, que j'ai un ADN très rare d'homme des cavernes, et il se peut qu'il ait assemblé mon ADN avec celui d'un chimpanzé pour créer son malheureux compagnon. Je ne suis pas sûr que tout cela soit vrai. Il était au beau milieu de ce que j'appellerais une querelle d'amoureux, et il buvait et se droguait royalement.

– Hum », se contente de dire Cammie. Les champs irréels défilent de chaque côté de ma Corolla, s'étendant à perte de vue.

« Bien », poursuit-elle d'une voix plus légère et plus indulgente ; c'est presque comme si cette voix appartenait à quelqu'un d'autre, et ça fait froid dans le dos. Cammie ressemble peut-être à ma mère à ce niveau-là aussi ? Ses états d'âme sont plus que des états d'âme, ce sont des êtres à part entière.

« Je suis contente que lui et les autres croient ça. Finalement, j'ai peut-être encore une demi-longueur d'avance sur eux. » Elle rit, et c'est le rire âcre et communicatif de ma mère. « Malheureusement, je ne suis qu'une seule et même personne. J'ai beaucoup d'avatars en ligne, que j'appelle “les Sœurs”, mais ce n'est que moi. Et si des amis ont pu me filer un coup de main par le passé, la plupart d'entre eux sont morts ou en détention provisoire aujourd'hui.

– Je suis désolé. C'est toujours triste de perdre des amis.

– Oui. C'est vrai. »

Elle est silencieuse, sans doute parce qu'elle est en train de penser à des êtres chers qui ont disparu. Peut-être à un antifasciste échevelé, sec comme un singe-araignée mais gentil et doué en musique, pour qui elle avait le béguin ; peut-être à une amie aux cheveux roses et aux lèvres expressives, si drôle et loyale, qui a sans doute pris une balle pour protéger notre Cammie. Peut-être au pauvre Ronnie tout transpirant qui, bourré de clozapine et la bouche entrouverte, doit être actuellement assis à la fenêtre d'un asile situé en bord de mer.

« Quoi d'autre ? » demande-t-elle et, à sa voix, on dirait qu'elle a le regard perdu dans le vague.

« Eh bien », je dis à regret. Ça ne me paraît pas très juste de jeter le doute sur ses parents adoptifs, mais c'est ainsi. « Il dit que vous êtes un système de Ponzi. Il dit que ton grand-père – mon père – est un vieux Midas, et que tes parents ont misé sur toi parce que tu as de bonnes chances d'hériter d'une partie d'une immense fortune. Mais, d'après Patches, ce n'était qu'une combine que Kurch et lui avaient imaginée pour gagner de l'argent. Beaucoup de générations vont faire valoir leurs droits sur les biens du vieux Midas devant les tribunaux.

– J'imagine qu'il ne vous a pas donné le nom du père.

– Non. Et ma mère non plus.

– Très peu d'hommes auraient fait l'affaire.

– Si c'est vrai », j'ajoute tristement. Un peu plus loin, un gros drone robot jaune marche sur le terre-plein central, l'air songeur, balançant ses bras hydrauliques et regardant ses pieds, comme abattu par un souvenir. Il a la bouche d'un chaton et de gros yeux tout mignons qui lui mangent la moitié du visage.

Il est probablement censé ressembler à l'une de ces créatures d'un jeu vidéo dont les enfants étaient fous à une époque.

« Hé, tu as déjà fait la collection de cartes Pokémon quand tu étais petite ? C'était à la mode, non ? »

Le robot doit mesurer neuf mètres. Ces machins sont tellement adorables qu'on ne peut pas s'empêcher de leur sourire. Celui-là a un corps dodu, des oreilles pendantes de lapin et ses jambes courtaudes le font se dandiner. « Il y a un drone sur le bord de la route qui leur ressemble.

– Aux Pokémon ? » Voilà qu'elle est de nouveau légèrement irritée, et c'est de ma faute. Certains pourraient se demander pourquoi je passe du coq à l'âne alors que je suis censé résoudre le mystère, ce à quoi je répliquerais qu'un autre besoin s'impose à moi de manière tout aussi pressante : avoir quelques images de l'enfance de Cammie. Par ailleurs, ce drone est fascinant. Ils font vraiment du bon boulot pour qu'on ait l'impression qu'ils sont vivants.

« Oui, marmonne-t-elle. Oui, j'ai joué à Pokémon Go un été, comme tout le monde. Mais comment Kurch et St. Germaine ont pu savoir que vous aviez cet ADN ?

– Patches a dû travailler pour Tim Ribbons, du moins pendant un temps. Il l'a sans doute su par Tim, et ensuite il l'a trahi, et puis il est parti monter cette histoire d'embryon avec Kurch.

– OK. » Je sens qu'elle est en train d'assimiler les choses, d'évaluer la situation, de se repositionner : elle est comme le mécanisme d'une horloge, notre Cammie, et puis, émotionnellement, ça doit être dur de réaliser qu'on est juste un jeton de poker qui pourra être échangé ultérieurement contre des espèces. Je l'entends absorber toutes ces informations.

« Dommage. J'espérais qu'on possédait un super-pouvoir ou quelque chose dans le genre.

– Tout juste. Mais regarde : on est particulièrement rusés ! Et de toute façon, il est difficile de savoir dans quelle mesure ce que Patches m'a dit est vrai. Il se peut quand même qu'on ait des super-pouvoirs, ma belle !

– Ha ha », dit-elle sans joie. Mais au moins, le fait qu'elle ait tenté de rire est une marque de gentillesse à mon égard, que j'accepte volontiers.

Dans une autre vie, que nous aurions passée ensemble, il nous aurait sans doute fallu des années pour devenir vraiment à l'aise l'un avec l'autre ; il y aurait certainement toujours eu une gêne persistante, une ombre de méfiance entre nous. Je serais venu dîner chez elle et, après le dessert et le café, elle aurait peut-être accepté que je lui répare un petit truc – un plafonnier défectueux, par exemple. Je l'aurais convaincue de regarder une comédie musicale des années cinquante et, assis côte à côte sur le canapé, on aurait fixé l'écran où des gens morts depuis longtemps chanteraient et danseraient.

L'idéal aurait sans doute été de prendre des vacances, juste tous les deux. J'ai toujours eu envie de visiter les grandes réserves aux papillons dans la forêt nuageuse de l'Équateur. Je nous vois nous installer dans une cabane construite dans les branches d'un kapokier, marcher sur des chemins nous conduisant à des sites d'où l'on jouirait d'une vue incroyable sur la vie sauvage. Plus tard, alors qu'on irait camper en Alaska, je craquerais et lui avouerais avoir tué ma propre mère, et on apercevrait un orignal au loin, une pleine lune dessinant le contour de ses ramures.

« Je suis désolé. Je suis plutôt décevant comme père.

– Non », répond-elle. Il y a un flottement, comme si une autre Cammie s'emparait du téléphone, et sa voix se fait triste et flûtée.

« C'est juste que… Mes parents sont morts.

– Oh. » Devrais-je lui dire que je suis désolé ? Elle m'avait expliqué qu'ils étaient ses pires ennemis et qu'elle voulait les faire emprisonner, mais je sais d'expérience que souhaiter qu'un parent ne soit plus en vie et le savoir mort sont deux choses totalement différentes.

« Que s'est-il passé ? » je demande, et je l'entends déglutir.

« Assassinés. Ils en parlent aux infos. Apparemment, la police s'intéresse à moi.

– Zut ! » je m'exclame, et j'essaie de trouver des mots réconfortants à lui dire. « Tu es où ? Tu es en sécurité ? »

Il y a soudain un bruit strident. L'une de ces notes dodécaphoniques, comme un déchirement violent, que vous avez peut-être entendue à l'époque où l'on se connectait à un fax via la ligne téléphonique.

« Oh ! Putain ! » s'exclame Cammie, et elle pousse un cri de désespoir que je qualifierais de poignant. « Merde ! » dit-elle, et sa voix est devenue distante et fluette. « Ils nous ont localisés ! gémit-elle. Jetez votre portable par la fenêtre et éloignez-vous des grands axes routiers ! Bazardez votre téléphone, faites vite !

– Attends ! Comment je vais faire pour te recontacter ? »

Mais elle a déjà raccroché, je baisse la vitre et balance son téléphone – la seule chose qu'elle m'ait jamais donnée. Je le vois rebondir et voler en éclats scintillants dans mon rétroviseur.

Au loin, le robot s'est arrêté et on dirait qu'il a les yeux fixés sur mon auto. Ses grands yeux sont truffés de caméras de surveillance, comme l'œil à facettes d'une abeille. Il incline la tête et me filme sous différents angles et en plus ou moins gros plan.

Puis il fait un pas vers moi. Oui, il semblerait que je l'intéresse et, bien que j'aie jeté le téléphone, il se met à avancer nonchalamment dans ma direction, comme une gerbille grassouillette sur ses pattes arrière, pas vite mais avec détermination et un optimisme acharné.

Je m'engage sur le talus et puis merde, j'y vais, je dégringole la pente raide jusqu'aux champs de maïs zombifiés.

Me voilà clairement pourchassé par un drone robot, haut comme une maison d'un étage, qui se pavane et dont chaque mouvement communique une certaine *joie de vivre*[1]. Mais je n'ai aucune envie de mourir sous le pied hydraulique du Pokémon.

La Toyota Corolla hybride n'est pas particulièrement adaptée au hors-piste mais elle roule dans des sillons, de chaque côté de deux rangées de maïs, et fait de son mieux. Les plants s'aplatissent devant nous, et le bruit des tiges claquant sur le pare-chocs ressemble à celui d'un paquet de cartes qu'on battrait furieusement. Des épis en train de sécher rebondissent sur le toit.

1. En français dans le texte.

Il est évident qu'on ne va pas réussir à semer ce robot. Bien qu'on ait plusieurs kilomètres d'avance, ses pas maniérés sont plus grands que ce que l'on pourrait croire, et il ne lui faudra pas plus de cinq à dix minutes pour réduire l'écart. Pour nous rattraper.

Je coupe le moteur, je bondis hors de l'habitacle et, pris de court, je me mets à courir à travers champs avec Flip qui galope devant moi.

Derrière nous, la pauvre Toyota geint, *Biip biip biip ! Biip biip biip !*

C'est triste et inquiétant car j'ai laissé la portière ouverte. *Je t'en supplie, ne m'abandonne pas !* semble-t-elle me dire en pleurant.

Je n'oublierai jamais votre bonté

Je suis sur le bord d'une route à deux voies, en face de ce champ de maïs flippant, les pieds nus sur un carré de trèfles. Ça fait du bien. Mes plantes de pied sont entaillées et couvertes de terre, et je me sers de ce carré de trèfles comme d'un paillasson en espérant retirer le plus gros.

Quand je lève les yeux, je vois un vieux pick-up Ford Ranger approcher. Je lève le pouce, et Flip sa patte, tout en penchant timidement la tête, et le type au volant, un vieux fermier aux cheveux gris, s'arrête et baisse la vitre côté passager.

« Vous allez où ?

– À la prochaine ville ? » J'essaie de lui offrir ce large sourire reconnaissant et bienveillant que j'ai perfectionné au fil des ans. « J'ai un problème avec mon auto, il faut que je trouve une cabine téléphonique. »

Il hausse un sourcil. Vu ses rides, je lui donnerais dans les quatre-vingts ans. Il porte une salopette, une chemise de flanelle et une casquette de routier sur laquelle on peut lire : « Dewdrop Inn Ladies Night, Feb. 22, 1996. » Il hoche la tête.

« D'accord. Montez. »

Ce n'est qu'une fois installé dans la cabine que je réalise que j'ai oublié de regarder sa plaque d'immatriculation, si bien que j'ignore toujours dans quel État je me trouve. Je jette un rapide coup d'œil autour de moi – *boîte à gants, canette de bière, pare-soleil, fusil de chasse, levier de vitesse, tableau de bord, paquet de cigarettes Morley* – mais je ne vois rien qui puisse me renseigner.

« J'imagine que vous avez perdu votre portable ? dit le vieux fermier. À ma connaissance, il ne reste plus beaucoup de cabines téléphoniques.

– Je ne supporte pas les portables. Pour raison de santé.

– Beurk ! Ces trucs-là ont conduit le pays à sa perte. J'ignore comment, mais on a convaincu les gens de passer leur vie entière l'œil rivé à un écran de la taille d'une carte à jouer. Il n'y a pas pire prison.

– Tout juste. » Je lève légèrement le poing en signe de solidarité, mais le vieil homme se contente de m'observer. Puis il me tend la main. Il porte des gants chirurgicaux.

« Bill McGregor », me dit-il, et je lui tends la mienne.

« Sympa ! J'ai le même prénom que vous. Mais je me fais appeler Willie. Willie Bare, Jr.

– Parfait. » Il démarre, et Flip s'installe tant bien que mal à mes pieds. Il frissonne d'inquiétude et me regarde, l'air de dire : *Et maintenant, on fait quoi ?*

Je n'ai pas de réponse à lui donner. On roule un moment en silence et je respire l'air froid et humide qui sort des bouches d'aération, ni chauffage ni climatisation mais un goût unique.

J'essaie à nouveau de me concentrer, ce n'est pas facile. Je me sens toujours un peu hébété et endolori. Et oui, je suis totalement conscient du fait que je suis condamné, que ce sont mes derniers jours et qu'il faut absolument que je fasse un effort pour sauver Cammie et vaincre nos ennemis, etc., mais pour être tout à fait honnête, je ne bouillonne pas d'idées lumineuses. J'essaie de fermer légèrement les yeux et d'ouvrir mon esprit à la sagesse du subconscient, mais je ne sens que l'ombre vacillante des poteaux téléphoniques qui passe derrière la vitre et joue sur mes paupières.

« Eh bien ça alors ! » s'exclame McGregor, et mes yeux

s'ouvrent. « Regardez-moi ça ! » Il fait un geste vers la gauche. Au loin, un drone jaune géant s'est empêtré dans des câbles électriques comme une mouche dans une toile d'araignée. Nous le regardons tourner la tête de gauche à droite avec perplexité et tenter de s'extirper de son piège. Il lève ses bras hydrauliques et plie délicatement les doigts, et une nuée de mainates religieux tournent autour de sa tête, composant comme une couronne mortuaire.

« Diable ! s'écrie McGregor tout à la fois exaspéré et résigné. Qu'est-ce que ce putain d'engin fait au milieu d'un champ de maïs ?

– Ils ne sont souvent pas aussi intelligents qu'on le croit. Ils sont facilement désorientés.

– Hmm », grogne le fermier. Il sort une cigarette de son paquet, la glisse entre ses lèvres mais ne l'allume pas. Nous continuons à rouler et je jette un coup d'œil par-dessus mon épaule pour regarder le robot rapetisser.

« Est-ce que les récoltes sont bonnes au Kansas cette année ? je finis par demander.

– Je ne sais pas. Je n'y suis jamais allé. »

Et puis on retombe de nouveau dans le silence, ce qui est bien – ce qui est même agréable. J'écoute le rythme des pneus sur l'asphalte friable. Cette route n'a pas été repavée depuis que je suis né, j'imagine. Elle est toute craquelée et commence à se lézarder, formant comme un puzzle. Je me surprends à penser à ma conversation avec Cammie. C'était peut-être la dernière fois que je lui parlais, et voilà que je me sens honteux et triste. Elle a dû me prendre pour un clown. Pourquoi je ne me suis pas montré plus grave – rassurant – paternel –, plus comme quelqu'un qui pourrait lui être vraiment utile ?

Je l'ignore. Dans une autre vie, une vie où je ne l'aurais pas rencontrée, je serais également au volant de l'*Étoile du Berger* et je sillonnerais l'hémisphère Nord, homme de main rêveur et joyeux accompagné de mon fidèle chien, depuis le promontoire Murchison jusqu'à Suchiate dans le sud du Mexique, pour exécuter diverses tâches – transporter des prisonniers, livrer des paquets, poser des explosifs, espionner, garder des usines abandonnées, nettoyer des camps de millionnaires après un massacre sanglant, assassiner des gens sans importance. La routine. *Si seulement j'étais resté invisible à mes yeux*, me dis-je. Si seulement je n'avais pas commencé à me remémorer le passé et à envisager l'avenir, je continuerais à me déclarer plutôt satisfait.

Mais j'ai dû faire le choix de tout balancer à un moment donné. Quand exactement ? Je remarque une bosse dans ma poche en me grattant la cuisse, je glisse ma main dedans et j'en ressors le vieux lapin en peluche tout sale que j'avais piqué dans la benne en Caroline du Sud. La honte !

Malheureusement, il dégage une odeur de déchets humides. Il est rempli de granulés, je crois, mais ils sont trempés. Le rembourrage en polyester est fatigué, et ses poils raides se détachent quand je promène mon pouce sur ses oreilles tombantes. Mais ses yeux de perle restent vigilants. Quelle remarque a fait Patches à propos de mon histoire de lapin ? *Tu te focalises trop sur ces banalités sentimentales*, et je me dis : *Oh !*

Quand je lève la tête, je constate que le vieux fermier aux cheveux gris m'observe, et sa cigarette, qu'il n'a toujours pas allumée, pend à sa lèvre inférieure charnue.

« Vous avez des gosses ? » me demande-t-il en regardant la peluche, et je hoche la tête.

« Plusieurs. » J'effleure la petite bouche brodée, qui exprime de la déception ou de la surprise.

« J'ai une fille de vingt-deux ans. Elle a des problèmes. C'est un de mes sujets d'inquiétude. »

L'air pensif, le fermier ne dit rien. Au loin, j'aperçois le beffroi d'un silo à grains qui s'élève au-dessus des champs de maïs, et j'en déduis qu'on approche d'une petite ville.

J'appuie sur la poitrine de mon lapin, à l'endroit où serait son cœur. Pardonnez-moi d'être sentimental et de m'apitoyer sur mon sort. Comme j'aurais aimé avoir la vie de Cammie ! Une vraie mère et un vrai père, une maison et une chambre à moi où, adolescent, j'aurais pu mijoter des coups et mariner dans mon jus, avec le regard des stars que j'aimais posé sur moi. L'idée d'être étudiant sans même savoir tout ce que d'autres ont souffert pour que j'aie ce privilège.

Pauvre Rosalie Signorelli dont l'ovule fertilisé par le sperme avait créé Cammie et qui a été retrouvée pendue au bout d'une corde dans le placard d'un appartement au deuxième étage, au-dessus d'un magasin de vins et spiritueux, dans Belair Road à Baltimore. Pauvre Posa Penza qui a donné naissance à l'ovule fertilisé par le sperme, et qui a été empoisonnée dans l'arrière-salle d'un restaurant italien de Thimphou.

Mon pauvre fils Ronnie, mes pauvres Cammie, vous qui êtes condamnées, ma pauvre progéniture, vous les cent soixante-sept bébés, écoliers, adolescents, je regrette de ne pas avoir pu vous offrir plus que le monde que je vais quitter.

Et oui, pauvre petit lapin banal et sentimental que j'ai noyé dans la cuvette des WC d'une chambre de motel, à la périphérie de State College, Pennsylvanie, ma mère me surveillait, les poings sur les hanches, et secouait tristement la tête. « Le pauvre », murmurait-elle, mais il y avait une lueur intense dans ses yeux. « Tellement mignon. Si tu ne l'avais pas touché, il s'en serait sans doute sorti », et j'ai fermé les yeux quand, s'efforçant furieusement de chercher une prise, les minuscules pattes griffues du lapin ont égratigné mes poignets, et ma mère a conclu : « Il faut que tu apprennes à ne pas t'attacher. Ça te perdra. »

Pauvre maman. Peut-être que c'est le fait de m'avoir appris à ne pas m'attacher qui a causé sa perte. Je n'avais pas l'intention de la tuer – je comptais lui administrer un sédatif puis l'abandonner dans les WC d'une station-service à la sortie d'Anchorage et m'enfuir avec l'auto, mais elle a repéré la seringue avant que je puisse la piquer et elle a attrapé mon poignet. Ses yeux se sont écarquillés puis plissés. Prise de conscience soudaine : « Sale petit con ! » a-t-elle hurlé, et bien qu'elle fût extrêmement forte pour son gabarit, elle savait qu'elle ne l'était pas suffisamment pour gagner au bras de fer contre un adolescent de dix-sept ans, et donc elle s'est jetée sur mon avant-bras et m'a mordu jusqu'au sang, et ce n'est qu'à ce moment-là que je lui ai donné un coup de poing dans la figure et que j'ai commencé à l'étrangler. Pauvre maman, elle ignorait combien il m'avait été facile de noyer ce lapin parce que j'avais fait comme si c'était elle que je noyais.

Pauvre maman. Elle m'avait donné naissance pour se faire du fric, sans comprendre que ça ne rapporterait rien, ni au cours de sa vie ni sans doute au cours de la mienne, mais elle avait fait de son mieux pour me transformer en quelque chose qui lui serait au moins utile. Elle s'était suffisamment bien occupée de moi pour que je puisse connaître la joie paisible et meurtrière qui m'avait permis de serrer encore et encore mes doigts autour de son cou. Je ne me rappelle aucun son. Je ne me rappelle pas ses ongles me griffant le visage et les bras. Je me rappelle surtout que la lumière sur la rivière et sur le pont était dorée, et je ne me suis jamais senti aussi calme depuis.

Je caresse la tête épaisse et solide de Flip qui soupire, rabat ses oreilles vers l'arrière, et nous continuons à rouler jusqu'à ce que le pick-up s'engage brutalement sur le parking d'une station-service abandonnée. Nous nous arrêtons et je peux maintenant entendre le vent souffler dans la prairie, je peux entendre la charnière d'un panneau publicitaire pour les cigarettes Morley grincer faiblement. Le vieux McGregor a une mine inexpressive comme l'est la devanture de la boutique. Les vitres sont cassées et remplacées par des morceaux de carton. Des détritus, des gobelets en carton, des sacs en plastique et des feuilles d'arbres dansent en formant un cercle sur l'asphalte taché d'essence.

Le vieux McGregor fait un geste de sa main noueuse. « Il y a un téléphone sur le mur là-bas. Aux dernières nouvelles, il marchait encore. »

Il hausse les épaules. « Je pourrais aussi vous déposer à Beck », ajoute-t-il en pointant le menton en direction du petit hameau au bout de la route, un groupe de maisons, de cabanes et d'arbres morts au pied du silo à grains, une rangée de wagons de marchandises sur les rails. « Il y a un café mais pas sûr que ce soit ouvert. Je ne peux pas vous emmener plus loin.

– Ça ira. » Tout à coup, je réalise que ce vieil homme a pris un risque inconcevable. Mes vêtements commencent à sentir mauvais, mon nez doit être couvert d'hématomes et ridiculement enflé, et mes pieds sales sont ensanglantés. Qu'est-ce qui a bien pu lui passer par la tête pour qu'il prenne en stop quelqu'un comme moi ?

À ma place, Experanza l'aurait déjà tué et lui aurait pris son pick-up. Ou elle l'aurait, au minimum, neutralisé et laissé sur le bord de la route. Ce serait la meilleure chose à faire dans une telle situation. Je me demande si McGregor a la moindre idée du danger qu'il a couru.

« Merci », je lui dis en ouvrant la portière, et Flip et moi descendons de la cabine. « Ça ira. » Je lui tends la main. « Merci, monsieur. Je n'oublierai jamais votre gentillesse. »

Ses yeux pâles me fixent un instant, de vieux yeux tristes qui brillent d'une lueur mystérieuse. Il a dû, comme moi, vivre de nombreuses vies.

« Soyez prudent », me dit-il.

Ma nounou

Nebraska. C'est ce qui est indiqué sur la plaque d'immatriculation quand le vieux McGregor s'éloigne. NEBRASKA… LA BELLE VIE, et je regarde le pick-up disparaître puis je me tourne vers le bigophone fixé sur le mur latéral de la station-service abandonnée.

Il est en mauvais état – le cordon métallique qui relie le combiné à la base est rouillé et s'effiloche, et le panneau arrière est parsemé de morceaux de chewing-gum pétrifiés et de graffitis tracés au canif qu'il ne vaut mieux pas que je vous décrive, mais, chose incroyable, il y a la tonalité, alors je compose le 0 pour avoir l'opérateur même si je ne suis pas sûr que ça se fasse encore. J'entends une série de bips lointains suivis d'une voix automatisée.

« Bien Venue ! Chez Teleprime ! » s'exclame la voix étouffée. Je lui dis que j'aimerais passer un appel en PCV, et de nouveaux bips lointains se font entendre pendant qu'elle évalue la situation.

« Vous souhaitez : PASSER UN APPEL EN PCV ! annonce-t-elle. Veuillez composer le numéro ! De la personne ! Que vous voulez joindre ! »

Alors je tape le numéro d'Experanza.

Oui, je sais, c'est une mauvaise idée. En avez-vous une meilleure à me proposer ?

Je me remémore l'époque où j'avais onze ans et elle en avait treize. Nous vivions dans un motel, dans le désert du Colorado, et je la revois couper un oignon en dés pour l'ajouter au ramen que nous préparions dans une marmite, et j'admirais la dextérité avec laquelle elle maniait le couteau. Experanza savait y faire avec les couteaux.

Nous étions de plus en plus livrés à nous-mêmes – nos mères s'absentaient parfois plusieurs semaines – et on restait dans notre chambre, sans un rond, à nous tourner les pouces, on regardait la télé pendant des heures, on suppliait des clients du motel de nous donner quelques pièces, on volait de la bière à l'accueil, et cette attente semblait interminable. C'était pénible. À vrai dire, ça ne m'aurait pas dérangé d'aller à l'école, mais Experanza disait que j'étais fou. Contrairement à moi, elle y était déjà allée et elle n'avait jamais connu un truc aussi chiant.

« Mais j'aimerais partir d'ici », ajoutait-elle.

C'était un motel de plain-pied situé à la périphérie d'une ville moribonde, un motel en forme de fer à cheval où les clients peuvent se garer juste devant leur chambre, et nous déambulions sur le parking en quête d'un véhicule déverrouillé. Certaines autos contenaient toutes les affaires de leur propriétaire, entassées sur la banquette arrière et dans le coffre, et Experanza savait dénicher en un rien de temps le vrai trésor – les bijoux ou les collections de pièces de monnaie – sous les piles de vêtements et les cartons de vaisselle. Elle était vraiment douée pour ça.

Quant à moi, j'avais le chic pour déverrouiller les autos avec un cintre en métal. Je le glissais entre le joint et la vitre puis je le faisais bouger, et je réussissais généralement à accrocher le mécanisme du verrou en quelques secondes. Experanza pouvait alors se fier à son incroyable intuition pour récupérer les objets de valeur, s'il y en avait.

Les gens nous prenaient souvent pour des frère et sœur – parfois, comme mes cheveux étaient longs et ceux d'Experanza courts, ils pensaient que j'étais la fille et elle le garçon, même si maintenant que mes épaules s'élargissaient et que ses seins apparaissaient, ça n'arrivait plus aussi souvent.

Un jour, début juin, vers trois heures du matin, j'ai forcé la portière d'une Chevrolet El Camino pourpre puis je me suis écarté pour faire le guet pendant qu'Experanza fouillait la boîte à gants.

« Waouh ! » s'est-elle écriée. Elle tenait une brique de cannabis qui semblait avoir été coupée et mise sous cellophane par un professionnel. « Super ! » Elle arborait un large sourire.

Plus tard, on s'est installés près des distributeurs automatiques, non loin de la piscine, et on a fumé un peu d'herbe en utilisant une canette de Pepsi en guise de pipe. « Tu sais quoi ? m'a dit Experanza avec son air espiègle. Tu es un mec bien. » Elle a léché la paume de sa main avant d'aplatir l'épi que j'avais dans les cheveux. « De tous les garçons que je dois garder, tu es mon préféré.

– La ferme ! C'est moi qui te garde ! » J'ai souri, passé un bras autour de ses épaules, et je l'ai affectueusement attirée contre moi. Malgré notre différence d'âge, j'étais plus grand qu'elle, doté d'un physique ingrat et d'un gros nez retroussé, pas aimable, mais elle a quand même posé sa tête sur mon épaule. On voyait la lune et les étoiles se refléter dans l'eau bleue et chlorée de la piscine, et l'enseigne au néon du Wile-a-Way Motel aussi. On était vraiment défoncés et heureux. Je ne me suis peut-être jamais senti aussi proche de quelqu'un.

« Si un jour tu as vraiment des ennuis, je serai là pour toi. Je te le promets », a déclaré Experanza. Puis on a noué nos auriculaires, elle a déposé un baiser sur le mien, j'en ai déposé un sur le sien, allez-y, dites-moi que c'est un moment banal et sentimental, mais je m'y suis raccroché.

Voilà que j'entends sa voix à l'autre bout du fil. Elle a accepté l'appel. « Billy ? Putain, Billy !

– Je sais. » Je me sens coupable, je fais glisser ma main sur mes cheveux et serre ma queue-de-cheval. « Je suis désolé.

– Où as-tu la tête, mon chéri ? Sans déconner ! Parle-moi.

– Je ne sais pas. » Au bas du téléphone, il y a un petit

compartiment à pièces. Je glisse instinctivement mon index à l'intérieur et je farfouille. Je veux expliquer à Experanza pourquoi je lui ai menti, pourquoi j'ai enfreint les codes de notre amitié, etc., mais je ne sais même pas si je peux me l'expliquer. « J'imagine que je suis bel et bien parti à la découverte de moi-même », je tente, mais ce n'est pas très convaincant.

« Arrête avec tes phrases toutes faites », soupire-t-elle, et je l'imagine assise au comptoir de son manoir de pacotille, avec sa vodka-pamplemousse. Elle porte un bandana sur ses cheveux frisottés châtains et blancs et tapote le formica de ses ongles pailletés. « C'est insensé, Billy. Est-ce que tu recommences à avoir des problèmes psychiatriques ?

– Non », je réponds, même si je dois reconnaître que j'ai un peu l'impression de vivre dans un monde étrange. Le terrain derrière la station-service est envahi par les mauvaises herbes, et au moment où je cherche une cigarette, une grosse sauterelle atterrit sur la poche de mon T-shirt. J'essaie de la déloger mais elle s'agrippe avec ses pattes acérées. « Ma tête va très bien. C'est juste que… C'est ma fille, tu comprends.

– Mais pourquoi tu t'en soucies ? Tu ne l'as pas élevée ! Tu n'es qu'un donneur de sperme, ce qui fait que les devoirs que tu as envers elle sont plutôt minimes à mes yeux. En plus, tu ne sais même pas si elle existe réellement.

– Si. Je crois que j'en ai la confirmation.

– Ah bon ? » s'étonne-t-elle, et je pense à la façon dont ses yeux noirs s'écarquillent quand elle est sceptique, comme si ses iris pouvaient se dilater sur commande. « Comment ça ?

– J'ai parlé à quelqu'un qui a travaillé avec Brayden Kurch sur toute cette affaire.

– Qui ? Porter St. Germaine ?

– Euh. » Je suis un peu surpris qu'elle connaisse son nom. C'est plutôt contrariant de savoir que les nouvelles me concernant se répandent aussi vite. Gêné, je me balance d'un pied sur l'autre, la main appuyée sur le mur en stuc. « Et il y a d'autres éléments. Disons que j'assemble les pièces du puzzle.

– Pitié ! Ce personnage est ta source d'information et ça valide tout ? Tu as un épisode maniaque, mon chou. Une fois que tu en seras sorti, tu verras que tu as agi de manière absurde.

– Ce ne serait pas la première fois », je réponds pour lui faire plaisir et, l'espace d'un court instant, je me dis : *Elle a peut-être raison.* Mais si tout est dans ma tête, pourquoi autant de personnes essaient de me faire la peau ? Au loin, j'aperçois des collines jaunies et des falaises rocheuses faites de pierre ponce blanche, qui me dévisagent avec froideur et indifférence.

« Et d'abord, comment tu sais que je suis allé chez lui ? je finis par demander.

– Mon chéri, je sais juste ce qu'on m'a raconté – à savoir que tu fraies avec nos concurrents et que tu as foutu un bordel inimaginable. Tim, tout ce qu'il veut, c'est que tu rentres et que tu te fasses aider, mais il est fort possible que d'autres te retrouvent avant. »

Sa voix est aimante mais sévère, comme lorsque j'étais allongé sur la méridienne et qu'elle me faisait une séance de reiki. Le minuscule village de Beck est à moins de deux kilomètres d'ici. Il ne doit pas y avoir plus de trente âmes qui y vivent mais je trouverai bien une auto que je pourrai démarrer avec les fils du neiman.

« Est-ce que c'est vrai que je vaux beaucoup d'argent ?

– Je ne sais pas », me répond Experanza d'une voix triste. « J'en doute », ajoute-t-elle mais sans méchanceté, et je me rappelle l'habitude qu'elle avait de se lécher la main pour aplatir mes cheveux quand ils frisottaient. « Tu es sans doute un vieil investissement dont ils ne veulent pas encore se débarrasser. »

Mes lèvres frôlent les petits trous du micro. Encore ce mauvais pressentiment, cette lente prise de conscience. *Oh.* Elle en savait plus sur moi que ce qu'elle me disait, et ce depuis longtemps, et je sens que je grimace. Comment ai-je pu vivre jusqu'ici en étant aussi naïf ?

« Du coup, Tim ne va pas me tuer ?

– Non, non. Il va sans doute te faire hospitaliser, le temps que tu te remettes les idées en place. C'est moi qu'il aurait pu faire tuer. Ou, au minimum, il aurait pu me faire perdre une grande partie de ma pension de retraite. Et c'est vraiment ce qui me fout en boule. Tu es capable de dépenser toute ton énergie avec ce bébé-éprouvette que tu n'as jamais rencontré, au diable les conséquences, mais j'ai été comme une sœur pour toi pendant pratiquement toute ta vie, et tu n'as pas songé une seule seconde à la façon dont ça pourrait m'affecter.

– Pourquoi ça t'affecterait ? » Honnêtement, ça ne m'était jamais venu à l'esprit. Mauvais pressentiment, lente prise de conscience, et je rougis : « Tu n'as rien fait.

– J'étais censée m'occuper de toi, gros bêta. Je suis ta nounou. J'aurais dû te retenir quand tu étais chez moi, mais je t'ai fait confiance. Honte à moi. Je pensais que tu te conduirais bien.

– Oh. »

Une pièce de puzzle se met en place, comme une évidence. J'éprouve un véritable choc et repense à tous ces moments partagés avec Experanza, que je vais voir d'un autre œil à présent. *Zut !* Et dire que pendant tout ce temps je croyais que nous étions juste amis.

« Donc… Depuis qu'on est petits ?

– Oui », répond Experanza, d'une voix fluette, et je connais cette voix, je sais qu'Experanza est désolée / pas désolée, elle sait qu'elle aurait dû me le dire mais j'aurais pu m'en rendre compte par moi-même si j'avais été moins bête. « J'ai dû m'occuper de toi une grande partie de ma vie. De toi et de trois de tes demi-frères. Deux d'entre eux sont dans un asile de fous actuellement.

– Et le troisième ?

– Il est avec moi. On est à une quinzaine de minutes de l'endroit où tu te trouves. Ne bouge pas. »

Rendez-vous au Dollar Dangle

Eh bien, me voilà dans de beaux draps. Je suis cuit, frit, fini, comme disait la mère d'Experanza. Elle avait de jolies expressions, cette Jude, et j'ai un peu le cafard en pensant à elle, en pensant à mon enfance. Je déteste devoir retoucher le passé, tout ce qui concerne Experanza et sa mère, maintenant que je sais qu'à l'époque, déjà, elles étaient recrutées pour s'occuper de nous. Des espionnes, en somme.

Le fait que je ne m'en sois pas rendu compte me rend malade. Le fait que les bons souvenirs soient à jamais souillés me rend encore plus malade.

Après avoir marché tant bien que mal jusqu'au hameau de Beck, je me trouve dans l'allée d'une maisonnette préfabriquée où une petite fille blanche, au visage sale et joufflu, et qui porte juste une couche rose gonflée, me regarde gravement depuis le perron quand j'essaie de démarrer l'auto familiale. J'agite amicalement les doigts dans sa direction mais elle se contente de faire une moue baveuse, l'air méfiant.

Il doit y avoir une mère à l'intérieur, endormie devant la télé, ou peut-être un frère ou une sœur aîné, censé surveiller la petite fille mais qui préfère tchatter sur son portable, alors je fais des grimaces pour amuser la pauvre enfant abandonnée et veiller à ce qu'elle se tienne tranquille. Ses rares cheveux se dressent comme une meringue sur son crâne. Elle glisse la tétine d'un biberon entre ses lèvres et boit un liquide violet vif en me regardant.

Je me dis que les conseils d'Experanza vont beaucoup me manquer. Dès que j'étais dérouté par quelque chose ou que je me posais une question, elle avait une réponse à m'apporter. Pas toujours à propos, mais du moins avançait-elle une hypothèse qui pouvait m'aider. Elle s'appuyait sur le vaste champ de ses connaissances – Experanza était infirmière auxiliaire et notaire, elle avait un diplôme d'agent immobilier et de pharmacienne, elle avait réussi l'examen général des représentants en valeurs mobilières pour devenir courtière, elle était cultivée et faisait partie d'un club de lecture en ligne. Si elle séchait, elle consultait les tarots ou le Yi Jing auxquels je ne croyais pas totalement mais qui, utilisés métaphoriquement, m'étaient souvent utiles. Tout ça pour dire que les conseils d'Experanza m'étaient d'un grand réconfort.

La Ford Focus deux-portes se réveille en tremblant sous mes doigts de soignant, elle crachote et tousse, encombrée de phlegme comme un fumeur d'herbe qui se réveille un matin d'automne, mais elle ne cale pas. J'enclenche la marche arrière et nous nous éloignons sur une route de gravier en direction des collines jaunies.

« Zut alors ! je dis à Flip, qui est assis sur le siège passager. Quelle journée enquiquinante ! » Il pose sur moi un regard que je décrirais comme sardonique puis jette un coup d'œil derrière lui en direction du village, et j'imagine qu'il s'attend à ce qu'on se lance à notre poursuite.

J'ignore si Experanza a juste cherché à me tromper quand elle m'a dit qu'elle était à quinze minutes d'ici ou si elle me mettait honnêtement en garde, mais en tout cas, d'après mon expérience, « quinze minutes » pour Experanza correspondent à une heure minimum.

Pourtant, il n'est pas sage de prendre des risques un jour pourri comme aujourd'hui, et je préfère fuir pour de bon. En fait, je me demande si, dans ces collines rocheuses et escarpées, il n'y aurait pas une espèce de grotte dans laquelle je pourrais éventuellement me cacher, m'abriter quelques jours.

Ce sont peut-être mes gênes de Néandertalien qui parlent. Mais rappelez-vous : je suis censé secourir Cammie.

« Qu'est-ce que je suis censé faire ? je demande à Flip. Je ne sais pas où elle se trouve. Je ne sais pas comment la contacter. » Je fouille dans mon sac banane en quête du joint récupéré chez Patches et Ward, et mes doigts effleurent ce qu'il reste de mes possessions – mon Taser et le vieux Beretta de poche de ma mère, une seringue de GHB, un rouleau de billets de cent dollars, deux ou trois cartes de crédit et permis de conduire, de la viande de bœuf séchée, un couteau suisse, des chewing-gums, un kit de crochetage, des cigarettes et – enfin – le mégot d'un blunt encore humecté de bave de singe.

Je le coince entre mes lèvres, je l'allume d'une main en tenant mollement le volant de l'autre, et je baisse les vitres en même temps que je tire la première bouffée. Flip passe sa tête dehors et ses oreilles battent au vent. Je pousse la Ford Focus jusqu'à cent dix mais je pense que ce vieux tacot ne pourra pas aller plus vite. Nous laissons dans notre sillage un panache de poussière et parcourons les chemins de terre qui serpentent à travers des kilomètres et des kilomètres de collines chauves.

Je crois bien que je n'ai pas d'autre choix que de prendre la direction d'Anyox, Colombie-Britannique, et j'espère que Cammie réussira à s'y rendre, elle aussi, comme je le lui avais conseillé mais, pour être honnête, on ne peut pas dire que ce soit un super plan.

Las, comme on disait jadis. Généralement, je fais de mon mieux pour rester optimiste dans ce genre de situation, mais une certaine conscience de la futilité de toute entreprise humaine ne cesse de tarabuster mon attention, et j'observe un taon venu se cogner dans l'espace entre le tableau de bord et le pare-brise, avant de se retrouver sur le dos, agitant ses pattes et bourdonnant jusqu'à ce qu'il réussisse à se redresser, et alors il avance lentement et prudemment. *Fini de voler, pas question que je retente, merde !*

« Qu'est-ce qui se passe, mon pote ? je lui demande. Vieux et déboussolé ? »

Il marque un temps d'arrêt et me dévisage en se frottant les mains, avec un adorable geste de savant fou. On se regarde, lui et moi, et tout en conduisant je remarque que les tarses de ses pattes antérieures s'immobilisent. Les calyptères qui permettent à ses ailes de vibrer ralentissent puis s'arrêtent. Les milliers d'images que son œil a de moi deviennent vagues et floues.

« Tout va bien, je lui dis. Tout va bien. »

Le soleil se couche quand nous arrivons dans le Dakota du Sud, ce qui me laisse penser qu'il est un peu plus de dix-sept heures en cette après-midi de fin octobre. Nous avons roulé plus de deux heures et n'avons croisé qu'un seul véhicule – nous avons traversé l'Oglala National Grassland en empruntant un circuit panoramique, loin des grands axes routiers, et je commence à me dire que nous avons peut-être réussi à semer Experanza. Quelle que soit la façon dont elle me piste, je dois être hors de portée des satellites. Il se peut qu'elle ne soit même pas dans les parages, il se peut qu'elle ait juste tenté de me berner – elle est d'ailleurs connue pour ça.

Je me demande quels autres mensonges elle a pu me raconter au fil des années. Je continue de penser à elle avec mes frères, ou plutôt mes demi-frères. Nous racontait-elle les mêmes histoires ou se montrait-elle sous un jour différent selon son interlocuteur ? Avons-nous tous passé une nuit avec elle à taguer un passage souterrain et à boire un mélange de rhum et de Kool-Aid à même un pot de confiture ? Avons-nous tous pris part à des jeux sexuels qui nous mettaient mal à l'aise parce qu'on la considérait davantage comme une sœur ? Ou chacun d'entre nous a-t-il eu, comme dans la parabole des aveugles et de l'éléphant, une part d'elle différente ? Jude et elle évoquaient certainement un passé différent suivant la personne à qui elles rendaient visite, et j'imagine Experanza adaptant légèrement sa personnalité d'un frère à l'autre, vantant à chacun ses points forts et soulignant ses faiblesses, exactement comme elle le faisait avec moi. Je me demande si elle promenait son pouce derrière le lobe de leur oreille quand elle leur parlait sérieusement. Je me demande si elle a vraiment placé sa mère dans une maison de retraite. Je me demande même si elle s'appelle Experanza.

Je pourrais continuer à fouiller mes souvenirs et à spéculer mais on a besoin d'essence et il faut qu'on trouve un coin plus civilisé. Je m'engage donc sur la Highway 71 en direction du nord, ce qui, si ma mémoire est bonne, me conduira jusqu'à Hot Springs. C'est un tronçon de route sinistre dans un État sinistre. Des clôtures de barbelés délabrées longent les grandes plaines d'armoise et, ici et là, dans un terrain sablonneux, un arbre a été planté par un cruel pionnier avant d'être abandonné ensuite à sa souffrance.

Nous réussissons péniblement à avancer, alors que la jauge d'essence est dans le rouge. Si minable que soit cette auto, elle est habituée à rouler avec quelques dollars de carburant seulement, et bénie soit sa bravoure, elle me conduit jusqu'aux portes de Hot Springs et là, à quelques centaines de mètres d'un Dollar Dangle Gas-N-Shop, elle expire.

Je me gare sur le bord de la route alors qu'elle rend son dernier soupir, Flip et moi sortons de l'auto, je pose mes mains sur le capot chaud et la remercie en silence de son aide. J'essaie de dire une petite prière : de demander que ce véhicule modeste mais respectable soit traité avec la dignité qu'il mérite mais Flip bat des oreilles en signe d'impatience. *Billy ! Viens !* veut-il me dire, et il trotte en direction du Dollar Dangle et je le suis.

Je me sens généralement chanceux quand je tombe sur un Dollar Dangle, et même si je traverse une période sombre, ça me remonte un peu le moral d'en voir un. En plus d'être une station-essence qui offre de multiples services, on y vend une variété incroyable d'articles en promotion et en liquidation. Voulez-vous dix boîtes de sardines avec une étiquette en russe pour seulement un dollar ? Ou un kit de vingt crochets ? Un flacon de sirop codéiné contre la toux de deux cents millilitres ? Un bidon de quatre litres d'ammoniaque ? Vu ma situation, ça doit paraître bizarre que je me réjouisse à l'idée de faire des emplettes, mais le cœur se contente de peu, vous ne croyez pas ? J'espère pouvoir voler une auto suffisamment grande pour contenir tout ce que je risque d'acheter.

Or, pas âme qui vive sur le parking. Il y a dix pompes à essence alignées sous un auvent métallique rouge et blanc, mais aucun client. Je remarque une Honda Civic garée à l'arrière, sans doute celle de l'employé du magasin, mais ce n'est vraiment pas l'idéal. Je deviens complètement claustrophobe dans un coupé.

Quelqu'un ne devrait pas tarder à arriver pour prendre de l'essence ou faire des courses. J'entre donc dans le magasin pour flâner dans les rayons en attendant de repérer un véhicule sur lequel je pourrais faire main basse. Je sais qu'il y a des caméras, bien sûr, mais c'est justement pour ça que je me suis fait casser le nez.

La femme à la caisse est assez âgée, elle a des nattes de cheveux gris fer, des yeux gris acier, et le genre de rides crevassées qu'on ne trouve que sous les climats les plus secs. Elle lève la tête, et je vois son œil gauche tressauter lorsqu'elle remarque mes pieds nus ensanglantés, mon nez cassé et le pitbull couvert de cicatrices à côté de moi, mais elle ne dit rien. À mon avis, elle a vu pire.

« Soirée calme ? je demande, histoire de faire la conversation.

– *Comme ci, comme ça* », répond-elle, et je perçois une lueur de reconnaissance entre nous. Est-ce qu'on s'est déjà vus quelque part ?

« Dites-moi, vous n'êtes pas une Amie, si ?

– Non. »

Très bien. De toute façon, les Amis n'auraient pas pu m'aider à ce stade. Je prends un panier en plastique dans la pile placée à l'entrée. « Tout juste. J'espère que cela ne vous ennuie pas que je jette un coup d'œil. »

Flip et moi nous dirigeons vers les allées insondables. Le magasin est comme un énorme hangar pour avion, avec des halogènes fixés à un toit en tôle ondulée qui répandent une vive lumière blanche, et des haut-parleurs qui diffusent une musique de Noël grésillante et, bien que ce soit un vrai capharnaüm, il se dégage de ce lieu une impression de vide et d'immensité. Il y a des piles de stocks excédentaires récupérés dans des entrepôts en faillite, des décorations pour les fêtes de fin d'année, des produits électroniques fabriqués en série, des sodas dont le parfum n'a pas eu de succès, comme curcuma-menthe. Je parcours le rayon santé et beauté, et ça me déprime de penser qu'il fut un temps où je me serais senti heureux en regardant ces présentoirs, où je les aurais vus comme couverts de trésors.

Un quart d'heure plus tard, toujours pas d'auto en vue que je puisse voler. Je suis bien sûr inquiet mais également estomaqué. *Ma nounou*, je n'arrête pas de penser tout en fouillant sans enthousiasme dans un panier de pantoufles et de sandales en quête d'une paire à ma taille. *Elle était juste ma baby-sitter*, les plus grandes chaussures pour homme qu'ils ont sont des tongs de taille 43, ce dont je vais devoir me contenter, même si je chausse du 46.

Le temps ralentit quand on a le cœur qui saigne, il y a ce vague sentiment de perte et la pulsation sourde du ressentiment, et on se met à penser à *cette époque où* avant d'arrêter net. Experanza appelait ça la dissociation mais je ne pense pas que ce soit le terme exact. Je prends du ruban adhésif, de la crème antibiotique, des pansements, un litre de peroxyde d'hydrogène et un sac à dos décoré d'un dessin au pochoir représentant une licorne, et puis je me laisse distraire par un bac rempli de saucisses en boîtes, et je me mets à chercher celles dont la date d'expiration est la plus récente.

Ce jour où, à la foire du Michigan, une fois en haut de la grande roue, Experanza m'avait incité à me mettre debout, je m'étais un peu trémoussé en agitant les bras comme une danseuse de hula, je n'avais jamais eu aussi peur de ma vie mais j'étais convaincu que je ne pouvais pas tomber car elle m'en empêcherait.

Ce jour où j'étais censé tuer Mrs Wetz et où Experanza avait débarqué sans prévenir pour m'aider, et elle m'avait expliqué que même quand on tuait quelqu'un, on pouvait le faire avec douceur et amour, comme lorsqu'on endort un bébé.

Le jour où elle m'avait appris à agir comme un être humain normal, c'était à Burlington, Vermont, on marchait main dans la main sur le trottoir de Main Street et dès qu'on croisait une personne, je devais lui faire un compliment. « Complimente toujours les gens que tu rencontres. Ils se sentiront en sécurité avec toi. Et ils te complimenteront sans doute en retour.

– Et si je ne veux pas qu'on me complimente ? Je ne sais jamais comment réagir.

– Contente-toi de répondre "Tout juste". Comme ça, tu dis aux gens que tu es d'accord avec eux même quand tu ne l'es pas. »

Il n'y a toujours personne sur le parking. Je vais peut-être devoir voler la Honda Civic en fin de compte, ou alors m'acheter un bidon d'essence et tenter de réanimer la vieille Ford Focus toute déglinguée. Je n'ai pas vraiment le temps de flâner. Appuyé contre la vitrine, je feuillette nerveusement des vieux numéros du *Doomsday Prepper* installés sur un présentoir. Certains articles ont l'air intéressants : « Six façons de mettre un shemagh », « Faites le plein de denrées non périssables », « Finies les hémorragies ! Comment préparer ses garrots et sa trousse de premier secours ». Mais je me contente de parcourir les titres.

J'entends un *tap-tap* à la fenêtre et, quand je lève les yeux, j'aperçois un petit drone rose de l'autre côté de la vitre, qui fait du surplace à hauteur de visage. C'est un Pictie-Pet.

Ces machins-là vous suivent partout en vous disant plein de choses flatteuses avec la voix d'un petit animal, et en plus ils prennent des photos que vous pouvez ensuite poster sur les réseaux sociaux par le biais de leur Wi-Fi embarqué. Ils ont à peu près la taille de ma main, une structure munie de deux boucles en forme de huit et leurs quatre hélices, et ils évoluent avec une grâce maladroite et désespérée, comme des colibris. Parfois, on en voit toute une nuée autour d'une borne de recharge, où ils attendent leur tour pour se brancher, et il y a toujours un triste petit tas de drones morts d'avoir attendu trop longtemps, par terre, sous la station d'accueil.

Ils sont faits de telle sorte qu'ils suivent leur propriétaire où qu'il aille, du moins tant qu'ils ont de la batterie, donc si vous en achetez un, il vous suivra à la trace le reste de votre vie. Mais celui-ci semble perdu. Il recommence à taper contre la vitre. *Taptaptap*. Encore une fois, plus lentement. *Tap tap tap*. Et de nouveau de manière pressante, *taptaptap !* Un peu comme s'il essayait de m'envoyer un SOS en morse. Puis, voyant l'objectif de son appareil se tourner vers moi, je m'empresse de sortir ma lampe stylo de mon sac banane et la braque sur lui avant qu'il ait le temps de me prendre en photo, puis je m'éloigne à grandes enjambées. Je ferais mieux de régler mes achats et de partir. Je ne peux pas attendre plus longtemps. Je vais devoir me contenter de la Civic.

À la caisse, je vide mon panier et, stoïque, l'employée prend mes articles l'un après l'autre, lentement, méthodiquement et tout à fait indifférente à mon état. Comme elle n'est pas équipée de scanner de code-barres, elle doit repérer l'autocollant où figure le prix écrit à la main puis entrer celui-ci manuellement dans la caisse enregistreuse. Je jette un coup d'œil par-dessus mon épaule et aperçois le petit drone harceleur devant l'entrée du magasin. Il m'observe, j'en suis certain.

« On dirait que quelqu'un veut entrer », je dis en pointant le pouce dans sa direction. La femme lève un sourcil et secoue la tête.

« Pff. Vraiment de la camelote, ces trucs-là. Leur GPS est merdique, et une fois qu'ils sont séparés de leur propriétaire, ils ne retrouvent plus leur chemin. La chose la plus charitable qu'on puisse faire, c'est de les jeter à terre et de les écraser avec sa chaussure. Pour abréger leurs souffrances.

– Oui », je réponds, et le drone tape à la porte : SOS. SOS.

« C'est un simulacre d'amour. Tout ce qu'ils veulent c'est être auprès de vous. Je trouve ça cruel pour eux.

– Tout juste. » Nous hochons la tête pensivement. « Vous êtes une personne attentionnée », je dis à l'employée en me rappelant le conseil d'Experanza, puis je marque un temps d'arrêt respectueux avant d'ajouter : « Puis-je aussi avoir trois paquets de Gray Tortoise Ultra Light ? » Et la femme se tourne vers le présentoir de cigarettes derrière elle.

« Dites-moi, c'est votre Honda Civic qui est garée derrière le magasin ? je lui demande, alors qu'elle saisit le prix des cigarettes.

– Non. » Son expression ne change pas mais je vois son œil tressauter. « C'est celle du petit-fils du propriétaire. Il est censé travailler ce soir mais sa copine est passée le chercher. Ils vont dans un motel situé un peu plus loin.

– Je vois. » Je me dis que je devrais laisser à cette femme deux ou trois cents dollars pour la gêne occasionnée au cas où le petit-fils s'en prenne à elle, une fois de retour.

Et puis, soudain, un flash de lumière. La caissière et moi nous retournons et voyons un SUV Cadillac se garer devant les pompes. L'espace d'un instant, j'espère pouvoir faire une croix sur la Civic et piquer cette beauté qui répond parfaitement à mes besoins.

Mais quand la portière côté chauffeur s'ouvre, c'est Experanza qui apparaît. Et quand la portière passager s'ouvre, j'imagine que c'est mon demi-frère cadet.

Héros

« Nom de Dieu ! » s'exclame Experanza. Elle se tient dans l'embrasure de la porte et, vu son expression, elle est réellement choquée par mon apparence. « Merde, Billy. Qu'est-ce qui t'est arrivé ?

– J'ai dégusté ces derniers jours », je réponds en haussant les épaules. Elle est plutôt bien habillée. Elle porte les bottes de moto qu'elle avait achetées à Sturgis, Dakota du Sud, à l'occasion d'un rallye – elle les a toujours adorées –, ainsi qu'une veste en cuir dont la coupe fait penser à un boléro. Elle a même mis du rouge à lèvres.

Derrière elle se tient l'homme qui est sans doute mon demi-frère, et nous échangeons un regard furtif. Il est plus petit que moi, et plus jeune ; il a le torse puissant d'un haltérophile et ressemble à un blaireau – jambes épaisses et courtes, longs bras musclés, grandes mains et grands pieds. Il a des cheveux d'un roux flamboyant, coupés ras, et il est encore plus pâle que moi, mais au vu de son visage sans charme, il est évident que nous sommes parents. Un pistolet Smith & Wesson M&P45 équipé d'un silencieux pend au bout de ses doigts.

Le petit drone rose les a suivis et plane à moins d'un mètre de la tête d'Experanza. Ils n'y font pas attention.

« Je croyais t'avoir dit de m'attendre. Il faut qu'on te sorte d'ici. Tu es en danger, mon chéri. »

Experanza darde sur moi un regard pénétrant, perplexe et songeur, comme pour comprendre d'où je viens, et ça me rend triste de penser qu'elle a toujours été payée pour poser sur moi ce regard et me procurer certaines émotions.

Elle doit vouloir se rapprocher suffisamment de moi pour pouvoir utiliser son Taser.

« Au fait, Billy, je te présente Tommy. C'est dommage que vous ne vous soyez jamais rencontrés. Je pense que, dans d'autres circonstances, vous vous seriez vraiment bien entendus.

– Tout juste », je réponds, même si j'ai du mal à imaginer cette autre vie. Un large sourire fatigué flotte sur les lèvres de Tommy. « C'est dommage que tu ne m'aies pas parlé de cette histoire de frères avant, j'ajoute. Ça ne me met pas franchement à l'aise.

– Tim pensait que c'était dans ton intérêt. Tu sais que tu as une constitution émotive, mon chou. Tim ne voulait pas que tu te laisses de nouveau submerger.

– Tu dis qu'on est quatre ?

– Billy, Bobby, Trevor et Tommy. Vous êtes mes bébés. C'est mon rôle de m'occuper de vous. » Experanza fait ce truc avec ses yeux, comme si elle scrutait les profondeurs de votre âme, et votre âme pourrait être belle si elle n'avait pas une horrible coupe de cheveux, son T-shirt à l'envers, et si elle allait chez le dentiste un peu plus souvent. « Écoute, poursuit-elle, je sais que tu crois bien faire. Mais moi aussi je crois bien faire. Si je suis là, c'est parce que je pense que la situation t'échappe, et je me mets en danger pour t'aider, mon chéri. Le fait que je sois ta nounou ne signifie pas que je ne suis pas attachée à toi.

– Tout juste », je dis, mais quand elle fait un pas dans ma direction, je recule. Je jette un coup d'œil derrière moi et remarque que la caissière aux cheveux nattés a fait preuve de perspicacité et, tel un ninja, s'est éloignée du drame qui se nouait en sortant par la porte latérale. *Tant mieux pour elle*, je me dis, et je réussis à sauter par-dessus le comptoir sans me blesser ni trop m'humilier, et me voilà derrière la caisse enregistreuse, légèrement essoufflé, et je réalise que si je suis encore vivant demain, j'aurai mal au dos.

« Tout juste, Experanza. La situation m'a échappé toute ma vie et je ne vois pas très bien ce qui pourrait changer ça. »

Mon demi-frère semble amusé – soit par mon commentaire, soit par mon saut foireux – car je le vois mettre sa main devant sa bouche pour réprimer un sourire, comme je le fais moi-même.

Mais ça n'amuse pas Experanza. Les épaules tombantes, elle penche la tête en arrière puis en avant : *Exasperanza*, voilà comment je la surnommais.

« Tu veux mourir, Billy ? me demande-t-elle. Est-ce qu'il s'agit là d'un long geste suicidaire ? Parce que si c'est le cas, je peux t'aider. Je peux t'emmener dans une belle clairière et t'endormir avec du fentanyl, ça t'évitera de souffrir au moins. C'est ce que tu veux ?

– Non. Pas du tout.

– Merde, Billy Bonehead ! » s'irrite-t-elle, et ça me fait frémir, ce vieux surnom de benêt qu'elle utilisait pour me taquiner affectueusement quand on était petits. « Pourquoi tu fais ça ? Ta seule famille, c'est moi. C'est moi qui ai toujours été là pour toi – depuis l'enfance ! »

Trois prises de conscience :

Primo, vous devez savoir qu'en cas de lutte entre Experanza et moi, c'est elle qui gagnera. Déjà quand on était petits, qu'on se bagarrait et qu'on se roulait par terre, elle avait une force redoutable dans les jambes, et je ne l'ai jamais battue au bras de fer. Je sais qu'elle prend des cours d'arts martiaux depuis plus de trente ans, qu'elle sait très bien se servir d'un couteau, et qu'elle tirera toujours bien mieux que moi.

Secundo, il m'apparaît qu'on ne pourra jamais renouer en tant qu'amis. Les baisers d'Experanza sur mon auriculaire, ses conseils et ses encouragements, sa promesse d'être toujours là pour moi – tout cela était rémunéré, et peut-être était-elle parfois sincère mais elle m'a trop dupé par le passé pour que je puisse lui accorder de nouveau ma confiance. Il y a une autre vie où les fantômes d'Experanza et moi continuent d'exister comme les amis que je pensais que nous étions, mais je ne veux plus jamais y penser.

Tertio – tout à coup, je comprends : j'agis ainsi parce que Cammie m'aime. Enfin, peut-être pas encore mais ça pourrait venir. *Elle est capable de m'aimer.* Alors qu'Experanza en est incapable.

« Tu sais, je crois que je vais essayer de gérer ça tout seul. » Je souris et passe les doigts dans ma tignasse hirsute. « Je te suis reconnaissant de veiller sur moi et je te remercie pour ton aide pendant toutes ces années – en tant que nounou, amie, etc. – mais je vais devoir décliner ton offre. »

Je jette un coup d'œil à mon demi-frère qui a toujours ce vague sourire aux lèvres, mais il ne prend pas vraiment part à la conversation. Combien de fois ai-je été dans la même position ? Combien de fois ai-je assisté, sans rien faire, à des négociations ? Je restais vigilant mais je m'ennuyais, je n'écoutais pas vraiment, j'étais dans mes pensées, je regardais peut-être subrepticement une araignée progresser sur le mur derrière ma cible. Je me suis trouvé dans cette situation pendant de si nombreuses années.

« Je démissionne, Experanza. Je te libère de toutes les responsabilités que tu as envers moi. Dis à Tim que je lui présente ma démission pour m'ouvrir à d'autres perspectives. »

Elle me regarde avec tristesse et incrédulité. « Billy. Tu sais que ça ne va pas se passer comme ça. Tu n'as pas le choix. Si tu continues à vadrouiller, à essayer de jouer au héros pour secourir cette fille et à faire tout ce qui te passe par la tête, tu te précipites au-devant de ta propre mort.

– J'ai donc le choix. Et je choisis de vadrouiller. Tu peux respecter ça ? »

Et si je suivais l'exemple de la caissière et foutais le camp en passant par la porte latérale ? Je fais un pas en ciseaux dans sa direction. Je glisse aussi ma main dans mon sac banane pour en sortir discrètement le petit Beretta qui n'est pas beaucoup plus grand que ma main. Je suis pratiquement sûr qu'Experanza n'a pas l'intention de me tuer, sinon elle l'aurait déjà fait. Elle doit cependant avoir un Taser ou un pistolet à seringue rempli d'halopéridol ou d'étorphine, et j'aimerais pouvoir me mettre à couvert au cas où elle chercherait à me piquer.

Mais je ne suis pas suffisamment discret. Avant même que je sorte le pistolet de mon sac, Experanza le repère. « Oh, ce n'est pas possible, dit-elle d'un ton cassant et autoritaire de grande sœur qui me tétanise un instant. Billy, ne t'avise jamais de braquer une arme sur moi. »

Et rapide comme l'éclair, elle profite de l'occasion pour brandir un pistolet paralysant, un adorable petit Taser Pulse que je lui avais offert pour son anniversaire deux ans plus tôt et dont la portée peut aller jusqu'à neuf mètres. Je fais aussitôt un pas de côté et j'essaie de me baisser pour esquiver son tir, mais je me cogne contre le présentoir à cigarettes et les paquets tombent en cascade sur moi, et puis les événements se succèdent rapidement.

Quand Flip voit Experanza me mettre en joue, il se jette immédiatement sur elle, et avant même qu'elle puisse presser la détente, il enfonce ses crocs dans son avant-bras, elle hurle, lâche le Taser, Flip secoue violemment la tête comme s'il jouait avec un chiffon, il lui casse le poignet, la fait tomber par terre, elle hurle de nouveau : « Billy ! … Tommy ! Au secours ! » et je gueule : « Flip ! Stop ! »

Sorti de sa rêverie, mon demi-frère sursaute, marque un temps d'arrêt et pointe son Smith & Wesson sur Flip et Experanza. « Hé ! braille-t-il comme un gamin qui tente de mettre fin à une échauffourée de cour de récré. Hé ! Ça suffit ! » Il tire, rate sa cible, la balle atteint le présentoir à cigarettes, juste au-dessus de moi, d'autres paquets me tombent dessus, je tressaille et cours me réfugier derrière la caisse.

Alors que Flip fait rouler Experanza sur le dos, elle émet des sons graves, gutturaux, ceux de quelqu'un qui se débat – elle grogne quelque chose comme « Non ! Non ! » – et de nouveau je gueule : « Flip ! Stop ! », mais il est fou furieux à ce stade, et je ne pense même pas qu'il m'entende, il cherche à attraper les bras d'Experanza qu'elle agite dans tous les sens pour tenter de se protéger le visage et le cou, la main du poignet cassé gesticulant comme une marionnette.

Je ne veux pas que Flip tue Experanza, je ne veux pas non plus qu'Experanza tue Flip, et je pense que la seule solution pour moi est d'empoigner mon chien, de le serrer très fort dans mes bras et de l'obliger à la lâcher en espérant que, dans sa fureur, il ne me mette pas en pièces ; mais je sais aussi que dès qu'Experanza sera en sécurité, elle m'immobilisera avec son Taser et tuera mon chien ; ou bien Tommy nous abattra, Flip et moi, une fois que j'aurai éloigné le chien d'Experanza. Tous les scénarios, toutes les alternatives, semblent désespérés.

« Tommy ! je beugle. On fait la paix ! Arrête de tirer ! Je vais les séparer ! »

Mais Tommy n'écoute pas. Il essaie de viser Flip mais il y a beaucoup d'agitation à prendre en compte, il fait feu, la balle rebondit sur la caisse enregistreuse derrière laquelle je me cache, il recommence à tirer, l'oreille gauche de Flip est arrachée, du sang gicle, et mon chien émet un son qui me lacère le cœur – je ne parlerais pas d'un cri perçant, d'un glapissement ni d'un hurlement mais de quelque chose de bien plus horrible, de bien plus profond, à savoir l'éclat d'une rage désespérée ou d'un désespoir enragé, et je gueule : « Putain, Tommy, ne t'avise pas à faire du mal à mon chien ! »

Entre-temps, Experanza a réussi à se servir de sa main valide pour sortir de sa poche son scalpel. Je le connais bien – elle me l'a montré bon nombre de fois en se vantant. « Un scalpel chirurgical de qualité médicale est la meilleure arme de contact qui existe, m'expliquait-elle. Simple. Portable. Tu n'as pas besoin d'avoir un couteau de survie très élaboré. » Elle lève le bras, haletante, avec ces petits sons gutturaux qui reviennent encore et encore, et elle tranche la peau et les muscles de la patte avant de Flip, il pousse de nouveau ce terrible cri, et tous les efforts que j'ai faits ces dernières années pour adoucir ses souvenirs des arènes de combat sont annihilés. Il se débat et mord encore et encore, et Experanza agite frénétiquement son scalpel. Je devrais peut-être sauter par-dessus le comptoir pour les séparer, mais Tommy n'a pas l'air de savoir s'il doit braquer son arme sur moi ou abattre mon chien, il oscille entre nous deux, puis il me tire dessus au moment où je tente de grimper sur le comptoir, se tourne vers Flip, lui tire dessus, rate son coup à chaque fois – il ne prend même pas le temps de viser – et, à son expression de surprise, je vois bien qu'il ne s'attendait pas du tout à ça. Experanza avait dû oublier de lui parler du chien.

Puis, alors que mon demi-frère cherche une nouvelle fois à mettre Flip en joue, le petit drone rose vient subitement lui donner un coup sur le nez. « Aïe ! » s'écrie-t-il en tentant de l'écarter d'un geste brusque, mais l'engin évite sa main avec élégance et décrit des cercles autour de sa tête, comme les oiseaux gazouillants des dessins animés tournent autour de la tête d'un boxeur mis KO. « Fait chier ! »

Je me redresse, vise le front de Tommy et tire. Pendant un instant, il reste figé sur place, serrant fort son arme et se balançant sur ses deux pieds, puis le voilà soumis à la loi de la pesanteur, il bascule en arrière et tombe sur le dos.

Je me tourne alors vers Flip et Experanza dans l'intention de les sauver l'un de l'autre, mais il est trop tard. Experanza entaille le flanc de mon chien, rate son ventre de quelques centimètres, et avant qu'elle puisse recommencer Flip entrevoit sa gorge nue, plante ses crocs dedans, les bras et les bottes d'Experanza se mettent à gesticuler dans tous les sens, et je hurle d'une voix rauque : « Flip ! Flip ! Flip ! Non ! »

Un geyser de sang jaillit de la carotide d'Experanza, éclabousse la tête de Flip et gicle jusqu'au plafond. Je me précipite pour l'arracher à elle, et il n'oppose aucune résistance. Il se laisse aller dans mes bras en frissonnant, tout mou, confiant comme un chiot, et il appuie sa tête ensanglantée contre ma poitrine comme s'il était en quête de réconfort, ce qu'il n'avait jamais fait depuis que nous nous connaissons. « Oh, je murmure en le serrant contre moi. Oh. Oh. »

Experanza est morte. Du sang continue à couler de son cou en glougloutant, et ses yeux me fixent avec dépit comme si j'étais un importun, un personnage secondaire venu à son chevet au moment où elle rendait son dernier soupir. Mais je sais qu'elle ne peut pas me voir quand je prends sa main au poignet cassé. À chaque battement, le cœur fournit à l'organisme environ quatre-vingts millilitres de sang si bien que le corps peut se vider de ses cinq litres en quelques minutes, mais la personne sera en état de mort cérébrale bien avant d'être exsangue. C'est ce qu'Experanza m'avait expliqué un jour. *Exsangue* : un mot qu'elle m'avait appris.

Je pense au jour où elle m'avait fait danser le slow sur sa chanson préférée. J'avais peut-être quinze ans, elle en avait peut-être dix-sept, et la chanson, « Surrender » de Suicide, passait sur un magnéto-cassette, dans une chambre de motel à la périphérie de Providence, Rhode Island, les mains d'Experanza autour de mon cou, mes bras autour de sa taille, nous

nous balancions d'un pied sur l'autre – et je serre Flip encore plus contre moi, et il glisse son museau sous mon aisselle, et je me dis qu'il est peut-être en train de mourir lui aussi, et nous voilà agenouillés dans une immense flaque de sang, le sang du seul être humain qui, ai-je toujours cru, m'aimait.

Peut-être m'aimait-elle, ou peut-être pas, je ne le saurai jamais.

Je lève les yeux et le petit drone rose volette en vrombissant au-dessus de mon effroyable pietà ensanglantée, et il dit : « Will. Il faut qu'on parte. »

Et bien que les haut-parleurs de ce genre de truc soient plutôt de mauvaise qualité, je reconnais la voix.

« C'est moi. C'est Cammie. J'ai piraté ce drone. Mais je suis là. Je vous vois. Je suis avec vous.

– Cammie. » Je sens des larmes couler sur mes joues, elles sont chaudes et me font mal. Depuis toujours, je me suis toujours entraîné à pleurer, pour avoir une bonne hygiène émotionnelle, mais en vérité je ne sais pas ce que ça fait. Voilà que je me mets à sangloter, Flip tout contre moi.

« Cammie. Tu m'as gâché la vie.

– Non », répond le drone, et sa lampe illumine mon visage. « Non, je suis en train de vous sauver. »

Une énigme, ô voyageur

Je soigne Flip du mieux que je peux. J'applique délicatement de la crème antibiotique sur son oreille déchirée, sur sa patte avant et son flanc entaillés, je recouvre ses blessures de compresses, et je me surprends à murmurer la vieille berceuse que ma mère me chantait, *Do-lang, do-lang, do-lang*, et Flip accepte tout cela avec une dignité stoïque en poussant de minuscules jappements tellement faibles qu'ils en sont presque inaudibles.

Le petit drone rose fait du surplace non loin de là, impatient. « Il faut qu'on y aille, dit Cammie. Quelqu'un pourrait arriver n'importe quand. »

Je hoche la tête et retourne dans les allées insondables en quête d'une couverture. Je refuse de parler à Cammie, ce dont elle a l'air de se rendre compte, mais elle me suit quand même avec inquiétude. Je ne peux pas vraiment me plaindre d'avoir tout perdu car elle doit se dire que je n'avais rien à perdre et elle a sans doute raison, mais je préférerais quand même qu'elle aille se brancher à un chargeur et qu'elle me fiche la paix une minute.

Je trouve des couvertures de survie, un paquet de dix, ce qui n'est pas super mais il faudra faire avec. Je retourne sur mes pas et enveloppe tendrement le corps tremblant de Flip dans l'une d'elles, j'imagine qu'il est en état de choc, et bien que la fine couverture couleur argentée et réfléchissante soit le genre de chose qui, habituellement, le ferait reculer et montrer les dents, il ne proteste pas. Il me regarde avec des yeux sombres et mélancoliques en étaler une sur le corps d'Experanza puis sur celui de Tommy.

« Je suis désolée, me dit Cammie. Pour votre amie. Et votre chien. Je sais que vous êtes bouleversé, Will, mais je nous ai trouvé un lieu sûr ! » Elle volette nerveusement près de mon oreille. Elle m'escorte. « Pas loin. Mais il ne faut pas tarder », ajoute-t-elle, et je grogne, j'attrape un bouquet de poinsettias artificiels rouges dans le rayon maison et jardin, et je retourne d'un pas raide près du corps d'Experanza pour le poser dessus.

Je n'étais absolument pas préparé à ce qu'elle meure avant moi, et j'aimerais prononcer une espèce d'éloge funèbre mais rien ne me vient à l'esprit. Je pose ma main sur une douce mèche de cheveux bouclés qui dépasse de la couverture.

« Tout juste, je finis par murmurer. Tout juste, ma chérie. » Et je me dis que je n'utiliserai plus jamais cette expression.

Le drone vole fébrilement derrière moi. « Il faut absolument qu'on y aille, Will », me presse Cammie, alors je prends le corps tremblant de Flip dans mes bras. On dirait un poulet rôti de trente-cinq kilos, enveloppé dans du papier d'aluminium, que je m'apprêterais à mettre au four, mais j'essaie de ne pas y penser. Les portes automatiques du Dollar Dangle s'ouvrent en chuintant, j'installe Flip sur le siège passager du SUV Cadillac noir d'Experanza, le drone Cammie se pose sur la borne de recharge, entre les sièges, et je me mets au volant. Il doit être environ vingt et une ou vingt-deux heures.

« Bon, je dis d'une voix rauque. Je vais où maintenant ? »

Cammie connaît quelqu'un à Hot Springs, m'apprend-elle. « Une personne qui aime les chiens. Qui se bat pour l'émancipation des animaux de compagnie. Je suis sûre qu'ils peuvent prendre soin de votre chien. Et puis on pourra s'occuper de vos blessures et, j'espère, fuir le pays. Je crois que vous avez raison, il faut d'abord aller au Canada. Et ensuite quitter à tout prix l'hémisphère Nord. »

Elle s'est connectée au système audio du véhicule via Bluetooth, et sa voix jaillit de toutes parts, du Cammie en stéréo. Tout ce qu'elle dit paraît logique, mais je me sens encore vaseux et plein de ressentiment. Escorté, particulièrement harcelé. Je coince une cigarette entre mes lèvres, l'allume d'une main et serre le volant de l'autre.

« Cette amie... », je commence, puis je me racle la gorge. « Elle fait partie de la... donatrie ? C'est une de mes... ?

– Non, non. Je l'ai rencontrée sur un forum de discussion anarchiste. Je travaille avec un réseau de personnes.

– D'accord », je réponds, bien que le mot « réseau » me glace le sang. Je n'ai jamais aimé les réseaux, les groupes d'action, les coopératives ou les collectifs : ils sont le plus souvent très peu fiables, avec une organisation centrale faible et beaucoup de chamailleries. Mais je n'ai rien de mieux à proposer. Je pose ma main sur la tête carrée, musclée et ensanglantée de Flip, et je promène mes doigts le plus délicatement possible sur son crâne et son cou. Il m'a fallu tellement de temps pour lui apprendre le sens des caresses mais voilà qu'il les recherche et s'en imprègne, plein d'espoir. « OK, je murmure à son intention. OK.

– C'est un collectif qui occupe un vieux site touristique abandonné, m'explique Cammie. The Mammoth Site. La quasi-totalité de ses membres sont des défenseurs des droits des animaux et certains sont vétérinaires. D'autres infirmiers. Parce que je crois que vous aussi avez besoin d'être remis sur pied.

– Je connais l'endroit. » Et ce souvenir *d'une autre vie* me heurte de plein fouet.

Experanza et moi l'avions visité une fois, il y a vingt ans peut-être. Je m'étais attendu à découvrir un site incroyable ; elle, un truc ennuyeux et elle était impatiente de retourner à Sturgis pour le grand rallye moto où elle arnaquait des groupes de suprémacistes blancs. Mais j'avais insisté, et je me rappelle le gisement de fossiles où une cinquantaine de jeunes mammouths mâles avaient trouvé la mort, attirés dans une cuvette. On avait construit un grand dôme au-dessus du site archéologique de sorte qu'on pouvait voir les squelettes totalement exhumés ainsi que des dioramas représentant le quotidien des mammouths de Colomb et des mammouths laineux, lire des informations sur leur habitat naturel, puis déjeuner dans la cafétéria et flâner dans la boutique de souvenirs, où j'avais acheté une veste imperméable à capuche jaune avec un crâne de mammouth sur la poche de poitrine – qui doit toujours être suspendue à un cintre dans un placard de l'*Étoile du Berger*, lequel se trouve dans un garage, sur le terrain où vivait Experanza.

Mais il ne faut pas que je pense à elle. Il ne faut pas que je pense à l'*Étoile du Berger*. Garder la tête haute et regarder droit devant soi.

Le site n'est pas loin de la rocade qui contourne la ville par le sud, et quand nous passons devant, je suis un peu perturbé de constater que le parking de l'ancien musée est désormais entouré d'une clôture de barbelés tranchants de plus de trois mètres de haut avec des projecteurs pivotants, et qu'il y a un portail de sécurité à l'entrée. Je m'arrête sur le bas-côté de la route, et mon cœur bat de façon suspecte. *Un réseau de personnes, un collectif.* Et pourquoi ces gens aideraient-ils Cammie ? Pourquoi prendraient-ils part à mon « sauvetage » comme elle dit ?

« Tu es sûre de toi ?

– Quittons la route. Une fois à l'intérieur, on pourra discuter, OK ?

– Hum. » J'ai peur que Flip meure sans avoir reçu de soins. Sinon, j'aurais continué à rouler, je n'aurais même pas ralenti.

« À l'interphone, on va vous poser une question. Et la réponse est : “*Une énigme, ô voyageur.*”

– “Une énigme, ô voyageur” ? je répète en secouant la tête, l'air dubitatif. Attends, c'est quoi le nom de cette clique ? Ils sont croyants ?

– Non. Ils s'appellent tout simplement “The Mammoth Site”. Ne vous inquiétez pas. J'ai enquêté sur eux, je leur fais confiance. Ce sont des gens bien.

– Je n'en doute pas. » Elle n'a pas pigé que par « gens bien » il faut comprendre « fuir ». Elle ne semble pas réaliser que chaque mot prononcé par son interlocutrice ne fait que m'inquiéter davantage.

« Des gens bien. Mais qui les finance ? Qui a payé pour installer cette clôture ? Pas une bande d'écolos teigneux, j'imagine. »

Elle a l'air pensive mais sûre d'elle, comme si elle s'était préparée à cette question. « Surtout des donateurs privés, via Patreon et GoFundMe pour la plupart. Ils ont un lien périphérique avec le collectif Mondegreen, mais il est mineur.

– Espérons-le. » Je me résigne. Il y a plusieurs années, j'ai eu une fâcheuse confrontation avec des marchands d'armes à feu appartenant à ce collectif, mais sans qu'on recoure ouvertement à la violence. Donc ça va peut-être bien se passer, je me dis, et j'appuie sur le bouton de l'interphone, ça sonne, puis une voix grésillante se fait entendre.

« Où réside le temps ? » demande la voix filtrée et, l'espace d'un instant, je réfléchis. On pourrait tailler une bavette autour de cette vaste question, mais je sais ce que je suis censé répondre.

« Une énigme, ô voyageur. » J'entends alors un bêlement maladif et vibrant, puis le portail déglingué tremble et s'ouvre en faisant un bruit de ferraille.

À l'intérieur, il y a, je m'en souviens, cet immense panneau en bois avec THE MAMMOTH SITE écrit dessus et, derrière lui, un mammouth en ciment grandeur nature, la trompe dirigée vers le haut en signe de bienvenue. C'est triste de penser au bon vieux temps plein d'innocence où les gens partaient en vacances, où il existait des sites pédagogiques à destination des enfants, des personnes âgées en voyage organisé bas de gamme, des familles qui s'ennuyaient, des gens qui s'intéressaient à la préhistoire ou des meurtriers en congé.

Nous nous garons sur le parking et une femme de grande taille sort du bâtiment, le bras levé. Elle est bâtie comme une basketteuse, épaules larges et longues jambes. Elle porte un pantalon moulant déchiré de couleur noire, et elle a les cheveux teints en vert avec une coupe au carré à la Louise Brooks. Je baisse la vitre et elle se penche vers moi, un sourire aux lèvres. « Tu dois être Will, dit-elle d'une voix grave mais féminine. Moi, c'est Curtis Chin. »

Je sors du véhicule et nous nous serrons la main. Elle mesure sans doute six ou sept centimètres de plus que moi et elle saisit délicatement ma cigarette.

« Il est interdit de fumer ici », dit-elle, et elle tire longuement dessus avant de la jeter par terre et de l'écraser sous la pointe métallique de sa ranger. « On est totalement straight-edge. Pas de drogue, d'alcool, de nicotine, de caféine, de sucre raffiné – rien de tout ça, d'accord ? »

C'est l'idée que je me fais de l'enfer mais j'acquiesce de la tête. « Il y a mon chien dans l'auto. Il est grièvement blessé. J'ai cru comprendre que vous pourriez nous aider. »

Je suis Curtis Chin en direction du musée, Flip dans mes bras, du sang goutte de la couverture de survie dans laquelle il est enveloppé et ça m'inquiète. Sa respiration semble plus ou moins normale. Il est réveillé mais somnolent, et il émet de tout petits jappements.

Pendant ce temps-là, le drone vrombit à côté de la tête de Curtis. « Merci infiniment pour ton aide », dit Cammie. Curtis nous tient la porte, nous traversons ce qui était jadis la boutique de souvenirs et le restaurant, et elle répond : « De rien. J'espère que tu es en sécurité ?

– Oui. Pour l'instant. » Je réalise que j'aurais sans doute dû poser la question à Cammie, peut-être. Je ne sais pas. J'ai l'impression d'avoir été arraché à mon ancienne vie par une césarienne pratiquée en urgence. Est-ce que j'ai commis une erreur ? *La situation t'échappe*, m'a dit Experanza et, à l'heure qu'il est, quelqu'un a dû découvrir les cadavres du Dollar Dangle, et un shérif ou le chef d'une milice locale a sans doute été appelé pour examiner la scène de crime. On emportera le corps d'Experanza et on l'incinérera, et je sens Flip frissonner, et Curtis ouvre une porte blindée et me la tient. Ses longs bras musclés sont couverts de tatouages faits main : ils représentent des petits chiens de dessins animés.

« Merci », je m'entends lui dire.

Nous pénétrons alors dans le site archéologique, et je ne peux pas m'empêcher d'être pris d'une hésitation. Je suis sous le choc. Il est aussi vaste qu'une cathédrale, éclairé par de minuscules lampes LED, et surmonté d'un dôme avec un grand puits de lumière à travers lequel on peut voir les étoiles. Je tiens Flip tendrement dans mes bras et pousse un soupir d'émerveillement.

C'est si beau. Une passerelle en bois court autour de la fosse où les squelettes de mammouths ont été mis au jour, mais tout a été transformé en une sorte de bazar. De petit village. Des hippies discutent en groupes, mangent des bananes, sont assis sur des canapés achetés d'occasion dans une boutique solidaire, tapent sur un ordinateur portable, ou agitent les doigts, installés sur une chaise longue, un casque de réalité virtuelle sur la tête. Des enfants pouffent dans des sacs de couchage au milieu des crânes de mammouths et des tas d'os délicatement exhumés, et j'imagine dans une autre vie ce que ce serait de grandir dans un endroit pareil : je nous vois, Experanza et moi, enfants, en train de courir partout et de faire des bêtises, mais ici nous serions acceptés, nous serions pardonnés, je crois...

« Will ! » Curtis a ouvert une autre porte à l'extrémité de la passerelle. « Par ici. » Et elle me fait entrer dans un couloir de bureaux souterrain.

« Une vétérinaire va arriver », annonce-t-elle, mais elle s'adresse à Cammie, pas à moi. Cammie bourdonne près de sa tête, je les suis en murmurant des paroles encourageantes à l'attention de Flip et, curieusement, je pense au bébé que j'ai déposé à Vicksburg, Mississippi. Il y a combien de temps ? J'ai l'impression que ça fait des mois, l'enfant doit déjà savoir marcher à quatre pattes, il a déjà dû dire son premier mot, et j'espère qu'il se souvient de moi, juste un petit peu.

Cette partie souterraine du musée est en fait la cave en béton armé d'un immeuble de bureaux bon marché datant des années soixante-dix, portes en acier avec une minuscule vitre et une grille de ventilation à lamelles, néons au plafond et moquette très fine au sol. Curtis nous conduit devant la porte numéro sept. Celle-ci s'ouvre sur une petite pièce qui ressemble à un cabinet vétérinaire type avec sa table d'examen métallique et son comptoir sur lequel sont posés un bocal rempli de boules de coton, un stéthoscope et différents flacons de pommades et d'antiseptiques. J'allonge Flip sur la table et Curtis veut m'aider à le débarrasser de la couverture de survie mais je repousse sa main. « Il pourrait mordre. Il n'aime pas les gens.

– C'est intelligent de sa part. Mais ne t'inquiète pas. Les chiens savent qu'ils peuvent me faire confiance. » Pour le prouver, elle caresse doucement le sommet de la tête de Flip qui ne réagit pas comme je m'y attendais. Il laisse échapper un faible grognement, ferme à moitié les yeux, et Curtis retire la couverture poisseuse de sang.

« Oh, mon Dieu ! » s'exclame-t-elle, et Flip la laisse promener ses doigts sur son museau. Cammie vole sereinement près de la porte, elle semble observer la scène tout en gardant ses distances. Je prends les pattes avant de Flip et masse ses coussinets dont la texture m'évoque du papier de verre, et nous nous regardons droit dans les yeux, nous nourrissant ainsi mutuellement de bêta-endorphine, d'ocytocine et de dopamine.

« C'est un chien de combat », remarque Curtis en secouant la tête puis elle me dévisage – son regard n'est pas accusateur, il est plutôt sombre et triste. Elle effleure la longue balafre sous l'œil gauche de Flip. « Il a dû en voir.

– Oui. » Je continue à presser délicatement ses coussinets. C'est le premier type de contact qu'il avait accepté à l'époque où nous étions devenus compagnons et où j'essayais de lui apprendre à me faire confiance. « Il a dégusté. Il y a quelques années, je l'ai sauvé d'un camp, en Virginie, où étaient organisés des combats de chiens.

– Ah bon ? Quel camp ? » Curtis continue à caresser lentement le museau de Flip tout en braquant sur moi ses yeux sombres. « Simple curiosité professionnelle. Je traque les dresseurs de chiens de combat. »

Je hoche la tête, cette femme me plaît, et si je rédigeais un testament, je laisserais de l'argent à son organisation pour soutenir leurs efforts visant à exterminer ces connards. « C'était une clique qui s'appelait Bandit Farm Kennels. Au sud de Richmond.

– Oh ! » s'écrie-t-elle, et son visage s'illumine. « Le massacre de la Bandit Farm ? C'était du bon boulot ! Tu étais impliqué ?

– Pas vraiment. » Son admiration pour moi m'intimide. « J'ai juste tout nettoyé », je précise modestement. Je ne supporterais pas de devoir lui apprendre que la tuerie n'était pas l'œuvre des Animal Rescue Freedom Fighters, comme cela avait été dit un peu partout, mais simplement l'acte de trahison d'un investisseur mécontent qui avait voulu récupérer l'argent de l'assurance.

« Si je comprends bien, ce chien est… King Philip, dit-elle, stupéfaite. Waouh ! C'est une légende !

– Il ne s'appelle plus comme ça. Il vaut mieux ne pas utiliser ce nom-là, ça le contrarie. » Je palpe ses coussinets comme si j'appuyais sur la poire d'un tensiomètre en murmurant *ss ss ss*, et Flip a toujours ses yeux noirs plantés dans les miens.

Experanza m'avait dit que j'avais volé un chien de grande valeur, assuré pour deux millions de dollars, l'un des chiens de combat les mieux classés du pays, mais j'avais cru qu'elle exagérait. Je savais qu'il était exceptionnel mais je n'avais pas réalisé qu'il était très célèbre, que c'était un grand champion de cet horrible sport.

« On ne parle pas de cette partie de sa vie, j'explique à Curtis. On a surmonté ça, et maintenant c'est du passé. »

La vétérinaire entre et nous demande de dégager, ce que nous faisons, et nous voilà debout dans le couloir, derrière la porte fermée, mal à l'aise.

« Allez, tu devrais aller te laver, me dit Curtis en touchant mon épaule de ses longs doigts aux ongles verts. Prends une douche, mets des vêtements propres et reviens ensuite voir comment va ton copain. Il est dans de bonnes mains. »

J'accepte à contrecœur et Curtis me guide, une main ferme posée sur le bas de mon dos. « Il faut juste que tu te débarrasses de toute cette crasse, et moi, pendant ce temps, je vais voir si un infirmier peut venir t'examiner, d'accord ? On va s'occuper de toi, Will, et tout va bien se passer. »

Nous nous arrêtons devant une porte avec une plaque sur laquelle il est écrit DOUCHES. Tout ne va pas bien se passer mais je n'ai aucune idée de la façon dont ça va mal se passer. Alors j'obéis, je me glisse dans les vestiaires et, en jetant un regard par-dessus mon épaule, je remarque que le drone Cammie me suit en vrombissant.

Je me retourne et fixe l'œil étincelant et vide de l'appareil photo. « Ce sont des douches pour hommes. Ils ne vont pas apprécier de voir un Pictie-Pet les mater alors qu'ils sont dans le plus simple appareil.

– J'ai l'impression que vous êtes en colère contre moi », réagit Cammie, et j'essaie d'imaginer que derrière ce gyroscope rose à hélice il y a, cachée dans une pièce en sous-sol mal éclairée, une vraie jeune femme qui tape sur un ordinateur portable, et qui est effrayée et peut-être surprise par le nombre de puissances qu'elle a réussi à monter contre elle. Elle ne se rend peut-être pas vraiment compte à quel point elle s'est montrée imprudente, à quel point elle s'est peu souciée des dégâts collatéraux. « Je suis désolée. J'ai géré ça au mieux.

– Tout juste, je réponds alors que je m'étais promis de ne plus employer cette expression. D'accord. Mais je vais avoir besoin d'un peu d'intimité. Il faut que je me dévête et que je me douche.

– Je ne vais pas regarder. » Elle lévite pudiquement jusqu'à un coin de la pièce et détourne de moi l'œil de l'appareil photo. « Il faut qu'on parle », reprend-elle. Je m'assieds sur un banc, près des casiers, et retire mon T-shirt barbouillé de sang.

« De quoi ? » Je vide les poches de mon short cargo – les clés du SUV d'Experanza, un emballage de compresse, une cigarette à moitié fumée. Et ce foutu lapin en peluche.

« Je pense que votre chien va s'en sortir », déclare Cammie. Je détache mon sac banane et retire timidement mon short. Je jette un coup d'œil dans sa direction, elle est toujours face au mur alors je me dirige d'un pas boitillant vers les douches en sous-vêtements.

« Mais, ajoute-t-elle. Il faut qu'il reste ici. Et nous, il faut qu'on parte.

– Non, non, non, non. » J'entre dans la douche collective carrelée qui ressemble à celles des gymnases d'autrefois avec ses becs alignés au-dessus de grosses barres métalliques. « Il n'en est pas question.

– Flip a une puce GPS dans le corps. C'est comme ça que

votre amie vous a retrouvé, j'imagine. Et c'est comme ça que je vous ai retrouvé. J'avais remarqué qu'un signal vous suivait mais je n'avais pas compris que c'était le chien jusqu'à ce que Curtis me vienne en aide.

– N'importe quoi. » Je fais couler de l'eau et, la main sous le jet, j'attends qu'elle chauffe. Maintenant je suis bel et bien en colère contre Cammie. Cette façon qu'elle a de dire « le chien » comme si Flip n'était pas un individu à part entière. De dire « votre amie ». Cette façon qu'ils ont de dire « la serveuse » ou « le garçon qui tond la pelouse », toutes ces choses qui ne sont pour eux que de simples figurants, des bouche-trous. « L'embryon », je songe, mais je me retiens de le dire à voix haute.

« S'il a une puce électronique dans le corps, on la lui retirera », je reprends, et je me place sous le pommeau de douche fumant. L'eau qui coule est pleine de sang et de poussière de maïs. Je défais mes nattes, et je laisse mes cheveux pendre et encadrer mon visage. « Il n'est pas question que j'abandonne mon chien.

– Le seul moyen de lui retirer la puce, c'est de recourir à la chirurgie exploratoire. Elle est plus petite qu'un grain de riz, et quand elle est là depuis un moment il est presque impossible de la retrouver, même avec une radio. Il faudrait faire une incision de plusieurs centimètres de long puis disséquer soigneusement le tissu dans cette zone…

– Comment tu sais tout ça ? » Je verse du savon liquide parfumé à la lavande dans le creux de ma main et je me frotte le torse et les aisselles. De l'eau sale continue à décrire des cercles autour du siphon. « Tu n'es pas médecin ! Tu pompes juste des conneries sur Internet ! Ce n'est pas ça, la connaissance !

– OK. On demandera à la vétérinaire. Mais je pense qu'elle nous dira la même chose. »

Cammie parle d'une façon qu'elle croit très habile, très raisonnable et conciliante, de la façon dont ma mère parlait à un pigeon, à un oncle Lapin, et je m'imagine sortir de la douche à grandes enjambées, m'emparer du drone, rapprocher l'œil de l'appareil photo de mon visage et serrer son châssis en plastique si fort qu'il se fissure.

Mais je ne suis pas un homme violent. J'ai certes tué beaucoup de gens, mais une ou deux fois seulement sous le coup de la colère. Malgré tout, je refuse que Cammie voie le monstre en moi, le regard brûlant et les crocs, donc je me tais. Je lève un pied et le lave délicatement avec un gant. Il est bien entaillé et j'ai en prime un orteil cassé alors je grimace, mais je tremble aussi d'émotion et je frotte mon pauvre pied impitoyablement. Je vais tout perdre. L'*Étoile du Berger*, Experanza, mon travail, Flip et puis ma propre vie. Je soulève l'autre pied et recommence à grimacer.

Maudite soit Cammie qui m'a contactée. Maudit soit Patches qui m'a incité par la ruse à la créer. Maudites soient ma mère cupide et la pipette qui m'a mis à l'intérieur d'elle.

« En plus », dit Cammie. De cette voix apaisante et légèrement réprobatrice dont un thérapeute peut user avec un patient furieux. « En plus », répète-t-elle, et je me couvre les yeux d'une main. « Flip est grièvement blessé. Il est incapable de marcher. Il va avoir besoin de temps pour se rétablir. Il ne pourra pas sortir d'ici sur ses pattes ce soir. Ni demain.

– On attendra qu'il soit guéri. Tu as dit qu'on était en sécurité ici.

– Vous l'êtes, effectivement. Mais n'oubliez pas que je ne me trouve pas au même endroit que vous. Et je ne vais pas pouvoir continuer à pirater ce drone très longtemps. Je suis dans une situation vraiment précaire. »

Penché en arrière, je laisse l'eau couler sur mon visage, et je passe mes doigts dans ma barbe pour la démêler.

Et si je préférais Flip à Cammie ? Est-ce que les membres du collectif Mondegreen accepteraient que je reste en lieu sûr le temps que mon chien se remette ? Flip et moi sommes ici en tant qu'invités de Cammie.

« Vous savez bien que vous ne pouvez pas vous occuper comme il faut de votre chien. Ils vont bien le soigner. Aider les animaux maltraités est l'œuvre de leur vie. »

Elle n'ajoute pas qu'il s'en sortira mieux sans moi mais c'est ce qu'elle veut dire. Et je veux répondre qu'il ne survivra pas sans moi, mais je revois son regard triste et satisfait quand Curtis Chin lui a caressé le museau, et je me dis que c'est moi qui ne survivrai pas. Ça me rappelle ce film où un cow-boy mourant s'éloigne sur sa monture en direction de l'horizon et où un gamin crie : « Shane, reviens ! », et c'est un moment déchirant mais le gamin s'en remettra certainement. Comme Flip s'en remettrait si je suivais le conseil de Cammie. Il pourrait avoir ici une vie longue et heureuse, je lui manquerais, bien évidemment, mais il penserait de moins en moins à moi. Un des gamins dans les sacs de couchage l'adopterait et l'aimerait, et il aurait une autre vie. Une autre vie, bien réelle, ce que les chiens ont plus souvent que les humains.

« Et si on s'en sort, vous pourrez peut-être même venir le récupérer ! dit Cammie de cette voix enjouée que prennent les parents quand ils mentent à leurs enfants. C'est juste que… il faut que vous fassiez au mieux. Pour tout le monde. Pour l'instant.

– Il n'est pas question que j'abandonne mon chien », je rétorque, mais avec moins de conviction. L'abandonner est peut-être ce qui est le mieux pour lui. L'abandonner est peut-être l'option la plus altruiste.

« Will ? dit la voix de Curtis. Je te préviens, j'entre ! Je t'apporte des vêtements ! »

J'ouvre les yeux, l'eau coule sur mon visage, et j'effleure mon nez enflé dont le pansement s'est décollé. Mon nouveau nez. Mon nouveau visage.

« Roger sera là dans cinq minutes. Il est infirmier. Il va t'examiner, te soigner, et je crois même qu'on a des antidouleurs.

– Hmm. » Je sais ce qui va se passer dans l'heure qui suit.

Je vais m'asseoir sur un banc dans les vestiaires, l'infirmier va me recoudre, appliquer une pommade sur mes plaies, écouter mon cœur, me poser une attelle nasale et un nouveau pansement, me donner des antibiotiques et de l'Oxycontin ou quelque chose d'approchant pour émousser mes émotions et puis on m'emmènera voir Flip pour la dernière fois, lui aussi sera sous sédatif, la vétérinaire nous fera part de son état actuel et de ses perspectives de guérison, je poserai ma main sur sa tête, je l'embrasserai sur la bouche et caresserai son pelage court, ses yeux s'entrouvriront, il me verra lui dire au revoir et il comprendra que je l'ai trahi.

Il comprendra que je l'ai amené, par la ruse, à faire de nouveau confiance à un être humain et que je m'apprête à l'abandonner, et je lirai dans ses yeux une déception sourde et éternelle. Quel idiot il a été, constatera-t-il, reconnaîtra-t-il, et il fermera les yeux et ne supportera pas de me regarder franchir le seuil de la porte.

« Non. Pas besoin d'un infirmier. Il faut qu'on parte maintenant. Je crois que… Cammie et moi on doit se magner.

– Ce ne sera pas long », insiste Curtis d'une voix joyeuse, ignorant tout des turbulences de mon cœur, et je ferme le robinet et m'enveloppe dans une serviette de toilette.

« Je… Je crois qu'il faut qu'on parte maintenant », je rétorque et j'entends mes dents grincer. « Vous prendrez bien soin de mon chien, promis ? »

Harland Jengling et le Temple de la Vraie Science

On prend la direction du nord, le drone Cammie et moi. Il est environ cinq heures du matin, je suis propre comme un sou neuf, je n'ai plus de chien, je sens le savon à la lavande, je porte un T-shirt blanc, une salopette, des chaussettes de laine et des sandales Birkenstock. En plus d'avoir fait en sorte que Flip soit logé et nourri pour une durée illimitée sur le site, Cammie a négocié l'échange de la Cadillac d'Experanza contre un Jeep Grand Wagoneer 1984 qui a trois cent six mille kilomètres au compteur. Je n'apprécie pas franchement ces transactions mais je ne suis pas d'humeur à marchander. Je prends le volant et Cammie se niche sur le tableau de bord côté passager, au-dessus de la boîte à gants.

« Je vais où maintenant ? je lui demande.

– Je vais essayer de vous faire entrer au Canada. Il y a deux ou trois endroits, entre le Dakota du Nord et le Saskatchewan, où on devrait pouvoir vous faire franchir la frontière. Et ensuite, on pourra compter sur l'aide de gens que je connais. J'en suis pratiquement sûre.

– Pratiquement sûre, hein ?

– J'y travaille. Restez sur la 85 jusqu'à Fortuna.

– D'ac », je réponds, mais je n'ai plus beaucoup d'espoir au fond du cœur. C'est un trajet d'au moins huit heures, et je doute fort de réussir à aller aussi loin.

« D'après vous, on en a combien à nos trousses ? me demande Cammie.

– Je ne sais pas. » Dans le rétroviseur, une KTM Super Duke noire approche puis nous dépasse à toute vitesse. Le motard porte un casque argenté en forme de tête de guêpe, et il se tourne vers moi quand il arrive à ma hauteur. « Je dirais une dizaine ou une quinzaine d'organisations. Apparemment, il y a beaucoup de parties intéressées. Certaines pires que d'autres.

– Je suis vraiment désolée. » L'appareil photo du drone Cammie pivote vers moi puis se tourne de nouveau vers la route. « Je sais que j'ai merdé. Je ne me suis pas rendu compte que ça produirait des effets en cascade aussi rapides.

– Tout… à fait. » Je regarde la Super Duke filer, elle doit rouler à plus de cent soixante kilomètre à l'heure, et je me décide à prendre un peu de vitesse.

« Ne t'inquiète pas. Tu ne savais pas dans quoi tu t'embarquais. »

Les phares du Wagoneer éclairent un panneau faisant la publicité d'un site d'attraction touristique, les Reptile Gardens, et un autre celle du Roosevelt Hotel de Keystone, un hôtel sympa et confortable, situé au pied du mont Rushmore. Mais bien sûr, le mont Rushmore n'est plus que décombres de nos jours, et qui sait ce que sont devenus les Reptile Gardens ? J'espère que les serpents ont pu s'échapper, qu'ils ne sont pas morts de faim dans des cages ou des vivariums.

« J'ai l'impression de vous avoir un peu manipulé », reconnaît Cammie. Elle plane au-dessus de la boîte à gants, se balance légèrement de haut en bas et de bas en haut, la rotation de ses petites hélices les rendant floues. « Je m'étais mise dans l'idée de vous libérer mais sans vraiment vous demander votre avis.

– Tu ne m'as jamais forcé à rien. J'ai pris mes propres décisions. » Le soleil se lèvera dans une heure environ, mais un rougeoiement dessine déjà le contour des collines et des pins à l'horizon. *Tu as fait un choix*, je me dis, et je me demande pourquoi. Pourquoi le désir d'une autre vie, d'une autre version de moi-même, a-t-il été aussi intense cette fois-ci ? Toute cette histoire que je m'étais imaginée, moi dans le rôle du père et elle dans celui de la fille, était très séduisante mais très peu probable. Est-ce que je savais que j'allais gâcher ma vie ? Sans doute, dans une certaine mesure.

Je rêve de voir Cammie sous sa forme humaine. Si une telle forme existe.

« Tu te trouves où en ce moment ? Tu es en sécurité ?

– Je suis à l'arrière d'un semi dans le nord du Wisconsin, pas loin de Duluth, Minnesota. Je vais traverser la frontière près de Grand Portage.

– Décris-moi l'endroit. Aide-moi à me le représenter. »

Cammie hésite – elle pense qu'on a des choses plus importantes à aborder. Mais elle se prête au jeu. Elle me dit que c'est un camion frigorifique qui transporte des pastèques et où il doit faire à peu près sept degrés, elle est tout au fond, au milieu des caisses, assise dans un sac de couchage avec son manteau en peau de mouton et un bonnet, elle a son ordinateur sur les genoux, elle porte des écouteurs semblables à des protège-oreilles et des mitaines pour pouvoir taper. Il fait noir comme dans un four. La seule source de lumière provient de l'écran, mais au terme des six heures d'autonomie que lui offre sa batterie au lithium elle ne sait pas ce qui va se passer. « Je ne sais pas. Je devrais peut-être l'économiser ? dit-elle.

– Non. Reste avec moi. »

Je jette un coup d'œil dans sa direction, elle est toujours en train de flotter, le regard vide, comme une décoration de Noël sur un sapin, incapable de s'installer sur le siège passager, même si j'imagine qu'en tant que drone elle ne ressent pas l'inconfort. Une route asphaltée à deux voies désertes s'étire devant nous avec, de chaque côté, des clôtures de barbelés au-delà desquelles s'étend une prairie vallonnée. Aucune autre voiture. Seulement des allées privées, des boîtes aux lettres, des poteaux kilométriques à la surface réfléchissante.

« Dis-moi à quoi tu penses. Comment tu t'en sors avec la… perte de tes parents ?

– … Quoi ? » Cammie était sans doute en train de faire une recherche Internet, d'envoyer un texto à un camarade ou à un partenaire de réseau, peut-être qu'elle voit la condensation de son haleine dans l'air réfrigéré.

« Parle-moi. » J'essaie de l'imaginer dans son semi-remorque. Avec son manteau en peau de mouton, son bonnet d'où dépassent des cheveux teints, ses grands yeux et son petit nez couvert de taches de rousseur, et je parie que ses mains tremblent. L'odeur de pastèque tout autour d'elle. « Dis-moi ce que j'ignore. Dis-moi ce que tu cherches sur Internet. »

Elle me demande si j'ai déjà entendu parler d'un certain Harland Jengling, je lui réponds que je ne crois pas, et elle m'apprend que c'est sans doute mon père. « Je ne peux pas encore le certifier. Mais ça en a tout l'air. »

Harland Jengling, enchaîne-t-elle, était le leader d'une secte, le Temple de la Vraie Science, qui au départ s'était établie dans le sud du Nouveau-Mexique mais qui a désormais de nombreuses branches dans toute l'Amérique du Nord, du Guatemala jusqu'aux Territoires du Nord-Ouest, des petites communautés dont pratiquement personne ne connaît l'existence.

« Ils débarquent dans une petite ville, en prennent le contrôle comme un virus, achètent tous les biens immobiliers et finissent par chasser les gens du coin. Ils sont très combatifs.

– Dans quel sens ? » La lumière de l'aube se met à percer au-dessus d'une colline au loin, je jette un coup d'œil au compteur, cent trente, et je ralentis un peu. Le Wagoneer n'est pas une voiture de course.

« Procéduriers. Ils intimident à coups de procès, ils ont des lobbyistes influents et des liens avec certaines des plus grandes entreprises et des plus grandes banques du pays. Mais ils sont aussi extrêmement secrets. Un journaliste qui écrivait un livre sur eux a été empoisonné avec un agent innervant.

– Un agent innervant ? Il en est mort ?

– Oui. Et en plus, certains de ceux qu'il avait interviewés – d'anciens membres de la secte – ont disparu. Sur Internet, des gens disent qu'ils ont été kidnappés et jetés en plein vol depuis un hélicoptère au-dessus du golfe du Mexique.

– Tout... à fait. »

Je crois connaître ce groupe. J'ai un flash – c'était il y a trois ou quatre ans – lors de mon dernier séjour à New York, juste avant que Manhattan ne commence à subir les importantes inondations que l'on connaît. Tim avait loué mes services à une fondation qui gérait les fonds caritatifs d'un milliardaire – mais je ne pense pas qu'il s'appelait Jengling. Ça me revient maintenant. C'était juste avant la proclamation de la loi martiale, les rues fourmillaient de dissidents et de contestataires qui manifestaient et chantaient, munis de parapluies pour se protéger du gaz lacrymogène.

« Il a été tué avec quel genre d'agent innervant ? » Je prends une cigarette et la glisse entre mes lèvres.

« Quoi ? Je ne sais pas. C'est important ?

– Non. Pas vraiment. » C'était sans doute un carbamate. L'EA-4056, je crois qu'il s'appelait. « Et ce journaliste – il est mort il y a trois ou quatre ans ?

– Oui. Vous avez lu des trucs sur lui ? »

Je me revois déguisé en agent d'entretien, bleu de travail et masque de protection N95, en train de passer l'aspirateur dans le couloir d'un immeuble, avec, dans ma poche, un brumisateur contenant une solution d'EA-4056.

« C'est bien dans le Dakota Building qu'il a été tué ? À New York ? Sur Central Park West ?

– Je ne sais pas non plus. Je crois qu'il était originaire de New York mais je n'en suis pas sûre. Le problème, si j'ai raison, c'est que nous – vous, moi et tous les autres – sommes des descendants de Harland Jengling.

– Et c'est grave ?

– Oui. Parce que pour les membres du Temple de la Vraie Science, nous sommes leur propriété sacrée. Et je crois qu'ils viennent tout juste de découvrir que vous avez des enfants. »

Nous nous trouvons dans ce qui était autrefois la Black Hills National Forest ; le soleil se lève et nous traversons ce qui reste des petites villes de Pringle, Sanator et Custer. De chaque côté de la route, l'épaisse forêt de pins ponderosas est parsemée de genévriers de Chine et de chênes à gros fruits noueux qui me font penser à Halloween. Elle semble paisible, même si je sais qu'il n'en est rien. C'est une région pleine de bandits. Nous passons d'ailleurs devant une Ford Mustang qui se consume lentement sur le bord de la route et sur laquelle quelqu'un a bombé : TOUTE VIE EST SACRÉE.

Il est probable que ce soit moi qui ai tué ce journaliste. Je me demande si Tim savait qu'il louait mes services au Temple de la Vraie Science. Sans doute pas. Les gens de Value Standard Enterprises me gardaient pour servir leurs propres fins – j'étais un jeton que ma mère avait utilisé en de nombreuses occasions, comme une carte de crédit qui servirait à des opérations frauduleuses : elle m'avait vendu à différentes organisations. Tim et Value Standard devaient savoir que les Jengling voulaient me récupérer – c'était peut-être ma seule véritable valeur à leurs yeux – alors pourquoi leur auraient-ils loué mes services ?

Ils n'avaient peut-être pas réalisé que c'était à eux qu'ils les louaient. Les Jengling avaient peut-être utilisé une couverture – non pas parce qu'ils étaient impressionnés par mes talents d'assassin mais parce qu'ils voulaient en savoir plus sur moi. Recherchaient-ils déjà des informations me concernant à cette époque ? Je l'ignore. C'est peut-être un peu gros. À ce stade, je me raccroche à ce que je peux.

« Et ce Harland, il est toujours au Nouveau-Mexique ?

– Il est mort. Il est mort avant votre naissance. »

Si bizarre que cela puisse paraître, ça me rend triste, le

fait que je ne le rencontrerai jamais, bien que cette tristesse soit peut-être davantage liée à d'autres pertes – Experanza, Flip, et même ce pauvre demi-frère Tommy dont je n'ai pas eu le temps d'assimiler le meurtre, pour être honnête.

« Apparemment, la tête de Jengling a été cryogénisée et conservée dans une sorte de bunker souterrain, m'explique Cammie. C'était un partisan de la première heure de la cryogénisation. Et de quasiment toutes les pseudosciences qui puissent exister.

– Pseudosciences », je répète. Je me rappelle combien Cammie dénigrait le reiki d'Experanza. Je me souviens des doigts d'Experanza balayant l'air au-dessus de mon dos, et je ressentais – quoi ? – un certain magnétisme ? de l'électricité ? le mouvement des particules formant mon aura ? Mais je ne dis rien. Je me laisse juste revivre ce souvenir, et j'ai des picotements partout.

« C'était un fervent partisan de l'eugénisme, poursuit Cammie. Et bien sûr, il pensait que son matériel génétique était unique et supérieur, et son but était d'ensemencer le monde. Il avait mis au point, je ne blague pas, un programme de reproduction. Des femmes étaient payées pour venir dans son ranch et… »

Comme les stalles d'une étable, avait dit ma mère.

« Et c'est là que ça devient légèrement douteux, mais apparemment il voulait féconder une femme de chaque race et de chaque groupe ethnique – ainsi que des femmes porteuses de handicap, des malades mentales, ou encore des femmes présentant une anomalie chromosomique comme la trisomie 21. D'après une source, il a même tenté d'inséminer des chimpanzés et des bonobos. Et mis les embryons prélevés en cryoconservation.

– Comme sa tête », je remarque, et elle dit : « Oui, comme sa tête », et je m'abstiens de dire : *Comme toi.*

« Le truc, c'est que très peu d'embryons ont été implantés, pour autant que je sache. J'imagine qu'ils doivent avoir une banque d'embryons ? Avec des centaines ou peut-être des milliers de spécimens qui remontent aux années cinquante. »

À mon avis, ma mère n'était pas censée me garder. J'étais destiné à être congelé comme les autres, mais elle s'est enfuie avec moi dans le ventre. Elle avait estimé qu'un bébé vivant aurait plus de valeur qu'un embryon congelé, et qui sait à combien de groupes elle m'a promis, combien de fois elle m'a utilisé comme caution pour ses dettes impossibles à rembourser.

Autour de moi, il y a de plus en plus d'arbres morts – des pins roussis et des buissons sans feuilles, nous nous approchons sans doute de la zone interdite qui s'étend sur un rayon d'une trentaine de kilomètres autour de ce qu'il reste du mont Rushmore depuis le bombardement. Dans l'*Étoile du Berger*, j'avais un compteur Geiger qui m'aurait renseigné sur le taux de radiation ambiant, et je sais que ce n'est pas bon pour mon possible cancer de la prostate mais que puis-je faire ? Je pousse le Wagoneer jusqu'à cent trente bien que cela compromette sérieusement la maniabilité du véhicule. Au loin, j'aperçois la formation rocheuse déchiquetée du Black Elk Peak avec, à son sommet, la tour d'observation qui ressemble à un donjon.

Pendant ce temps-là, Cammie continue à me parler de Harland Jengling. Mon père. Son grand-père. Je l'écoute tout en regardant les hauteurs dentelées et les pins ponderosas morts. Il est né en 1890 à Spanish Fork, Utah. Ses parents, des immigrants islandais originaires de Reykjavik, étaient membres d'un groupuscule extrémiste religieux. Quant à Harland, il a commencé à prêcher dès l'âge de cinq ans lors de rassemblements chrétiens où il guérissait et exorcisait des fidèles – une sorte d'enfant prodige. « Et puis il est devenu orphelin, poursuit Cammie. Ses parents ont été assassinés quand il avait sept ans et il a été adopté par un groupuscule encore plus extrémiste. C'est fou. »

Au début de l'adolescence, Jengling a intégré un cirque itinérant dans le rôle de Monsieur Loyal. « Il y avait une dimension religieuse. Mais on trouvait aussi des monstres de foire, des animaux exotiques et des cryptides – comme un singe et un poisson empaillés et cousus ensemble à qui ils donnaient le nom de sirène. Ce genre de choses. » Il a écrit un pamphlet intitulé *La Confrérie des hommes et des animaux*, l'un des premiers textes fondateurs du Temple de la Vraie Science.

En écoutant Cammie, je me rends compte qu'elle aussi peut se laisser immerger dans un bain de connaissances dont elle est incapable de sortir. Nous sommes tous deux probablement condamnés, mais peu importe. Nous devrions nous creuser la cervelle pour savoir comment échapper à nos ennemis, mais peu importe, ma vieille amie vient de mourir, de même que ce demi-frère dont j'ignorais jusque-là l'existence, et mon pauvre chien est enfermé dans une cage, quelque part en dessous d'os de mammouths morts dans une cuvette à l'époque du Pléistocène, mais peu importe, nous traversons une zone interdite qui ne sera peut-être plus véritablement habitable pendant des milliers d'années et nous absorbons huit à treize kilobecquerels par heure, mais peu importe, Miss Cammie est déterminée à se laisser embarquer par l'histoire de Harland Jengling, et s'il me fallait une preuve supplémentaire qu'elle est bel et bien ma fille, la voilà : je reconnais cette façon de se concentrer sur un sujet et de l'aborder sous tous les angles possibles – sans doute héritée de Harland Jengling lui-même. Elle est acharnée, je me dis. Focalisée et fascinée, et tant mieux pour elle, sans doute, même si je n'écoute pas tout ce qu'elle raconte, je pousse le Wagoneer pour atteindre les cent quarante-cinq kilomètres à l'heure, c'est le matin, et je fonce en direction de Deadwood.

Quand on tombe sur une autre Super Duke, je ralentis. Celle-ci est rouge cerise, et j'ai des picotements dans la nuque dès que je l'aperçois. Je n'ai jamais aimé ce genre de motos – elles ont un cadre stylisé qui ressemble à un crustacé métallique, une crevette, peut-être, et auquel j'ai toujours trouvé un air légèrement malveillant. Ce n'est pas courant de voir ce genre de véhicule, a fortiori deux dans la même journée – surtout dans cette partie du Dakota du Sud qui est assurément le royaume de la Harley-Davidson.

« Hé, Cammie. Regarde devant toi. Tu vois cette KTM ? »

Elle s'arrête de parler, dirige l'œil de son appareil photo vers moi puis vers la route.

« C'est quoi, une KTM ?

– Une moto. C'est la deuxième que je vois aujourd'hui, et ça ne me plaît pas.

– OK... » Elle semble dubitative, mais j'entends un petit clic quand elle la prend en photo. Nous sommes dans un virage, serrés contre une glissière de sécurité en tôle ondulée, avec un ravin juste de l'autre côté, et je ralentis. « Vous voulez que j'essaie de trouver un autre itinéraire ? Je ne pense pas que ce soit une bonne idée de trop s'éloigner de la route principale, c'est dangereux par ici.

– Il est peut-être trop tard. » Je m'arrête à un croisement, la Super Duke rouge est devant moi. Le motard porte une combinaison épaisse en Gore-Tex et un casque avec une visière réfléchissante, et il se retourne pour nous regarder, visage vitreux et sans expression qui réfléchit le ciel et l'asphalte. À sa droite, un panneau m'indique que nous arrivons à Deadwood, « la dernière demeure de Wild Bill Hickok ». Le légendaire gentleman est d'ailleurs représenté sur une peinture murale avec son chapeau à large bord et sa cravate texane, et les cinq cartes composant la fatidique « main du mort » sont étalées à côté de lui – deux as noirs, deux huit noirs et une cinquième carte marquée par un impact de balle. « Zut, je murmure.

– Qu'est-ce qu'il y a ? » demande Cammie. Son appareil photo fait un tour complet puis s'arrête sur moi. « Qu'est-ce qui ne va pas ?

– Rien. » Je me demande si je dois dépasser la moto – qui

fait sans doute du quatre-vingts maintenant – ou rester tranquillement derrière elle. « Juste un mauvais présage. » Comme Cammie ne croit sans doute pas aux présages, je n'ajoute rien. Nous traversons la longue bande sinueuse de motels qui bordent la route menant au centre-ville et qui, pour la plupart, sont délabrés ou abandonnés. Voilà un Super 8 incendié ; voilà le Thunder Cove Inn qui ressemble à des semi-remorques empilés les uns sur les autres avec, sur son parking, des tentes et tout un bric-à-brac. Plusieurs personnes en doudoune et casquette de base-ball déchargent un cerf mort d'un buggy. Des hommes, des femmes, difficile à dire, ils ont tous la forme d'une pomme de terre. Ils lèvent la tête et regardent la Super Duke puis notre Wagoneer passer.

Apparemment, notre motard n'aime pas être suivi. Il jette un coup d'œil par-dessus son épaule à plusieurs reprises puis ralentit, passant à soixante-dix kilomètres à l'heure puis à cinquante lorsque nous traversons le centre-ville, et quand nous nous retrouvons sur une route à quatre voies, il tend son bras gauche comme pour lancer une balle de base-ball : *Allez ! Passe !* m'enjoint-il, et je finis par obéir, et je me demande si je devrais le heurter légèrement en le doublant mais je m'abstiens car c'est peut-être juste un motard innocent en train de faire sa virée du dimanche.

Est-ce qu'on est dimanche ? Je n'en ai aucune idée.

« Hé, Cammie ? On est quel jour ? » Le petit drone est immobile. Il s'est posé sur le tableau de bord, ses hélices ne tournent plus, et l'œil de son appareil photo ne cliquette plus vers moi quand je parle. « Hé ! » J'agite la main dans sa direction pour essayer d'attirer son attention. « Hé ! Réveille-toi ! »

Étonnamment, il réagit. Il émet un petit carillon, *pong ping pong*, et une lumière verte commence à clignoter. Les hélices tournent deux ou trois fois, avec hésitation, puis se mettent à vrombir et le drone se soulève en vacillant comme un ivrogne.

« Salut ! » s'exclame-t-il. Ce n'est pas Cammie. Il a la voix enfantine et outrée d'un personnage de dessin animé, ni tout à fait homme ni tout à fait femme, et il se cogne, chancelant, contre le pare-brise puis tourne sur lui-même et recule, inquiet. « Salut ! répète-t-il en me regardant. Je m'appelle Pikti ! C'est quoi ton prénom ? »

J'entends un bruit d'obturateur et une lumière m'éblouit. « Je viens de prendre une photo de toi trop mignonne ! s'exclame-t-il. On devrait la poster sur tes réseaux sociaux ! Mais je vais avoir besoin de tes identifiants et de tes mots de passe pour me connecter.

– Non. Arrête de parler, je rétorque à cet être qui a pris possession de ma Cammie. *Shut* ! *Up* ! j'articule nettement.

– Lancer la chanson “Shut up” des Black Eyed Peas (2003) », annonce le drone, et une musique que je n'aime pas trop sort en gargouillant de ses haut-parleurs. Nous passons devant une forteresse en rondins avec le panneau : TATANKA : STORY OF THE BISON – encore une ancienne attraction touristique ? Mais aujourd'hui, des snipers se tiennent de chaque côté de l'entrée, dans une tour de garde, et l'allée privée est parsemée de chausse-trapes.

« Picky ! Arrête cette musique ! Du calme ! Silence ! » J'essaie de trouver d'autres mots-clés auxquels il pourrait réagir, mais il n'a pas l'air de bien connaître ma langue. « La ferme ! Arrête ! Fin ! » Si je pouvais l'attraper, je le jetterais par la fenêtre, mais j'espère toujours que Cammie va revenir.

J'espère qu'elle a juste un problème de connexion, ou que sa batterie est à plat, même si je ne peux pas m'empêcher d'imaginer pire – le semi-remorque doit se ranger sur le côté de la route à la demande de voleurs ou de miliciens. Cammie, recroquevillée dans son sac de couchage, tente de se tapir quand la porte s'ouvre. La lumière se déverse alors à l'intérieur et de gros barbus sordides commencent à décharger les pastèques.

Je frémis à l'idée que la dernière chose que je lui ai dite est : *On est quel jour ?* Je frémis à l'idée que, lors de notre dernière conversation, elle a exposé des faits concernant

Harland Jengling et le Temple de la Vraie Science, ce qui, bien qu'intéressant et peut-être bon à savoir, n'était pas le plus important. Avant d'être séparés, on aurait dû avoir une discussion intime forte en émotion. J'aurais dû lui dire que même si j'étais mal luné et, oui, en colère, je tenais beaucoup à elle, que je voulais apprendre à la connaître, échanger nos souvenirs et nos coups de cœur musicaux, découvrir le genre de blagues qui la faisaient rire, la nourriture qui lui faisait envie, savoir si elle aimait jouer aux cartes et quels étaient ses animaux préférés. *Qu'est-ce qu'il y a ? Qu'est-ce qui ne va pas ?* : voilà les derniers mots qu'elle m'a dits.

Je traverse Spearfish et, peu après, je revois les motos. Je suis toujours en train de me disputer avec le drone qui insiste de plus en plus pour obtenir mes identifiants et mes mots de passe. « C'est tellement plus sympa quand on peut entrer en contact avec ses amis ! dit-il, grognon.

– Je n'ai pas d'amis. » Nous passons des collines aux plaines dénudées. Nous longeons un dédale de bâtiments en brique qui aurait pu être le campus d'une petite université, et j'aperçois quatre Super Duke garées dans l'immense parking vide : deux rouges, une noire et une bleue. Elles nous attendent, j'imagine. Les motards casqués lèvent la tête à notre passage et j'appuie sur le champignon.

Et, oui, ils vont apparemment me prendre en chasse. Je les vois dans le rétroviseur, qui forment un petit essaim.

« On a tous besoin d'amis ! déclare le drone. Je serai toujours ton ami, quoi qu'il arrive ! »

J'accélère, j'atteins les cent soixante et c'est tout droit maintenant, une route à deux voies parallèle à l'Interstate 90, et je me demande si je devrais rejoindre l'autoroute mais je laisse passer la bretelle d'accès, je reste sur la 85 comme Cammie me l'avait conseillé, sans pour autant distancer les motards. Ils ont opté pour une formation en losange, et ils s'organisent en se faisant des gestes de la main et en échangeant, j'imagine, via un casque audio.

« Je m'appelle Pikti ! Et toi ? » dit le drone – il a dû décider de repartir de zéro, et j'aurais bien aimé pouvoir en faire autant. Retourner au tout début, quand j'ai parlé à Cammie pour la première fois : *Eh bien… il se peut que vous soyez mon père biologique*, dit la jeune femme. *En fait, j'en suis presque sûre.*

Si je pouvais remonter dans le temps, qu'est-ce que je lui dirais ? Je suis au volant de l'*Étoile du Berger*, Flip somnole sur le siège passager, et j'aurais pu tout à fait jeter le téléphone, j'aurais pu me taire. Les choses auraient-elles été différentes si j'avais dit à Cammie : *Il faut que tu fuies. Que tu fuies loin de moi, ma petite, sans jamais te retourner.*

Je mets les gaz, on fait du cent quatre-vingt-cinq maintenant, mais ça ne suffit pas à semer le petit essaim de Super Duke. Elles me serrent de près et la bleue accélère, arrive à ma hauteur, à environ un mètre de ma vitre, et le motard fait un geste. *Range-toi !* semble-t-il vouloir me dire.

« Mr Billingsly ? m'interpelle le drone, avec une voix d'homme qui grésille. Ralentissez et arrêtez-vous, s'il vous plaît. Il ne vous sera fait aucun mal.

« Vous êtes en danger, monsieur. Nous sommes là pour vous aider. »

Un peu plus loin, j'amorce un virage serré pour rejoindre une petite route puis je zigzague sur le gravier, et je pense pouvoir me redresser et m'éloigner en vrombissant dans le labyrinthe de chemins de terre.

Mais le volant m'échappe des mains, on fait une embardée et, comme par hasard, voilà un des rares arbres de la prairie, planté par des pionniers un siècle plus tôt et qui, depuis tout ce temps, n'attendait que moi.

Une bonne épitaphe

Les mains menottées dans le dos, je suis assis en amazone sur le siège passager d'un pick-up Ford F-150, et un jeune type, accroupi à mes pieds, entrave mes chevilles. Un peu plus loin, près de la carcasse du Wagoneer, les quatre motards discutent joyeusement. Celui avec le casque bleu, qui m'a extirpé de l'épave et a vérifié que je respirais toujours avant de m'attacher les mains et les chevilles avec du Serflex, rit comme une petite frappe, les pieds écartés, les bras croisés, *Ho ho ho !*

« Merde », je marmonne, et le gamin lève la tête et pose sur moi un regard contrit. La vingtaine, il est maigre, avec des cheveux noirs et des yeux tristes.

« Désolé, dit-il. C'est juste le protocole standard.

– Pigé.

– Ça ne serre pas trop ? » Je secoue la tête. Il m'aide à me placer face au pare-brise, boucle ma ceinture de sécurité et claque la portière.

Je n'arrive pas à croire que j'aie pu emboutir un arbre. Je suis sonné, des étoiles et des oiseaux qui piaillent forment un halo autour de ma tête, il se peut que je souffre d'une commotion cérébrale à moins que je sois juste mortifié. Bien que j'aie réussi, avec une certaine habileté, à faire une embardée pour éviter une collision frontale, m'épargnant ainsi de mourir en étant projeté à travers le pare-brise, j'ai quand même honte de mon incompétence et d'avoir failli à ma mission.

« Donc », dit mon ravisseur en s'installant derrière le volant. Il m'examine et son regard est étonnamment bienveillant. « Je m'appelle Cameron. Mais vous pouvez m'appeler Cam. »

Cam, comme Cammy. Ça me fait un sacré choc, mais ce n'est peut-être qu'une coïncidence. Je hoche la tête, rendant la politesse comme ma mère me l'a appris.

« Moi c'est Billy.

– Billy ? » Il sort un manifeste tout froissé de la poche de son sweat à capuche et, perplexe, y jette un rapide coup d'œil. « C'est écrit que vous vous appelez Barry. Barry Billingsly, homme blanc de cinquante ans.

– C'est un pseudonyme. Je préfère Billy.

– OK, ça me va, répond Cam avec bonhomie. Billy ! Ça me plaît. Un classique en quelque sorte. Comme dans Billy the Kid. » Son large sourire dévoile des dents coiffées de couronnes en or.

« J'ai une fille qui s'appelle Cammie.

– Super ! » répond-il avec courtoisie. J'étudie la forme de son visage, de son nez, de sa bouche, et je me demande si nous sommes de la même famille. Est-il mon fils ? mon demi-frère ? mon cousin ? Ou bien un simple travailleur qui essaie juste de faire son boulot, comme moi il n'y a pas si longtemps encore.

« Bref. On a un long trajet à faire. Donc dites-moi si vous avez besoin de quoi que ce soit. Il y a des bouteilles d'eau, et je peux vous donner un comprimé de Zolpidem ou de Lunesta.

– Tu aurais de l'herbe ?

– Non. Interdiction de fumer. Mais j'ai des gommes au cannabis si vous voulez.

– Ça fera l'affaire. » Il ouvre la boîte à gants et fouille dedans jusqu'à trouver un petit sachet rempli de gommes à mâcher en forme de feuille de marijuana. Il en prend une entre le pouce et l'index et l'approche prudemment de mes lèvres. Il a de grandes mains qui ne sont pas très différentes des miennes. Et l'ongle de son pouce a la forme d'une pelle.

« Vous n'allez pas me mordre, hein ?

– Bien sûr que non. » J'ouvre grand la bouche comme un oisillon, il lâche la gomme et je la mâche pensivement. C'est sans doute la fin du voyage pour moi, et je devrais me réconcilier avec la vie que j'ai menée, lui donner un sens, etc.

J'appuie ma tête contre la vitre et laisse mes paupières se baisser légèrement. Au nord de Spearfish, le paysage devient monotone, les plaines sont si désolées qu'il n'y a rien entre l'horizon et nous, sauf une longue succession de pylônes électriques. Ce châtiment karmique réjouirait Liandro s'il savait, et j'écoute Cam flirter au téléphone avec une certaine Caroline, lui dire qu'il est en route, qu'il en a pour douze heures, si la météo le permet, et il pouffe pudiquement à un truc qu'elle lui dit. Je contemple le portable qu'il remet dans le porte-gobelet de la console centrale, et je me rappelle le regard avide de Liandro quand j'en avais jeté un par la fenêtre – mais qui aurait-il pu appeler ? Et moi, qui pourrais-je appeler à présent ? Qui, dans mon réseau d'associés, m'accorderait son aide ? Experanza, peut-être, si elle était encore en vie. Je ne sais pas. Une part de moi se dit qu'elle n'a jamais été une amie, uniquement une nounou, et que ses conseils avaient toujours pour but de me faire tourner en rond dans mon parcours de somnambule. Mais une autre part de moi croit encore qu'elle m'aimait vraiment, qu'elle était sincère quand elle m'a dit : *Ta seule famille, c'est moi. C'est moi qui ai toujours été là pour toi depuis l'enfance*, et je comprends qu'elle ait pu se sentir blessée et trahie par mon allégeance à Cammie, qu'elle ait pu y voir une forme d'aveuglement. C'est aussi de ma faute : je n'ai jamais pu lui expliquer pourquoi cette histoire me tenait tant à cœur, pourquoi cette fille que je n'avais jamais vue, et qui était peut-être imaginaire, avait une telle emprise sur moi. Je ne peux même pas me l'expliquer aujourd'hui.

Mais rien n'a changé pour moi. Quoi que manigance Cammie, je ne la crois pas mal intentionnée à mon égard. C'est même peut-être une fille bien – bon, difficile de dire ce que cela signifie à notre époque. Je l'imagine dans le semi-remorque frigorifique, recroquevillée dans son sac de couchage, son bonnet de laine enfoncé sur la tête, et j'espère qu'elle ne va pas mourir là ; j'espère qu'elle arrivera à destination et que, quelle que soit la vérité, ça n'avait pas été une tentative – une aventure – vaine. Je ne pense pas qu'on se reparlera un jour.

La main de Cam frôle mon genou quand il fouille à nouveau dans la boîte à gants, et mes yeux s'ouvrent en papillotant. « Désolé, me dit-il. Je voulais juste prendre une cassette. » Sa main fourrage et ressort avec une compilation personnelle. « Ça vous ennuie ? » me demande-t-il en arborant son sourire en or. Avec ses grandes oreilles et ses grands yeux, il me rappelle vaguement Dondi, le personnage d'une vieille bande dessinée, et je me dis que ça doit être pratique d'avoir un visage pareil – tout comme, jadis, j'avais trouvé pratique de jouer le rôle d'un péquenaud jovial et bavard sans réaliser que lorsqu'on joue un personnage suffisamment longtemps, on finit par le devenir. Cam enfonce la cassette dans le lecteur du tableau de bord. C'est de la bonne vieille musique country plutôt inoffensive, Crystal Gayle, et nous écoutons un moment sa douce voix mélancolique. Le ciel est plein de petits nuages cotonneux, je me laisse aller contre le dossier de mon siège, et je serre et desserre mes mains menottées pour faire circuler le sang.

« Où va-t-on ? » je demande, et Cam me jette un regard en coin espiègle. Je ne suis pas censé lui poser la question, et il n'est pas censé me répondre, mais pourquoi pas ?

« Dans un camp, juste au nord de Saskatoon. C'est vraiment bien. Sur un joli lac au milieu de la forêt. »

Pour la seconde fois, j'ai un choc plutôt désagréable. C'est là où ma mère devait me déposer – au nord de Saskatoon. Quel rebondissement si l'endroit que je fuis depuis des années devait devenir ma dernière demeure. Tous les choix que j'aurais faits entre-temps ne seraient qu'une impasse tortueuse me ramenant à l'inéluctable.

« L'Église de Je Suis Celui Qui Suis ?

– Je Suis Celui Qui Suis ! s'exclame Cam, légèrement moqueur, en levant un sourcil. Ah ! Ça, c'était autrefois. Ces mecs ont dû décamper il y a une éternité. Maintenant c'est le Temple de la Vraie Science.

– Harland Jengling.

– Exactement ! » dit-il, et il me lance un coup d'œil confiant, un demi-sourire aux lèvres. « C'est mon père. »

Je prends le temps de digérer l'information. C'est le deuxième frère sur lequel je tombe en l'espace de quelques jours, et c'est plutôt surprenant que ça ne provoque chez moi aucune émotion. C'est peut-être parce qu'ils me ressemblent trop – je reconnais en eux le larbin que j'ai toujours été, un sbire-né accommodant et volontiers impitoyable. Je me demande ce que nous avons, au juste, hérité du vieux Harland. Incontestablement un peu de sa sociopathie, sa capacité à déconnecter quand il faut blesser ou tuer quelqu'un. Peut-être qu'il avait une part rêveuse en lui, comme nous, une part qui ne ressent de la joie que lorsqu'elle est fascinée par un fragment obscur du monde. Mais, contrairement à lui, nous n'avons jamais été des petits prodiges ni même des êtres très intelligents ; nous n'avons pas été poussés à être l'empereur de notre propre royaume et, pour ma part, ça ne m'intéresse pas. Cammie est ma tribu. Je veux être son père, mais pas le fils de Harland Jengling ; ni le frère de Tommy ou de Cam, qui fredonne à mi-voix avec Crystal Gayle. « *You've been talking in your sleep* ». Comme moi, il chante horriblement mal.

Ce n'est sans doute pas un sale type. Je le préfère à Tommy.

Dans une autre vie, nous aurions pu être amis, mais je n'hésiterais pas à le tuer si nécessaire.

« Tu sais ce qui est bizarre ? » je lui demande. Poli, Cam s'arrête de chanter et baisse un peu le volume de la musique.

« Non.

– Je viens juste d'apprendre que Harland Jengling était peut-être mon père. Coïncidence flippante, tu ne trouves pas ?

– Pas particulièrement. » Il conduit d'une main, son autre bras posé mollement sur le dossier de la banquette, et nous filons sur la route vide, bordée de champs de chaume. « Le Temple attire tout le temps des brebis égarées. Faire rentrer au bercail ceux qui se sont perdus, c'est un des objectifs de l'année.

– Intéressant. » Du bout des doigts, je palpe le pli de mon siège. Un trombone ou un bout de fil de fer ferait l'affaire. Même un petit morceau de métal qui pourrait me servir de cale de cadenas. « Et ensuite ?

– Eh bien. Ils vous donneront sans doute la possibilité d'être rapatrié. C'est une famille, vous savez, donc ils accueillent les enfants prodigues. »

Mon doigt s'enfonce dans le dépôt sec et granuleux qui s'est formé dans le pli du siège. Il rencontre ce qui ressemble à une pièce de un *cent*. Et un truc collant – la coque d'une graine de tournesol ?

« Beaucoup ont été placés en animation suspendue. Ou quel que soit le terme que vous employez. Ils sont préservés pour les temps à venir. Et ils ont l'air heureux.

– Ils sont nus ?

– Ouais. » Cam se laisse aller rêveusement contre le dossier de son siège et tambourine des doigts au rythme d'un groove lent. « Il y a des bunkers remplis de la progéniture de Père. J'imagine qu'on les a plongés dans un coma artificiel. Mais on prend bien soin d'eux. La température est idéale, ils n'ont jamais ni faim ni soif, et des infirmières les lavent avec une éponge tiède et les changent régulièrement de position pour éviter les escarres. Certains appelleraient ça le paradis !

– Assurément. » J'entreprends de retirer la housse du siège en quête d'un morceau de fil de fer ou d'une petite épingle et, dans un coin de ma tête, j'entends Experanza me dire : *Fais-lui un compliment*, alors je lance : « Mais tu n'es pas le genre de personne à vouloir passer ta vie à dormir ! Apparemment, tu as plutôt bien réussi. J'ai longtemps été chauffeur et, dans mon entreprise, on n'a jamais vu un type de ton âge avoir autant de responsabilités. Tu as dû les épater.

– Disons que… je travaille dur, répond-il, modeste.

– Travaille dur et sois opiniâtre. Et tu te trouveras un jour à un poste de direction. » Je plie les doigts. Experanza m'avait raconté sa technique pour se défaire de ses menottes : il suffisait de se luxer l'articulation carpo-métacarpienne du pouce. Mais, contrairement à moi, elle avait des mains extraordinairement souples et de petits doigts.

« Tu veux que je te raconte une blague ? »

Pourquoi est-ce que les bières sont toujours stressées ? Parce qu'elles ont la pression. Quel est l'arbre préféré du boulanger ? Le pin.

C'est triste, en un sens, parce que toutes les blagues vaseuses qui me viennent à l'esprit le font rire. Qui aurait cru qu'une certaine réceptivité aux plaisanteries débiles était héréditaire – comme l'est la prédisposition à une maladie. Son rire ressemble vaguement au mien, *ha ha ha, hou hou hou.*

« Tu sais ce que m'a dit mon grand-père avant de manger les pissenlits par la racine ? » je lui demande. Puis je prends une voix de vieux schnock. *« Je te dirai quel goût ça a, mon petit gars. »*

Il baisse le menton et secoue la tête. « Putain, c'est nul, glousse-t-il. C'est horrible ! » Nous sommes dans le Dakota du Nord maintenant, et il s'est créé entre nous un certain lien de camaraderie. J'ai abandonné l'idée de trouver quoi que ce soit pour crocheter mes menottes et je me concentre désormais sur le langage corporel de Cam. Il ne fume pas mais il mange des graines de tournesol et des pistaches avec autant d'ardeur que je fume des cigarettes, et il a la même fascination que moi pour les poils du menton, que je passe mon temps à tripatouiller. Il bouge la cheville droite d'avant en arrière, comme s'il écrasait un insecte, et là encore, je sais d'expérience ce que ça veut dire : il a envie d'uriner mais ne veut pas s'arrêter.

Nous traversons le village de Bowman et il y a, sur notre droite, un petit groupe de maisons, un bouquet d'arbres, et Cam a un regard en coin mélancolique lorsque l'embranchement disparaît dans notre dos. Il doit se dire qu'il y avait là-bas une station-service avec des WC propres.

« Tu veux faire pipi, c'est ça ? » Il me jette un coup d'œil – surpris, peut-être, que j'aie lu dans ses pensées.

« Euh. » Il fait une petite grimace. « J'aurais dû y aller avant de vous faire monter dans le pick-up. »

Je bâille et j'étire mes épaules bien que mon cœur batte à tout rompre. « Ça ne me ferait pas de mal non plus d'égoutter popol. D'arroser les marguerites, de donner de l'eau au canari. Si seulement j'avais pissé avant d'emboutir cet arbre. » Cam éclate de rire et me regarde en prenant un air de conspirateur, le pauvre. Je ne lui en veux pas. Si j'avais son âge, moi non plus je n'aurais pas peur de moi.

« OK », dit-il, et il ralentit quand nous approchons d'un chemin de terre qui mène à une petite butte. « Je perds des points mais je suis incapable de supporter ça dix heures de plus.

– Je suis d'accord avec toi. » Nous nous engageons sur le chemin, passons sur une grille à bétail, roulons un moment, et à la façon dont Cam bouge les sourcils je comprends qu'il ne va pas pouvoir se retenir beaucoup plus longtemps, et quand il considère qu'on est suffisamment loin de la route, il s'arrête. Il saute du véhicule, jette un coup d'œil par-dessus son épaule et vient m'aider à sortir.

Nous voilà, tout empruntés, sur l'immense plaine. Cam se détourne de moi, ouvre sa braguette, et j'entends un grand bruit d'éclaboussures, on dirait presque celui que ferait un cheval. « Aaah », fait-il, soulagé, et je m'éclaircis la voix.

Je suis debout à côté de lui, menotté aux mains et aux pieds, aussi impuissant qu'un vieillard. « Ça t'ennuierait ? » je lui dis en baissant les yeux sur mon pantalon en provenance du Mammoth Site.

Eh bien oui, ça l'ennuierait vraiment. On a beau feindre la nonchalance, je sais d'expérience que ça peut être terriblement gênant d'ouvrir la braguette d'un homme menotté, de sortir son pénis et de le lui tenir pendant qu'il urine. Or Cam n'a pas le cran de faire ça.

« Attendez. » Il sort la clé des menottes, et moi je commence mon exercice respiratoire, 4-7-8, tandis qu'il déverrouille les menottes, et, sans attendre d'être totalement libéré, j'agis, je me retourne, je prends Cam à la gorge avant qu'il ait le temps de sortir son pistolet paralysant ou son pistolet à seringue, et je lui mords le bras comme ma mère me l'a appris.

Lente prise de conscience

Nous savons tous que c'est un coup de bol extraordinaire. C'est la dernière fois que je peux m'esquiver, je suis à deux doigts de passer de vie à trépas, mais je ne peux pas m'empêcher de me sentir euphorique, et je roule en direction du Canada dans le pick-up de Cam en chantant à tue-tête avec Crystal Gayle « Don't It Make My Brown Eyes Blue » et « Ready for the Times to Get Better ». Endormi par une injection de Lunesta, Cam est allongé sur le plateau, enroulé dans une bâche. J'avais songé à le laisser au fond d'un fossé, au bord de la route, mais il s'est mis à neiger, et le simple fait de l'imaginer mourir lentement de froid m'a décidé à l'emmener jusqu'à ce que je lui trouve un endroit plus clément.

Les motards ne sont certainement pas loin. Ils vont à coup sûr pouvoir localiser le téléphone de Cam, il y a à coup sûr un traceur dans le pick-up ou dans son corps – dans sa cheville, comme Cammie ? Pour l'instant, la neige est poudreuse et fine comme du sable, elle ne tient pas, elle s'enroule, forme des volutes serpentines, ou bien les flocons s'épaississent et se transforment en légers granulés opaques. Si la route devient glissante et la visibilité exécrable, ça ralentira peut-être les types sur leur Super Duke.

Toute cette euphorie me pousse en avant, vous savez ce que c'est – une montée d'adrénaline, l'envie de danser, des picotements dans le cuir chevelu, des papillons dans le ventre, et je roule sous la neige et l'histoire de ma vie me percute comme le tunnel de flocons de neige qui tourbillonnent tout en s'amoncelant paisiblement, *Nombreux vont périr*, dit le père Avery en me pinçant le gros orteil, *mais pas Billy, ô Seigneur*, et Helen Shindle m'embrasse sur la bouche et laisse éclater son rire de fête foraine. *Tu t'es échappé d'où ?* me demande-t-elle, et nous fonçons sur la route et la route fonce sur nous. Simulation d'un paysage stellaire. Tous les membres de la Nébuleuse brumeuse s'échappent et s'éloignent comme des graines de pissenlit : dansuneautrevie, dansuneautrevie, dansuneautrevie, le grondement des pneus sous moi…

D'accord, je suppose que c'est la fin. Je sais que je n'ai pas franchement réussi ma vie. Depuis toujours, j'ai choisi la solitude, quelle triste blague, mais je jure que je peux encore changer, devenir un autre homme : *Tuavaislechoix, Tuavaislechoix*, le grondement des pneus sous moi…

On m'a donné cette dernière chance, et même s'il y a peu d'espoir, même si je ne sais pas vraiment où je vais – je me rappelle uniquement que le drone Cammie m'a parlé de passer la frontière à Fortuna – c'est la direction que je prends, et je me plais à croire que ce n'est pas du délire, que ce n'est pas un de mes épisodes maniaques, comme les appelait Experanza. Si seulement je l'avais convaincue que tout ceci était bien réel.

La neige s'épaissit et le monde commence à devenir flou, le ciel et la terre se fondant dans le brouillard. Je jette un coup d'œil au téléphone de Cam qui est toujours dans le porte-gobelet, et je persiste à croire qu'il va sonner d'un instant à l'autre, que Cammie va encore faire des miracles, et je suis tellement impatient que la peau me démange. Si seulement j'avais pris davantage soin de mes dents, si seulement je pouvais perdre dix kilos avant qu'elle me voie, si seulement je n'avais pas tué autant de gens. Je n'ai jamais été de ces mercenaires qui tiennent des comptes, mais si Cam est en vie et enroulé comme un burrito sur le plateau du pick-up, c'est en partie parce que je ne veux pas rencontrer Cammie avec un cadavre sur les bras.

Et puis s'il y a un traceur dans son corps ou dans le véhicule, je veux qu'ils croient que Cam est toujours en route pour Saskatoon avec son prisonnier.

Je sais que je roule trop vite mais je ne peux pas me résoudre à ralentir. L'obscurité de la route se fond dans le blanc sur une centaine de mètres puis plus rien, je roule sur un nuage, un semi-remorque émerge de la brume avec ses feux de toit de cabine rouges pareils à des lanternes, ses roues invisibles, mais il m'aveugle avec une gerbe d'eau quand nous nous croisons, et j'avance dans un univers totalement brumeux, une succession de nuages, comme une lente prise de conscience qui ne vient jamais, quelle que soit la durée de l'attente, une succession de mystères, un couloir qui s'étire un peu plus dès que vous croyez arriver au bout, et vous avancez encore et encore et entrevoyez l'infini.

Et puis, à travers la brume, j'aperçois un panneau LED à messages variables qui clignote au bord de la route, avec ses lettres lumineuses faites d'une matrice de points, on appelle ça la signalisation dynamique, on en voit rarement de nos jours car il ne reste plus qu'un très petit nombre de services de voierie dans le pays, mais ils sont parfois utilisés par des milices pour menacer des automobilistes ou par des tordus pour promouvoir leurs pensées sectaires ou leurs convictions religieuses. Voilà pourtant un panneau d'affichage numérique au bord de la route.

AMOUREUX DE LA NATURE
TEXTO 94090
POUR INTENTION DE PRIÈRE

Je manque de m'étouffer et je ralentis, le regard fixe, et puis je bataille avec le portable de Cam, je roule quand même dangereusement vite et, le téléphone coincé contre le volant, j'envoie un texto au 9 4 0 9 0 avec mon gros pouce maladroit.

jarrine

C'est-à-dire « j'arrive », et on me répond quasiment par retour.

N vers Fortuna

J'aimerais envoyer un cœur ou une fleur mais je manque de dextérité en cet instant précis. Je suis si près. Si près, et je prends un peu de vitesse et me laisse glisser aveuglément dans l'immensité blanche et vierge.

Je me suis enfui !

Ou plutôt on m'a retrouvé, enfin. Secouru.

À l'entrée de Fortuna se dresse une haute palissade métallique surmontée de pointes, et un énorme robot monte la garde près du point de passage, quinze mètres de haut, une tête sans bouche pareille à un casque, des yeux doux et flamboyants qui brillent comme la lumière d'un phare, et des flocons de neige dansent dans les colonnes lumineuses. La palissade s'étend en direction de l'est et de l'ouest, protégée par une méchante clôture faite de fil à rasoir, de grillage, de poteaux en béton avec, tout du long, des mines anti-personnelles et des herses encastrées.

J'envoie un texto.

Suis là !

Je m'arrête à distance respectueuse du petit groupe de maisons et d'arbres qui constituent le minuscule village de Fortuna. Je tiens le téléphone au creux de mes mains comme une pierre de voyance, j'attends encore et encore, et je vois soudain des bulles murmurer au bas de l'écran, ce qui signifie que Cammie est en train d'écrire.

Tjrs sur la 5 ouest 6,7 km
Plaque historique base aérienne à droite

C'est la partie délicate, j'imagine – si je me souviens bien, elle était « pratiquement sûre » de connaître des gens qui pourraient me faire entrer clandestinement au Canada, et j'ai intérêt à croire que c'est le cas. Le portable toujours coincé contre le volant, je garde un œil sur l'écran tout en surveillant les bornes kilométriques et les panneaux de limitation de vitesse qui surgissent au milieu de la tempête de neige, telles des silhouettes d'auto-stoppeurs. Le bruit des essuie-glaces et de mon cœur. Des meules de foin rondes recouvertes d'une couche de glace. Si c'est une base aérienne, il y a peut-être un hélico qui m'attend, et je m'imagine décoller, échappant ainsi aux mains du robot géant qui nous court après, tel un gamin chassant un papillon.

Mais je ne vois pas d'hélicoptère. J'arrive devant la plaque historique qui indique THE FORTUNA, ND, US AIR FORCE STATION, et il ne reste apparemment rien de cette base aérienne du Dakota du Nord si ce n'est une tour de béton en ruine et des morceaux de revêtement routier. Mon téléphone émet un petit *ding*.

Abandonner le véhicule suivre le chemin vers le nord

Je laisse le pick-up sur le bord de la route. Une piste à chariots défoncée semble mener à la tour sinistre. Et puis me revient à l'esprit que Cam est toujours sur le plateau du pick-up, zut, et je donne un coup de pied dans la terre. Je ne l'ai quand même pas trimballé jusqu'ici pour le laisser mourir de froid. Du coup, je reviens sur mes pas et l'installe tant bien que mal au volant, toujours enveloppé dans la bâche et inconscient. Je fais tourner le moteur et je laisse la clé sur le contact. Mais je garde son téléphone qui émet un nouveau pépiement.

Vs êtes où ?

« J'arrive », je dis, mes mots formant un nuage de vapeur à cause du froid, et je repars en trottinant.

Voiture de police à 500 m

Je la vois. C'est une Chevrolet Impala blanche garée près d'une haie de broussailles, avec PATROUILLE FRONTALIÈRE écrit sur son flanc. Le moteur est à l'arrêt, et une fine couche de neige recouvre la carrosserie et le pare-brise.

Ping, ping, ping, fait le portable de Cam.

Jeter tel mnt.
Coffre ouvert.
Monter dedans.

Ça doit être un de ces exercices pour apprendre à faire confiance dont on entend souvent parler et que j'aurais trouvé rédhibitoire – impensable – il y a encore quelques jours. Mais maintenant j'ai fait mon choix, je crois en Cammie, et je jette un coup d'œil hésitant par-dessus mon épaule avant de lancer le portable dans les mauvaises herbes. *Pigeon*, murmure ma mère pendant que j'examine le coffre qui ne contient que deux couvertures en laine vertes, et je me glisse péniblement à l'intérieur, Experanza soupire dans un coin de ma tête, tout cela lui brise le cœur, et je me recroqueville sur le côté, jambes repliées, avant de refermer le coffre.

Obscurité. Silence.

Puis j'entends enfin le crissement de pas rapides sur le

gravier, la portière gauche s'ouvre, le moteur commence à tourner et le conducteur démarre.

Le temps s'écoule différemment quand on est enfermé dans un coffre et transporté jusqu'à une destination inconnue. J'ignore combien de minutes ou d'heures passent, quelle distance nous parcourons, et je n'essaie même pas de le savoir. Je vois les feux arrière rouges s'allumer quand nous ralentissons pour tourner, quand nous nous arrêtons brièvement en attendant qu'une grille s'ouvre avec un grincement métallique. Je perçois le grondement apaisant des pneus sur l'asphalte, l'odeur agréablement soporifique du monoxyde de carbone qui s'échappe du pot d'échappement, et je me sens en paix. Bien que je sois plutôt grand pour un si petit espace, je ne me sens pas mal à l'aise. Enfant, déjà, j'adorais me nicher dans de minuscules recoins – armoires et tiroirs de commode, vides sanitaires ventilés, monte-plats, conduits.

Je ferme les yeux. J'imagine, au loin, mon frère Cam se réveiller et se tortiller, ses compatriotes du camp Jengling venir à moto à son secours, ils sont déçus de ne pas avoir mis la main sur moi mais ce n'est pas une tragédie. Ils ont beaucoup d'enfants à récupérer, ils ont peut-être déjà retrouvé les demi-frères qu'Experanza avait mentionnés, et peut-être capturé certains membres de la donatrie de Cammie ainsi que Ward le chimpanzé.

C'est bizarre, je ne me sens pas du tout attiré par eux ; ne serait-il pas logique d'aimer pareillement tous ses proches ? Mais c'est Cammie que je veux rencontrer, et je sais qu'il y a quelque chose de mystique et de délirant là-dedans, mais la perspective de la voir en vrai, en chair et en os, m'emplit de joie. C'est peut-être aussi simple que ça.

L'auto s'arrête. Le conducteur coupe le contact et je me protège le visage avec mon bras quand le coffre s'ouvre et que la lumière éclatante des phares m'aveugle.

Au-dessus de moi, je distingue trois silhouettes à contre-jour, un bonnet de laine enfoncé sur la tête, et je plisse les yeux. J'essaie de me déplier et de me redresser.

« Cammie ? » je demande, et je tends la main, et elle me tend la sienne, nous sommes paume contre paume, et nos mains s'emboîtent parfaitement.

La jeune femme sur la gauche tend alors la sienne, le résultat est le même, et la dernière finit par les imiter, nos doigts s'entrelacent et elle m'aide à sortir du coffre.

« Salut, Will, dit-elle timidement. Je suis Cammie. »

Je me réveille

Dans mon rêve, je vois à travers les yeux de Flip quand il se libère de sa laisse – il n'a jamais supporté d'être tenu en laisse pendant toutes les années que nous avons passées ensemble –, il tourne la tête, la prend dans sa gueule et l'arrache à la main interloquée. Elle est toujours attachée à son collier mais il ne la lâche pas, il se ramasse sur lui-même, s'écarte, et lorsqu'on cherche à l'attraper, Flip feinte et s'esquive, se met à courir sur la rampe qui se prolonge au-delà du site de fouille, en direction des portes, il va partir à ma recherche et, entre-temps, il se liera d'amitié avec un Siamois avisé, un chihuahua bagarreur et un ara espiègle, et ensemble ils feront un incroyable voyage qui finira par les mener jusque chez moi.

Quand j'ouvre les yeux, je ne réalise pas tout de suite où je me trouve. Je suis allongé sur le sol – ou sur ce qu'on appelle une natte, une natte de feuilles de palmier tressées, protégée par une moustiquaire semblable à une toile d'araignée, et puis je me rappelle que je vis sur une île de la mer des Salomon avec mes filles. Je me redresse, constate que les trois autres nattes sont vides. C'est le quatrième jour d'affilée, je crois, que je dors plus tard qu'elles.

Nous habitons dans une hutte en bambou d'une pièce avec un toit de chaume de palmier, construite sur pilotis à environ deux mètres du sol et, à part les nattes et les moustiquaires, il n'y a rien. Dehors se trouvent un auvent fait de bambou et de feuilles de palmier, un barbecue en brique, ainsi que des bancs sur lesquels les filles – les jeunes femmes – s'assoient parfois, là elles sont parties. Je plonge une tasse dans une casserole d'eau qu'on a fait bouillir hier soir, je me brosse les dents, et ensuite je me dirige vers les WC situés derrière la hutte, avant de me laver dans un petit ruisseau. Il y a une espèce de grenouille dont le cri m'évoque le son du banjo, un oiseau, le polochion casqué, dont le *woot-woot* ressemble un peu au chant du plongeon huard, et ce sont les seuls bruits que j'entends. La moitié de mon rêve est bel et bien devenue réalité : je souhaitais me réveiller sur une île tropicale, mais je ne suis malheureusement pas amnésique.

C'est la Cammie dont le vrai prénom est Morgan qui nous a trouvé cet endroit, et on a souffert pour arriver ici – du Dakota du Nord à la Colombie-Britannique, par bateau jusqu'à Hawaï puis Guam, et enfin jusqu'à la petite île de Goodenough sur laquelle il n'y a ni routes, ni autos, ni électricité ou eau courante. Morgan pense que nous y serons en sécurité un bon moment.

Elle est la plus impitoyable des trois, la seule à avoir l'étoffe d'une tueuse, c'est elle qui s'intéresse le plus aux différents stratagèmes dont j'ai usé en tant que mercenaire au cours des années, et qui supporte le moins mes clowneries.

La Cammie qui rira le plus souvent à mes blagues a dix-neuf ans et s'appelle Heidi Schlegel – elle a des cheveux roux et frisés comme moi, il lui arrive aussi de se faire des nattes, et c'est peut-être en sa présence que je me sens le plus à l'aise. Pendant la traversée difficile pour rejoindre Guam sur un bateau de pêche, elle et moi avons inventé des mots croisés hilarants, fumé l'herbe qui lui restait, et il suffit que nous échangions un regard pour nous esclaffer.

Quant à la Cammie qui s'appelle Camilla Willacy, elle est plus ou moins la jeune femme qu'elle m'avait décrite – une fille riche et mélancolique, originaire de Lake Forest, Illinois, qui s'est retrouvée mêlée à un mystérieux complot qui la dépassait, une fille à cause de qui ses parents se sont fait tuer et une grande partie de sa donatrie capturer par une secte, et qui m'a secouru sans qu'on le lui demande. C'est celle qui espérait avoir des discussions profondes, celle que je finirai par décevoir le plus, et donc que j'aime peut-être le plus.

Je pars à leur recherche en me dirigeant tranquillement vers la plage, je sors de ma poche une tresse de feuilles de tabac, *brucey bruce* comme ils l'appellent ici – j'en arrache des petits morceaux avec mon canif et je me roule une cigarette dans du papier journal.

Cammie est là, elle observe un canoë de pêche peint de couleurs vives, avec une bâche en plastique bleue en guise de voile.

« Hé », je crie, et elle se retourne et lève la main. Sa prothèse de pied est posée à côté d'elle, et elle a fait un trou dans le sable avec son moignon.

« Tu aurais dû me réveiller. Quelle heure est-il ? »

Elle consulte sa montre. « Onze heures vingt. »

Je m'assieds près d'elle et elle me fait le genre de grimace qu'une personne dépressive considère être un sourire. « Où sont les autres ? »

Cammie secoue la tête. « Morgan a pris un petit voilier-taxi pour aller à Alotau. Elle voulait faire des recherches sur Internet. Heidi est partie au marché acheter des nouilles chinoises et des noix de bétel. »

Je tire sur ma petite cigarette roulée à la main et Cammie fronce le nez. « Si je peux me passer de téléphone portable, tu devrais pouvoir te passer de tabac.

– Tout à fait. » J'écrase ma cigarette dans le sable et nous regardons les vagues. Je la sens abattue, envahie par une certaine noirceur.

Elle replie ses genoux contre sa poitrine et pose sa tête

dessus. « Je suis désolée. Je regrette de ne pas avoir su gérer ça différemment.

– Ça ne me dérange pas. Je me plais ici. »

Je souris et pose ma main sur son épaule, puis la retire, hésitant. « Je me disais un truc. La prochaine fois que tu vas sur Internet, tu pourrais contacter Curtis Chin et lui demander de m'envoyer des photos de Flip ? J'aimerais savoir si ça va.

– Bien sûr », me répond-elle, et son moignon s'enfonce davantage dans le sable.

Heidi vient se joindre à nous. Elle s'assied à côté de moi et me tend une noix de bétel en me faisant un clin d'œil. Je commence à la mâcher. Ça ressemble un peu à la caféine, un peu à la cocaïne, un peu à un truc psychédélique.

« Regardez ! » s'exclame-t-elle. Elle désigne un bernard-l'ermite se dandinant sur la plage avec, pour coquille, le bouchon en plastique bleu éclatant d'un bidon de lessive.

« C'est trop mignon ! » je m'écrie, mais les filles l'observent sans sourire. Je pense que la situation du crustacé les touche de trop près.

Je tripatouille mes poils de barbe préférés. Avoir trois filles est plus difficile qu'on pourrait le croire. Avoir des enfants tout court : on ne peut pas s'empêcher de regretter le monde qu'on leur offre. Leur avenir devient de plus en plus borné, et quand elles auront mon âge, de vastes régions de la planète seront inhabitables, et les extinctions de masse et les guerres visant à contrôler les dernières ressources occuperont les ultimes jours de la civilisation. Quoi qu'elles aient rêvé de devenir, il est trop tard, et parfois elles se demandent si les seules perspectives qui leur restent en valent la peine.

Que puis-je dire ? *Toutes mes excuses ?*

Alors nous contemplons la mer.

En attendant, qui sait ce que manigance Morgan quand elle arpente Internet. Elle pense que nous sommes en guerre.

Combien de mes bébés ont été volés ? Combien pouvons-nous en retrouver, en protéger ? Brayden Kurch a perdu quatorze milliards de dollars quand son action a plongé, si bien qu'il ne fait plus partie, aujourd'hui, des deux mille huit cents milliardaires existants, mais les autres sont toujours durs à la tâche et érigent des citadelles. La famille Jengling déclenchera l'apocalypse et seules les personnes du même sang survivront, c'est ce qui est prédit, déclare Morgan, c'est la fin des temps, on ne retrouvera pas une vie normale, on ne renversera pas le cours des choses.

Elle a peut-être raison, mais je pense qu'il est tout aussi probable que le Temple de la Vraie Science soit une de ces sectes apocalyptiques composées de barjots aux relations douteuses, et si vous connaissez l'histoire des États-Unis, vous savez que ce genre de sectes va et vient comme les ondulations d'une rivière, elles sont oubliées puis remplacées, encore et encore. C'est un peu comme si on ne retenait jamais la leçon.

Les gens sont fous, voilà ce que je veux dire. Du moins, la plupart d'entre eux. Il est tellement plus facile de tuer que de connaître le tourment de l'empathie, et jusqu'au bout nous ne pourrons pas nous empêcher de nous diviser en tribus, même quand nous ne serons plus qu'une poignée. Même le jour du Jugement dernier, nous calculerons nos profits et nos pertes et penserons gaiement à ce que nous accumulerons le lendemain.

Las, comme on disait autrefois. Comme le monde serait heureux si nous tous, l'humanité entière, pouvions nous réveiller complètement amnésiques sur une île déserte.

REMERCIEMENTS

La voix et l'esprit de ce roman doivent beaucoup à mon défunt père, Huck Mount.

Je suis redevable à mon amie Lynda Barry qui m'a accompagné pendant toute l'écriture de ce livre. Sans ses encouragements et ses conseils, il n'existerait pas. Mon fils Philip Chaon, qui a inspiré « l'amoureux de la nature », m'a permis, grâce à ses commentaires et à ses suggestions inestimables, de regarder l'intrigue avec des yeux neufs. Je suis aussi très reconnaissant à mes amis Tom Barbash, John Martin, Imad Rahman, Mike Rocheleau, Dan Riordon, Simona Mkrtschjan, Lynda Montgomery, Sylvia Watanabe, Charlotte Tate, et à ma sœur, Sheri Lieffring, d'avoir lu ce livre à différentes étapes et de m'avoir donné de judicieux conseils.

Merci également à la Fondation Civitella Ranieri, où le premier jet de ce livre a été écrit. Et merci à Azar Nafisi, à Igoni Barrett, et à Esperanza Spalding, entre autres, qui ont été source d'inspiration pour moi.

Merci à toute l'équipe de Holt, et tout particulièrement à mon trio d'éditeurs – Michael Signorelli, Barbara Jones et Caroline Zancan – qui m'ont aidé à donner forme à ce roman.

Enfin, je ne saurais trop remercier mon agente, Renee Zuckerbrot, pour l'aide précieuse qu'elle m'a apportée. Je lui suis infiniment reconnaissant.

DU MÊME AUTEUR

Aux éditions Albin Michel

PARMI LES DISPARUS, nouvelles

LE LIVRE DE JONAS, roman

CETTE VIE OU UNE AUTRE, roman

SURTOUT RESTER ÉVEILLÉ, nouvelles

UNE DOUCE LUEUR DE MALVEILLANCE, roman

« Terres d'Amérique »

Collection dirigée par Francis Geffard
(Extrait du catalogue)

NANA KWAME ADJEI-BRENYAH
Friday Black, nouvelles

CHRIS ADRIAN
Un ange meilleur, nouvelles

SHERMAN ALEXIE
Indian Blues, roman
Indian Killer, roman
Phoenix, Arizona, nouvelles
La Vie aux trousses, nouvelles
Dix Petits Indiens, nouvelles
Red Blues, poèmes
Flight, roman
Danses de guerre, nouvelles

TOM BARBASH
Les Lumières de Central Park, nouvelles
Beautiful Boy, roman

TOM BISSELL
Dieu vit à Saint-Pétersbourg, nouvelles

AMANDA BOYDEN
En attendant Babylone, roman

JOSEPH BOYDEN
Le Chemin des âmes, roman
Là-haut vers le nord, nouvelles
Les Saisons de la solitude, roman
Dans le grand cercle du monde, roman

TAYLOR BROWN
Les Dieux de Howl Mountain, roman
Le Fleuve des rois, roman

KEVIN CANTY
Une vraie lune de miel, nouvelles
Toutes les choses de la vie, roman
De l'autre côté des montagnes, roman

MICHAEL CHRISTIE
Le Jardin du mendiant, nouvelles
Lorsque le dernier arbre, roman

TOM COOPER
Les Maraudeurs, roman

CHARLES D'AMBROSIO
Le Musée des poissons morts, nouvelles
Orphelins, récits

CRAIG DAVIDSON
Un goût de rouille et d'os, nouvelles
Cataract City, roman
Les Bonnes Âmes de Sarah Court, roman
Cascade, nouvelles

ANTHONY DOERR
Le Nom des coquillages, nouvelles
À propos de Grace, roman
Le Mur de mémoire, nouvelles
La Cité des nuages et des oiseaux, roman

LOUISE ERDRICH
L'Épouse Antilope, roman
Dernier rapport sur les miracles à Little No Horse, roman
La Chorale des maîtres bouchers, roman
Ce qui a dévoré nos cœurs, roman

Love medicine, roman
La Malédiction des colombes, roman
Le Jeu des ombres, roman
La Décapotable rouge, nouvelles
Dans le silence du vent, roman
Femme nue jouant Chopin, nouvelles
Le Pique-nique des orphelins, roman
LaRose, roman
L'Enfant de la prochaine aurore, roman,
Celui qui veille, roman
La Sentence, roman

BEN FOUNTAIN
Brèves rencontres avec Che Guevara, nouvelles
Fin de mi-temps pour le soldat Billy Lynn, roman

TOM FRANKLIN
Le Retour de Silas Jones, roman
Braconniers, nouvelles

JOCELYN NICOLE JOHNSON
Mon nom dans le noir, roman

CHRISTIAN KIEFER
Les Animaux, roman
Fantômes, roman

THOMAS KING
Medicine River, roman
L'Herbe verte, l'eau vive, roman

BARBARA KINGSOLVER
On m'appelle Demon Copperhead

SANA KRASIKOV
L'An prochain à Tbilissi, nouvelles
Les Patriotes, roman

RICHARD LANGE
Dead Boys, nouvelles
Ce monde cruel, roman
Angel Baby, roman
La Dernière Chance de Rowan Petty, roman

MATT LENNOX
Rédemption, roman

BRIAN LEUNG
Les Hommes perdus, roman
Seuls le ciel et la terre, roman

MAXIM LOSKUTOFF
Viens voir dans l'Ouest, nouvelles

ROBIN MACARTHUR
Le Cœur sauvage, nouvelles
Les Femmes de Heart Spring Mountain, roman

STEPHEN MARKLEY
Ohio, roman

LESLIE MARMON SILKO
Cérémonie, roman

DINAW MENGESTU
Les Belles Choses que porte le ciel, roman
Ce qu'on peut lire dans l'air, roman
Tous nos noms, roman

STEFAN MERRILL BLOCK
Le Noir entre les étoiles, roman

PHILIPP MEYER
Le Fils, roman
American Rust, roman

LEILA MOTTLEY
Arpenter la nuit, roman

MATTHEW NEILL NULL
Le Miel du lion, roman
Allegheny River, nouvelles

ERIC NGUYEN
La Solitude des tempêtes, roman

TOMMY ORANGE
Ici n'est plus ici, roman

KEVIN PATTERSON
Dans la lumière du Nord, roman

BENJAMIN PERCY
Sous la bannière étoilée, nouvelles
Le Canyon, roman

DONALD RAY POLLOCK
Le Diable, tout le temps, roman
Une mort qui en vaut la peine, roman

DAVID JAMES POISSANT
Le Paradis des animaux, nouvelles
Un bel esprit de famille, roman

ERIC PUCHNER
La Musique des autres, nouvelles
Famille modèle, roman
Dernière journée sur terre, nouvelles

SHANNON PUFAHL
Et nous nous enfuirons sur des chevaux ardents, roman

JON RAYMOND
Wendy & Lucy, nouvelles
La Vie idéale, roman

ELWOOD REID
Ce que savent les saumons, nouvelles
Midnight Sun, roman
La Seconde Vie de D.B. Cooper, roman

KAREN RUSSELL
Swamplandia, roman
Foyer Sainte-Lucie pour jeunes filles élevées par les loups, nouvelles
Des vampires dans la citronneraie, nouvelles
Le Lévrier de Madame Bovary et autres histoires, nouvelles

ANJALI SACHDEVA
Tous les noms qu'ils donnaient à Dieu, nouvelles

JON SEALY
Un seul parmi les vivants, roman

HUGH SHEEHY
Les Invisibles, Nouvelles

WELLS TOWER
Tout piller, tout brûler, nouvelles

DAVID TREUER
Little, roman
Comme un frère, roman
Le Manuscrit du Dr Apelle, roman
Indian Roads, récit
Et la vie nous emportera, roman

BRADY UDALL
Lâchons les chiens, nouvelles
Le Destin miraculeux d'Edgar Mint, roman
Le Polygame solitaire, roman

GUY VANDERHAEGHE
La Dernière Traversée, roman
Comme des loups, roman
Comme des feux dans la plaine, roman

CLAIRE VAYE WATKINS
Les Sables de l'Amargosa, roman

ANTHONY VEASNA SO
Nous aurions pu être des princes, nouvelles

KATHERENA VERMETTE
Les Femmes du North End, roman

SHAWN VESTAL
Goodbye, Loretta, roman

VENDELA VIDA
Se souvenir des jours heureux, roman
Les Habits du plongeur abandonnés sur le rivage, roman
Reines des vagues, roman

JOHN VIGNA
Loin de la violence des hommes, nouvelles

WILLY VLAUTIN
Motel Life, roman
Plein nord, roman
Ballade pour Leroy, roman
La Route sauvage, roman
Devenir quelqu'un, roman

JAMES WELCH
L'Hiver dans le sang, roman
La Mort de Jim Loney, roman
Comme des ombres sur la terre, roman
L'Avocat indien, roman
À la grâce de Marseille, roman
Il y a des légendes silencieuses, poèmes

COLSON WHITEHEAD
Underground railroad, roman
Nickel boys, roman

Composition : Nord Compo
Impression : CPI Firmin Didot
Éditions Albin Michel
22, rue Huyghens, 75014 Paris
www.albin-michel.fr
ISBN : 978-2-226-47271-7
ISSN : 1272-1085
N° d'édition : 24922/01 – N° d'impression : 177871
Dépôt légal : mars 2024
Imprimé en France